Ein Schluck vom harten Stoff

LAWRENCE BLOCK

Aus dem Amerikanischen von Stefan Mommertz

EINE LAWRENCE BLOCK PRODUCTION

»Steht den besten Romanen Blocks in nichts nach ... EIN SCHLUCK VOM HARTEN STOFF lässt uns lange rätseln.«

– Tom Nolan, *Wall Street Journal*

Im ersten Jahr seiner Abstinenz muss sich Matthew Scudder nicht nur seinen Dämonen stellen, sondern sich auch auf die Fährte eines Mörders heften. Sein Kindheitsfreund Jack Ellery wird ermordet, offenbar im Zusammenhang mit Ellerys Versuch, Wiedergutmachung für die Sünden der Vergangenheit zu leisten. Scudder nimmt sich widerwillig des Falles an und hat dabei nur einen Anhaltspunkt: Ellerys für die Anonymen Alkoholiker zusammengestellte Liste der Menschen, denen er geschadet hat. Eine Person auf dieser Liste könnte der Mörder sein, aber das ist nicht unbedingt die größte Gefahr für Scudder, denn das Eintauchen in Ellerys Welt könnte ihn direkt an den Tresen zurückführen.

In einem von Kritikern und Lesern gleichermaßen gefeierten Roman kehrt Lawrence Block zu den Anfängen zurück und etabliert die Matthew-Scudder-Reihe erneut als einen der Höhepunkte der amerikanischen Detektivliteratur.

»Absolut fesselnd ... Ein großartiger amerikanischer Kriminalroman.«

– Ed Park, *Time*

»Block hat den reduzierten, lakonischen Stil so perfektioniert, dass sich diese Geschichte – über gute Absichten, die auf tödliche Weise nach hinten losgehen – wie von selbst zu erzählen scheint.«

– Maureen Corrigan, *Washington Post*

»Faszinierend ... Ein Lamento über all die alten, vertrauten Dinge, die heute fast verloren, fast vergessen sind.«

– Marilyn Stasio, *New York Times Book Review*

»EIN SCHLUCK VOM HARTEN STOFF ist eine kluge und faszinierende Erweiterung des Matthew-Scudder-Kanons. Der Roman könnte weder willkommener sein noch mit zurückhaltenderer Kunstfertigkeit geschrieben sein. Die Dialoge klingen genau so, wie Leute miteinander sprechen, aber das täuscht: Sie sind besser, schneller, klüger. Lesen Sie dieses Buch aufmerksam. Es macht viel mehr Spaß, als Unterricht zu nehmen.«

– Thomas Perry

Für MEGAN und CRAIG

Wie der Gouverneur von North Carolina
zum Gouverneur von South Carolina sagte:

»Seit dem letzten Drink ist eine Menge Zeit
vergangen.«

Vorrede

Spät eines Abends ...

»Ich habe mich oft gefragt«, sagte Mick Ballou, »was passiert wäre, wenn ich einen anderen Weg eingeschlagen hätte.«

Wir saßen im Grogan's Open House, der Kneipe in Hell's Kitchen, die er seit vielen Jahren besitzt und betreibt. Die Gentrifizierung des Viertels war auch am Grogan's nicht spurlos vorübergegangen, obwohl sich das Lokal innen und außen nicht sehr verändert hatte. Aber die schweren Jungs des Viertels waren größtenteils entweder gestorben oder weitergezogen, und die Meute ist heutzutage friedlicher und kultivierter. Es gibt Guinness vom Fass und eine gute Auswahl an schottischen Single Malts und anderen Edel-Whiskeys. Aber es ist der zweifelhafte Ruf des Ladens, der die Leute anzieht. Sie können sich gegenseitig auf die Einschusslöcher in der Wand hinweisen und sich Geschichten über die anrüchige Vergangenheit des Kneipenbesitzers erzählen. Einige dieser Geschichten sind tatsächlich wahr.

Jetzt waren sie alle abgezogen. Der Barkeeper hatte seine Arbeit beendet und die Stühle standen auf den Tischen, damit sie nicht im Weg waren, wenn bei Tagesanbruch ein junger Mann kam, um zu kehren und den Boden zu wischen. Die Tür war abgesperrt und alle Lichter waren aus, mit Ausnahme der Lampe mit Bleiglasschirm über dem Tisch, an dem wir mit unseren Waterford-Gläsern saßen. In seinem Glas befand sich Whiskey, in meinem Sodawasser.

Unsere langen Abende waren in den letzten Jahren seltener geworden. Wir sind älter geworden, und auch wenn wir nicht wirklich dazu tendieren, nach Florida zu ziehen und im nächsten Familienrestaurant am Spätnachmittag das verbilligte Gericht für frühe Gäste zu bestellen, neigen wir auch nicht mehr dazu, die Nacht durchzureden und mit großen Augen die Morgendämmerung zu begrüßen. Dafür sind wir beide zu alt.

Er trinkt heutzutage weniger. Vor ungefähr einem Jahr hat er geheiratet, eine sehr viel jüngere Frau namens Kristin Hollander. Die Verbindung hat fast alle überrascht – mit Ausnahme meiner Frau Elaine, die schwört, sie habe es kommen sehen – und es konnte kaum umhin, ihn zu verändern, schon allein, weil er jetzt einen Grund hat, nach Feierabend nach Hause zu gehen. Er trinkt immer noch zwölf Jahre alten Jameson, und er trinkt ihn pur, aber er trinkt nicht mehr so viel davon, und es gibt Tage, an denen er überhaupt nicht trinkt. »Er schmeckt mir noch immer«, sagte er mir, »aber viele Jahre lang hatte ich einen tiefen, unstillbaren Durst, und dieser Durst ist verschwunden. Ich könnte dir nicht sagen, wo er hingegangen ist.«

In früheren Jahren war es nichts Ungewöhnliches für uns, die ganze Nacht über herumzusitzen, stundenlang zu reden und das gelegentliche gemeinsame Schweigen zu genießen, während jeder von uns sein bevorzugtes Getränk trank. Bei Tagesanbruch zog er dann die blutfleckige Fleischerschürze an, die seinem Vater gehört hatte, und besuchte die Butchers' Mass in der St. Bernard's Church im Meatpacking Disctrict. Ab und zu begleitete ich ihn.

Die Dinge verändern sich. Der Meatpacking District ist jetzt angesagt, eine Bastion der Yuppies. Die meisten der Unternehmen, von denen der Bezirk seinen Namen hatte, sind pleitegegangen und ihre Gebäude wurden zu Restaurants und Apartments umgewandelt. In St. Bernard's, lange Zeit über eine irische Gemeinde, ist nun Our Lady of Guadalupe zu Hause.

Ich kann mich nicht erinnern, wann ich Mick zum letzten Mal in dieser Schürze gesehen habe.

Heute war einer unserer selten gewordenen langen Abende. Ich denke, wir verspürten beide ein Bedürfnis danach, da wir andernfalls bereits nach Hause gegangen wären. Und Mick war nachdenklich geworden.

»Einen anderen Weg«, sagte ich. »Was meinst du damit?«

»Es gibt Zeiten«, sagte er, »da scheint es mir, dass es keine andere Möglichkeit gegeben hat; dass ich dazu bestimmt war, einem bestimmten Kurs zu folgen. Heutzutage verliere ich ihn aus den Augen, weil meine Geschäftsinteressen so sauber geworden sind wie ein Lotusblatt. Warum eigentlich ein Lotusblatt, hast du dir das schon mal überlegt?«

»Keine Ahnung.«

»Ich werde Kristin fragen«, sagte er. »Sie wird sich an den Computer setzen und in dreißig Sekunden mit der Antwort aufwarten können. Natürlich nur, wenn ich mich erinnere, sie zu fragen.« Er lächelte über einen Gedanken. »Was ich aus den Augen verliere«, sagte er, »ist, dass ich ein Berufsverbrecher war. Natürlich war ich in dieser Hinsicht kein Vorreiter. Ich bin in einem Viertel aufgewachsen, in dem Verbrechen die Hauptbeschäftigung war. Die Straßen unseres Viertels waren eine Art von Berufsschule.«

»Die du mit Auszeichnung abgeschlossen hast.«

»Das habe ich. Ich hätte der Redner für die Absolventenklasse sein können, wenn es so etwas für junge Diebe und Ganoven gegeben hätte. Aber, weißt du, nicht jeder in unserem Viertel hat die Verbrecherlaufbahn eingeschlagen. Mein Vater war ehrenhaft. Er war – nun, ich werde sein Andenken wahren und nicht sagen, was er war, aber ich habe dir von ihm erzählt.«

»Das hast du.«

»Trotzdem war er ein ehrenhafter Mann. Er ist an jedem Morgen aufgestanden und zur Arbeit gegangen. Und meine Brüder haben andere Wege eingeschlagen als ich. Einer von ihnen ist Pfarrer geworden – nun, es war nicht von Dauer, aber nur, weil er den Glauben verloren hat. John ist erfolgreich im Geschäftsleben und eine Stütze seiner Gemeinde. Und Dennis, der arme Junge, ist in Vietnam gestorben. Ich hab dir erzählt, wie ich nach Washington gefahren bin, nur um seinen Namen in der Wand der Gedenkstätte zu lesen.«

»Ja.«

»Aus mir wäre ein furchtbarer Pfarrer geworden. Ich würde nicht mal eine willkommene Abwechslung darin finden, Ministranten zu missbrauchen. Und ich kann mir nicht vorstellen, herumzuschleimen und Dollars zu zählen wie mein Bruder John. Aber weißt du, welchen Gedanken ich gehabt habe? Dass ich den Weg hätte einschlagen können, den du eingeschlagen hast.«

»Den Weg zur Polizei?«

»Ist die Vorstellung so absonderlich?«

»Nein.«

»Als ich ein kleiner Junge war«, sagte er, »schien es mir, als müsste es eine wunderbare Sache für einen Mann sein, ein Cop zu sein. In einer stattlichen Uniform herumzustehen, den Verkehr zu dirigieren, Kindern dabei zu helfen, sicher über die Straße zu kommen. Und uns alle vor den bösen Kerlen zu beschützen.« Er grinste. »Die bösen Kerle, in der Tat. Ich hatte keine Ahnung. Aber es gab Jungs in unserem Block, die die blaue Uniform angezogen haben. Einer von ihnen, Timothy Lunney hieß er, hat sich nicht so sehr von uns unterschieden. Es hätte einen nicht erstaunt zu hören, dass er damit angefangen hat, Banken auszurauben oder Schulden für Kredithaie einzutreiben.«

Wir sprachen noch etwas länger über das, was hätte sein können, und wie viel

•3•

Entscheidungsfreiheit einer Person wirklich blieb. Letzteres war etwas, über das es sich gut nachdenken ließ, und wir nahmen uns beide ein paar Minuten Zeit, um darüber zu sinnieren, während sich die Stille dehnte. Dann sagte er: »Und was ist mit dir?«

»Mit mir?«

»Du bist bestimmt nicht mit dem Wissen aufgewachsen, dass du ein Cop werden wirst.«

»Nein, absolut nicht. Ich hatte es nie wirklich geplant. Dann hab ich die Aufnahmeprüfung gemacht, bei der man damals nur als Volltrottel durchfallen konnte, danach war ich auf der Akademie, und schon war es passiert.«

»Hättest du den anderen Weg einschlagen können?«

»Um als Verbrecher Karriere zu machen?« Ich dachte darüber nach. »Ich kann mich nicht auf irgendeinen angeborenen noblen Zug meines Charakters berufen, der es ausgeschlossen hätte«, sagte ich. »Aber ich muss sagen, dass mich diese Richtung nie in irgendeiner Weise angezogen hat.«

»Nein?«

»Es gab einen Jungen, der mit mir in der Bronx aufgewachsen ist«, erinnerte ich mich. »Wir verloren uns völlig aus den Augen, als meine Familie weggezogen ist. Jahre später bin ich ihm ein paarmal begegnet.«

»Und er hatte den anderen Weg eingeschlagen.«

»Das hatte er«, sagte ich. »Er war nicht sehr erfolgreich dabei, aber das war, wohin ihn sein Leben geführt hatte. Ich hab ihn einmal durch einen Einwegspiegel auf dem Revier gesehen und ihn dann erneut aus den Augen verloren. Ein paar Jahre später sind wir uns wieder über den Weg gelaufen. Das war, bevor wir uns kennengelernt haben.«

»Hast du damals noch getrunken?«

»Nein, aber ich hatte noch nicht lange damit aufgehört. Weniger als ein Jahr. Eigentlich ziemlich interessant, was ihm widerfahren ist.«

»Nun«, sagte er, »dann hör jetzt nicht auf, davon zu erzählen.«

Kapitel 1

Ich kann nicht mehr mit Bestimmtheit sagen, wann ich Jack Ellery zum ersten Mal begegnet bin, aber es muss während der paar Jahre, in denen ich in der Bronx wohnte, gewesen sein. Er war auf der Mittelschule ein Jahr über mir, also muss ich ihn in den Gängen oder draußen in der Pause gesehen haben, oder wenn wir nach der Schule Stickball und andere Ballspiele spielten. Wir lernten einander gut genug kennen, um uns gegenseitig mit unseren Nachnamen anzureden, auf die seltsame Art und Weise, wie es Jungen tun. Wenn man mich damals über Jack Ellery ausgefragt hätte, hätte ich gesagt, dass er in Ordnung ist, und ich vermute, dass er dasselbe über mich gesagt hätte. Aber das wäre auch schon so ziemlich alles gewesen, was wir über einander gesagt hätten, weil wir uns nur so weit kannten.

Dann flaute das Geschäft meines Vaters ab und er schloss seinen Laden. Wir zogen um und es sollte mehr als zwanzig Jahre dauern, bis ich Jack Ellery wiedersah. Ich dachte mir, dass er mir bekannt vorkam, aber ich konnte ihn nicht auf Anhieb einordnen. Ich weiß nicht, ob er mich erkannt hätte, denn er konnte mich nicht sehen. Ich sah ihn durch Spiegelglas.

Das muss 1970 oder '71 gewesen sein. Ein paar Jahre zuvor hatte man mich zum Detective befördert und ich gehörte nun zum Sechsten Revier in Greenwich Village, wo zu dieser Zeit noch das Vorkriegsgebäude in der Charles Street als Dienststelle diente. Nicht viel später durften wir in ein neues Quartier in der westlichen 10th Street umziehen und irgendein geschäftstüchtiger Zeitgenosse kaufte unser altes Gebäude. Er ließ es zu Genossenschafts- oder Eigentumswohnungen umbauen und zollte der Vergangenheit seinen Respekt, indem er es Le Gendarme nannte.

Jahre später, als One Police Plaza fertig war, passierte so ziemlich genau das Gleiche mit dem alten Polizeipräsidium in der Centre Street.

Aber das hier spielte sich im ersten Stock im alten Revier in der Charles Street ab. Dort stand Jack Ellery mit der Nummer vier in einer Reihe neben vier anderen männlichen Weißen im Alter von Ende dreißig bis Anfang vierzig. Sie waren zwischen eins fünfundsiebzig und eins fünfundachtzig groß, trugen alle Jeans und Sporthemden mit aufgeknöpftem Kragen und warteten darauf, dass sich eine Frau, die sie nicht sehen konnten, denjenigen unter ihnen herauspickte, der sie mit einer Waffe bedroht hatte, während sein Partner die Registrierkasse ausräumte.

Sie war eine stämmige Frau um die Fünfzig, die als Mitbesitzerin eines Haushaltswarenladens im Familienbesitz eine eindeutige Fehlbesetzung war. Wenn sie an einer Schule unterrichtet hätte, hätten sich alle ihre Schüler vor ihr gefürchtet. Ich war eher zufällig anwesend, denn es war nicht mein Fall. Ein Zivilpolizist namens Lonergan hatte die Festnahme vorgenommen, ich stand neben ihm. Im Raum gab es noch einen Assistenten des Bezirksstaatsanwalts, der neben der Frau stand, und einen großen, dürren jungen Burschen in einem schlechten Anzug, bei dem es sich um den Anwalt des Rechtshilfevereins handeln musste.

Als ich noch in Brooklyn in Uniform gedient hatte, war ich einem älteren Kollegen namens Vince Mahaffey zugeteilt gewesen. Eines der unzähligen Dinge, die er mir beigebracht hatte, war, einer Gegenüberstellung beizuwohnen, wann auch immer ich die Gelegenheit dazu hatte. Das sei, sagte er mir, eine viel bessere Art und Weise, sich mit den lokalen Bösewichtern vertraut zu machen, als Verbrecheralben durchzublättern. Man konnte ihre Gesichter und ihre Körpersprache beobachten, man bekam einen Eindruck von ihnen, der einem im Gedächtnis haften blieb. Außerdem, sagte er, war es eine kostenlose Show, warum also sie nicht genießen?

Deshalb gewöhnte ich mir an, Gegenüberstellungen im Sechsten Revier beizuwohnen. An diesem bestimmten Nachmittag studierte ich die Männer der Reihe nach, während der Vertreter der Staatsanwaltschaft der Frau sagte, dass sie sich Zeit nehmen solle. »Nein, ich weiß, wer es ist«, sagte sie und Lonergan sah glücklich aus. »Es ist Nummer drei.«

Der Mann von der Staatsanwaltschaft fragte sie, ob sie sich sicher sei, in einem Ton, der ihr nahelegte, dass sie sich die Sache vielleicht doch noch einmal überlegen sollte. Der Rechtshilfebursche räusperte sich, als bereite er sich darauf vor, einen Einwand vorzubringen.

Nicht notwendig. »Ich bin mir zu einhundert Prozent sicher«, sagte sie. »Das ist der Hurensohn, der mich überfallen hat, und das werde ich vor Ihnen, Gott und der gesamten Welt bezeugen.«

Lonergan hatte damit aufgehört, glücklich auszusehen, als sie ihre Wahl verkündet hatte. Er und ich blieben im Raum, als die anderen gingen. Ich fragte ihn, was er über Nummer drei wusste.

»Er ist stellvertretender Geschäftsführer in einem Lebensmittelmarkt in der Hudson Street«, sagte er. »Ein wahnsinnig netter Kerl, immer bereit, uns einen Gefallen zu tun, aber ich muss aufhören, bei Gegenüberstellungen auf ihn zurückzugreifen. Das ist das dritte Mal, dass ihn jemand herauspickt. Dabei ist er die Art von Typ, die eine Zehnt-Cent-Münze zurücklegt, wenn sie eine in einem Münztelefon findet.«

»Er sieht irgendwie verschlagen aus«, sagte ich.

»Ich denke, es ist diese Biegung in seiner Lippe. Man bemerkt sie kaum, aber dadurch wird sein Gesicht ein kleines bisschen asymmetrisch, was niemals vertrauenerweckend wirkt. Was auch immer es ist, das war seine letzte Gegenüberstellung.«

»So lange er sich nicht auf krumme Geschichten einlässt«, sagte ich. »Und auf wem lag deine Hoffnung, dass sie ihn auswählen würde?«

»Nein, sag du es mir. Auf wen hättest du getippt?«

»Nummer vier.«

»Volltreffer. Ich hätte dich als Zeugen haben sollen, Matt. Ist das der Berufsinstinkt, der aus dir spricht, oder hast du ihn erkannt?«

»Ich denke, es war der Ausdruck auf seinem Gesicht, nachdem sie ihre Wahl getroffen hatte. Ich weiß, dass sie nicht hören können, was hier drin abläuft, aber er muss irgendetwas gespürt haben und gewusst haben, dass er aus dem Schneider ist.«

»Das hab ich verpasst.«

»Aber ich denke, dass ich ihn sowieso gewählt hätte. Er kam mir bekannt vor, aber ich wusste nicht, woher.«

»Nun, er hat ein Vorstrafenregister. Vielleicht hast du sein hübsches Gesicht in einem der Verbrecheralben gesehen. High-Low Jack, so wird er genannt. Klingelt es?«

Es klingelte nicht. Ich fragte nach seinem Nachnamen, wiederholte ihn dann selbst – »Jack Ellery, Jack Ellery« – und dann fiel der Groschen.

»Ich hab ihn gekannt, als ich noch ein Junge war«, sagte ich. »Mein Gott, ich hab ihn seit der Mittelschule nicht mehr gesehen.«

»Nun«, sagte Lonergan, »ich würde sagen, dass ihr beide unterschiedliche Wege eingeschlagen habt.«

• • •

Bis ich ihn das nächste Mal sah, vergingen ein paar Jahre. In der Zwischenzeit hatte ich das NYPD verlassen und war von einem Haus mit Terrasse in Syosset in ein Hotelzimmer gleich westlich vom Columbus Circle gezogen. Ich suchte nicht nach einem Job, aber die Jobs fanden mich, und so wurde aus mir eine Art Privatdetektiv ohne Lizenz. Ich führte kein Buch über meine Ausgaben und fasste keine schriftlichen Berichte ab, und die Leute, die mich anheuerten, zahlten in bar. Ein Teil des Geldes finanzierte mein Hotelzimmer, ein größerer Teil deckte meine Ausgaben in der Kneipe um die Ecke ab. Dort nahm ich die meisten meiner Mahlzeiten ein, traf ich die meisten meiner Klienten und verbrachte ich die meiste Zeit. Wenn noch Geld übrigblieb, kaufte ich eine Postanweisung und schickte sie nach Syosset.

Dann, nach zu vielen Filmrissen und zu häufigem verkaterten Aufwachen, nach ein paar Ausflügen in die Entgiftung und mindestens einem Anfall, kam der Tag, an dem ich einen Drink unberührt auf dem Tresen stehenließ und den Weg zu einem Treffen der Anonymen Alkoholiker fand. Ich war schon zuvor bei solchen Treffen gewesen, hatte versucht, trocken zu bleiben, aber vermutlich war ich noch nicht bereit gewesen. Ich vermute, dass ich es jetzt war. »Mein Name ist Matt«, erklärte ich einem Raum voller Leute, »und ich bin Alkoholiker.«

Ich hatte das noch nie zuvor ausgesprochen, nicht den ganzen Satz, und ihn auszusprechen ist keine Garantie für Abstinenz. Abstinenz ist niemals garantiert, sie hängt immer an einem seidenen Faden, aber ich verließ dieses Treffen mit dem Gefühl, dass sich etwas verändert hatte. Ich hatte an diesem Tag keinen Drink, auch am nächsten Tag nicht, ebenso wenig am Tag danach. Ich ging weiter zu Treffen und reihte die Tage aneinander, und es muss irgendwann in der Mitte des dritten Monats meiner Abstinenz gewesen sein, als ich Jack Ellery das nächste Mal traf. Ich hatte meinen letzten Drink am 13. November getrunken, also dürfte es in der letzten Januarwoche oder der ersten Februarwoche gewesen sein, irgendwann um den Dreh.

Ich weiß, dass es noch keine drei vollen Monate gewesen waren, denn ich erinnere mich, dass ich die Hand hob, um die Anzahl meiner trockenen Tage zu verkünden, und das tut man nur während der ersten neunzig Tage. »Mein

Name ist Matt«, sagt man, »und ich bin Alkoholiker. Heute ist Tag sieben-undsiebzig.« Und alle anderen sagen, »Hi, Matt«, und dann ist jemand anderes an der Reihe.

Das war bei einem Treffen mit drei Rednern in der östlichen 19th Street. Nach dem zweiten Redner gab es eine Unterbrechung, in der Ankündigungen gemacht wurden und der Korb herumging. Leute mit Jahrestagen verkündeten sie und wurden beklatscht, Frischlinge vermeldeten ihre Anzahl von trockenen Tagen, dann erzählte der dritte Redner seine Geschichte und beendete das Treffen kurz vor zehn, damit wir alle nach Hause gehen konnten.

Ich wollte gerade aus der Tür gehen, als ich meinen Namen hörte. Ich drehte mich um und da war Jack Ellery. Ich hatte vorne gesessen, weshalb ich ihn nicht früher bemerkt hatte. Aber ich erkannte ihn sofort. Er sah älter aus, als er auf der anderen Seite des Einwegspiegels ausgesehen hatte; auf seinem Gesicht zeichnete sich mehr ab als allein die Jahre, die seitdem vergangen waren. Die AA verlangen keinen Eintritt für ihre Treffen, aber das ist so, weil man im Voraus dafür bezahlt.

»Du erkennst mich nicht«, sagte er.

»Doch, tue ich. Du bist Jack Ellery.«

»Herrgott, was hast du für ein Gedächtnis. Wie alt waren wir damals, zwölf oder dreizehn?«

»Ich denke, ich war zwölf und du warst dreizehn.«

»Dein Dad hatte diesen Schuhladen«, sagte er. »Und du warst eine Klasse unter mir. Eines Tages fiel mir auf, dass ich dich schon eine Weile nicht mehr gesehen hatte. Niemand wusste, wo du abgeblieben warst. Und als ich das nächste Mal an dem Schuhladen vorbeikam, war er verschwunden.«

»Wie die meisten seiner unternehmerischen Anstrengungen.«

»Er war trotzdem ein netter Mann. Daran erinnere ich mich. Mr. Scudder. Einmal hat er meine Mutter zutiefst beeindruckt. Er hatte diese Maschine, bei der man mit den Füßen in einer Öffnung stand und eine Art von Röntgenbild von ihnen bekam. Sie war darauf vorbereitet, das Geld für ein Paar neue Schuhe springen zu lassen, und dein Dad hat gesagt, dass meine Füße noch nicht genug gewachsen waren, um sie nötig zu machen. ›Das ist ein ehrlicher Mann‹, sagte sie auf dem Weg nach Hause. ›Er hätte seinen Vorteil aus uns ziehen können, aber er hat es nicht getan.‹«

»Eines seiner Erfolgsgeheimnisse.«

»Nun, es hat Eindruck hinterlassen. Herrgott, die alten Zeiten in der Bronx. Und jetzt sind wir beide trocken. Hast du noch Zeit für einen Kaffee, Matt?«

Kapitel 2

Wir saßen einander in einer Nische in einem Diner in der 23rd Street gegenüber. Er trank seinen Kaffee mit einer Menge Sahne und Zucker, ich meinen schwarz. Das Einzige, was ich jemals hineingekippt hatte, war Bourbon, und damit hatte ich aufgehört.

Er kam wieder darauf zu sprechen, dass ich ihn erkannt hatte. Ich sagte, dass das für uns beide galt, er hatte mich auch erkannt. »Nun, du hast deinen Namen genannt«, sagte er. »Als du die Anzahl deiner trockenen Tage verkündet hast. Du wirst ziemlich bald bei neunzig sein.«

Die ersten neunzig Tage sind eine Art Bewährungszeit. Wenn man neunzig Tage lang sauber und trocken ist, darf man seine Geschichte bei Treffen erzählen und verschiedene Funktionen in der Gruppe übernehmen. Und man kann damit aufhören, die Hand zu heben, um der Welt zu verkünden, wie viele Tage man hinter sich hat.

Er hatte seit sechzehn Monaten nicht mehr getrunken. »Letztes Jahr«, sagte er, »hatte ich meinen Einjahrestag am letzten Tag im September. Ich hätte nie gedacht, dass ich dieses eine Jahr schaffen würde.«

»Man sagt, dass es unmittelbar vor einem Jahrestag schwer ist.«

»Oh, es war auch nicht schwerer als sonst. Aber, weißt du, ich hab irgendwie vorausgesetzt, dass ein Jahr Abstinenz ein Ding der Unmöglichkeit ist. Dass niemand so lange trocken bleiben kann. Nun, mein Sponsor ist seit fast sechzehn Jahren trocken und es gibt in meiner Stammgruppe genug Leute mit zehn, fünfzehn oder zwanzig Jahren. Es war nicht so, dass ich sie als Lügner abgestempelt hätte. Ich hab einfach nur gedacht, dass ich anders bin und dass es für mich unmöglich sein würde. Hat dein alter Herr getrunken?«

»Das war ein anderes seiner Erfolgsgeheimnisse.«

»Meiner auch. Tatsächlich ist er daran gestorben. Erst vor ein paar Jahren. Was mich fertig macht, ist, dass er allein gestorben ist. Seine Leber hat ihn im Stich gelassen. Meine Mutter starb schon früher, sie hatte Krebs, also war er allein in der Welt und ich konnte nicht an seiner Seite sein, wo ich hingehört hätte, weil ich oben im Norden war. Also ist er ganz allein in seinem Bett gestorben. Mann, es wird hart sein, dafür Wiedergutmachung zu leisten, weißt du?«

Ich wollte nicht an die Wiedergutmachungen denken müssen, die ich zu leisten haben würde. *Stell das erst mal zur Seite*, hatte mir Jim Faber mehr als einmal gesagt. *Es gibt zwei Dinge, die du heute tun musst. Eines davon ist, zu einem Treffen zu gehen, und das andere ist, nicht zu trinken. Wenn du diese beiden Dinge hinbekommst, wird der Rest von ganz allein kommen, wenn es an der Zeit ist.*

»Du bist zur Polizei gegangen, Matt. Oder verwechsle ich dich mit jemandem?«

»Nein, du hast Recht. Aber das ging vor ein paar Jahren zu Ende.«

Er hob eine Hand, machte eine Trinkbewegung. Ich nickte. Er sagte: »Ich weiß nicht, ob du davon gehört hast, aber ich habe den anderen Weg eingeschlagen.«

»Es kann sein, dass ich davon gehört habe.«

»Wenn ich sage, dass ich oben im Norden war, dann meine ich, als Gast des Gouverneurs. Ich war in Green Haven. Es war nicht wirklich in einer Kategorie mit dem großen Eisenbahnraub oder dem großen Ding bei Brinks. Was ich getan habe, ich hab mir eine Knarre genommen und bin in einen Schnapsladen spaziert. Und das nicht zum ersten Mal.«

Ich hatte darauf keine Antwort, aber er schien keine zu benötigen. »Ich hatte einen vernünftigen Anwalt«, sagte er. »Er hat es so hinbekommen, dass ich mich einer Anklage für schuldig bekannt habe und sie dafür die anderen fallenließen. Weißt du, was daran am schwierigsten war? Man muss das tun, was sie als Stellung nehmen bezeichnen. Kennst du diesen Ausdruck?«

»Man muss sich vor Gericht hinstellen und sich detailliert zur Tat äußern.«

»Und ich hab den Gedanken gehasst. Einfach nur gehasst. Ich hab nach einem Weg gesucht, darum herumzukommen. ›Kann ich nicht einfach sagen *schuldig* und damit hat es sich?‹ Aber mein Typ hat mir gesagt, nein, du tust es so, wie sie es wollen, du sagst, was du getan hast. Nun, entweder das oder ich konnte den Deal vergessen, also hab ich mich zusammengerissen und getan, was ich tun sollte. Und willst du was wissen? In dem Moment, wo es aus mir heraus war, wurde ich von einer Welle der Erleichterung erfasst.«

»Weil es vorüber war.«

Er schüttelte den Kopf. »Weil es aus mir heraus war. Weil ich es gesagt hatte, es zugegeben hatte. Das ist der fünfte Schritt auf den Punkt gebracht, Matt. Man gesteht seine Fehler vor Gott und allen anderen ein und es fällt einem ein Stein vom Herzen. Oh, es war nicht der letzte Stein, es war nur einer von vielen. Aber als ich zum Programm gekommen bin und man mir gesagt hat, was ich tun müsste, hat es von Anfang an für mich Sinn ergeben. Ich konnte sehen, wie es funktionieren würde.«

Die zwölf Schritte der Anonymen Alkoholiker. Jim Faber hatte mir erklärt, dass sie nicht dazu da waren, dass man nüchtern blieb. Nicht zu trinken sorgte dafür, dass man nüchtern blieb. Die Schritte machten die Abstinenz angenehm genug, damit man nicht das Bedürfnis bekam, sich daraus herauszutrinken. Zu gegebener Zeit würde ich zu ihnen gelangen. Bis dann würde ich zugegeben haben, dass ich dem Alkohol gegenüber machtlos war und dass ich mein Leben nicht mehr meistern konnte. Das war der erste Schritt, und bei dem konnte ich bleiben, so lange ich musste.

Ich hatte keine große Eile, weiterzugehen. Die meisten der Treffen, die ich besuchte, begannen damit, dass die Schritte vorgelesen wurden. Selbst wenn das nicht geschah, hing eine Liste von ihnen genau dort an der Wand, wo man nicht umhin konnte, sie zu lesen. Der vierte Schritt war eine detaillierte persönliche Inventur; man setzte sich hin und schrieb alles auf. Der fünfte Schritt war wie eine Beichte – man teilte den ganzen Scheiß einem anderen Menschen mit, höchstwahrscheinlich seinem Sponsor.

Manche Menschen, sagte Jim, blieben über Jahrzehnte hinweg abstinent, ohne jemals die Schritte zu befolgen.

Ich dachte über die Schritte nach und verpasste ein paar Sätze von dem, was Jack sagte. Als ich ihm wieder meine Aufmerksamkeit schenkte, redete er gerade über Green Haven und darüber, dass es wahrscheinlich das Beste war, was ihm jemals passiert war. Er war dort zum Programm gekommen.

»Ich bin zu den Treffen gegangen, weil sie die Möglichkeit boten, eine Stunde lang auf einem Stuhl zu sitzen und mich auszuklinken«, sagte er. »Drinnen war es leichter, nichts zu trinken, als den furchtbaren Scheiß, den die Knackis für sich selbst brauen, oder die Pillen zu kaufen, die die Wärter hereinschmuggeln. Und, weißt du, ich kann nicht sagen, dass ich dem Alkohol die Schuld dafür gebe, wie mein Leben gelaufen ist, denn ich habe es selbst gewählt. Aber während ich an den Treffen teilnahm, ist mir irgendwann aufgefallen, dass ich jedes Mal, wenn ich in die Scheiße getappt war, high gewesen war. Ich meine, wirklich ausnahmslos. Ich war es, der die Entscheidung traf, das Verbrechen zu verüben, und ich war es, der die Entscheidung traf, den Drink zu nehmen oder den Joint zu rauchen. Aber beides stand im Zusammenhang, weißt du. Das ist mir damals zum ersten Mal aufgefallen.«

Also blieb er im Knast trocken. Dann entließen sie ihn und er kam zurück nach New York, besorgte sich ein Zimmer in einem Wohnheim ein paar Blocks von der Penn Station und am dritten Abend trank er billigen Whiskey in einer Kneipe um die Ecke namens Terminal Lounge.

»Heißt so wegen der Lage«, sagte er, »aber der Name hätte auch zu der Kneipe gepasst, wenn sie sich mitten in Jackson Heights befunden hätte. Der verdammte Laden war die Endstation.«

Nur, dass er es nicht war. Jacks Weg führte noch ein paar Jahre weiter im Zickzack, wobei es ihm während dieser Zeit zwar gelang, nicht mit dem Gesetz in Konflikt zu kommen, nicht aber, einen Bogen um die Kneipen zu machen. Er ging zu Treffen und blieb eine Zeit lang trocken, bis er wieder einen dieser Ach-zum-Teufel-Momente hatte. Und bevor er sich versah, saß er in einer Kneipe oder nahm einen langen Schluck aus einer Flasche. Er schlug ein paarmal in der Entgiftung auf und seine Filmrisse wurden länger; er wusste, was die Zukunft für ihn bereithielt, aber nicht, wie er es vermeiden konnte.

»Weißt du, Matt«, sagte er, »als ich ein kleiner Junge war, hab ich einmal beschlossen, was ich werden würde, wenn ich groß war. Kannst du erraten, was? Du gibst auf? Polizist. Ich wollte ein Cop werden. Ich würde die blaue Uniform tragen und dafür sorgen, dass die Bevölkerung sicher vor Verbrechern war.« Er hob seine Kaffeetasse, aber sie war leer. »Ich vermute, du hast denselben Traum geträumt, aber du bist losgezogen und hast es getan.«

Ich schüttelte den Kopf. »Es ist einfach so passiert«, sagte ich. »Was ich werden wollte, war Joe DiMaggio. Und wenn da nicht die komplette Abwesenheit sportlicher Fähigkeiten gewesen wäre, hätte ich diesen Traum vielleicht verwirklicht.«

»Nun, mein Handicap war die komplette Abwesenheit moralischen Anstands, und du weißt, was mir passiert ist.«

Er hatte weiter getrunken, weil er anscheinend nicht anders konnte, und er war weiter zu AA gegangen, weil es zum Teufel noch mal keinen anderen Ort für ihn gab. Und dann hatte ihn eines Tages nach einem Treffen eine ziemlich komische Person zur Seite genommen und ihm die Augen geöffnet.

»Ein Schwuler, Matt, und ich meine schwul wie ein Rudel Friseure. Gibt sich keine Mühe, es zu verbergen, weißt du? Ist in irgendeinem noblen Vorort aufgewachsen, dann auf eine private Elite-Uni gegangen und jetzt entwirft er Schmuck. Außerdem ist er mehr als zehn Jahre jünger als ich und sieht aus, als ob ihn ein Wind von mehr als dreißig Stundenkilometern aufheben und nach Oz tragen könnte. Genau die Art von Typ, an die ich mich wenden würde, wenn ich Rat brauche, oder?

Nun, er hat mich Platz nehmen lassen und mir gesagt, dass ich das Programm wie eine Drehtür verwenden würde, dass ich einfach nur immer rausgehen und wieder reinkommen würde. Nur, dass jedes Mal, wenn ich hereinkam, weniger von mir übrig war. Und der einzige Weg, wie ich dieses Muster durchbrechen konnte, bestünde darin, dass ich jeden Morgen das *Blaue Buch* las und jeden Abend das *Zwölf & Zwölf* und dass mich wirklich ernsthaft an die Schritte machte. Ich hab ihn angesehen, diese zarte kleine Schwuchtel, diesen Typen, mit dem ich weniger gemeinsam hatte als mit einem verdammten Marsmenschen, und ich hab ihn etwas gefragt, was ich noch nie zuvor jemanden gefragt hatte. Ich hab ihn gefragt, ob er mein Sponsor werden will. Weißt du, was er geantwortet hat?«

»Ich vermute, er hat ja gesagt.«

»›Ich bin bereit, dein Sponsor zu werden‹, hat er gesagt, ›aber ich weiß nicht, ob du in der Lage sein wirst, es zu ertragen.‹ Nun, verdammt, Mann. Wenn man es genau betrachtet, welche Wahl hatte ich?«

Also ging er jeden Tag zu einem Treffen, manchmal auch zu zwei, selbst drei Treffen an einem Tag waren nichts Unerhörtes. Er rief jeden Morgen und jeden Abend seinen Sponsor an, und das Erste, was er tat, wenn er aus dem Bett stieg, war, dass er auf die Knie ging und Gott um einen weiteren trockenen Tag bat. Das Letzte, was er am Abend tat, war, dass er wieder auf die Knie ging und Gott dafür dankte, dass er trocken geblieben war. Und er las das *Blaue Buch* und das *Zwölf & Zwölf* und arbeitete sich mit seinem Sponsor durch die Schritte. Er schaffte neunzig Tage, nicht zum ersten Mal, aber er hatte noch nie sechs Monate geschafft, dann neun Monate und, unglaublich, ein Jahr.

Für seinen vierten Schritt ließ ihn sein Sponsor alles Schlechte, das er jemals in seinem Leben getan hatte, aufschreiben. Wenn es etwas gab, das er nicht hinzufügen wollte, dann bedeutete das verdammt noch mal, dass es dort hingehörte. »Es war«, sagte er, »als würde ich zu jeder verdammten Sache, die ich jemals getan hatte, vor Gericht Stellung beziehen.«

Dann setzten sie sich hin und er las vor, was er aufgeschrieben hatte, wobei sein Sponsor ihn ab und zu unterbrach, um etwas zu kommentieren oder um ihn um eine ausführlichere Beschreibung zu bitten. »Und als wir durch waren, fragte er mich, wie ich mich fühlte. Es war nicht wirklich die feine Art, es so auszudrücken, aber was ich ihm sagte, war, dass ich mich fühlte, als hätte ich gerade den größten Haufen in der Geschichte der Welt geschissen.«

Jetzt war er bei sechzehn Monaten und es war an der Zeit, an den Wiedergutmachungen zu arbeiten. Er hatte für den achten Schritt die Liste der Personen zusammengestellt, denen er Schaden zugefügt hatte, und er war bereit dazu, die Dinge wieder ins richtige Lot zu bringen. Nun war er beim neunten Schritt, was bedeutete, dass er wirklich Wiedergutmachung leisten musste, und das war gar nicht so einfach.

»Aber welche Wahl habe ich?«, sagte er. Er schüttelte den Kopf und fuhr fort: »Herrgott, wie spät es ist. Du hast dir gerade meine gesamte Geschichte angehört. Du hast drei Redner durchgehalten und jetzt musstest du auch noch mir zuhören, und ich hab fast so lange geredet wie die drei zusammen. Aber ich vermute, es hat mir geholfen, mit jemandem aus dem alten Viertel zu reden. Es ist verschwunden, musst du wissen. Das alte Viertel. Sie sind hingegangen und haben einen verdammten Expressway mittendurch gebaut.«

»Ich weiß.«

»Es bedeutet mir wahrscheinlich mehr. Das Viertel, meine ich. Wie lange warst du dort, zwei Jahre?«

»So etwa.«

»Für mich war es meine ganze Kindheit. Ein gelungener Anlass, mir deshalb einen ziemlich guten Rausch anzutrinken. ›Ich Ärmster, das Haus, in dem ich aufgewachsen bin, steht nicht mehr, die Straßen, in denen ich Stickball gespielt habe, sind verschwunden, bla bla bla.‹ Aber meine Kindheit bestand nicht aus dem Haus und den Straßen. Und sie ist nicht verschwunden. Ich trage sie noch immer mit mir herum und ich muss mich noch immer mit ihr herumschlagen.« Er nahm die Rechnung. »Und damit genug über mich.

Ich zahle. Du kannst es als Wiedergutmachung dafür betrachten, dass ich dir die Ohren abgekaut habe.«

Nachdem ich nach Hause gekommen war, rief ich Jim Faber an. Wir waren einer Meinung, dass sich Jims Sponsor wie ein echter Schritte-Nazi anhörte, was aber genau das zu sein schien, was Jack brauchte.

Bevor wir uns voneinander verabschiedet hatten, hatte Jack mir seine Nummer gegeben, und ich hatte mich verpflichtet gefühlt, ihm meine zu geben. Ich hatte es nicht sehr mit dem Telefonieren; Jim war die einzige Person, die ich auf ziemlich regelmäßiger Basis anrief. Es gab eine Frau in Tribeca, eine Bildhauerin namens Jan Keane, mit der ich normalerweise Samstagabend und Sonntagmorgen verbrachte, und einer von uns rief den anderen zwei- oder dreimal die Woche an. Davon abgesehen tätigte ich nicht viele Anrufe, und die meisten, die ich selbst erhielt, waren falsch verbunden.

Ich übertrug Jack Ellerys Nummer in mein Notizbuch und dachte mir, dass ich ihm irgendwann wieder begegnen würde. Oder auch nicht.

Kapitel 3

Das nächste Mal sah ich Jack Ellery ein paar Monate später, als wir uns bei einem Treffen begegneten. Bis dahin hatten wir mehrmals am Telefon miteinander gesprochen. Das erste Mal telefonierten wir, nachdem ich meine neunzig Tage hinter mir hatte. Ich sprach an diesem Abend in meiner Stammgruppe im Untergeschoss von St. Paul the Apostle. Die Kirche befindet sich an der Kreuzung Columbus Avenue und 60th Street, ein paar kurze Blocks von meinem Hotel. In meinen Trinkertagen war ich dorthin gegangen, um Opferkerzen für die Toten anzuzünden und, wenn ich schon mal dort war, ein paar Augenblicke der Stille zu genießen. Damals hatte ich nicht einmal gewusst, dass es im Keller AA-Treffen gab.

Nun saß ich vorne am Tisch und erzählte meine Geschichte, oder zumindest das, was sich in zwanzig Minuten zwängen ließ, und alle gratulierten mir. Danach gingen ein paar von uns auf einen Kaffee ins Flame, später ging ich nach Hause und rief Jan an. Sie gratulierte mir ebenfalls und erinnerte mich dann daran, was nach neunzig Tagen kommt. Der einundneunzigste Tag.

Es muss Tag dreiundneunzig oder vierundneunzig gewesen sein, als Jack Ellery anrief, um mich ebenfalls zu beglückwünschen. »Ich war ein bisschen nervös, bevor ich deine Nummer gewählt habe«, sagte er, »denn ich hatte zwar vermutet, dass du es schaffen wirst, aber man weiß ja nie, oder? Und wie würdest du dich fühlen, wenn du dir einen Rückfall geleistet hättest, und dann kommt da dieses Arschloch, um dir zu den neunzig Tagen zu gratulieren, die du nicht hast? Als ich das zu meinem Sponsor gesagt hab, hat er mich daran erinnert, dass ich nicht der Mittelpunkt des Universums bin, was mich immer wieder aufs Neue überrascht. Und er hat gesagt, dass du, falls du, Gott behüte, einen Drink angerührt hättest, viel mehr hättest, über das du aufgebracht sein würdest, als irgendeinen Typen am anderen Ende der Telefonleitung.«

Eine Woche später oder so rief er noch einmal an, aber es war ein Samstag und ich war bei Jan in der Lispenard Street. Am nächsten Morgen gingen wir zu einem Treffen in SoHo, eine ihrer Lieblingsgruppen. Danach gönnten wir uns einen Brunch, bevor wir ein paar Galerien auf dem West Broadway besuchten und ich zu meiner regulären sonntäglichen Verabredung mit Jim zum Abendessen ging. Wir aßen an diesen Abenden immer chinesisch, allerdings nicht immer im selben Restaurant; danach gingen wir normalerweise zu einem Treffen. Deshalb war es schon spät, als ich zurück ins Hotel kam und Jacks Nachricht erhielt. Ich rief ihn erst am nächsten Tag zurück, aber als ich anrief, war er nicht zu Hause, und es gab keine Möglichkeit, eine Nachricht zu hinterlassen.

Wir jagten noch ein paar Tage am Telefon hintereinander her, bis es einem von uns gelang, den anderen zu erreichen. Es war eines dieser peinlichen Telefongespräche, bei dem keiner viel zu sagen hat.

Ich erinnere mich, dass er wieder über das Problem der Wiedergutmachung sprach. »Zum Beispiel«, sagte er, »war da dieser Kumpel, mit dem ich unterwegs war. Wir haben zusammen ein paar Läden ausgeraubt, uns danach mit einer Dreiviertelliterflasche Johnnie Black versteckt und uns gegenseitig versichert, was wir für Helden waren. Dann, eines Tages, haben wir uns diesen kleinen Laden im Village vorgenommen, Töpfe und Pfannen und Haushaltsscheiß. Ich meine, was haben wir uns dabei gedacht? Wie viel Geld würden die in der Kasse haben?«

Ich erinnerte mich an die Frau bei der Gegenüberstellung.

»Und ich vermute, er hat sich betrunken und vor der falschen Person die Schnauze nicht halten können, oder vielleicht war ich es, denn wer erinnert sich schon an so einen Scheiß? Ich wurde verhaftet, aber die Frau konnte mich nicht identifizieren und wählte stattdessen den armen Loser, der neben mir stand. Und als sie Arnie verhaften wollten, Herrgott, er hat nach seiner Waffe gegriffen, der verrückte Hurensohn. Sie haben ihn durchlöchert und bei der Ankunft im Beth Israel war er bereits tot. Nun, ich hab ihn nicht auf die schiefe Bahn gebracht und ich hab ihn nicht verpfiffen, aber er war am Ende tot und ich musste nicht in den Knast. Ich musste nicht einmal das Geld zurückgeben. Was schulde ich ihm dafür? Und wie kann ich es wieder gutmachen?«

Er rief danach noch einmal an und hinterließ eine Nachricht. Er würde bei einem Treffen in der Upper West Side sprechen und wenn ich kommen wollte, um mir seine Geschichte anzuhören, könnten wir danach vielleicht einen Kaffee trinken gehen. Ich überlegte es mir, aber der Tag kam und ging. Ich mochte ihn ganz gern und wünschte ihm nur Gutes, aber ich war mir nicht sicher, ob ich wollte, dass wir beste Freunde wurden. Die Bronx war schon lange her und wir hatten seitdem unterschiedliche Wege eingeschlagen, selbst wenn wir es geschafft hatten, am selben Ort anzugelangen. Es bestanden keine großen Aussichten, dass ich jemals wieder ein Cop sein würde, auch wenn ich manchmal darüber nachdachte, aber bei Jack war ich mir nicht so sicher. Wenn er trocken blieb, würde er keine Probleme haben, aber falls nicht, nun, dann konnte so ziemlich alles passieren, und ich wollte nicht zu nah bei ihm sein, falls es dazu kam.

Die nächste Gelegenheit, bei der ich ihn sah, war ein Treffen der Sober-To-day-Gruppe in der Second Avenue, Ecke 87th Street. Ich war noch nie zuvor dort gewesen und ging hin, weil jemand Jan als Rednerin verpflichtet hatte. Ich hatte noch nie gehört, wie sie ihre Geschichte als Trinkerin erzählte, auch wenn ich zumindest einen Teil davon persönlich miterlebt hatte. Also verabredeten wir, uns dort zu treffen und danach noch etwas zu Abend zu essen. Ich fand den Ort, besorgte mir eine Tasse Kaffee und sah Jack Ellery, der sich auf der anderen Seite des Raums mit einem gelehrt aussehenden Mann Mitte zwanzig unterhielt.

Ich musste ein zweites Mal hinsehen, um mich davon zu überzeugen, dass es sich wirklich um Jack handelte, denn er sah ziemlich zugerichtet aus. Seine Kleidung war in Ordnung, eine gebügelte Khakihose und ein langärmeliges Sporthemd, aber sein Gesicht war auf einer Seite aufgeschwollen und er hatte ein blaues Auge. Eine Schlussfolgerung drängte sich auf und ich zog sie. Menschen, die nüchtern bleiben, sehen normalerweise nicht so aus, es sei denn, es handelt sich um unterlegene Berufsboxer. Deshalb vermutete ich, dass ihn all seine Konzentration auf die Schritte nicht davon abgehalten hatte, beim ersten zu stolpern.

Es wäre schade gewesen, wenn er einen Rückfall gehabt hatte, aber so etwas kam vor, und die gute Nachricht war, dass er jetzt bei einem Treffen war. Trotzdem fühlte ich keinen Drang, zu ihm rüberzugehen und mit ihm zu reden. Ich wählte mit Bedacht einen Platz, auf dem es unwahrscheinlicher war, dass er mich bemerken würde. Dann begann das Treffen.

Von der Form her beschränkte es sich auf einen einzelnen Redner, gefolgt von einer allgemeinen Diskussion. Zuerst lasen sie jedoch »Wie es funktioniert«, die Schritte, die Traditionen und noch ein paar andere Auszüge aus der Weisheit der Jahrhunderte vor. Ich ließ meine Gedanken schweifen, bis sie zur Anzahl der Tage und den Jahrestagen kamen. Irgendwann hatte ich meine Position auf dem Stuhl verändert, sodass ich Jack sehen konnte. Er hatte tatsächlich die Hand gehoben.

Keine große Überraschung, dachte ich, und wartete darauf, dass er aufgerufen wurde, um uns zu sagen, wie viele Tage er dieses Mal trocken war. Aber sie hatten die Tageverkünder bereits abgeschlossen und waren bei den Jahrestagen, wie ich herausfand, als er sagte: »Mein Name ist Jack und dank der Gnade Gottes und der Gemeinschaft der Anonymen Alkoholiker konnte ich vorgestern meinen zweiten Jahrestag feiern.«

Alle applaudierten, natürlich, und ich schloss mich an, nachdem ich es verarbeitet hatte; ich klatschte die Hände aneinander und fühlte mich wie ein Idiot. Was bildete ich mir ein, einen Menschen anzusehen und davon auszugehen, dass er getrunken hatte?

Dann stellte der Sprecher der Gruppe Jan vor und sie fing an, ihre Geschichte zu erzählen. Ich lehnte mich zurück und hörte ihr zu. Aber ein- oder zweimal beugte ich mich vor, um einen Blick auf Jack zu werfen. Er war trocken, und das war gut so, aber warum sah er aus, als ob ihn jemand in die Mangel genommen hätte?

In der Pause ging ich zu ihm. »Ich hab mir gedacht, dass du es bist«, sagte er. »Du bist ziemlich weit weg von Zuhause, oder? Ich denke nicht, dass ich dich hier schon mal gesehen habe.«

»Die Rednerin ist eine Freundin von mir«, sagte ich, »und das ist die erste Gelegenheit, bei der ich ihre Aussprache hören kann.«

»Nun, das ist einen Abstecher wert, oder? Ich hab es genossen, ihr zuzuhören, und alles, was ich tun musste, war, ein paar Blocks zu Fuß gehen.«

»Wir sind für danach zum Abendessen verabredet«, sagte ich und fragte mich, als ich es aussprach, warum ich den Drang spürte, ihm diese Information mitzuteilen. Auf dem Weg zurück zu meinem Platz wurde es mir klar. Ich hatte ihm von Anfang an den Wind aus den Segeln genommen und ihn wissen lassen, dass wir keine Zeit für einen Kaffee hatten.

Ich hatte nicht nach seinem Gesicht gefragt, weil ich es von meiner Seite nicht für angebracht hielt, das Thema anzuschneiden, und er hatte es selbst nicht angesprochen. Ich konnte jedoch nicht umhin, darüber nachzudenken, und dachte, dass meine Neugier befriedigt werden würde, als ich sah, dass er seine Hand während der Diskussion hob. Es dauerte eine Weile, bis Jan ihn aufrief, obwohl ich mit meiner ganzen Willenskraft versuchte, sie zu beeinflussen. Schließlich tat sie es und er dankte ihr für ihre Aussprache. Er fand etwas darin, mit dem er sich identifizieren konnte, ein gemeinsames Element in ihren Filmrissen oder Katern, etwas derart Gewöhnliches. Nichts, das die Beulen und Flecken erklärte, die ihm widerfahren waren, als er den zweiten Jahrestag seiner Abstinenz erreichte.

Nachdem wir das Treffen mit dem Gelassenheitsspruch abgeschlossen hatten, waren er und der Typ, der neben ihm gesessen hatte, unter den zehn oder zwölf Leuten, die zu Jan gingen, um ihr die Hand zu schütteln und sich dafür zu bedanken, dass sie ihre Geschichte erzählt hatte. Ich hielt mich im Hintergrund, half dabei, die Stühle aufzuräumen, und war immer noch damit beschäftigt, als er und sein Freund sich auf den Weg zur Tür machten.

Aber er stoppte auf halbem Weg und kam zu mir. »Jetzt ist nicht der richtige Zeitpunkt dafür«, sagte er, »aber es gibt etwas, über das ich wirklich mit dir reden möchte. Wann ist ein guter Zeitpunkt, bei dir anzurufen?«

Jan und ich würden zu Abend essen, vermutlich in dem deutschen Restaurant, von dem sie gesagt hatte, dass sie es ausprobieren wollte. Dann würde ich sie nach Hause begleiten und höchstwahrscheinlich über Nacht in der Lispenard Street bleiben. Am Morgen würde sie arbeiten wollen, also würde ich nach dem Frühstück verschwinden, und was würde ich dann tun? Mit der U-Bahn zu meinem Hotel fahren, falls ich mich nicht entschloss, mir Zeit zu lassen und zu Fuß zu gehen, um womöglich unterwegs ein Mittagstreffen zu besuchen. Es würde eines im Workshop in der Perry Street geben, oder ich konnte weitergehen und das Buchladentreffen in St. Francis of Assisi in der 30th Street aufsuchen.

Ich erinnerte mich an etwas und vermutlich musste es sich auf meinem Gesicht abgezeichnet haben, denn Jack fragte mich, was so lustig war.

»Ich hab nur gerade an etwas gedacht«, sagte ich. »Etwas, das ich gehört habe. Dass die Literatur uns sagt, die Abstinenz sei eine Brücke zurück ins Leben, aber manchmal ist sie einfach nur ein Tunnel zum nächsten Treffen.«

»Greg sagt das auch«, sagte er, und sein Freund näherte sich, als er seinen Namen hörte. Jack stellte uns einander vor. Ich war nicht überrascht zu erfahren, dass es sich um Jacks Sponsor handelte. Er trug einen Ohrring und ich hatte bereits entschieden, dass er ihn selbst entworfen hatte.

»Ah, Matt aus dem alten Viertel«, sagte Greg. »Das seit vielen Jahren dem Erdboden gleichgemacht und zubetoniert ist und das viel besser in nostalgischer Rückschau ist, als es jemals in der Wirklichkeit war. Ich wünschte, jemand würde eine Autobahn durch mein altes Viertel bauen. Oder einen Fluss durch es hindurchleiten.«

»Jemand hat mal so etwas getan«, schien ich mich zu erinnern, und er sagte, es habe sich um Herkules gehandelt, der so die Ställe Augias' ausgemistet hatte.

»Er hatte zwölf Arbeiten, wir haben zwölf Schritte«, sagte er. »Wer hat jemals behauptet, dass es einfach sein würde, trocken zu bleiben?«

Jan war auf dem Weg zu uns und ich war bereit, sie mir zu schnappen und zu verschwinden. Ich schlug Jack vor, dass es vielleicht einfacher wäre, wenn ich ihn anrief, aber er sagte, dass er vermutlich den größten Teil des Tages außer Haus sein würde. Ich erklärte ihm, dass ich wahrscheinlich am späten Vormittag zurück in meinem Hotel sein würde. Falls er mich dann verpasste, sollte er es gegen zwei erneut versuchen.

New Yorks Little Germany war ein Viertel in der Lower East Side – bis zur *General Slocum*-Katastrophe im Jahr 1904, als das Schiff dieses Namens Feuer fing und im East River sank, während sich 1.300 Bewohner des Viertels für ihren jährlichen Ausflug an Bord befanden. Mehr als tausend von ihnen starben, was Little Germany tief erschütterte. Es bedeutete das Ende des Viertels, so sicher, als hätte jemand eine Autobahn mitten durch es hindurchgebaut. Oder einen Fluss hindurchgeleitet.

Die Bewohner waren aus Little Germany weggezogen. Die meisten von ihnen hatte es nach Yorkville verschlagen, in die Blocks um die Kreuzung der 86th Street mit der 3rd Avenue. Es gab dort nicht nur Deutsche, sondern auch Tschechen und Ungarn, aber in den letzten Jahren hatten sie alle angefangen, weiterzuziehen, und heutzutage waren die Mieten zu hoch für neue Einwanderer. Yorkville war dabei, seinen ethnischen Charakter zu verlieren.

Darauf wäre man im Maxl's nie gekommen. Jan warf einen langen Blick auf die Speisekarte und entschied sich für Sauerbraten mit Blaukraut und Kartoffelknödeln, wobei sie Letztere mit ihrem deutschen Namen bestellte. Der Kellner, der in seiner Lederhose ziemlich albern aussah, fand ihre Wahl oder ihre Aussprache gut, vielleicht auch beides, und strahlte, als ich sagte, dass ich das gleiche nehmen würde. Auf seinem Gesicht zeichneten sich jedoch Betroffenheit und Bestürzung ab, als wir auf seine Frage, welches Bier wir möchten, antworteten, dass wir gerne Kaffee hätten. Kaffee könnten wir später trinken, schlug er vor. Jetzt sollten wir gutes deutsches Bier zu gutem deutschen Essen trinken.

Ich hatte eine plötzliche intensive Sinneserinnerung an gutes deutsches Bier. Beck's, St. Pauli Girl oder Löwenbräu, stark, gehaltvoll, vollmundig. Ich würde es nicht bestellen, mir war nicht einmal danach, aber die Erinnerung war da. Ich blinzelte sie weg, während Jan klarstellte, dass er uns an diesem Abend kein Bier verkaufen würde.

Das Ambiente war auf Touristen ausgerichtet, aber das Essen war gut genug, uns davon abzulenken. Danach tranken wir noch mehr Kaffee und teilten uns eine dickflüssige Nachspeise. »Ich könnte das jeden Abend machen«, sagte Jan, »wenn es mir egal wäre, ob ich einhundertfünfzig Kilo wiege. Der Typ, der ausgesehen hat, als hätte man ihm eine Tracht Prügel verabreicht? Ich denke, du hast gesagt, er heißt Jack?«

»Was ist mit ihm?«

»Du hast mit ihm gesprochen.«

»Ich hab dir schon mal von ihm erzählt.«

»Aus der Zeit, als du in der Bronx gewohnt hast. Und dann hast du ihn Jahre später verhaftet.«

»Fast«, sagte ich. »Ich hab ihn nicht verhaftet, ich war nur bei der Gegenüberstellung dabei. Und als man ihn dann wegsperrte, war es wegen etwas anderem. Übrigens hab ich ihm nie von der Gegenüberstellung erzählt.«

»Ich hab ihn gefragt, was mit seinem Gesicht passiert ist. Ich hätte nichts gesagt, aber er hat es selbst zur Sprache gebracht; hat gesagt, dass er nicht immer so attraktiv aussieht. Du weißt schon, einen Witz darüber machen, um es abzuhaken.«

»Ich hab einmal George Shearing getroffen«, erinnerte ich mich.

»Den Jazzpianisten?«

Ich nickte. »Jemand hat uns einander vorgestellt, ich weiß nicht mehr, bei welcher Gelegenheit. Und er hat sofort drei oder vier Blindenwitze erzählt. Sie waren nicht übermäßig witzig, aber darum ging es nicht. Man trifft einen Blinden und ist sich über alle Maßen seiner Blindheit bewusst. Er hatte gelernt, das aus dem Weg zu schaffen, indem er die Aufmerksamkeit darauf lenkte.«

»Nun, das war das, was Jack getan hat. Deshalb hab ich ihn auch gefragt, was passiert ist.«

»Und?«

»Er hat geantwortet, dass er es den Schritten zu verdanken hat. Er sei bei einem von ihnen ausgerutscht und direkt auf dem Gesicht gelandet. Ich vermute, sein Freund hat das verstanden, denn er hat die Augen verdreht. Ich hätte ihn gefragt, bei welchem Schritt, aber bevor ich etwas sagen konnte, hatte er sich schon noch einmal bei mir bedankt und für die nächste Person in der Schlange Platz gemacht.«

»Neun«, sagte ich.

»Wie in ›neunter Schritt‹? Oder sollte das Deutsch für *no* sein?«

»Er hat Wiedergutmachung geleistet. Oder es zumindest versucht.«

»Als ich das getan habe«, sagte sie, »hat es mir vor allem Umarmungen und Vergebung eingebracht. Zusammen mit einer Menge ausdrucksloser Blicke von Leuten, die nicht verstehen konnten, warum ich mich entschuldige.«

»Nun«, sagte ich, »du und Jack, ihr habt wahrscheinlich Umgang mit unterschiedlichen Menschenklassen gepflegt. Und ihr hattet unterschiedliche Dinge, die ihr wiedergutmachen musstet.«

»Ich hab mal einen Kerl vollgekotzt.«

»Und er hat dir nicht ins Gesicht geschlagen?«

»Er hat sich nicht einmal *erinnert*. Zumindest hat er das behauptet, aber ich denke, er wollte nur höflich sein. Ich meine, wie vergisst man so etwas?«

Ich griff nach der Rechnung, so wie ich es normalerweise tue, aber sie bestand darauf, dass wir sie uns teilen würden. Draußen sagte sie, dass sie erschöpft wäre, und fragte, ob es mir das Herz brechen würde, wenn sie allein nach Hause ginge. Ich sagte, dass es wahrscheinlich eine gute Idee war und ich selbst müde war. Es war Donnerstag, also würden wir uns in zwei Tagen sowieso sehen. Ich winkte einem Taxi, und als ich ihr die Tür aufhielt, schlug sie vor, mich an meinem Hotel abzusetzen, da es so ziemlich auf ihrem Weg lag. Ich antwortete, dass ich gerne einen Spaziergang machen würde, um die Nachspeise verdauen.

Ich sah zu, wie ihr Taxi auf der 2nd Avenue Richtung Süden fuhr, und versuchte, mich daran zu erinnern, wann ich zum letzten Mal deutsches Bier getrunken hatte. Bei Jimmy Armstrong gab es Prior Dark vom Fass und ich stellte fest, dass ich mich an den Geschmack erinnern konnte.

Ich zwang mich dazu, zwei Blocks zu Fuß zu gehen, dann nahm ich selbst ein Taxi.

Zurück auf meinem Zimmer zog ich mich aus und duschte. Ich rief Jim Faber an und sagte: »Was zum Teufel ist los mit mir? Sie hat gesagt, dass sie müde ist, und ich werde sie sowieso am Samstag sehen.«

»Du hast gedacht, dass du heute mit zu ihr nach Hause gehen würdest. Hast es mehr oder weniger als selbstverständlich angesehen.«

»Und sie hat gefragt, ob es mir nichts ausmacht, und ich hab gesagt, nein, klar, kein Problem.«

»Aber das war nicht das, was du gefühlt hast.«

»Ich hab Lust gehabt, ihr zu sagen, dass sie den Samstag auch vergessen soll, wenn wir schon dabei sind. Auf diese Weise würde sie noch mehr Ruhe bekommen. So viel verdammte Ruhe, wie sie sich nur wünschen kann.«

»Nett.«

»Und vielen Dank, gnädige Frau, ich nehme mir ein eigenes Taxi. Aber was ich gesagt habe, war, dass ich Lust hätte, zu Fuß zu gehen.«

»Mhm. Und wir fühlst du dich jetzt?«

»Müde. Und ein bisschen lächerlich.«

»Beides angebracht, würde ich sagen. Hast du getrunken?«

»Natürlich nicht.«

»Wolltest du?«

»Nein«, sagte ich und dachte darüber nach. »Nicht bewusst. Aber wahrscheinlich wollte ich, auf irgendeiner Ebene.«

»Aber du hast nicht getrunken.«

»Nein.«

»Dann bist du in Ordnung«, sagte er. »Geh schlafen.«

· · ·

Wenn man unsere Kindheit in der Bronx nicht mitzählt, war das das dritte Mal, dass ich Jack Ellery sah – einmal durch das Spiegelglas und zweimal bei Treffen.

Als ich ihn das nächste Mal sah, war er tot.

Kapitel 4

Am Freitagmorgen ging ich zum Frühstück ins Morning Star und von dort direkt in die Donnell Library in der westlichen 53rd Street. Am Abend zuvor hatten wir im Restaurant über die *General Slocum*-Katastrophe gesprochen, aber ich war mir nicht sicher gewesen, wann es passiert war und wie viele Tote es gegeben hatte. Ich fand ein Buch, das alle meine Fragen beantwortete, darunter auch solche, an die ich noch gar nicht gedacht hatte, bevor ich angefangen hatte, darüber zu lesen. So ziemlich alle Beteiligten hatten sich grob fahrlässig verhalten, von den Eigentümern und Managern der Schifffahrtsgesellschaft abwärts, aber der Einzige, der im Gefängnis gelandet war, war der Kapitän gewesen. Seine Strafe kam mir angesichts der Ungeheuerlichkeit seiner Handlungen furchtbar gering vor.

Soweit ich es sagen konnte, machte sich niemand die Mühe, eine Zivilklage anzustrengen. Ich dachte daran, wie sehr die Welt sich doch in einem Dreivierteljahrhundert verändert hatte. Heutzutage reichten Leute wegen jeder Kleinigkeit Klage ein, selbst wenn die Kleinigkeit jemand anderen betraf und sie sich mehr als eine Meile von ihnen entfernt zugetragen hatte. Ich versuchte zu entscheiden, ob das Land wegen all dieser unaufhörlichen Prozesse besser oder schlechter dran war, beschloss aber, meine Entscheidung aufzuschieben, denn etwas, das ich gelesen hatte, führte mich zu einem anderen Buch über ein anderes Thema.

Damit war der Morgen erledigt. Ich ging direkt aus dem Lesesaal der Donnell Library ins YMCA in der 63rd Street, wo ich gerade rechtzeitig zum 12:30-Uhr-Treffen eintraf. Es endete um halb zwei, woraufhin ich mir an einem Pizzastand ein Stück Pizza und ein Coke kaufte, was für mich als Mittagessen durchaus akzeptabel war, auch wenn ich nicht davon ausging, dass es einem staatlich geprüften Ernährungswissenschaftler ein entzücktes Lächeln auf das Gesicht zaubern würde. Es war etwa Viertel nach zwei, als ich nach Hause kam, und es gab zwei Nachrichten in meinem Fach. Der erste Anruf war um 10:45 Uhr eingegangen, den zweiten hatte ich um weniger als zehn

Minuten verpasst. Beide Nachrichten waren von Jack, und beide Male hatte er ausrichten lassen, dass er es später noch einmal versuchen würde.

Ich ging nach oben und wählte seine Nummer in der Hoffnung, dass er jetzt zufällig zu Hause war oder sich einen Anrufbeantworter zugelegt hatte. War er nicht und hatte er nicht.

Ich blieb auf meinem Zimmer, bis es Zeit war, etwas zu Abend zu essen. Ich hatte keinen Grund, irgendwohin zu gehen, und ich hatte ein Buch, das ich lesen wollte, also blieb ich nicht speziell dort, um auf seinen Anruf zu warten, aber das spielte wahrscheinlich auch eine Rolle. Das Telefon läutete ein einziges Mal, es war Jan, die bestätigte, dass es bei unserer Verabredung für Samstagabend blieb. Dann fragte sie, ob ich am Vorabend den ganzen Weg nach Hause zu Fuß zurückgelegt hatte, und ich atmete tief ein, bevor ich antwortete. »Ich bin zwei Blocks gegangen«, sagte ich, »dann hab ich mir gesagt, zum Teufel, und hab mir ein Taxi genommen.«

Wir vereinbarten, wann und wo wir uns treffen würden. Nachdem ich aufgelegt hatte, wunderte ich mich über meinen ersten Impuls, der gewesen war, ihr zu sagen, ja, ich sei den ganzen Weg von Yorkville zu Fuß nach Hause gegangen. Und was noch? Dass meine Füße wund waren und meine Schenkel schmerzten? Dass ich überfallen und mit einer Pistole geschlagen worden war und alles ihre Schuld sei?

Aber stattdessen hatte ich kurz innegehalten, um Luft zu holen, und ihr dann die nicht weiter bemerkenswerte Wahrheit gesagt, woraufhin sie sich die Gelegenheit hatte entgehen lassen, mich daran zu erinnern, dass ich mir ein paar Dollar hätte sparen können, wenn ich mir mit ihr das Taxi geteilt hätte. Ich vermute, man konnte sagen, dass wir beide Fortschritte machten.

Am Freitagabend ging ich zum Treffen in St. Paul's. Ich sprach mit Jim, aber er klagte über Kopfschmerzen und ging in der Pause nach Hause. Nach dem Treffen schloss ich mich ein paar anderen für einen Kaffee an; das Hauptgesprächsthema war ein Mitglied der Gruppe, das sich gerade als Lesbierin geoutet hatte. »Ich wusste, dass Pegeen lesbisch ist«, sagte ein Mann namens Marty. »Ich hab es etwa zehn Minuten, nachdem ich sie kennengelernt hatte, erkannt. Ich hatte nur gehofft, dass ich sie ins Bett kriegen würde, bevor *sie* es erkennt.«

»Während Visionen von einem Dreier in deinem Kopf herumgetanzt sind«, sagte jemand.

»Nein, ich bin ein unkomplizierter Typ. Ich wollte sie einfach nur ein paarmal vögeln, bevor sie zu einem Kürbis wird.«

»Aber deine Höhere Macht hatte andere Vorstellungen.«

»Meine Höhere Macht«, sagte Marty, »hatte absolut keinen Peil. Meine Höhere Macht hat mit offenen Augen geschlafen.«

Es gab eine Nachricht für mich an der Rezeption meines Hotels, die gleiche Nachricht wie zuvor: Jack hatte angerufen und würde es später noch einmal versuchen. Es stand nicht dort, dass ich ihn zurückrufen sollte, und ich beschloss, es nicht zu tun, weil es schon spät war. Dann änderte ich meine Meinung und rief ihn trotzdem an, aber es meldete sich niemand.

Der Samstag begann kalt und regnerisch. Ich verzichtete auf das Frühstück und bestellte mir schließlich ein frühes Mittagessen vom Deli am Ende des Blocks. Der Junge, der es brachte, hatte eine verstörende Ähnlichkeit mit einer ertränkten Ratte, was ihm ein höheres Trinkgeld als gewöhnlich einbrachte.

Ich verbrachte den Nachmittag vor dem Fernseher, zwischen mehreren College-Football-Spielen hin- und herschaltend. Ich schenkte dem, was ich sah, keine allzu große Aufmerksamkeit, aber es war besser, als draußen im Regen zu stehen, und ich ging davon aus, dass Jack mich erreichen würde, wenn ich lange genug an einem Ort blieb.

Aber das Telefon klingelte nicht. Ich nahm selbst ein paarmal den Hörer in die Hand und wählte seine Nummer. Keine Antwort. Es war auf seltsame Weise frustrierend, denn ich hatte eigentlich kein brennendes Bedürfnis, mit ihm zu sprechen, wollte aber andererseits auch nicht von einer endlosen Reihe von Zetteln mit Nachrichten heimgesucht werden.

Also saß ich in meinem Zimmer. Wenn ich nicht auf den Fernseher blickte, betrachtete ich durch das Fenster den Regen.

Jan und ich hatten vereinbart, uns in einem Restaurant in Little Italy an der Kreuzung der Mulberry Street mit der Hester Street zu treffen. Wir waren bereits ein paarmal gemeinsam dort gewesen und mochten das Essen und die

Atmosphäre. Ich traf ein paar Minuten zu früh ein und sie konnten unsere Reservierung nicht finden, hatten aber einen Tisch für uns. Jan kam zehn Minuten zu spät. Das Essen war gut, die Bedienung war gut und ich hätte das Gespräch würzen können, indem ich sie auf einen untersetzten Herrn an der Bar aufmerksam gemacht hätte, den ich zehn oder zwölf Jahre zuvor verhaftet hatte.

Wir wären nach dem Essen vielleicht herumspaziert, aber es nieselte immer noch und es war kühl, weshalb wir direkt in die Lispenard Street gingen, wo sie eine Kanne Kaffee machte und ein paar Platten auflegte: Sarah Vaughan, Ella, Eydie Gormé. Es hätte genau das Richtige für einen regnerischen Oktoberabend sein sollen, heimelig und romantisch, aber beim Essen hatte es eine Steifheit gegeben, eine Distanz zwischen uns, und sie verschwand nicht.

Ich dachte: Ist es das? Werde ich jeden Samstagabend für den Rest meines Lebens so verbringen?

Wir gingen irgendwann nach Mitternacht ins Bett, während im Radio ein Jazzsender lief, und sorgten im Dunkeln dafür, dass wir auf unsere Kosten kamen. Danach hatte ich das Gefühl, dass sich etwas in den Schatten am Rande meiner Gedanken verbarg. Ich wandte mich davon ab und der Schlaf senkte sich über mich herab wie ein Vorhang.

Ein paar Monate zuvor hatte ich angefangen, frische Kleidung bei Jan zu lagern. Sie hatte mir eine der Kommodenschubladen überlassen, dazu noch ein paar Kleiderbügel im Schrank. Deshalb konnte ich nach meiner morgendlichen Dusche frische Socken und Unterwäsche sowie ein sauberes Hemd anziehen. Das, was ich angehabt hatte, ließ ich ihr da, damit sie es waschen konnte.

»Du hast bald ein Jahr«, sagte sie beim Frühstück. »Wie lange ist es noch, ein Monat?«

»Fünf oder sechs Wochen. So um den Dreh.«

Ich dachte, dass sie noch mehr dazu zu sagen hätte, aber falls dem so war, beschloss sie, es ungesagt zu lassen.

An diesem Abend traf ich Jim Faber in einem chinesischen Restaurant in der 9th Avenue. Keiner von uns beiden war zuvor schon einmal dort gewesen. Wir entschieden, dass es in Ordnung war, aber nichts Besonderes. Ich erzählte ihm von meinem Abend mit Jan und er nahm es auf und dachte darüber nach. Dann erinnerte er mich daran, dass ich bald ein Jahr lang trocken sein würde.

»Sie hat das Gleiche gesagt«, sagte ich. »Was hat das denn damit zu tun?«

Er zuckte mit den Schultern und wartete darauf, dass ich meine Frage selbst beantworten würde.

»›Mach keine großen Veränderungen im ersten Jahr.‹ Ist das nicht die gängige Meinung?«

»Ja, das sagt man.«

»In anderen Worten, ich habe fünf oder sechs Wochen, wie lang auch immer es noch ist, um zu entscheiden, was aus meiner Beziehung mit Jan werden soll.«

»Nein.«

»Nein?«

»Du hast fünf oder sechs Wochen«, sagte er, »um *nicht* zu entscheiden.«

»Oh.«

»Verstehst du den Unterschied?«

»Ich denke, ja.«

»Du musst keine Veränderungen machen, wenn das Jahr um ist. Du musst keine Entscheidung treffen. Du bist nicht verpflichtet, irgendetwas zu tun. Der wichtige Punkt ist, davor nichts zu tun.«

»Kapiert.«

»Andererseits«, sagte er, »worüber wir hier reden, sind deine Absichten. Vielleicht hat sie selbst welche. Du bist ein Jahr lang trocken, also denkt sie vielleicht, dass es an der Zeit ist, dass du kackst oder vom Topf steigst. Hört sich das richtig an?«

»Vielleicht.«

»Weißt du«, sagte er, »diese Sache mit dem einen Jahr warten, das ist nur eine allgemeine Regel. Einige Leute sind besser dran, wenn sie in den ersten fünf Jahren keine größeren Veränderungen machen.«

»Du machst Witze, oder?«

»Oder sogar in den ersten zehn«, sagte er.

• • •

Wir gingen zu einem Treffen im St. Clare's Hospital, bei dem die meisten Teilnehmer aus der Entgiftungsstation waren, da für sie die Teilnahme vorgeschrieben war. Es war schwer zu erreichen, dass sie wach blieben, und fast unmöglich, sie dazu zu bewegen, etwas zu sagen. Jim und ich waren bereits ein paarmal dort gewesen; man hörte selten etwas Erkenntnisreiches, aber es diente als guter Anschauungsunterricht.

Ich begleitete ihn nach Hause und irgendwann unterwegs sagte er: »Hier ist etwas, das du im Kopf behalten solltest. Etwas, das Buddha gesagt hat: ›Die Quelle deines Unglücklichseins ist deine Unzufriedenheit mit dem, was ist.‹«

Ich sagte: »Das hat Buddha gesagt?«

»So wird berichtet, auch wenn ich zugeben muss, dass ich nicht dabei war, als er es gesagt hat. Du scheinst überrascht.«

»Nun«, sagte ich, »ich hätte nie gedacht, dass so viel Tiefsinn in ihm steckt.«

»Buddha.«

»So nennt ihn jeder. Und so nennt er sich selbst, was das anbetrifft. Großer Kerl, muss eins achtundneunzig groß sein, rasiert sich den Kopf, Bauch bis nach hier. Er ist Stammgast bei den Treffen in der Moravian Church, aber er taucht auch bei anderen auf. Ich denke, er war früher in einer Rockergang und ich tippe, er hat auch gesessen, aber–«

Der Ausdruck auf seinem Gesicht ließ mich innehalten. Er schüttelte den Kopf und sagte: »Der Buddha. Hat unter dem Bodhi-Baum gesessen? Auf Erleuchtung gewartet?«

»Ich dachte, es war ein Apfelbaum und er hat die Schwerkraft erfunden.«

»Das war Isaac Newton.«

»Wenn es Newton war, hätte es ein Feigenbaum sein sollen. Buddha, hä? Hör zu, das war ein naheliegender Fehler. Der einzige Buddha, den ich kenne, ist der in der Moravian Church. Arbeitet als Türsteher in einer dieser rauen Kneipen in der West Street, wenn ich mich nicht irre. Wie war das noch mal? Die Quelle allen Unglücklichseins?«

Nachdem ich ihn nach Hause gebracht hatte, ging ich selbst in mein Hotel zurück. Ich hatte zuvor schon einmal kurz vorbeigeschaut und überrascht feststellen müssen, dass es keine Nachrichten für mich gab. Auch jetzt war mein

Fach leer. Ich fragte den Typen an der Rezeption und er sagte, dass es eine Person gegeben hatte, die ein paarmal angerufen hatte, aber sie hatte weder ihren Namen noch eine Nachricht hinterlassen. Alles, was er mir sagen konnte, war, dass es sich bei dem Anrufer um einen Mann gehandelt hatte.

Jack, dachte ich, und er hatte es aufgegeben, Nachrichten zu hinterlassen, weil sie nichts brachten. Ich ging nach oben und war gerade dabei, meine Jacke aufzuhängen, als das Telefon klingelte.

Eine Stimme, die ich nicht erkannte, sagte: »Matt? Hier ist Gregory Stillman.«

»Ich denke nicht – «

»Wir haben uns kürzlich bei Sober Today getroffen. Jack Ellery hat uns miteinander bekannt gemacht.«

»Ich erinnere mich.« Jacks Sponsor, der Schmuckdesigner, dem eine seiner Kreationen am Ohr gehangen hatte. »Ich denke, wir sind nicht bis zu den Nachnamen gekommen.«

»Nein«, sagte er und atmete hörbar tief ein. »Matt, ich habe sehr schlechte Neuigkeiten.«

Kapitel 5

Die Trauerfeier für John Joseph Ellery fand am Montagnachmittag in demselben Kirchenkeller statt, in dem ich am Donnerstag gehört hatte, wie Jan ihre Geschichte erzählte. Es war kein AA-Treffen geplant, aber Greg hatte von der Kirche die Erlaubnis bekommen, den Raum zu nutzen. Soweit ich das sagen konnte, hatten alle der etwa dreißig Anwesenden Jack durch AA gekannt.

Alle bis auf zwei: zwei Männer in Anzügen, die ebenso gut blaue Uniformen hätten sein können. Cops, die der traditionellen Routine des Trauerfeierbesuchs folgten, um zu sehen, wer auftauchen würde. Ich hatte das selbst ein paarmal getan und konnte mich nicht erinnern, dabei jemals etwas Nützliches erfahren zu haben. Aber das bedeutete nicht, dass es sich nie auszahlte.

Die Feier war nichtreligiös, ohne einen Geistlichen. Als ich ankam, lief Musik vom Band, etwas Klassisches, das ich kannte, aber nicht identifizieren konnte. Nachdem die Musik langsam verstummt war, trat Greg Stillman vor die Gruppe. Er trug einen dunklen Anzug und hatte den Ohrring zu Hause gelassen.

Er stellte sich als Jacks Freund und Sponsor vor und sprach etwa fünf Minuten lang, in denen er ein paar Geschichten erzählte. Es gab einen Augenblick, in dem es schien, als würden ihn die Emotionen überwältigen, aber er hörte auf zu reden und wartete; der Augenblick ging vorüber und er konnte weitermachen.

Dann standen der Reihe nach Leute auf und erzählten etwas von Jack. Es war wie ein AA-Treffen, nur dass man nicht darauf wartete, aufgerufen zu werden, sondern einfach selbst das Wort ergriff. Und alles, was erzählt wurde, handelte von Jack. Abgesehen von den Anekdoten war das Wesentliche, dass Jack ein schweres Schicksal gehabt und ein schlimmes Trinkerleben geführt hatte, aber im Programm hatte er Hoffnung und Trost gefunden und durch die zwölf Schritte eine echte Wiedergeburt erlebt. Und er war, dank Gottes Gnade, trocken gestorben.

Was für ein Trost.

•   •   •

Die Feier endete mit einem Lied. Eine ätherische junge Frau mit großen Augen und durchsichtiger Haut stellte sich vor die Gruppe und sagte, ihr Name sei Elizabeth und sie sei Alkoholikerin. Sie habe Jack nicht sehr gut gekannt, sagte sie, aber sie habe die Abstinenz mit ihm gemein, wenn sonst nichts. Greg habe sie gebeten, ein Lied zu singen, was sie gerne tun werde. Sie gab eine A-cappella-Version von »Amazing Grace« zum Besten, mit einer Strophe, die ich mich nicht erinnern konnte, jemals zuvor gehört zu haben. Kurz bevor ich mit dem Trinken aufgehört hatte, hatte ich Judy Collins das Lied auf einer Platte singen hören, die bei der Beerdigung einer Hure gespielt worden war. Es wäre schwer gewesen, das zu übertreffen, aber diese Version hier war nahe dran.

Es gab eine Kaffeemaschine – es war schließlich eine AA-Meute – und die Leute versammelten sich danach um sie herum. Ich drehte mich um, um nach den Cops zu sehen, weil ich mir dachte, dass sie vielleicht einen Kaffee wollten, und ich vermutete, dass sie sich ohne Einladung keinen nehmen würden. Aber sie waren verschwunden. Ich machte mich selbst auf den Weg zur Tür, als ich hörte, wie jemand meinen Namen rief.

Es war Greg. Er nahm mich am Arm und fragte, ob ich eine Minute Zeit hätte. »Ein paar Minuten«, sagte er. »Es gibt etwas, über das wir sprechen müssen. Und ich wollte Sie um einen Gefallen bitten.«

Als ich Jack Ellery das nächste Mal sah, war er tot.

Das war im Leichenschauhaus im Raum für Identifizierungen, wo Greg und ich einen langen Moment lang die sterblichen Überreste eines Mannes anblickten, den wir beide gekannt hatten. Dann sagte Greg: »Ja, das ist er. Das ist Jack Ellery.« Ich nickte zustimmend, dann ließen sie uns gehen.

Draußen stülpte er den Kragen nach oben, um sich vor der Kälte zu schützen, und spekulierte darüber, ob es wieder regnen würde. Ich sagte, dass ich die Wettervorhersage verpasst hätte, worauf er antwortete, dass er nie wusste, was diese Vorhersagen bedeuten sollten. »Früher hat man uns gesagt, was passieren würde«, sagte er, »und selbst wenn sie sehr oft falsch damit lagen, hat man zumindest eine eindeutige Aussage bekommen. Heutzutage gibt es immer nur Prozentzahlen. Was zum Teufel ist eine fünfzigprozentige Regenwahrscheinlichkeit? Wie soll man darauf reagieren, einen halben Regenschirm mit sich herumtragen?«

»Auf diese Weise liegen sie niemals falsch.«

»Genau das ist es. ›Nun, wir haben gesagt, zehnprozentige Regenwahrscheinlichkeit, und es hat den ganzen Tag geschüttet. Alles, was das bedeutet, ist, dass eine vage Vermutung eingetreten ist.‹ Nur weil man Meteorologe ist, heißt das nicht, dass man nicht das Bedürfnis hat, sich den Rücken freizuhalten.« Er atmete tief ein. »Ich hab Sie das noch nicht gefragt, aber ziehen Sie Matt oder Matthew vor?«

Für mich geht beides in Ordnung, aber es verwirrt die Leute nur, wenn ich ihnen das sage. »Matt ist okay«, sagte ich.

»Matt, warum bestehen die auf einer offiziellen Identifizierung? Er war im Gefängnis, er hat ein Vorstrafenregister, sie haben ihn bereits anhand der Fingerabdrücke identifiziert. Angenommen, es gibt niemanden, der es tun könnte, man würde ohne es auskommen, oder?«

»Klar.«

»Ich wollte ihn wirklich nicht so sehen. Das Begräbnis meines Vaters war mit offenem Sarg, und er lag da wie das Produkt eines fahrenden Madame-Tussauds-Unternehmens. Das ist das Bild, das mir geblieben ist, diese leblose wächserne Nachbildung. Gott weiß, dass wir unsere Probleme miteinander gehabt hatten. Ich war nicht der Sohn, den er sich vorgestellt hatte, und das hat er sehr deutlich gemacht. Aber wir haben uns während seiner letzten Krankheit versöhnt, und am Ende waren da Liebe und gegenseitiger Respekt. Und dann hat dieser letzte abscheuliche, kurze Blick den starken und energischen Mann, an den ich mich erinnern wollte, in den Schatten gestellt. Ich wusste, dass das passieren würde. Ich hatte es befürchtet, aber gleichzeitig konnte ich nicht *nicht* hinsehen. Wissen Sie, was ich meine?«

»Wie lange ist das her?«

»Etwas mehr als ein Jahr. Warum?«

»Weil die Zeit das wahrscheinlich ändern wird«, sagte ich. »Die frühere Erinnerung wird die andere verdrängen.«

»Das hat schon angefangen. Ich wusste nicht, ob ich dem trauen kann, ob es wirklich so ist. Oder nur eine Form von Wunschdenken.«

»Wunschdenken kann sehr gut etwas damit zu tun haben«, sagte ich, »aber es ist trotzdem wirklich. Am Ende erinnern wir ans an Menschen so, wie sie waren, oder zumindest so, wie wir sie gekannt haben. Ich hatte eine Tante mit Alzheimer, die die letzten zehn Jahre ihres Lebens in einem Heim verbracht hat, während die Krankheit ihr Gehirn, ihre Persönlichkeit und alles, wodurch sie zu einem Menschen wurde, zerstört hat. Und so habe ich sie gekannt und mich an sie erinnert.«

»Mein Gott.«

»Und dann ist das alles nach ihrem Tod verblasst und die wirkliche Tante Peg kam zurück.«

Während wir unseren Kaffee tranken, sagte er: »Ich habe ihn jetzt kaum angesehen. Alles, was ich wirklich gesehen habe, waren die Wunden.«

Man hatte ihm in den Mund und die Stirn geschossen. Die Leiche war vom Hals abwärts mit einem Tuch bedeckt gewesen, weshalb wir andere Wunden, falls es welche gab, nicht hatten sehen können.

»Ich hoffe, Sie haben Recht«, sagte er. »Mit dem Verblassen des Bildes. Es kann für mich nicht früh genug verblassen. Ich danke Ihnen dafür. Noch mehr danke ich Ihnen dafür, dass Sie mitgekommen sind.«

Ich hatte ihn nicht wirklich begleiten wollen, aber es war eine Bitte, die man schlecht abschlagen konnte.

»Ich wollte eigentlich überhaupt nicht kommen«, sagte er, »und schon gar nicht allein. Ich hätte jemand anderen suchen können, der mitgekommen wäre, einen Freund von Jack von den AA, aber Sie schienen mir die richtige Wahl zu sein. Vielen Dank.«

Nachdem wir das Leichenschauhaus verlassen hatten, waren wir die 1st Avenue nach Norden gegangen und hatten kurz nach der 42nd Street ein Café namens Mykonos aufgesucht. Als er sich ein gegrilltes Käsesandwich bestellte, fiel mir auf, dass es eine Weile her war, seit ich zum letzten Mal etwas gegessen hatte, und ich bestellte mir das Gleiche.

»Außerdem«, sagte er, »gibt es noch etwas, über das ich sprechen wollte.«

»Ja?«

»Die beiden Männer hinten im Raum. Das waren Polizeibeamte.«

»Irgendwie habe ich das gespürt.«

»Nun, ich hatte keinen Radar nötig, weil ich ihre Polizeimarken gesehen habe, als sie mich befragt haben. Tatsächlich haben die mich gebeten, die formelle Identifizierung vorzunehmen. Ich habe sie gefragt, ob sie nahe daran wären, den Fall aufzuklären, und sie haben etwas Unverbindliches geantwortet.«

»Das ist keine Überraschung.«

»Denken Sie, dass die ihn aufklären werden?«

»Es ist möglich, dass sie ihn bereits aufgeklärt haben«, sagte ich. »In dem Sinn, dass sie vielleicht wissen, wer es getan hat. Natürlich ist das nicht dasselbe, wie genügend Beweise zu haben, einen Fall vor Gericht zu bringen.«

»Könnten Sie das herausfinden?«

»Ob sie wissen, wer es getan hat, oder nicht?« Er nickte. »Ich vermute, ich könnte herumfragen. Ein normaler Bürger würde keine offene Antwort bekommen, aber ich kenne noch ein paar Leute dort. Warum?«

»Ich habe einen Grund.«

Einen, den er offenbar lieber für sich behalten wollte. Ich ließ es darauf beruhen.

Ich sagte: »Ich werde sehen, ob mir jemand was erzählen will. Aber ich kann jetzt gleich eine wohlbegründete Vermutung abgeben, wer Jack ermordet hat.«

»Können Sie?«

»Nicht namentlich«, sagte ich. »Vielleicht ist es richtiger zu sagen, dass ich ziemlich sicher weiß, warum er ermordet wurde. Jemand wollte ihn zum Schweigen bringen.«

»Man hat ihm in den Mund geschossen.«

»Aus nächster Nähe. Jemand hat ihm mehr oder weniger den Lauf in den Mund gesteckt und abgedrückt, und das dürfte gewesen sein, nachdem ihn die Kugel in die Stirn getötet hatte. In Verbindung mit der Arbeit am neunten Schritt, über die Jack geredet hat, ist die Botschaft ziemlich eindeutig.«

»Das habe ich befürchtet«, sagte er.

»Ja?«

Er blickte seine Hände an, dann hob er den Blick, um meinen zu suchen. »Ich bin schuld, dass er umgebracht wurde«, sagte er.

Kapitel 6

Dennis Redmond war ein Detective am neunzehnten Revier in der östlichen 67th Street. Ich erwischte ihn an seinem Schreibtisch und ließ ihn Ort und Zeit für ein Treffen bestimmen.

»Ich muss noch ein paar Anrufe erledigen«, sagte er, »dann kann ich von hier verschwinden. Kennen Sie das Minstrel Boy?«

»Ich kenne das Lied.«

»In der Lexington Avenue«, sagte er, »gleich um die Ecke von uns. Sagen wir um zwei?«

> *The minstrel boy to the war has gone*
> *In the ranks of death you will find him ...*

Es handelte sich, kaum überraschend, um eine irische Kneipe. Ich war ein paar Minuten zu früh dort und setzte mich in eine Nische an der Seite, damit ich ihn sehen konnte, wenn er hereinkam. Ich ging zur Jukebox, während ich darauf wartete, dass der Kellner mir mein Sodawasser brachte. Es gab eine Menge irischer Lieder, darunter auch »The Minstrel Boy«, das Lied von Thomas Moore, mit »The Rose of Tralee« auf der B-Seite, beide von John McCormack gesungen. Ich gab einen Vierteldollar aus und hörte zu, wie diese großartige Tenorstimme aus der Vergangenheit über einen Krieg sang, der vor meiner und ihrer Zeit stattgefunden hatte.

Die Platte ging zu Ende. Ich nippte an meinem Sodawasser, blickte ab und zu auf meine Uhr und fragte mich, wie McCormack sich mit »The Rose of Tralee« schlagen würde. Ich überlegte mir, einen weiteren Vierteldollar auszugeben, um es herauszufinden, aber dann kam Redmond um zwei Uhr zwölf durch die Tür. Ich erkannte ihn sofort von Jacks Trauerfeier, vielleicht trug er sogar denselben Anzug. Er nahm sich einen Augenblick Zeit, um den Tresen und die Tische zu überblicken – es waren nicht viele Leute da –, dann kam er direkt zu mir.

»Dennis Redmond«, sagte er. »Und Sie sind Matt Scudder. Sie haben nicht erwähnt, dass Sie gestern bei der Trauerfeier waren.«

»Ich hab Sie dort gesehen«, sagte ich, »mit einem Kollegen –«

»Das war Rich Bikelski.«

»– aber ich wusste nicht, dass Sie es waren, nicht, bis Sie hier hereingekommen sind.«

»Nein, wie konnten Sie?« Er schüttelte den Kopf. »War ein langer Tag. Ich kann etwas vertragen. Was haben Sie da, Wodka Tonic?«

»Sodawasser.«

Er richtete sich auf. »Ich denke nicht, dass ich mich Ihnen da anschließe«, sagte er und ging zum Tresen hinüber. Er kam mit einem großen Glas mit heller bernsteinfarbener Flüssigkeit über Eis zurück. Whiskey und Wasser, so sah es zumindest aus, und ich ertappte mich, wie ich mich fragte, welche Art von Whiskey es war und welche Marke.

Er setzte sich, hob das Glas in meine Richtung und nahm einen Schluck. Er war ein fülliger Mann mit einem fleischigen Gesicht und dem rötlichen Teint eines Whiskeytrinkers, aber ein Blick auf seine Augen verriet, dass da drin ein Gehirn arbeitete. »Joe Durkin hat sich für Sie verbürgt«, sagte er. »Hat gesagt, dass Sie in Ordnung sind. Sie waren bei der Truppe, hatten 'ne goldene Marke. Kennen Sie Joe daher?«

Ich schüttelte den Kopf. »Wir haben uns erst vor etwas mehr als einem Jahr kennengelernt. Da war ich schon ein paar Jahre nicht mehr bei der Polizei.«

»Und Sie haben als Privatdetektiv gearbeitet.«

»Das ist richtig.«

»Aber ich vermute, Sie kamen miteinander zurecht. Ist es das, was Sie jetzt machen? Als Privatdetektiv arbeiten?«

»Wenn sich etwas ergibt«, sagte ich. »Aber mein Interesse an Ellery ist persönlich.«

»Ja?« Er runzelte nachdenklich die Stirn. »Sie waren am Sechsten, und ich denke, er wurde da unten mal erwischt. Ist nichts draus geworden, aber war das Ihr Fall? Das muss schon einige Jahre her sein.«

Ich sagte ihm, dass seine Vermutung ziemlich gut war. Es sei zwar nicht mein Fall gewesen, aber ich sei anwesend gewesen, als die Zeugin die Identifizierung vermasselt hatte. »Unsere gemeinsame Vergangenheit reicht jedoch noch weiter zurück«, sagte ich und erklärte ihm, wie ich Jack kurz in der Bronx gekannt hatte.

»Kindheitsfreunde«, sagte er. »Einer gerät auf die schiefe Bahn, der andere wird ein Cop. Die Jahre vergehen und dann stehen sie sich in einer dunklen Seitengasse gegenüber. Ein Schuss fällt. Ich denke, ich hab den Film gesehen.«

»Haben Sie vermutlich. Barry Fitzgerald hat den Priester gespielt.«

Er nahm einen Schluck von seinem Drink. Der Dufthauch war kräftig genug, dass ich es als Scotch identifizieren konnte. Er sagte: »Dann haben Sie sich aus den Augen verloren, er ist wegen einer anderen Sache im Knast gelandet, wurde entlassen und schließlich ermordet. Ein paar Dutzend Leute von AA halten eine Trauerfeier für ihn ab und nun sitzen Sie hier und trinken Sodawasser. Ist es da noch verwunderlich, dass man mich zum Detective gemacht hat?«

»Ich bin überrascht, dass man Sie nicht zum Polizeichef befördert hat.«

»Nur eine Frage der Zeit«, sagte er. »Also ist es der gleiche Film, aber jetzt treffen sich der Cop und der Gangster in einem AA-Raum wieder, und statt Barry Fitzgerald schmeißt die Schwuchtel des Tages den Laden. Wie war sein Name, Spellman? Nein, Herrgott, das war der Kardinal. Der hier heißt so wie der mit dem Fitnessstudio. *Still*man.«

»Er hat gesagt, dass Sie mit ihm gesprochen haben.«

»Ein paar Mal. Die ganze Sache hat ihn ziemlich mitgenommen, aber man hat den Eindruck, dass sich unter all dem Glitzer eine gewisse Härte verbirgt. Er war Ellerys Sponsor, was auch immer das bedeuten mag. Ist das so etwas Ähnliches, wie wenn man einen Mentor in der Abteilung hat?«

»So ähnlich.«

»Jemand, der einen am Mantel zieht, einen in die richtige Richtung weist.«

»Genau.«

»Haben Sie selbst einen Sponsor?« Ich nickte. »Es ist nicht Stillman, oder?«

»Nein.«

»Und ich vermute, dass Sie auch nicht der Sponsor von Stillman sind.«

»Ich bin noch nicht lange genug trocken, um anderen Leuten sagen zu können, was sie tun sollen.«

»Wie lange? Oder ist das etwas, das ich nicht fragen sollte?«

»Ich weiß nicht, was irgendjemand tun sollte oder nicht. Mitte des nächsten Monats wird es ein Jahr sein.«

»Und Ellery–«

»Hatte gerade seinen zweiten Jahrestag gefeiert.«

»Gerade rechtzeitig, um erschossen zu werden. Wissen Sie, wer ihn erschossen hat?«

»Jemand, der ihn zum Schweigen bringen wollte.«

»Ja, so denken wir auch darüber. ›Hier ist was für deine große Schnauze. Peng!‹ Was den Täter angeht, ich würde sagen, da tappe ich ebenso im Dunkeln wie Sie, wobei ich aber hoffe, dass Sie zumindest einen Tipp haben. Haben Sie einen?«

»Nein.«

»In meiner Lage, welche Richtung würden Sie einschlagen, Matt? Sie waren Detective, und soweit ich weiß, waren Sie ein guter. Wen würden Sie unter die Lupe nehmen?«

»Die Leute, mit denen er herumhing. Kerle, mit denen er im Knast saß.«

»Mhm. Und wenn Sie das nicht weiterbringt?«

»Dann würde ich wahrscheinlich auf jemanden warten, der etwas weiß und es als Tauschobjekt einsetzen will.«

»Eine ›Du kommst aus dem Gefängnis frei‹-Karte.«

»Richtig.«

»Mit anderen Worten, warten, bis sich der Fall von selbst löst. Das hat was für sich. Wenn man einen aufsehenerregenden Fall hat, ein prominentes und wohlhabendes Opfer, dann ist es etwas anderes. Dann muss es so aussehen, als würde man was tun, also wird man aktiv, egal, ob es Sinn ergibt oder nicht. Kann ich Sie was fragen, Matt? Das Opfer hier, Sie haben ihn damals gekannt, und Sie haben ihn während des letzten Jahrs gekannt, als Sie beide trocken waren.«

»Und?«

»Ich hab mich nur gefragt, wie eng Sie mit ihm befreundet waren.«

»Eng genug, um zu seiner Trauerfeier zu kommen.«

»Aber nicht enger?«

»Nicht wirklich. Ich bin jetzt hier, weil mich jemand gebeten hat, zu sehen, was ich herausfinden kann.«

»Jemand mit einem Ohrring, vermutlich. Warum ich frage, ich möchte nichts sagen, womit ich bei Ihnen anecken könnte. Aber worauf es hinausläuft, niemand wird sich die Nächte um die Ohren hauen, nur um diesen Fall zu lösen. Wie war das mit den Toten und ihnen etwas Schlechtes nachsagen?«

»Man sollte es nicht tun.«

»Nun, manchmal kann man nicht anders. Er war sein ganzes Leben lang ein zwielichtiger Krimineller, abgesehen von zwei Jahren am Ende, als er plötzlich beschlossen hat, den Alk sein zu lassen und zu Gott zu finden. Ist das, was passiert? Findet man zu Gott?«

»Manche Leute scheinen es zu tun.«

Er dachte darüber nach, trank seinen Drink aus, stellte das leere Glas ab. »Schön für die«, sagte er. »Würde ich diesen Fall gerne lösen? Natürlich würde ich das. Ich möchte alle meine Fälle lösen und mitansehen, wie die bösen Kerle verurteilt werden und im Knast landen. Aber wie gut stehen die Chancen? Mit einfachen Worten, Ihr Freund war ein Drecksack. Nach seiner Trockenperiode, was hätte er da getan, außer einen Drink zu nehmen und mit einer Knarre auf jemanden zu zielen? Passiert die ganze Zeit.«

Nicht die ganze Zeit, dachte ich. Aber häufig, das musste ich ihm zugestehen. Jedoch nicht die ganze Zeit.

»Also, ich möchte den Fall lösen«, sagte er, »weil ich ihn aufgetischt bekommen habe und meine Mutter mich so erzogen hat, dass man aufessen muss, was vor einem auf den Tisch gestellt wird.« Er betätschelte seinen Bauch. »Eine Lektion, die ich sehr gut gelernt habe. Aber auf dem Essteller des Verbrechens, mein Freund, da ist Jack Ellery der Rosenkohl.«

Kapitel 7

»Die meisten Leute lassen ihn verkochen«, sagte Greg Stillman. »Wenn man es nicht tut, gibt es an Rosenkohl nichts auszusetzen.«

»Wenn ich Redmond das nächste Mal sehe«, sagte ich, »werde ich ihm das mit Sicherheit sagen.«

»In Kokosöl angebraten, gerade lang genug, um sicherzugehen, dass er durch ist, aber immer noch knackig. Und ein bisschen Currypulver, das macht den entscheidenden Unterschied.«

»Ich wette, dass es das tut.«

»Aber wenn man ihn zu Brei verkocht, ist er natürlich furchtbar. Das trifft auf alle Mitglieder der Kohlfamilie zu. Brokkoli, Kohl, Blumenkohl. Der Geruch, wenn sie verkocht sind – oh, Sie verziehen das Gesicht. Muss ich davon ausgehen, dass Sie kein Freund der Kohlfamilie sind?«

»Es gibt einen gewissen Geruch in Mietshäusern«, sagte ich. »Mäuse und Kohl. Falls Armut einen Geruch hat, dann ist es der, tippe ich.«

»Und wer kocht Kohl – und kocht ihn häufiger als nicht zu Tode?«

»Arme Leute.«

»Arme Iren«, sagte er. »Und arme Polen. Arme Leute aus Nord- und Osteuropa. Aber die Zeiten haben sich geändert und sie sind alle in die Mittelschicht aufgestiegen. Also, was ist dann heute der Geruch von Armut, Ihrer Meinung nach?« Er dachte darüber nach. »Nasser Hund mit Knoblauch«, entschied er.

Es war Donnerstagabend und ich war in die 2nd Avenue zu Sober Today zurückgegangen. Dort war der Redner ein kahl werdender Typ aus dem Viertel Ridgewood in Queens, der dreißig Jahre lang in derselben Bank als Kassierer gearbeitet hatte. Er war nie aus dem Haus, in dem er aufgewachsen war, ausgezogen, und es befand sich bequemerweise nur drei Blocks von seinem Arbeitsplatz in der Bank entfernt. Es war ein Zweifamilienhaus, und seine Eltern hatten die obere Wohnung vermietet gehabt, bis ihr Sohn geheiratet hatte und dann mit seiner Braut dort oben eingezogen war.

»Das Mädchen aus dem Nachbarhaus«, flüsterte Greg. »Wen hätte er sonst heiraten sollen?«

Es war so ziemlich die langweiligste Geschichte, die ich jemals bei einem AA-Treffen oder auch außerhalb davon gehört hatte, und er erzählte sie in einem affektlosen, monotonen Tonfall. Sein Vater starb, dann starb seine Mutter ein paar Jahre später, woraufhin er, seine Frau und ihr einziges Kind ins Erdgeschoss zogen und die Wohnung im ersten Stock an ein junges Paar vermieteten.

»Bei so einem aufregenden Leben«, murmelte Greg, »wie konnte er da den Drang verspüren zu trinken?«

Es wurde interessanter, der Geschichte zuzuhören, wenn auch nicht, sie zu erleben, als er anfing, in Krankenhäusern und auf Entgiftungsstationen zu landen. Es gab diese Kneipe, an der er auf dem Weg von der Arbeit nach Hause vorbeikam, und er gewöhnte sich an, jeden Tag auf ein oder manchmal auch zwei Bier dort vorbeizuschauen. An ein paar Abenden in der Woche ging er zurück, um sich Sportübertragungen auf dem großen Bildschirm anzusehen, und natürlich trank er im Laufe eines solchen Abends auch ein paar Bier. Er wurde nicht so betrunken, dass er umkippte, er hatte keine Filmrisse, der gelegentliche Kater war nie viel mehr als ein Gefühl des Ausgetrocknetseins und leichter Kopfschmerz. Alles, was nötig war, ihn wieder auf die Beine zu bringen, waren ein großes Glas Wasser und eine Aspirin-Tablette.

Der Verlauf seines Alkoholismus war quälend langsam, aber was hatte der Mann außer Zeit? Er verlor seine Stelle bei der Bank, seine Frau forderte ihn auf, auszuziehen, und es kam so weit, dass er niemals mehr einen Tag hatte, an dem er sich halbwegs in Ordnung fühlte. Einem Berater auf einer der Entgiftungsstationen gelang es, zu ihm durchzudringen und ihn dazu zu überreden, an einem der ambulanten Programme teilzunehmen. Er ging zu so vielen Treffen, dass sie schließlich anfingen, für ihn Sinn zu ergeben. Jetzt er war wieder mit seiner Frau zusammen und durfte wieder in der Bank arbeiten.

»Eine echte AA-Erfolgsgeschichte«, sagte Greg, als der Applaus sich legte. »Zu dumm, dass Milton die Titel bereits verwendet hat.«

»Milton?«

»*Das verlorene Paradies* und *Das wiedergewonnene Paradies*. Wissen Sie, was Samuel Johnson über *Das verlorene Paradies* gesagt hat?«

»Ich wette, Sie werden es mir verraten.«

»Er sagte, niemand hätte sich je gewünscht, dass es länger wäre, was auch ziemlich gut auf das zutrifft, was wir gerade gehört haben, finden Sie nicht auch?«

Später gestanden wir uns beide ein, dass wir gehofft hatten, der andere würde vorschlagen, in der Pause zu gehen, aber keiner von uns beiden hatte die Initiative ergriffen. Das Treffen wurde in der zweiten Hälfte interessanter und ich hörte ein paar gute Sachen. Wir blieben bis ans Ende des Gelassenheitsspruchs, räumten die Stühle auf und leerten die Aschenbecher aus, bevor wir schließlich die 2nd Avenue entlanggingen und über etwas diskutierten, das jemand gesagt hatte. Als uns der Gesprächsstoff ausging, gingen wir einen oder zwei Blocks lang in entspannter Stille.

Ich hatte ihm am Telefon eine Zusammenfassung meines Gesprächs mit Redmond gegeben und wir mussten beide daran gedacht haben. Er brach die Stille, indem er sagte: »Ich vermute, die werden nichts unternehmen«, und es war völlig eindeutig, worauf er sich bezog.

Ich erklärte ihm, dass sie an dem Fall arbeiten würden, dass sie die Nachricht verbreiten würden wie ein Fischer, der Fische anfüttert. Wenn man hart an einem Fall arbeitete, sagte ich, war manchmal alles, was man tat, dass man mit dem Fluss kämpfte. Und wenn man einen Durchbruch hatte, hatten die eigenen Anstrengungen ziemlich wenig damit zu tun. Irgendein verbitterter Kerl verpfiff einen anderen.

»Die ehrfurchterregende Macht der Verbitterung«, sagte er. »Wer hätte gedacht, dass sie sich als etwas Gutes entpuppen könnte? Aber man würde trotzdem an dem Fall arbeiten.«

»Wenn es etwas gibt, mit dem man arbeiten kann.«

»Es klingt sehr nach dem dritten Schritt, oder? Eine Handlung ausführen und das Resultat einer höheren Macht anvertrauen. Ich hatte einen Schützling, der keinen Job finden konnte. Sein Lebenslauf war wie Schweizer Käse, die Löcher darin waren so groß, dass man mit einem Lastwagen hätte hindurchfahren können. Ich brachte ihn dazu, pro Tag eine Bewerbung abzuschicken, was er drei Wochen lang tat. Doch er bekam kein einziges Angebot von all den Firmen, bei denen er sich beworben hatte.«

»Und?«

»Was er bekam, in der vierten Woche, war ein Angebot aus heiterem Himmel von einer Firma, bei der er sich nicht beworben hatte, für eine Stelle, von der er nicht einmal gewusst hatte, dass sie frei war. Für eine gute, noch dazu. Wäre es dazu gekommen, wenn er nicht all diese Bewerbungen abgeschickt hätte? Man kann weder das eine noch das andere beweisen, aber meine Überzeugung ist, dass sich das Resultat ohne die Handlung nicht ergeben hätte.«

»Betreuen Sie viele Leute als Sponsor?«

»Nur ein paar. Ich werde in schöner Regelmäßigkeit gefragt, aber bevor ich zusage oder ablehne, verwende ich eine Stunde darauf, mit der Person einen Kaffee zu trinken, und in den meisten Fällen kommen wir zu dem Schluss, dass es nicht wirklich gut funktionieren würde. Oder wir entscheiden, einen Versuch zu wagen, und nach ein oder zwei Monaten feuert einer von uns den anderen. Ich bin das, was man einen Schritte-Nazi nennt, und selbst wenn jemand denkt, dass es das ist, was er als Sponsor möchte, sieht die Wirklichkeit nicht immer so aus, wie er sich das vorgestellt hat. Wir kommen ständig an Cafés vorbei.«

»Ich weiß.«

»Ich bin nicht mehr hungrig. Sind Sie es?«

»Ich hab mich beim Treffen mit Cookies vollgestopft.«

»Genau der Grund, warum ich nicht mehr hungrig bin. Ich weiß nicht, wer immer diese Schachteln von Entenmann's Cookies mit Schokoladensplittern mitbringt, aber ich wünschte, die Person würde damit aufhören. Ich kann die Finger nicht davon lassen; ich werde sie vielleicht auf meine Liste für den ersten Schritt setzen müssen und ganz damit aufhören. Schon allein der Gedanke daran macht mich schaudern, was nahelegt, dass es etwas ist, das ich tun sollte.« Er grinste und sein Gesicht erhellt sich. »Aber nicht heute«, sagte er.

»Wie Augustinus.«

»Genau. ›Herr, gib mir Keuschheit, aber noch nicht jetzt.‹ Ich frage mich, ob er das wirklich gesagt hat. Matt, nachdem wir festgestellt haben, dass wir nicht hungrig sind, wollen Sie nicht mit zu mir hochkommen? Ich habe dort etwas, was ich Ihnen vermutlich zeigen sollte. Und ich verspreche Ihnen, dass ich besseren Kaffee mache als die Griechen.«

•   •   •

Es war nicht das erste Mal, dass ich gehört hatte, wie Greg sich selbst als Schritte-Nazi bezeichnete. Er hatte den Begriff nach der Trauerfeier benutzt, als er mir erklärt hatte, dass er dafür verantwortlich war, dass Jack umgebracht wurde. Er hatte ihn durch die Schritte getrieben, hatte ihn hart daran arbeiten lassen, und Jack hatte sich rückhaltlos dem Prozess gewidmet und sich Hals über Kopf in die Wiedergutmachungen gestürzt, nach denen der neunte Schritt verlangt. *Wir machten bei diesen Menschen alles wieder gut – wo immer es möglich war –*, so lautet der Schritt, *es sei denn, wir hätten dadurch sie oder andere verletzt.*

Oder uns selbst, dachte ich. Aber ich konnte mich nicht an eine Warnung in dieser Hinsicht in der einschlägigen Literatur erinnern.

Gregs Wohnung befand sich in der östlichen 99th Street zwischen 1st und 2nd Avenue, drei Blocks hinter der inoffiziellen Grenze zwischen Yorkville und East Harlem. Das, was einmal das irische und italienische Harlem gewesen war, aber die Iren und Italiener waren schon lange etwas näher an den amerikanischen Traum gezogen. Es gab noch immer ein italienisches Restaurant, dessen Gäste es den kleinen Ausflug wert fanden, und es waren noch ein paar irische Kneipen in der 2nd Avenue übriggeblieben. Nun, Kneipen mit irischen Namen zumindest. Die Kundschaft sah weitgehend hispanisch und westindisch aus und die Neonreklame im Fenster des Emerald Star pries Red Stripe und nicht Guinness an.

Ich war seit mehreren Jahren nicht mehr hier gewesen und konnte feststellen, dass sich die Gegend einmal mehr veränderte. Zwischen der 97th und der 98th Street kamen wir an mehreren fünfstöckigen Backsteingebäuden vorbei, die gerade renoviert wurden, mit großen Müllcontainern am Bordstein, die voller Putz, Holzlatten und Bodenbelag waren. Und auf der anderen Straßenseite wurde eines dieser nadeldünnen Hochhäuser errichtet, zwanzig Stockwerke aus Glas und Stahl auf dem Gelände eines früheren Mietshauses.

Ich sagte, dass man nicht erwartete, so etwas in Harlem zu finden, und Greg erinnerte mich daran, dass man es jetzt Carnegie Hill nannte – die neueste Erfindung der Immobilienmakler, die sich Clinton als Namen für meinen eigenen Teil der Stadt ausgedacht hatten. Bis dahin waren wir damit zufrieden gewesen, das Viertel Hell's Kitchen zu nennen.

Er erinnerte mich an die Bemerkung von Thoreau: »›Hüte dich vor allen Unternehmen, die neue Kleidung erfordern.‹ Und vor Stadtvierteln, die das Bedürfnis haben, ihren Namen zu ändern.«

Die Stadt erfand sich immer wieder neu, sie schuf mehr und mehr Orte für ihre wohlhabenden Bewohner. Das war nichts wirklich Neues, der Prozess lief schon seit mehr als einem Jahrhundert so ab, aber wenn ich mir die Gebäude ansah, deren Innereien saniert wurden, fragte ich mich, was aus den Menschen geworden war, die dort gelebt hatten, bevor jemand ihre Wände und Fußböden entsorgt hatte.

Ich ermahnte mich, an etwas anderes zu denken. *Klar,* sagte eine innere Stimme, *vergiss die armen Schweine. Die Stadt wird sich um sie kümmern und einen netten Müllcontainer finden, in dem sie wohnen können.*

Was hatte Jim mir gesagt? *Die Quelle deines Unglücklichseins ist deine Unzufriedenheit mit dem, was ist.* Die Weisheit des Buddha, wenn auch nicht des Buddhas aus dem Mitternachtstreffen. Etwas, über das ich nachdenken konnte auf dem Weg zu Greg Stillmans Wohnung.

»Mäuse«, sagte er und schnüffelte in der Luft. »Aber kein Kohl. Auch kein nasser Hund mit Knoblauch. Unbestimmbare Kochgerüche. Nicht zu schlimm, alles in allem.«

Nicht so schlimm wie das Treppenhaus an sich. Die Bauordnung verlangt, dass es in jedem Gebäude mit sieben Stockwerken oder mehr einen Aufzug geben muss, weshalb es jede Menge sechsstöckige Häuser in New York gibt. Das hier war eines davon und er wohnte ganz oben.

»Eigentlich machen mir die Treppen nichts aus«, sagte er. »Ich wohne schon lange genug hier, dass ich sie als selbstverständlich betrachte. Als ich nach New York kam, hab ich mir eine Wohnung an der Ecke 85th Street und 3rd Avenue geteilt, aber ich wollte allein wohnen und nach ein paar Monaten bin ich hier eingezogen. Ich bin in dieser Wohnung nüchtern geworden, nachdem ich mich Jahre in ihr betrunken hatte. Beim Gedanken daran, diese Treppen betrunken und bekifft zu bewältigen, kommt mir in den Sinn, dass es heißt, Gott beschütze die Betrunkenen und die Narren. Nun, ich gehörte zu beiden Kategorien.«

Die Wohnung war klein, aber gut eingerichtet. Ich vermute, es hatte sich ursprünglich um eine Dreizimmerwohnung gehandelt, aber er hatte die nicht tragenden Wände herausgerissen, um einen langen Raum zu schaffen. An den Außenwänden hatte er den Putz entfernt und die Backsteine mit Lack zum Glänzen gebracht. Er hatte den Mörtel schwarz gestrichen und hier und da gab es unter den roten Backsteinen welche, die er weiß, blau oder gelb angemalt hatte. Es gab nicht viele davon, nur genug, um Akzente zu setzen.

Die Stühle und Tische unterschieden sich vom Stil her, passten aber trotzdem irgendwie zusammen. Außer ein paar Entdeckungen im Secondhandladen hatte er, berichtete er stolz, alles auf der Straße gefunden. In New York, sagte er, fand man bessere Sachen und Möbel weggeworfen am Straßenrand als in anderen Städten in den Geschäften.

An der Wand hing ein abstraktes Gemälde mit kräftigen Farben und spitzen Winkeln. Es handelte sich um das Geschenk des Künstlers, eines Freundes, zu dem er den Kontakt verloren hatte. Ein anderes Ölgemälde, eine bukolische Szene mit barfüßigen Nymphen und Satyrn, hatte er im Tausch gegen von ihm hergestellten Schmuck bekommen.

Als er damit fertig war, mich auf Dinge in der Wohnung aufmerksam zu machen, war auch der Kaffee fertig. Er war ebenso perfekt wie die Wohnung, sogar noch besser als der, den Jan in der Lispenard Street machte. Es überraschte mich nicht zu erfahren, dass er die Bohnen selbst mahlte.

Er sagte: »Matt, ich stecke in einem ethischen Dilemma. Kann ich Sie fragen, wo Sie sich bei den Schritten befinden?«

»Ich konzentriere mich auf den ersten«, sagte ich. »Und denke manchmal über den zweiten und dritten nach.«

»Sie haben noch keinen förmlichen vierten Schritt hinter sich.«

»Mein Sponsor meinte, ich solle es nicht überstürzen. Er ist der Ansicht, dass es einen natürlichen Fortschritt von einem Schritt pro Jahr gibt, und ich befinde mich noch im ersten Jahr, weshalb ich mein Augenmerk auf den ersten Schritt legen sollte.«

»Das ist eine Denkrichtung«, sagte er. »Und es ist sicher was dran am Ein-Schritt-pro-Jahr-Prinzip, denn es dauert ein Jahr, bis man einen Schritt wirklich verinnerlicht hat. Aber die Leute, die das alles in den dreißiger und vierziger Jahren angefangen haben, haben potenzielle Kunden aus Krankenhausbetten gezerrt und sie auf die Knie gezwungen, damit sie ihre Machtlosigkeit gegenüber dem Alkohol, ihren Glauben an eine höhere Macht und den ganzen Rest verkünden. Sie haben nicht einmal gewartet, bis die armen Schweinehunde mit dem Zittern aufgehört haben. Das waren die ursprünglichen Schritte-Nazis, lange bevor jemandem diese Bezeichnung eingefallen ist.«

»Also sind Sie nicht der erste.«

»Ich befürchte, nein. Und, wie ich gesagt habe, ich bin nicht die Art von Sponsor, nach der alle suchen. Aber ich hätte es in diesem Programm nicht geschafft, wenn ich nicht einen Sponsor gehabt hätte, der mindestens ebenso ein Vertreter der harten Linie war, wie ich es geworden bin. Er hat mich alles niederschreiben lassen, was ich gehasst habe, und er hat mich auf den Knien beten lassen, was ich als erniedrigend empfunden habe. Und wahrscheinlich als unvereinbar mit der Kumpelbeziehung, die ich mit Gott aufbauen wollte. Wissen Sie, zwei vernünftige Männer, die als Gleichberechtigte die Sache regeln. Mein Gott, was war ich für ein arroganter kleiner Arsch!«

Er schüttelte beim Gedanken daran den Kopf.

»Bis zu dem Tag, an dem er gestorben ist«, fuhr er fort, »hätte ich Ihnen gesagt, dass ich der richtige Sponsor für Jack war. Wir hatten so gut wie gar nichts gemeinsam – er war fast zwanzig Jahre älter, er hatte ein viel härteres Leben, er war hetero und sogar ein bisschen homophob. Aber er wollte, was ich hatte, und ihm gefiel die Botschaft, die ich verkünde. Ich wusste, dass der einzige Weg für ihn, trocken zu bleiben, darin bestand, gezwungen zu sein, das Programm exakt so durchzuziehen, wie es entworfen worden war. Beten am Morgen, Beten am Abend, mindestens ein Treffen pro Tag und die Schritte in der vorgegebenen Reihenfolge und schriftlich absolvieren. Sehen Sie mein Dilemma?«

»Er hat alles aufgeschrieben.«

»Alles, was er mir gesagt hat. Und alles, was er aufgeschrieben hat, war absolut vertraulich. Ich bin kein Priester und das Beichtgeheimnis würde mich im Gerichtssaal nicht schützen, aber so betrachte ich es, egal, was das Gesetz sagt. Aber jetzt ...«

»Jetzt ist er tot.«

»Jetzt ist er tot und das, was er aufgeschrieben hat, könnte die Polizei in die richtige Richtung führen. Also, wie sieht es mit meiner Verantwortung aus? Werde ich durch seinen Tod von meiner Schweigepflicht entbunden? Ich weiß, dass in der Regel nichts dagegen spricht, einen Toten als Mitglied der Anonymen Alkoholiker zu identifizieren. Um es im Anklang an eine schmalzige Verfilmung zu formulieren: Der Tod bedeutet, niemals anonym bleiben zu müssen. Aber das hier ist ein bisschen anders, meinen Sie nicht auch?«

»In gewisser Weise.«

»Und in anderer nicht?« Er seufzte. »Wissen Sie, was mir am Trinken fehlt? Die vielen Gelegenheiten, die es einem gab, einfach zu sagen: ›Ach, zum Teufel!‹ Manchmal ist es absolut schrecklich, die Dinge zu durchdenken.«

»Ich weiß, was Sie meinen.«

»Auf Jacks Liste für den achten Schritt befinden sich jede Menge Leute. Er hat nicht nur die Namen der Menschen aufgeschrieben, denen er während seiner Trinkerzeit geschadet hat. Er hat zu jeder Person einen Absatz geschrieben; das, was er getan hatte, welche Auswirkungen es gehabt hatte und was er möglicherweise tun könnte, um es ins Reine zu bringen. Einige der Personen auf seiner Liste waren bereits tot, und es hat ihm keine Ruhe gelassen, dass es keine Möglichkeit gab, einem Toten gegenüber Wiedergutmachung zu leisten.«

»Er hat mir von seinem Vater erzählt.«

»Dass er nicht dort war, als der alte Herr gestorben ist. Ich hab ihm ein paar Dinge vorgeschlagen, die er tun könnte. Er hätte an irgendeinen ruhigen Ort gehen können – in eine Kirche oder in einen Park. Das alte Viertel in der Bronx wäre eine gute Wahl gewesen, wenn man nicht eine Autobahn hindurchgebaut hätte. Der Ort ist nicht wichtig. Er hätte dorthin gehen, über seinen Vater nachdenken und mit ihm reden können.«

»Mit ihm reden?«

»Er hätte ihm die Dinge sagen können, von denen er sich wünschte, sie an seinem Sterbebett zu ihm gesagt zu haben. Und er hätte den alten Mann wissen lassen können, dass er jetzt trocken war und was das für ihn bedeutete. Und – nun, wissen Sie, ich hätte ihm keine Rede geschrieben. Ihm wäre selbst genug eingefallen, was er sagen konnte.«

»Aber wer könnte versichern, dass die Nachricht durchkommen würde?«

»Bei allem, was ich weiß«, sagte er, »sitzt der alte Knacker irgendwo da oben auf einer Wolke und hat Ohren, mit denen er Hundepfeifen hört.« Er runzelte die Stirn. »Ich meine diese Pfeifen, die nur Hunde hören können.«

»Ich habe verstanden, was Sie sagen wollten.«

»Es hätte auch bedeuten können, dass die Hunde pfeifen. Nicht mal die Toten können das hören.«

»Soweit wir wissen.«

Er blickte mich an. »Es gibt noch Kaffee«, sagte er. »Wollen Sie noch eine Tasse?«

Kapitel 8

»Jack saß auf Ihrem Stuhl, als er den fünften Schritt ausgeführt hat. Er hatte seinen vierten niedergeschrieben, hatte mehrere Wochen damit zugebracht, um sicherzugehen, dass er nichts vergessen hatte. Dann saß er dort und ich saß, wo ich jetzt sitze, und er hat es vorgelesen. Seine Stimme brach mehrmals. Es fiel ihm schwer.«

Das konnte ich mir vorstellen.

»Ich hab ihn ab und zu unterbrochen. Für Erläuterungen. Aber die meiste Zeit über hat er gelesen und ich hab es in mich aufgenommen oder es zumindest versucht. Es war nicht einfach.«

»Hartes Zeug?«

»Sehr. Matt, bei meinem eigenen vierten Schritt hatte ich jede Menge Dinge, wegen denen ich mich zutiefst schämte. Und aus Sicht des Programms ist das, was zählt, wie sehr einem diese Sachen auf der Seele lasten, nicht wie tief sie auf irgendeiner Moralskala angesiedelt sind. Aber ich habe mich wie ein Schmalspursünder gefühlt, ein absoluter Dilettant, was Verwerflichkeit angeht. Meine einzigen Verbrechen waren, bei Rot über die Straße zu gehen und bei der Steuererklärung zu schummeln. Oh, und ein paarmal bin ich schwarzgefahren. Sie werden mich doch nicht verpfeifen, oder?«

»Dieses Mal werde ich es noch durchgehen lassen.«

»Keine Sorge, es wird nicht wieder vorkommen. Ich habe Dinge getan, die zwar keine Verbrechen waren, aber trotzdem moralisch verwerflich, wobei ich jetzt nicht den Drang verspüre, sie zu benennen. Aber Sie müssen wissen, ich habe nie jemanden überfallen, nie jemanden mit einem Knüppel geschlagen. Und, bei Gott, ich habe nie jemanden getötet.«

»Und Jack hat das getan?«

Sein Schweigen war Antwort genug.

Nach einem langen Moment sagte er: »Ich fühle mich unwohl dabei, das weiterzuerzählen, was er mir gesagt hat. Seine Charakterfehler und seine Vorurteile haben ihn nicht das Leben gekostet, ebenso wenig wie seine schlechten Taten, weshalb mein Eindruck ist, dass sie mit ihm ins Grab gehen sollten.«

»Das scheint vernünftig.«

»Nur, dass es kein Grab geben wird. Ich habe Vorbereitungen getroffen, dass er eingeäschert wird, sobald sie die Leiche freigeben können. Ich hab daran gedacht, seine Asche auf dem Wasser zu verstreuen. Es gibt Leute, die einen mit ihrem Boot rausfahren, und dann leert man einfach den Behälter mit den Überresten über die Reling aus.« Er verdrehte die Augen. »Den Leichenbrand, wie die Insider sagen. Wenn ich eine Kopie seiner Inventur des vierten Schrittes hätte, könnte sie mit ihm in den Ofen gehen, wenn schon nicht ins Grab. Und ins Wasser, und–«

Er hatte fast heiter gesprochen, dann holte ihn doch alles ein und es schnürte ihm die Kehle zu. Ich beobachtete, wie er sich zusammennahm und die Tränen wegblinzelte. Als er weitersprach, war seine Stimme ruhig und fest.

»Mein Dilemma«, sagte er, »hat mit seinem achten Schritt zu tun. Ich denke, ich habe gesagt, dass er sehr ausführlich war.«

»Ein Abschnitt über jede Person.«

»Und einige davon waren lange Abschnitte. Ich vermute, dass die Person, die ihn getötet hat, sich mit ziemlicher Sicherheit auf dieser Liste befindet.«

»Und Sie haben eine Kopie.«

»Hab ich das schon erwähnt?«

»Nein, aber ohne eine wäre es kein so großes Dilemma für Sie. Sie haben seine Liste für den achten Schritt und Sie müssen entscheiden, was Sie damit tun werden.«

»Wenn die Polizei Hinweise hätte, wenn sie wüssten, wer es getan hat, egal ob sie ihn vor Gericht bringen können oder nicht, dann hätte ich kein Problem. Ich würde die Liste vernichten und damit hätte es sich. Aber sie haben weder Hinweise noch Verdächtige, und sie werden wahrscheinlich auch keine bekommen und sich auch nicht übermäßig anstrengen. Also bin ich im Besitz von Informationen, die ihnen helfen könnten, und es ist meine Pflicht als Bürger, sie ihnen zugänglich zu machen.«

»Aber?«

»Aber es gibt etwa zwei Dutzend Namen auf dieser Liste, Matt! Das bedeutet nicht, dass es so viele Verdächtige gibt, denn er hat seinen toten Vater mit in die Liste aufgenommen und ein paar andere Tote. Da ist auch seine Freundin aus der Highschool, die er belogen hat, um mit ihr Sex zu haben, und andere Leute, die kaum mit ein paar Kugeln reagieren würden, wenn er bei ihnen auftauchte, um sich zu entschuldigen. Aber es bleibt trotzdem noch ein Drittel, die ein schlechtes Leben führen und vorbestraft sind, und nur einer davon kann ihn umgebracht haben. Wie kann ich das Risiko eingehen, dafür zu sorgen, dass all die anderen in Schwierigkeiten geraten?«

»Und wenn sein Ziel die ganze Zeit über war, bei diesen Leuten Wiedergutmachung zu leisten—«

»Genau! In einer Minute erscheint er auf der Bildfläche und sagt, dass es ihm leid tut, dass es der Alkohol war, der ihn dazu gebracht hat. Und hier sind die zehn Dollar, die ich dir nie zurückgezahlt habe, oder eine neue Lampe als Ersatz für die, die ich vom Tisch gestoßen habe. Und in der nächsten Minute ist er tot und die Cops klopfen an der Tür.«

»Und die Individuen auf der Liste gehören nicht zu der Sorte, die sich über die Aufmerksamkeit von Männern in blauen Uniformen freut.«

»Oder in Anzügen von Robert Hall. Obwohl Mr. Redmond eigentlich ganz anständig gekleidet war.«

»Er ist ein Detective.«

»Oh, und die kleiden sich besser als der Rest? Das habe ich nicht gewusst.«

Zwei Tage, nachdem ich zum Detective befördert worden war, hat mich Eddie Koehler zu einem Herrenausstatter namens Finchley's in der 5th Avenue geschleift. Die Fassade des Gebäudes sah aus wie eine normannische Burg, und als ich wieder herausspazierte, fühlte ich mich wie ein Lord. Ich hatte gerade einen Anzug für das Dreifache dessen gekauft, was ich normalerweise ausgab.

Ich hatte den Anzug gekauft, um die Öffentlichkeit zu beeindrucken, denn man hatte mir versichert, dass ich nun ein Detective war und es ein Image gab, das ich bewahren musste. Aber es gab auch andere Vorteile; meine Frau hatte diesen Anzug bewundert und auch meine Geliebte.

Es hatte andere Anzüge gegeben, natürlich, aber das war der, an den ich mich erinnerte: ein Einreiher mit zwei Knöpfen. Der mittelblaue Stoff mit Glen-Karo hatte sich fast samten angefühlt. (»Ein angenehmer Griff«, hatte der Verkäufer gesagt.) Die Hose ohne Umschlag. (»Ich denke nicht, dass wir einen Umschlag wollen, oder?«)

Ich frage mich, was mit diesem Anzug passiert ist. Was das anbetrifft, ich frage mich auch, was mit Finchley's passiert ist. Als ich das letzte Mal vorbeikam, war der Laden verschwunden. In dem mit Zinnen versehenen Gebäude befand sich ein Geschäft mit einem Schaufenster voller Elfenbeinimitate und asiatischen Dingen für Touristen.

Etwas ist da und dann ist es nicht mehr da.

Gregs Problem war ziemlich klar. Wenn er Jacks Liste für den achten Schritt dem überraschend gut gekleideten Dennis Redmond übergab, würde er Leute in Schwierigkeiten bringen, die nichts mit dem Mord zu tun hatten. Wenn nicht, trug er dazu bei, dass ein Mörder ungestraft herumlaufen durfte.

Ich fragte ihn, ob er mit seinem Sponsor darüber gesprochen hatte.

»Ich wünschte, ich könnte«, sagte er. »Wissen Sie, was der Krebs für Schwule ist? Man nennt es das Kaposi-Sarkom, wobei ich es vielleicht falsch ausspreche. Es ist äußerst selten, zumindest war es das früher, aber jetzt beginnt jeder Schwule den Tag damit, sich nach blauroten Flecken abzusuchen. Adrian wurde sehr krank und wir befürchteten, dass er daran sterben würde, denn es gibt keine Heilung. Aber was ihn tatsächlich umgebracht hat, war eine Lungenentzündung. Eine sehr seltene Form der Lungenentzündung, nur, dass sie auch nicht mehr so selten ist, wenn man ein homosexuelles männliches Wesen ist.«

Ich hatte davon gehört. Es hatte einen Todesfall in meiner Stammgruppe in St. Paul's gegeben und ein anderes Mitglied war mehrmals mit hartnäckigem Fieber, das sich nicht behandeln ließ, ins Krankenhaus gekommen.

»Niemand weiß, wodurch es verursacht wird«, sagte er. »Ein Freund von mir ist der Ansicht, dass es etwas mit der synergistischen Wirkung von Leder und Quiche zu tun hat. Vielleicht werden wir alle daran sterben, Matt, aber zumindest werden wir uns bis dahin noch amüsieren.«

Sein Sponsor, Adrian, war vor etwas mehr als einem Monat gestorben und er hatte noch keinen Ersatz gewählt. »Ich halte heimliche Castings ab«, sagte er, »und probiere Leute aus, ohne dass sie es wissen. Es muss jemand sein, der älter ist als ich und schon länger trocken, aber auch jemand, der noch täglich zu Treffen geht, oder zumindest fast. Ich will keinen Schwulen, weil ich das nicht noch einmal durchmachen will, aber auch keinen Heterosexuellen, einfach, weil ich keinen will. In der letzten Zeit hab ich gedacht, dass ich mir einen weiblichen Sponsor zulegen sollte, aber will ich eine heterosexuelle Frau oder eine Lesbe?«

»Ein weiteres Dilemma«, sagte ich.

Er nickte. »Und eines, das sich zu gegebener Zeit lösen wird. Im Gegensatz zu meinem anderen Dilemma, bei dem Handeln erforderlich ist. Matt, Sie waren bei der Polizei. Denken Sie, dass Sie jemals zurückgehen werden?«

»Mich wieder einstellen lassen?« Ich hatte am Anfang daran gedacht und darüber mit Jim Faber gesprochen. »Nein«, sagte ich. »Das wird nicht passieren.«

»Und jetzt sind Sie ein Privatdetektiv.«

»Nicht wirklich. Privatdetektive haben eine Lizenz. Nachdem ich den Dienst quittiert hatte, hab ich angefangen, privat für Leute zu arbeiten, aber auf eine sehr inoffizielle Weise, gewissermaßen schwarz. Ich tat jemandem einen Gefallen und er oder sie gab mir als Ausdruck von Dankbarkeit Geld.«

»Und jetzt?«

»Ich suche auf die gleiche Weise nach einem Job, in der Sie nach einem Sponsor suchen«, sagte ich. »Jemand hat so ein kostenloses Programm vorgeschlagen–«

»Das Beschäftigungsprogramm für trockene Alkoholiker. Jack hat angefangen, hinzugehen, aber er hat es nicht durchgehalten. Er hat sich durchgeschlagen, indem er Essen für ein Deli ausgeliefert hat. Nicht wirklich eine Karriere, aber ein ziemlich guter Bleib-Trocken-Job.«

»Nun, mein Bleib-Trocken-Job scheint der zu sein, den ich hatte, als ich zum Programm gekommen bin. In den letzten elf Monaten gab es genug Arbeit für mich, dass ich die Miete bezahlen konnte und nie auf Mahlzeiten verzichten musste.«

»Sie tun Leuten Gefallen und die zeigen ihre Dankbarkeit.«

»Richtig.«

»Nun«, sagte er. »Ich würde Sie gern um einen Gefallen bitten.«

Kapitel 9

Es war weit nach Mitternacht, als ich nach Hause kam. Es gab keine Nachrichten für mich, nur die übliche Werbepost. Ich warf sie weg, als ich in meinem Zimmer war, aber ich behielt den braunen Din-A4-Briefumschlag, der an Gregory Stillman adressiert war und die aufgestempelte Absenderadresse einer Firma in Wichita in Kansas aufwies. Der Umschlag hatte ursprünglich einen Katalog mit Zubehör für Schmuckdesigner enthalten, aber jetzt befand sich darin Jack Ellerys achter Schritt, die Liste der Menschen, denen er angeblich geschadet hatte und unter denen man höchstwahrscheinlich seinen Mörder finden konnte.

Ich hatte einen Blick auf die erste Seite der Liste geworfen, um sicherzustellen, dass ich Jacks Handschrift lesen konnte. Dann hatte ich zugesehen, wie Greg die Liste in den Umschlag gesteckt und ihn dann mit der Metallklammer verschlossen hatte. Jetzt legte ich ihn ungeöffnet auf meine Kommode, zog mich aus und stellte mich unter die Dusche.

Der Umschlag lag immer noch dort, als ich aus der Dusche kam. Ich öffnete ihn und zog ein Bündel unlinieres Papier, das von einer Büroklammer zusammengehalten wurde, heraus. Die Blätter waren nummeriert; es gab insgesamt neun, die alle mit Jacks kompakter, aber lesbarer Handschrift beschrieben waren. Dunkelblaue Tinte auf weißem Papier.

Der erste Name oben auf der ersten Seite war Raymond Ellery, der sich als Jacks verstorbener Vater entpuppte. Ich las ein paar Sätze und fühlte, wie ich von einer Welle der Müdigkeit überschwemmt wurde. Es konnte warten, das alles. Ich steckte die Blätter zurück in den Umschlag, verschloss ihn mit der Metallklammer und ging zu Bett.

Ich erinnerte mich, dass ich nicht gebetet hatte. Ich sah keinen wirklichen Sinn darin, es war auch nicht wirklich mein Stil, aber ich hatte jetzt fast ein Jahr damit verbracht, Dinge zu tun, die nicht mein Stil waren und deren Sinn ich nur gelegentlich verstand. Also tat ich sie einfach und begann den Tag mit der Bitte um einen weiteren Tag der Abstinenz und beendete ihn mit dem Dank für einen weiteren Tag, an dem ich trocken geblieben war.

Aber nur, wenn ich daran dachte. Ich dachte jetzt daran, lag aber schon in der Dunkelheit im Bett und verspürte kein wirkliches Verlangen danach, wieder aus dem Bett zu steigen und mich hinzuknien – was auch nicht wirklich mein Stil war.

»Danke«, sagte ich zu dem Wesen, das mir womöglich zuhörte. Und beließ es dabei.

»Er hat mir eintausend Dollar gegeben«, erzählte ich Jim. »Zehn Hundert-Dollar-Scheine. Er musste sie nicht abzählen, er hatte sie separat in seinem Geldbeutel, weshalb ich vermute, dass das Ganze kein spontaner Einfall war.«

»Ich vertraue darauf, dass du dich an deine Ausbildung bei der Polizei erinnert hast.«

»Ich hab sie eingesteckt.«

Eine andere Sache, die mir Vince Mahaffey beigebracht hatte, Jahre zuvor in Brooklyn. Das tat man, wenn einem jemand Geld gab.

»Du hörst dich nicht gerade glücklich an«, sagte Jim, »für jemanden mit tausend Dollar in der Tasche.«

»Das meiste davon ist schon weg. Ich hab die Miete für den nächsten Monat bezahlt und Anita eine Postanweisung geschickt. Etwas davon ging auf mein Bankkonto, der Rest ist in meiner Brieftasche.«

»Alles davon? Oder hast du den zehnten Teil deiner Ernte als Feueropfer den Göttern dargebracht?«

»Nun ja«, sagte ich.

Ein paar Jahre zuvor hatte ich mir angewöhnt, meinen Zehnten zu zahlen und zehn Prozent des Geldes, das mir gegeben wurde, in die Opferbüchse der ersten Kirche zu stecken, an der ich vorbeikam. Jim hatte das als amüsante Exzentrizität betrachtet, von der er annahm, dass ich sie aufgeben würde, wenn ich lange genug trocken war. Bis dahin bekamen die Katholiken das meiste von meinem Geld, schon allein deshalb, weil ihre Zufluchtsorte in der Regel länger geöffnet hatten. Auf dem Weg nach Hause hatte ich einen Umweg eingelegt, um der Almosenbüchse von St. Paul the Apostle meinen Respekt zu bezeugen. Und weil ich schon dort war, hatte ich auch gleich ein paar Kerzen angezündet, eine davon für Jack Ellery.

»Du stehst immer noch um ein paar Dollar besser da als gestern«, erklärte mir Jim. »Und trotzdem hörst du dich nicht sonderlich glücklich an.«

»Ich hab das Geld genommen«, sagte ich. »Jetzt muss ich es mir verdienen.«

»Indem du herausfindest, wer deinen Freund umgebracht hat.«

»Indem ich herausfinde, ob es einen Namen auf der Liste gibt, den ich ohne Bedenken an Redmond weitergeben kann. Aber ich vermute, das läuft auf dasselbe hinaus.«

»Kannst du nicht einfach die streichen, die es unmöglich getan haben können, und ihm dann den Rest geben?«

»Das hätte Stillman selbst auch tun können«, sagte ich. »Die Idee ist, zu vermeiden, ein Problem für jemanden zu schaffen, der unschuldig an Jacks Ermordung ist. Auch wenn er ansonsten womöglich absolut nicht unschuldig ist.«

»Gibt es ein paar böse Jungs auf der Liste?«

»Ich weiß nicht, wer draufsteht«, sagte ich, »abgesehen von Jacks Vater. Und der ist schon ein paar Jahre tot.«

»Was entlastendes Beweismaterial darstellen würde, oder? Du hast die Liste noch nicht durchgesehen?«

»Gestern Abend war ich zu müde und heute Morgen sind mir andere Dinge eingefallen, die ich tun konnte. Ich vermute, ich werde sie mir jetzt vornehmen.«

»Das ist wahrscheinlich eine gute Idee«, sagte mein Sponsor.

Aber es war immer noch etwas, das ich nicht wirklich tun wollte. Deshalb ging ich mit dem Wunschgedanken, der braune Umschlag könnte während meiner Abwesenheit verschwunden sein, auf mein Zimmer zurück. Das Zimmermädchen – dessen wöchentlicher Besuch erst am nächsten Tag stattfinden würde – könnte einen Tag früher gekommen sein, meine Bettwäsche gewechselt und den Papierkorb ausgeleert haben, und dabei Jacks achten Schritt der Verbrennungsanlage überantwortet haben. Oder ein Einbrecher könnte bei mir eingestiegen sein und, weil er nichts gefunden hatte, das es sich zu stehlen lohnte, erbost mit dem Umschlag davonmarschiert sein. Oder eine spontane Selbstentzündung oder eine Sturzflut oder–

Der Umschlag lag immer noch dort. Ich setzte mich hin und fing an zu lesen.

Als ich damit durch war, hatte ich das Mittagessen ausgelassen und die Sonne war untergegangen. Ich verließ das Hotel und ging etwas essen, bevor ich mein reguläres freitagabendliches Schritte-Treffen in St. Paul's aufsuchte. Ich verspürte den Drang, in der Pause zu verschwinden, aber ich zwang mich dazu, das ganze Treffen über zu bleiben.

»Ich werde heute den Kaffee ausfallen lassen«, sagte ich Jim. »Ich denke, ich werde lieber in eine Kneipe gehen.«

»Weißt du, denselben Gedanken hatte ich auch schon ziemlich häufig.«

»Ich hab die verdammte Liste gelesen«, sagte ich. »Es hat eine Ewigkeit gedauert, weil ich immer wieder damit aufgehört habe, um aus dem Fenster zu starren.«

»Auf den Schnapsladen auf der anderen Straßenseite?«

»Auf die Türme des Trade Centers, vermute ich, aber ich hab nicht wirklich irgendetwas Bestimmtes angesehen. Nur in die Ferne gestarrt. Es war schwer, das zu lesen, Jim. Ich hab mehr Einblick in das Herz und die Seele dieses Typen bekommen, als ich wollte.«

»Wonach würde dir dann sonst der Sinn stehen, als in eine Kneipe zu gehen?«

Ich warf ihm einen Blick zu. »Ich hab einen Zettel mit fünf Namen, und es gibt jemanden, dem ich sie zeigen will.«

»Und der Ort, an dem du ihn treffen wirst, ist eine Kneipe.«

»Dort wird er zu finden sein. Im Top Knot oder in Poogan's Pub. Er wechselt hin und her.«

»Man sollte vermeiden, irgendwo Wurzeln zu schlagen«, sagte er. »Denkst du, dass es eine gute Idee wäre, wenn du jemanden als Begleitung mitnimmst?«

»Ich werde nichts trinken.«

»Nein«, sagte er, »das wirst du nicht. Aber vielleicht wirst du dich besser fühlen, wenn du einen nüchternen Freund bei dir hast.«

Ich dachte darüber nach, wog den Vorschlag gegen die hemmende Wirkung eines Fremden am Tisch ab. »Ein andermal«, sagte ich. »Es wird okay sein.«

»Egal, in welcher Kneipe du ihn finden wirst, dort wird es bestimmt ein Münztelefon geben. Und du hast jede Menge Münzen, oder?«

»Vierteldollars und Münzen für die U-Bahn. Aber die werde ich nicht brauchen. Ich werde in der westlichen 72nd Street sein, dorthin kann ich zu Fuß gehen.«

»Das ist gut«, sagte er. »Die Bewegung wird dir guttun.«

Ich ging die Columbus Avenue nach Norden bis zur 72nd Street. Poogan's befand sich einen halben Block in der einen Richtung, das Top Knot etwa genauso weit in der anderen. Ich fühlte mich wie ein Esel, der in der Mitte zwischen zwei Heuballen steht. Entweder trifft man eine willkürliche Entscheidung oder man verhungert. Ich warf in Gedanken eine Münze und ging ins Top Knot, und natürlich saß er im Poogan's, an einem Tisch, auf dem sich eine eisgekühlte Flasche Stoli in einem Plastikeimer mit Holzmaserung befand.

Der Mann am Tisch hielt einen Zauberwürfel in den Händen. Er spielte nicht daran herum, sondern starrte ihn nur an. Ich ging zu ihm und sagte »Hallo, Danny Boy«, und ohne den Blick zu heben, sagte er: »Matthew, hast du jemals eines von diesen Dingern gesehen?«

»Gesehen ja. Ich hab aber noch nie einen in der Hand gehabt.«

»Den hat mir jemand gegeben«, sagte er. »Die Idee ist, dass man am Ende auf allen sechs Seiten nur eine Farbe hat, aber warum sich jemand die Mühe geben sollte, ist mir unbegreiflich. Willst du ihn?«

»Nein, aber danke für das Angebot.«

Er legte das Teil auf den Tisch, blickte zu mir hoch und grinste breit. »Setz dich«, sagte er. »Es ist gut, dich zu sehen. Vielleicht gebe ich dieses Spielzeug der Kellnerin. Ich hab den Eindruck, dass sie leicht zu amüsieren ist. Du siehst gut aus, Matthew. Willst du was trinken?«

»Vielleicht ein Coke«, sagte ich. »Aber das hat keine Eile. Es kann warten, bis sie kommt, um Rubiks Zauberwürfel abzuholen.«

»*So* heißt der. Ich dachte, es wäre Kubek, aber ich wusste auch, dass das nicht stimmt. Erinnerst du dich an Tony Kubek?«

Der Infielder der Yankees. In der Tat erinnerte ich mich an ihn und wir sprachen ein paar Minuten lang über Baseball. Dann kam die Kellnerin vorbei und ich bestellte ein Coke. Danny Boy nahm einen Schluck Wodka und ließ sich von ihr nachschenken.

Danny Boy Bell ist ein zierlicher schwarzer Albino, immer perfekt gekleidet dank der Kinderabteilungen von Saks und Paul Stuart. Aufgrund seines Albinismus ist er eine Kreatur der Nacht, aber ich denke, dass er auch ohne die Empfindlichkeit seiner Haut gegenüber Sonnenlicht ein Vampirleben führen würde. Der Welt fehlen zwei Dinge, sagte er einmal, ein Dimmerschalter und ein Lautstärkeregler, beide auf minimal gestellt. Dunkle Räume und gedämpfte Musik sind seine natürlichen Vorlieben, mit Wodka hinuntergespült und gelegentlich in Gesellschaft einer hübschen jungen Frau, die nicht durch allzu viel Intelligenz belastet ist.

Als ich am Sechsten Revier stationiert war, war Danny Boy mein bester Spitzel gewesen und einer der wenigen, in dessen Gesellschaft mich nicht der Drang nach einer Dusche überkam. Es ging ihm nicht darum, einer Anklage zu entgehen, sich zu rächen oder sich wichtig zu fühlen. Tatsächlich war er weniger ein Spitzel als ein Händler von Informationen. Jeden Abend verrichtete er seine Arbeit im Poogan's oder im Top Knot. Dann setzten sich Leute von beiden Seiten des Gesetzes zu ihm an den Tisch, um ihm etwas zu erzählen, etwas zu fragen oder beides. Er wohnte nur ein paar Blocks von seinen beiden Stammlokalen entfernt und ging selten woanders hin, falls er sich nicht einen Kampf im Garden oder eine Band in einem Jazzclub ansah. Die meiste Zeit über saß er auf seinem Stuhl und trank Wodka, und man hätte denken können, dass es sich um Wasser handelte, weil ihm keinerlei Wirkung anzusehen war.

Mein Coke wurde gebracht. Ich nahm einen Schluck und fragte mich, welche sichtbare Wirkung es auf mich hatte.

Ich sagte: »Es gibt einen Typen, der vor einer Woche umgebracht wurde. Hat in einem möblierten Zimmer in den östlichen Neunzigern gewohnt und ist mit dem Ausliefern von Essen für ein Deli im Viertel über die Runden gekommen.«

»Das können keine allzu großen Runden gewesen sein«, sagte Danny Boy, »wenn er damit genug verdient hat, um sie zu drehen. Wie hat er geheißen?«

»John Joseph Ellery. Aber jeder nannte ihn Jack.«

Er schüttelte den Kopf. »Hab nichts über den Mord gehört und kann nicht sagen, dass bei dem Namen irgendetwas klingelt. Was hat er getan, bevor er sich entschloss, UPS Konkurrenz zu machen?«

»Ein bisschen von diesem und ein bisschen von jenem.«

»Ah, ein nützliches Geschäft. Und er hat immer noch ein bisschen von beidem getan, wenn er nicht gerade denen vom Deli ausgeholfen hat?«

»Er ist sauber geblieben«, sagte ich und schwenkte mein Glas mit Coke. »Und hat einen neuen Weg eingeschlagen.«

»Einen trockeneren Pfad, sozusagen. Einen Pfad, auf dem, wie ich sehe, auch du dich noch befindest, Matthew. Schon seit einiger Zeit, oder?«

»Im nächsten Monat wird es ein Jahr.«

»Das ist großartig«, sagte er. Es war eindeutig, dass er das auch meinte, was mich erfreute. Nicht jeder, mit dem ich früher getrunken hatte, war sonderlich begeistert von dem Weg, den ich eingeschlagen hatte. Jim meinte, dass ihre Reaktion mehr über sie und ihr eigenes Trinken aussagte als über mich und meine Abstinenz. Einige fühlten sich bedroht, sagte er, während andere annahmen, dass ich ihnen ablehnend gegenüberstehen würde, und mir zuvorkommen wollten.

Alles, was das Thema Trinken für Danny Boy tat, war, ihn daran zu erinnern, dass vor ihm ein volles Glas stand. Als Reaktion nahm er einen Schluck. Er sagte: »John Ellery, besser bekannt als Jack. Jack Ellery. Wo wurde er umgebracht?«

»Zu Hause.«

»In seinem möblierten Zimmer. Wie?«

»Zwei Kugeln. Eine in die Stirn, die andere in den Mund.«

»›Halt die Schnauze‹?«

»Sehr wahrscheinlich.«

»Im Unterschied zu ›Du hättest deine verdammte Schnauze halten sollen, du verdammtes Verräterschwein‹, mit abgeschnittenem und in den Mund gestopften Penis, manchmal sogar halb den Rachen runter. Sind die Italiener die einzigen mit dieser spezifischen Visitenkarte, Matthew, oder findet sie breitere Verwendung?«

Ich hatte keine Ahnung.

»Ein bisschen von diesem und ein bisschen von jenem. Ich hasse es, auf Details zu drängen, aber–«

»In erster Linie bewaffnete Raubüberfälle. Dafür hat man ihn auch weggesperrt. Schnapsläden, Tante-Emma-Läden, rein, eine Waffe vorzeigen, raus mit dem, was er sich aus der Kasse schnappen konnte. Es ist nicht überraschend, dass du nie von ihm gehört hast, denn er war ziemlich unbedeutend, und es ist auch nicht überraschend, dass du nichts von dem Mord gehört hast. Wenn etwas darüber in den Zeitungen stand, hab ich es auch übersehen.«

Er runzelte nachdenklich die Stirn. »Jack, Jack, Jack. Hatte er einen *Sobriquet*?«

»Wie bitte?«

»Einen Spitznamen, um Himmels willen! Und sag mir nicht, dass du das Wort noch nie gehört hast.«

»Ich kenne es«, sagte ich. »Ich hab's schon mal gelesen, aber ich bin mir nicht sicher, dass ich jemals gehört habe, wie es jemand ausgesprochen hat. Ich hab es gewiss noch nie jemanden im Poogan's sagen hören.«

»Es ist absolut anständiges Wort. Und es ist nicht dasselbe wie ein Spitzname. Nehmen wir Charles Lindbergh. Sein Spitzname war Lindy–«

»So wie in Lindy Hop«, schlug ich vor.

»– und sein *Sobriquet* war ›der einsame Adler‹. Oder George Herman Ruth, sein Spitzname war Babe, sein *Sobriquet* ›The Sultan of Swat‹. Al Capone–«

»Ich verstehe.«

»Ich wollte das Wort nur weiter aussprechen, Matthew. *Sobriquet*. Ich kenne es vom Lesen, und *ich* denke auch nicht, dass ich es schon jemals ausgesprochen gehört habe. Ich bin mir sicher, dass ich es noch nie *ausgesprochen* hatte. Wobei ich mich frage, ob ich es richtig ausspreche.«

»Da fragst du den Falschen.«

»Ich werde es nachschlagen«, sagte er. Er nahm sein Glas und stellte es wieder ab, ohne zu trinken. »High-Low Jack«, sagte er. »War das nicht sein verdammter *Sobriquet*? Hat man ihn nicht so genannt?«

Kapitel 10

»High-Low Jack«, sagte Greg Stillman.

»Hat man ihn bei den Treffen nicht so genannt?«

»Er wurde nur Jack genannt, wie er sich auch selbst genannt hat. Ah, und Knast-Jack oder Jack, der Knacki, aber das nicht ins Gesicht.«

Ein Ergebnis der Anonymität ist, dass wir uns in erster Linie von den Vornamen her kennen, weshalb wir zu Namenszusätzen greifen, um einen Jack vom anderen zu unterscheiden. In St. Pauls's haben wir den großen Jim, Jim, den Läufer, und meinen eigenen Sponsor, Armeejacken-Jim, wegen der heruntergekommenen Jacke, ohne die man ihn kaum sieht.

Wenn ich einen Spitznamen – oder einen Sobriquet, wenn man das vorzieht – habe, dann kenne ich ihn nicht. Matt der Cop? Schnüffler-Matt? Ich bin der einzige Matt in St. Paul's, weshalb wahrscheinlich keine Notwendigkeit bestand, einen Namen für mich zu finden.

»Das war nicht als Beleidigung gedacht«, fügte Greg hinzu. »Jack hat sehr häufig von seinen Erfahrungen im Knast erzählt. Wie er bekam, was er verdient hatte, und dass er niemals im Knast gelandet wäre, wenn er nicht getrunken hätte. Deshalb war es die naheliegende Wahl, wenn man nach etwas suchte, mit dem man ihn näher bezeichnen konnte. Aber High-Low Jack? Was soll das überhaupt heißen?«

»Ich weiß es nicht. Ich habe den Namen einmal von einem Cop am Sechsten Revier gehört, als ich selbst noch bei der Polizei war. Und ich hab ihn seitdem am heutigen Abend zum ersten Mal wieder gehört.«

»Von–?«

»Einer Quelle«, sagte ich und fragte mich, ob es sich bei *Danny Boy* um einen Spitznamen oder einen *Sobriquet* handelte. Ich hatte nie gehört, wie ihn jemand anders genannt hätte, und bei allem, was ich wusste, stand *Danny Boy Bell* schwarz auf weiß auf seiner Geburtsurkunde.

»Und diese Quelle kannte Jack?«

»Hat ihn niemals getroffen und wusste nicht sehr viel über ihn.«

»Aber sie wusste, wie man ihn nennt oder genannt hat, was mehr ist, als ich wusste. Es war nicht Teil seines vierten Schritts und ich denke, ich würde mich an die Bezeichnung erinnern, wenn ich sie jemals gehört hätte.«

»War er ein Spieler? Hat er Karten gespielt?«

»Jack? Ich denke nicht. Er hat von einem Tag erzählt, den er vor Jahren einmal auf einer Rennbahn verbracht hat, aber da ging es mehr ums Trinken als um Wetten. Irgendwas davon, dass er nie rechtzeitig ans Fenster gelangen konnte, um eine Wette abzuschließen, weil er an der Bar herumhing und sich noch einen Drink gönnte.«

»Mit anderen Worten, durch das Trinken hat er Geld gespart.«

»Also war es nicht durch und durch schlecht.«

Es gab ein Münztelefon in Poogan's Pub und ich wusste, dass es funktionierte, denn ich hatte Leute damit telefonieren sehen, während ich zusah, wie Danny Boy genug Stolichnaya Wodka trank, um die sowjetische Wirtschaft wieder auf Vordermann zu bringen. Es war frei, als ich mich anschickte zu gehen, aber ich begab mich lieber zur nächsten Straßenecke. Das Telefon, an dem ich es probierte, war kaputt, aber es gab auf der gegenüberliegenden Straßenseite eines, das funktionierte. Der erste Anruf, den ich machte, war bei meinem Sponsor.

»Nein, es ist nicht zu spät«, versicherte er mir. »Ich höre Bremsen quietschen und nicht die Rufe von Betrunkenen, also vermute ich, dass du mich von der Straße aus anrufst.«

»Du bist derjenige, der Detektiv hätte werden sollen. Sagen dir die Worte *High-Low Jack* irgendetwas?«

»Es gibt ein Kartenspiel«, sagte er, »das, wenn ich mich richtig erinnere *Spit in the Ocean* heißt. Oder kurz einfach nur *Spit*. Ich weiß nicht mehr, wie man es spielt, aber es gibt vier Dinge, für die man Punkte bekommt – hoch, niedrig, für Jack, den Buben, und für das Spiel. Das ist die Phrase, an die ich mich erinnere: ›High, Low, Jack, und das Spiel.‹ Hilft das?«

»Ich weiß nicht.«

»Ich kann auch nicht sehen, wie es helfen würde«, sagte er. »High-Low Jack. ›High-low‹ nennt man es beim Pokern, wenn sich das beste und das schlechteste Blatt den Pott teilen. Aber ich weiß nicht, was Jack damit zu tun hat.«

»Die Pokerversion *Jacks or Better*«, schlug ich vor.

»Was mich an ein anderes Spiel erinnert, eine Form des *Draw Poker*. Man braucht zwei Buben, um zu eröffnen–«

»Richtig.«

»– aber wenn niemand Buben oder etwas Besseres hat, dann wird das Blatt zu *Lowball* und die schwächste Hand gewinnt. Das wäre Fünf-Vier-Drei-Zwei-Ass oder Sechs-Vier-Drei-Zwei-Ass oder sogar Sieben-Fünf-Vier-Drei-Zwei, je nach den Hausregeln.«

»Ich wusste nicht, dass du Poker gespielt hast.«

»Nur Partien mit niedrigen Einsätzen, vor allem mit anderen Druckern. Wir haben im Hinterzimmer einer Druckerei in der Hudson Street gespielt. Ich hab die Begeisterung dafür verloren, als ich einmal mitten in einer Partie zu mir gekommen bin und keine Idee hatte, warum ich so viel gesetzt hatte. *Jacks and Backs*, so haben wir diese Variante genannt. Aber das hilft dir auch nicht weiter. Wie lief es heute Abend?«

»Es war okay«, sagte ich. »Es war gut, Danny Boy zu sehen, und ich hab ein paar Dinge in Bewegung versetzt.«

»Und du hast nicht zu einem Drink gegriffen.«

»Nein, habe ich nicht. Als ich gegangen bin, hatte Danny der Kellnerin gerade einen Zauberwürfel gegeben. Man hätte meinen können, es handle sich um den Hope-Diamanten.«

»Ist das nicht der mit dem Fluch?«

»Nun, wenn *sie* nicht gerade unter dem Fluch leidet, würde ich sagen, dass er heute Nacht noch seinen Spaß haben wird.«

»Da hab ich dir eine schöne Vorlage gegeben, oder? Du kannst mir ein andermal danken. High-Low Jack. Du erwischt sie oben, ich erwisch sie unten. Oder ist es umgekehrt?«

Nachdem er sich bereit erklärt hatte, mein Sponsor zu werden, war eines der ersten Dinge, die Jim tat, mir einen kleinen roten Lederbeutel für Kleingeld zu schenken. Es befanden sich ein Vierteldollar und eine Münze für die U-Bahn darin.

»Das ist für den Anfang«, hatte er gesagt. »Pass auf, dass du immer ein Dutzend Vierteldollars und ein halbes Dutzend Münzen für die U-Bahn darin hast. Damit du immer einen Anruf machen kannst und immer einen Bus oder die U-Bahn nach Hause nehmen kannst.«

»Wie ein Mafioso«, sagte ich und erklärte ihm, dass jeder Mafioso, den wir verhaftet hatten, eine Rolle mit Vierteldollars im Wert von zehn Dollar in seiner Tasche gehabt hatte. Sie hatten gelernt zu vermeiden, abgehört zu werden, indem sie ihre Anrufe von Münztelefonen aus erledigten. Eine Rolle mit Münzen war auch anderweitig praktisch; man musste nur die Faust darum ballen und konnte gleich sehr viel kräftiger zuschlagen.

Ich hatte weder den Drang verspürt, jemanden zu schlagen, seitdem ich trocken war, noch hatte ich Angst davor, dass jemand mein Telefon abhörte. Aber ich verließ mein Hotelzimmer nie ohne meinen Vorrat an Vierteldollars und U-Bahn-Münzen, und ich gab einen zweiten Vierteldollar für einen Anruf bei meinem Klienten aus. Ich erfuhr von ihm ebenso wenig wie er von mir. Er schien erfreut zu sein, dass ich mich mit dem Fall beschäftigte und die Dinge in Bewegung brachte, aber ich hatte den Eindruck, dass es ihn nicht sonderlich beschäftigte, wie erfolgreich meine Ermittlungen waren.

Während ich nach Hause spazierte, kam ich darauf, warum. Er hatte ein Dilemma gehabt – was tun? – und er hatte es gelöst, indem er mir den Staffelstab weitergegeben hatte. Was jetzt passierte, spielte für ihn keine allzu große Rolle mehr. Er hatte getan, was er hatte tun müssen, und jetzt konnte er es jemand anderem anvertrauen.

Das entsprach durchaus dem Geiste des dritten Schritts: *Wir fassten den Entschluss, unseren Willen und unser Leben der Sorge Gottes – wie wir Ihn verstanden – anzuvertrauen.*

Ich hatte diese Worte unzählige Male gehört, bei spezifischen Diskussionen des Schritts und in »Wie es funktioniert«, der Passage aus dem Blauen Buch, die am Anfang der meisten Treffen vorgelesen wird. Mir gefiel der Gedanke, ich hatte nur keine Ahnung, wie man es tat. In der Literatur stand irgendetwas davon, dass man den Schlüssel der Bereitschaft nutzen sollte und dass dieser früher oder später das Schloss öffnen würde. Das war zwar wunderbar poetisch, aber ich wusste noch immer nicht, wovon zum Teufel sie da eigentlich redeten.

Der dritte Schritt bedeutet nicht, dass Gott dir die Wäsche waschen und deinen Hund ausführen wird. Das war etwas anderes, was ich die Leute hatte sagen hören. Mit anderen Worten, was? Gib es weiter und mach alles selbst? Das hörte sich nicht richtig an.

Trink nicht, hatte Jim mir gesagt. Trink nicht und geh zu Treffen. Das ist alles, was du für den Moment wissen musst.

An der Rezeption wartete eine Nachricht von Jan auf mich. Ruf mich vor Mitternacht an, besagte sie, aber jetzt war es weit danach. Wir hatten unsere feste Verabredung nicht bestätigt und ich würde mich am Morgen daran erinnern müssen, es zu tun. Oder ich konnte mir einen Grund einfallen lassen, sie diese Woche ausfallen zu lassen, aber war es dafür nicht zu spät? Es schien mir, als wäre Samstagmorgen zu spät, um eine Verabredung für Samstagabend abzusagen, und ich war mir sicher, dass das alles im Blauen Buch und in *Zwölf Schritte und zwölf Traditionen* logisch erklärt war, wobei der berühmte Schlüssel der Bereitschaft eine wichtige Rolle spielte.

Diesmal erinnerte ich mich und ging auf die Knie, bevor ich mich ins Bett legte. »Ich danke dir für einen weiteren nüchternen Tag«, sagte ich und fühlte mich gleichzeitig rechtschaffen und dämlich. Es ist erstaunlich, wie oft die beiden Gefühle gleichzeitig auftreten.

Kapitel 11

Ich las die *Times* während des Frühstücks, dann ging ich wieder auf mein Zimmer und rief Jan an. Wir vereinbartem, zum SoHo-Treffen in der St. Anthony's Church zu gehen. Ich sagte ihr, dass ich lieber danach als zuvor zu Abend essen würde, falls ihr das nichts ausmachte. Sie sagte, dass es in Ordnung ginge, sie würde spät zu Mittag essen.

»Ich hätte dich gestern Abend noch angerufen«, sagte ich, »aber es war zu spät, als ich nach Hause kam. Ich musste jemanden treffen, einen ausgesprochenen Nachtschwärmer.«

»Das hört sich an, als würdest du arbeiten.«

»Tue ich«, sagte ich. »Ich bin mir nicht sicher, ob es viel Sinn ergibt, aber ich werde bezahlt.«

»Ist das nicht Sinn genug?«

»Vielleicht muss es das sein. Es gibt Leute, mit denen ich reden will. Ich weiß nicht, ob mir das gelingen wird, aber ich werde den Tag damit verbringen, es zu versuchen. Das ist der Grund, weshalb ich warten und erst danach zu Abend essen wollte.«

Warum erklärte ich es? Warum fühlte ich mich immer, als müsste ich alles erklären? Wir waren nicht verheiratet, um Himmels Willen, und selbst wenn wir es gewesen wären–

»Also sehen wir uns beim SoHo-Treffen«, sagte sie, wohlgelaunt blind gegenüber dem stillen Streit, den wir austrugen. »Und danach können wir in einen dieser Läden in der Thompson Street gehen und du kannst mir alles über den Fall erzählen.«

Außer Jack Ellery hatte ich noch fünf weitere Namen für Danny Boy gehabt. Er hatte die Liste überflogen, dann mit dem Zeigefinger auf einen Namen getippt. »Alan MacLeish«, sagte er. »Oder Piper MacLeish, wie man ihn auch nennt.«

»Weil er schottisch ist?«

»Das kann eine Rolle gespielt haben, aber ich denke, es hat weniger mit Dudelsäcken zu tun als damit, womit er Leuten den Schädel eingeschlagen hat.«

»Rohre waren seine Lieblingswaffe?«

»Soweit ich weiß«, sagte Danny Boy, »hat er nur einmal eines benutzt, aber er hat dafür gesessen und der Name blieb an ihm haften. Du kennst die Geschichte vom armen Pierre, dem Brückenbauer?«

»Klar.«

»›Ah, Monsieur, isch, Pierre, 'abe diese Brücke gebaut. Isch 'abe Duhtzende von Brücken gebaut. Aber nennt man misch Pierre, den Brückenbauär? Man tuht esch nischt.‹«

»Das ist sie.«

»›Aber wenn isch einmahl einen Schwanz lutsche.‹ Herrgott, die alten Witze sind einfach die besten. Deshalb haben sie überdauert.« Er nahm den Zauberwürfel, blickte ihn an, legte ihn wieder hin. »Ich bin mir ziemlich sicher, dass Piper wieder sitzt. Er war Mittelmann bei einem Heroingeschäft und die Rockefeller-Drogengesetze haben ihm eine lange Strafe eingebracht. Das war zwar vor ein paar Jahren, aber es würde mich überraschen, wenn sie ihn bereits entlassen hätten.«

Die nächsten beiden Namen sagten ihm überhaupt nichts. »Crosby Hart. Ich kann mich nicht erinnern, jemals von jemandem mit dem Vornamen Crosby gehört zu haben. Ich denke, ich würde mich erinnern, wenn ich es getan hätte. Aber der nächste ist das andere Extrem. Robert Williams? Was denkst du, wie viele Männer es mit diesem Namen gibt?«

»Ich bin mir nicht einmal sicher, ob er ein Verbrecher ist«, sagte ich. »Er war ein Freund von Jack. Jack hat mit seiner Frau geschlafen und dachte, dass er sie vielleicht geschwängert hat.«

»Mit anderen Worten, fang an, nach einem Robert Williams zu suchen, dessen Frau herumvögelt. Das grenzt es ein.«

Es gab noch zwei Namen und Danny Boy erkannte sie, wusste aber nicht, was mit ihnen passiert war oder wo man sie finden könnte. »Es gab einen Sattenstein im Norden. Cabrini Boulevard? Irgendwo da oben. Ein Kleinhehler, wenn ich die richtige Person meine, und dann ist er von der Bildfläche verschwunden. Frankie Dukes, nun, das ist ein Name, den ich kenne, auch wenn ich nicht weiß warum. Ist Dukes ein Nachname oder hat man ihn so genannt, weil er gut mit seinen Fäusten umgehen konnte?«

Nicht sonderlich gut, dachte ich. *Hab ihn durchgeprügelt*, hatte Jack in seiner Liste angemerkt. *Hab ihm die Nase und zwei Rippen gebrochen.*

»Nun, irgendjemand weiß bestimmt etwas«, sagte Danny Boy. »Oder kennt jemand, der etwas weiß. Du weißt, wie es läuft.«

Ich wusste, wie es lief. In meinem Hotelzimmer sah ich mir die Liste mit den Namen an und strich Alan MacLeish durch. *Hab ihn in Schwierigkeiten gebracht*, hatte Jack neben seinem Namen notiert. Wenn er dafür verantwortlich gewesen war, dass MacLeish im Knast gelandet war, wäre das eine ziemliche Untertreibung gewesen. Aber Jack hatte auch angemerkt, wie schwierig es war, die Sache mit dem Mann ins Reine zu bringen, denn bei genauerem Hinsehen stellte sich heraus, dass der Piper tatsächlich hinter Gittern saß und dass Jack das gewusst hatte. *Muss auf die Besucherliste kommen, muss genehmigter Korrespondent sein. Wie?*

Ja, wie?

Dadurch blieben Crosby Hart, Mark Sattenstein, Frankie Dukes und der gehörnte Robert Williams. Ich schlug das Telefonbuch von Manhattan auf und ließ meine Finger für mich arbeiten. Es gab Harts, aber keinen Crosby, Dukes', aber keinen Frank. Es gab einen einzigen Mark Sattenstein mit einer Adresse in der östlichen 17th Street.

Eine einfache Entscheidung. Ich wählte die angegebene Nummer. Es klingelte viermal, dann ging der Anrufbeantworter ran und eine männliche Stimme forderte mich dazu auf, eine Nachricht zu hinterlassen. Wobei es sich nicht so anhörte, als läge dem Sprecher viel daran, ob ich es tat oder nicht tat.

Ich legte auf und notierte mir Sattensteins Adresse und Telefonnummer. Dann ließ ich mich von meinen Füßen zum Columbus Circle tragen, wo ich die U-Bahn in südlicher Richtung nahm.

Bis vor Kurzem hätte ich noch einen weiteren Anruf getätigt. Ich hätte Eddie Koehler angerufen, der eine Art Mentor für mich beim NYPD und mit dafür verantwortlich gewesen war, dass ich dem Sechsten Revier zugeteilt worden war, wo er die Einheit der Detectives geleitet hatte. Er hätte mir am Telefon weitergeholfen und mir so einen Trip runter ins Zentrum erspart. Und wenn er schon dabei war, hätte er mich der Form halber auch gleich noch dazu gedrängt, mich für eine Wiedereinstellung bei der Polizei zu bewerben.

Ich hatte gekündigt, kurz nachdem ein Querschläger aus meiner Waffe in Washington Heights ein junges Mädchen getötet hatte. Der Vorfall hatte ebenso wenig meinen Abschied von der Polizei verursacht wie er das Ende meiner Ehe herbeigeführt hatte, aber es ist richtig zu sagen, dass er das Eintreten beider Ereignisse beschleunigt hatte und mir außerdem etwas gab, wegen dem ich die nächsten paar Jahre lang trinken konnte.

Soweit es das NYPD betraf, hatte es sich um einen gerechtfertigten Einsatz meiner Waffe gehandelt. Ich hatte zwei Räuber verfolgt, die bereits einen Barkeeper getötet hatten, und meine Kugeln töteten einen von ihnen und erledigten den anderen, was ziemlich gut ist, wenn es dunkel ist und die Ziele sich bewegen. Die Kugel, die das Mädchen getroffen hatte, tat das völlig überraschend, sie prallte an einer Wand ab und hatte furchtbare Konsequenzen. Der Tod des Mädchens war eine Tragödie, aber ich erhielt keine Rüge, weil ich nichts Falsches getan hatte. Was ich erhielt, war eine Belobigung.

Ich hatte nie das Gefühl gehabt, dass die Belobigung gerechtfertigt gewesen wäre. Ich hatte meine Dienstwaffe abgefeuert und ein Kind war gestorben, und es war ja nicht so, dass diese beiden Phänomene nicht miteinander in Verbindung gestanden hatten. Wenn ich selbst meine Liste für den achten Schritt zusammenstellen werde, wird Estrellita Riveras Name ziemlich weit oben stehen, aber ich habe keine Ahnung, welche Art der Wiedergutmachung ich ihr gegenüber jemals leisten kann.

Aber all das gehört nicht zur Sache. Als ich aufhörte zu trinken, hatten Jim und ich eines dieser Gespräche über die Zukunft, und eine Frage, die dabei aufgeworfen wurde, war, womit ich mir meinen Lebensunterhalt verdienen wollte. Eine der Möglichkeiten, über die wir diskutierten, war die Wiederaufnahme meiner Karriere als Cop. Ich sprach auch mit Jan darüber, dann mit Eddie Koehler, der bereits ein paar Jahre über das Rentenalter hinaus im Sattel geblieben war, um schließlich doch seinen Abschied einzureichen, sein Haus zu verkaufen und nach Florida zu ziehen.

Ich vermute, ich hatte immer noch die Möglichkeit, mich für eine Wiedereinstellung zu bewerben, aber einen Tag nach dem anderen verzichtete ich darauf, diesen Weg einzuschlagen, und es fing an, immer weniger realistisch zu scheinen. Ich war lange genug weg gewesen, dass Beziehungen notwendig waren, damit ich zurückdurfte. Eddie war nicht mehr hier, um seine Beziehungen spielen zu lassen, und die Freunde, die ich noch im NYPD hatte, hatten nicht seinen Einfluss.

Und bei Gelegenheiten wie dieser hier musste ich die U-Bahn nehmen, anstatt zum Telefon zu greifen.

Ich konnte mir den Cop, mit dem ich Jack Ellerys Gegenüberstellung beigewohnt hatte, bildlich ins Gedächtnis zurückrufen. Ich sah die hohe Stirn, die strahlend blauen Augen und das Bulldoggenkinn, aber ich konnte mich nicht an seinen Namen erinnern. Ich war nur noch einen Block vom Revier in der westlichen 10th Street entfernt, als er mir einfiel. Lonergan – aber sein Vorname fehlte mir immer noch. Als ich den diensthabenden Beamten nach Detective Lonergan fragte, verdüsterte sich sein Gesicht.

»Das dürfte Bill Lonergan sein«, sagte er und fügte hinzu, dass Lonergan im März oder April in Rente gegangen war. Er gab mir eine Telefonnummer und ich war bereits auf dem Weg zur Tür, als er mich zurückrief und mir sagte, dass ich das Telefon benutzen konnte. »Erspart Ihnen das Geld für den Anruf«, sagte er. »Und sechs Blocks Fußmarsch, bis Sie eines finden, das tatsächlich funktioniert.«

Ich wählte die Nummer und nach dem zweiten Läuten meldete sich eine Frau. Sie holte Lonergan an den Apparat und ich erkannte die Stimme. Ich sagte ihm, wer ich war, er wiederholte meinen Namen und sagte, dass er sich nicht an mich erinnern konnte. Ich erklärte ihm, dass ich den Tod von Jack Ellery untersuchte, und dieser Name schien ihm auch nichts weiter zu sagen.

»Es war einer Ihrer Fälle«, sagte ich, »aber es ist schon ein paar Jahre her.«

»Es wird mir wieder einfallen«, sagte er. »Hören Sie, warum kommen Sie nicht raus zu mir? Ich werde mich an Sie erinnern, wenn ich Sie sehe, und an diesen Ellery dann wahrscheinlich auch.«

»High-Low Jack haben Sie ihn damals genannt.«

»Nun, das kommt mir bekannt vor«, räumte er ein. »Bis Sie hier sind, werde ich versuchen, mein Gedächtnis wieder zum Laufen zu bringen.«

Er wohnte in Woodside in Queens, in einem einer Reihe von kleinen Einfamilienhäusern mit winzigen Vorgärten und Außenverkleidung aus Asphaltplatten. Die Fahrt dauerte fast eine Stunde, ich musste umsteigen, um dorthin zu kommen. Unterwegs überlegte ich mir, dass er nicht mehr als ein paar Jahre älter sein konnte als ich, was bedeutete, dass er ziemlich jung war, um in Rente zu gehen. Außerdem erinnerte ich mich daran, wie sich das Gesicht des diensthabenden Beamten verdüstert hatte, als ich Lonergans Namen erwähnt hatte.

Ich zählte eins und eins zusammen, auch die Bereitwilligkeit des Beamten, mir seine Telefonnummer zu geben und mich sogar das Telefon benutzen zu lassen, und zählte noch Lonergans Bereitschaft, ja sogar Eifer, dass ich ihn besuchen sollte, hinzu. Es gab wirklich nur eine Möglichkeit, wie all diese Elemente zusammenpassten. Deshalb war ich nicht sonderlich überrascht, als Mrs. Lonergan auf mein Klopfen hin die Tür öffnete und mich zu ihrem Ehemann führte. Er trug einen Morgenrock über seinem Schlafanzug, saß in einem Lehnsessel und blickte auf einen Fernseher, dessen Ton abgestellt war. Sein Gesicht war ausgemergelt und seine Hautfarbe war gelblich. Er war am Sterben.

Weil ich vorbereitet war, denke ich nicht, dass auf meinem Gesicht allzu viel in Richtung eines Schocks abzulesen war, aber Lonergan war ein Detective, weshalb er sicherlich etwas auf ihm lesen konnte. Aber alles, was er sagte, war: »Ja, klar, Matt Scudder. Ist mir gleich eingefallen, nachdem ich aufgelegt hatte. Ich kann mich nicht daran erinnern, dass wir jemals zusammen an einem Fall gearbeitet hätten, aber wir sind ein- oder zweimal zusammen ein paar Bier trinken gegangen. Wie hieß dieser Laden am Sheridan Square? Nicht das Lion's Head, sondern die Kneipe daneben.«

»Das Fifty-Five.«

»Genau. Herrgott, das war ein guter Ort, um ernsthaft zu trinken. Man ging nicht dorthin, um an einer Weißweinschorle zu nippen. Wo wir gerade davon reden, was möchten Sie? Es gibt Scotch und Scotch. Oder es gibt, wenn sie sich noch niemand geschnappt hat, auch noch eine einsame Dose Ballantine's Ale im Kühlschrank.«

»Ich denke, ich verzichte«, sagte ich. Und fügte, ziemlich untypisch, hinzu: »Ich hab vor einiger Zeit mit dem Trinken aufgehört, Bill. Ich bin bei den Anonymen, hab völlig damit abgeschlossen.«

»Haben Sie das. Wann war das?«

»Es ist jetzt fast ein Jahr.«

»Lassen Sie mich Sie ansehen«, sagte er und tat es. »Sie sehen in Ordnung aus. Ich hoffe, Sie haben rechtzeitig aufgehört. Würden Sie ein Ginger Ale trinken?«

»Klar, wenn es keine Umstände macht.«

Er versicherte mir, dass es keine machte, und rief nach seiner Frau. »Edna, Liebling, würdest du uns bitte zwei Dosen Ginger Ale bringen? Sie sind schon kalt, mach dir keine Mühe von wegen Eis. Direkt aus der Dose geht in Ordnung.«

Aber sie brachte Longdrinkgläser, in denen sich jeweils bereits ein paar Eiswürfel befanden. Er dankte ihr, und als sie wieder gegangen war, sagt er: »Der Doc hat mir grünes Licht gegeben, hat gesagt, dass ich trinken kann, was ich will, dass es an diesem Punkt keinen Unterschied mehr macht. Wenn Sie trinken würden, würde ich Ihnen Gesellschaft leisten. Aber heutzutage tut der Alk meinem Magen nicht gut.« Er hielt sein Glas gegen das Licht. »Sieht genug nach Alk aus«, sagte er. »Etwas dunkel für Scotch, aber es könnte Bourbon mit Wasser sein.« Er nahm einen Schluck, sagte: »Nein, Ginger Ale. Ist das nicht eine Erleichterung und eine Enttäuschung zugleich? Sie sind zu sehr Gentleman, um zu fragen, also werde ich es Ihnen sagen und wir können es abhaken. Es ist Zirrhose, mit Leberkrebs als Beilage. Also spielt es keine Rolle, ob ich trinke, aber es fühlt sich besser an, wenn ich es nicht tue. Ende der Geschichte.«

Er sagte: »Jack Ellery. Sie haben gesagt, jemand hat ihn umgebracht? Wenn Sie mir das vor einem Jahr gesagt hätten, hätte ich so etwas wie Gott sei Dank geantwortet. Aber die Perspektive ändert sich, wenn man selbst dem Tod ins Auge blickt. In der letzten Zeit halte ich mich etwas damit zurück, anderen den Tod zu wünschen, verstehen Sie?«

»Klar.«

»Aber der Kerl war Abschaum. Daran führt kein Weg vorbei. Arbeiten Sie als Privatdetektiv an dem Fall?«

Nicht wirklich, weil ich ja keine Lizenz hatte. Aber es kam der Sache nahe, also nickte ich.

»Also haben Sie einen Klienten. Jemand, dem es nahe genug geht, dass er Geld dafür ausgibt, herauszufinden, wer ihn umgebracht hat.«

»Ein Freund von ihm.«

Er dachte darüber nach. »Er war ein Typ, der ein oder zwei Freunde gehabt haben könnte«, räumte er ein, »aber er hätte sie nicht für lange gehabt. Die Art von Kerl, die mit ihm befreundet war und herausfinden wollte, wer ihn umgebracht hat, würde die sich an einen Ex-Cop wenden?«

Er war noch immer ein ziemlich guter Detective. »Die Person ist rechtschaffen«, sagte ich.

»Es ist nicht seine Freundin, sonst hätten Sie das gesagt.« Er blickte mich an. »AA.«

»Gut kombiniert, Bill«

»Ich habe Ellery nie als Trinker betrachtet«, sagte er. »Ich meine, er hat getrunken, aber wer zum Teufel tat das nicht? Sie haben getrunken, ich hab getrunken–« Er brach ab, schüttelte den Kopf. »Nun, bitte schön, was? Wenn man uns jetzt betrachtet. Egal, ich kann nicht behaupten, dass ich den Hurensohn jemals richtig kennengelernt habe. Alles, was ich wollte, war, ihn wegzusperren, und der Fall ging den Bach runter, woraufhin ich das Interesse an ihm verloren hab.«

»Sie haben nie einen mit ihm an der Bar im Fifty-Five gehoben.«

Er schüttelte den Kopf. »Haben Sie jemals mit ihm getrunken?«

»Als ich ihn in der Bronx gekannt habe, standen wir beide auf Kakao. Und als ich ihn wiedergetroffen habe, waren wir beide trocken.«

»Er hat tatsächlich mit dem Trinken aufgehört?«

»Er war zwei Jahre lang trocken, als er gestorben ist.«

Ich erzählte ihm noch etwas mehr über Jacks Tod – dass er ausgesehen hatte, als hätte er eine Tracht Prügel bezogen, und kurz darauf zwei Kugeln verpasst bekommen hatte. Ich nannte ihm die fünf Namen und erklärte ihm, wo ich sie herhatte.

Er sagte: »Wiedergutmachung leisten, so haben Sie es genannt? Machen das alle von Ihrem Haufen?«

»Es ist empfohlen.«

Er schüttelte den Kopf. »Vielleicht ist es ganz gut, dass ich nie diesen Weg eingeschlagen habe. Bei so einer Liste, Herrgott, ich wüsste gar nicht, wo ich anfangen sollte.«

Kapitel 12

Als ich mich verabschiedete, bestand Lonergan darauf, mich hinaus vor die Haustür zu begleiten. »Dieses Viertel war rein irisch«, sagte er. »Jetzt ziehen Südamerikaner hierher. Vor allem Kolumbianer und Venezolaner und was weiß ich noch alles. Vielleicht Ecuador. Einige der alten Läden haben geschlossen. Houlihan's war dort an der Ecke, jetzt ist es ein Reisebüro für die Neuankömmlinge.« Er zuckte mit den Schultern. »Ich denke, sie sind in Ordnung, diese neuen Leute. Sie können nicht viel schlimmer sein, als wir es waren.«

Ich ging in einen der neuen Läden einen Block vor der U-Bahn-Station. Es war eine Imbissstube. Ich setzte mich auf einen Hocker an der Theke und bestellte einen Café con leche. Sie verwendeten Kondensmilch aus einer Büchse und er war süß und nicht schlecht, aber er schmeckte nicht so gut, dass ich mir noch einen hätte bestellen müssen.

Ich dachte über Bill Lonergan nach und kam zu dem Schluss, dass ich ihn nicht gut genug gekannt hatte, um sagen zu können, ob ihn die Aussicht auf den Tod verändert hatte. Wir hatten das, was wir konnten, aus dem Gesprächsthema Jack Ellery herausgeholt, und das war nicht allzu viel. Er hatte keinen der Namen auf Jacks Liste für den achten Schritt wiedererkannt, aber einer davon hatte ihn an jemand ganz anderen erinnert, wodurch unser Gespräch eine unterhaltsame andere Richtung eingeschlagen hatte. Wir hatten Kriegsgeschichten ausgetauscht und über die Kollegen vom Sechsten Revier gesprochen. Ich war länger geblieben, als ich es vorgehabt hatte, weil er die Gesellschaft nötig zu haben schien.

In der Imbissstube gab es ein Münztelefon. Ich nutzte es, um Mark Sattenstein anzurufen. Der Anrufbeantworter meldete sich, und das war für das Telefon Antwort genug, meine Münze zu behalten.

Kein Problem. Ich hatte einen Lederbeutel voller Kleingeld.

Die U-Bahn, in die ich in Woodside stieg, fuhr zum Times Square, aber an der Grand Central stieg ich in die Lexington Line um. Ich stieg an der 14th Street aus und versuchte es mit einer anderen Münze an einem anderen Telefon, aber diesmal legte ich auf, sobald der Anrufbeantworter ranging. Das Telefon gab mir meine Münze zurück, also schien ich den Dreh rauszubekommen.

Ich ging drei Blocks nach Norden und zwei nach Osten, bis ich an der nördlichen Straßenseite zu einem fünfstöckigen Backsteinbau kam. In der Mitte der Fassade befand sich eine Feuerleiter. Die Hausnummer war die, die ich mir für Sattenstein notiert hatte, und im Windfang fand ich seinen Namen neben der Klingel für Wohnung 3-A.

Ich legte meinen Zeigefinger auf die Klingel, zog ihn dann aber zurück. Es gab vier Wohnungen auf jeder Etage, und die As befanden sich wahrscheinlich zur Straße auf der linken Seite. Das war nicht in Stein gemeißelt, der Besitzer eines Gebäudes konnte die Wohnungen so nummerieren, wie er mochte, er konnte sogar das Haus so nennen, wie es ihm gefiel. Der ursprüngliche Besitzer dieses bestimmten Gebäudes hatte es das Guinevere genannt. Das wusste ich, weil es tatsächlich in Stein gemeißelt war, und zwar genau über der Eingangstür.

Ich trat zurück auf den Bürgersteig und suchte nach dem, was ich für das Straßenfenster von 3-A hielt. Drinnen brannte Licht, aber selbst wenn es sich um die richtige Wohnung handelte, bewies das noch gar nichts. Ich ging zurück in den Windfang und klingelte. Ich hatte schon aufgegeben und wollte gehen, als die Sprechanlage ihr mechanisches Räuspern hören ließ. Ich blieb stehen. Was auch immer jemand in 3-A sagte, es war völlig verstümmelt, nachdem es sich die Treppe hinuntergearbeitet hatte. Ich konnte kein Wort davon verstehen.

Ich antwortete auf die gleiche Weise, mit Lauten, die nicht dafür gedacht waren, verstanden zu werden, und es folgte eine lange Stille. Dann betätigte er, höchstwahrscheinlich mit einem gewissen Widerwillen, den Türöffner.

Ich vermute, dieses Viertel hatte sich nicht allzu sehr verändert, denn ich stieß im Treppenhaus auf den Geruch von Mäusen und Kohl. 3-A befand sich dort, wo ich vermutet hatte, und ich näherte mich der Tür leise und stand neben ihr, als ich klopfte. Ich erwartete nicht wirklich, dass er durch die Tür schießen würde, aber Jack hatte wahrscheinlich auch nicht erwartet gehabt, zwei Kugeln in den Kopf zu bekommen.

Ich hörte Schritte, die nicht viel lauter waren als meine, und das Geräusch, als die Abdeckung vom Türspion gezogen wurde.

Ich stand dort, wo ich nicht erschossen werden konnte, weshalb ich auch nicht gesehen werden konnte. Ich hatte meine Brieftasche so geöffnet, dass eine alte Karte zu sehen war, die meine Mitgliedschaft im Polizisten-Berufsverband bestätigte. Ihr einziger Nutzen war, soweit ich es wusste, dass man damit einen leicht zu beeindruckenden Beamten dazu bewegen konnte, nachsichtig mit einem fehlgeleiteten Autofahrer zu sein. Ich nannte meinen Namen, Matthew Scudder, und hielt die Karte vor das Guckloch. »Ich würde gerne über Jack Ellery sprechen«, sagte ich und hatte meine Brieftasche wieder weggesteckt, bevor es ihm gelang, die Tür zu öffnen.

Er war groß, eins achtundachtzig oder eins neunzig, mit breiten Schultern und schmaler Taille und Hüften. Er hatte ein grobes Gesicht, aber die großen braunen Augen hätten auch Bambi gehören können. Er sah weniger wie ein echter Schläger aus als wie ein Schauspieler, der immer wieder auf diesen Rollentyp festgelegt wurde. Er hielt die Tür mit der linken Hand, und ein Blick auf seine kunstvoll bandagierte Rechte erklärte, warum er so lange gebraucht hatte, die Tür zu öffnen.

Er sah gleichzeitig verängstigt und erleichtert aus, was auch zu seinen ersten Worten passte: »Ich habe Sie erwartet.«

Aber warum? Ich hatte keine Nachricht hinterlassen. Ich sagte etwas in der Richtung und er antwortete: »Nun, jemanden wie Sie. Jemanden von der Polizei.«

Er wartete darauf, dass ich etwas sagen würde, was ich aber nicht tat, und dann sagte er: »Seit ich von Jacks Tod gehört habe.«

Ich blickte ihn an, sein Gesicht, seine bandagierte Hand, dann verstand ich. Ich sagte: »Sie sind der Kerl, der ihn verprügelt hat.«

Kapitel 13

Bevor er mir mehr erzählen konnte, machte ich das Werk der Berufsverbands-
karte, die ich ihm gezeigt hatte, zunichte. Ich hatte nicht behauptet, dass ich
ein Cop war, und es gab Zeiten, zu denen ich andere gerne in diesem Glauben
ließ, aber wir waren über den Punkt hinaus, an dem mir wohl dabei war, unter
der Polizeifahne zu segeln. Ich erklärte ihm, dass ich ein ehemaliger Polizist
war, der nun als privater Ermittler arbeitete, und dass ich Jack Ellery aus unserer gemeinsamen Kindheit in der Bronx her gekannt hatte. »Sie sind also
nicht verpflichtet, mit mir zu reden«, sagte ich.

Letzteres wäre genauso wahr gewesen, wenn ich der Polizeipräsident persönlich gewesen wäre. Und ich konnte es gefahrlos sagen, denn ich spürte, dass
er bereit war zu reden. Begierig sogar.

Zuerst wollte er jedoch, dass ich hereinkam und es mir gemütlich machte.
Seine Wohnung war die Zuvor-Version von Greg Stillmans Bleibe in Carnegie
Hill – bevor der Putz der Außenwand bis auf die bloßen Backsteine abgetragen
worden war, bevor der Boden entblößt, geschliffen und neu lackiert worden
war, bevor die drei kleineren Räume zu einem großen zusammengelegt worden
waren. Hier waren sie noch aneinandergekoppelt wie Eisenbahnwagons. Die
Tür führte in eine kleine Küche, an deren einem Ende sich das Wohnzimmer
mit Blick auf die östliche 17th Street befand, am anderen Ende das Schlafzimmer. Die Möbel stammten aus Secondhandläden und von der Straße, aber die
nicht zueinander passenden Teile standen nicht in einem so großen Gegensatz
zueinander, dass man es als eklektisch hätte bezeichnen können.

Er führte mich ins Wohnzimmer und deutete auf einen Polsterstuhl. Er
würde sich eine Tasse Tee machen, sagte er, ob ich auch eine wollte? Oder es
gab Bier, falls ich das vorzog. Ich sagte, dass Tee in Ordnung wäre.

Es gab zwei Poster an der Wand, beide von Ausstellungen im Whitney und
beides Künstler, die sogar ich kannte: Mark Rothko und Edward Hopper. Ich
studierte sie abwechselnd und war noch dabei, hin- und herzuwechseln, als er
eine Tasse Tee auf den Tisch neben mir stellte. Er sagte, es sei Earl Grey, und

ich antwortete, dass das ausgezeichnet sei. Die Poster, sagte er, gehörten einer Frau, die knapp zwei Jahre lang mit ihm zusammengelebt hatte.

»Und dann hat sie aus heiterem Himmel entschieden, dass sie lesbisch ist. Ich meine, sie war kein Kind mehr. Jünger als ich, aber schon weit in den Dreißigern, müssen Sie wissen. Wie kann man so alt werden und die ganze Zeit über lesbisch sein, ohne einen blassen Schimmer davon zu haben? Wie geht das?«

»Soviel ich weiß, kommt das häufiger vor.«

»Auch bei Männern?«

»Ich denke, alles kommt bei allen vor«, sagte ich, »aber es scheint häufiger bei Frauen der Fall zu sein.«

Er dachte darüber nach, zuckte mit den Schultern. »Nun, sie hat die Poster hiergelassen«, sagte er. »›Ich brauch sie nicht mehr, Mark. Wenn du sie nicht willst, schmeiß sie weg.‹ Warum sollte ich das tun? Sie sehen nicht schlecht aus. Ich bin an sie gewöhnt. Ist der Tee in Ordnung?«

»Großartig.«

»Haben Sie sich jemals die Hand kaputtgemacht? So ziemlich alles, was man macht, wird kompliziert. Ich kann mir immer noch nicht die Schuhe binden. Gott sei Dank, dass es Slipper gibt, was?«

»Wo ist es passiert, Mark?«

»Hier. Er hat mich angerufen, hat gesagt, dass er mir etwas sagen muss, ob er vorbeikommen kann? Ich hab versucht, ihn dazu zu bewegen, es mir am Telefon zu sagen, denn er war aus einem früheren Leben von mir, wissen Sie? Und ich erinnere mich an ihn oder dieses Leben nicht mit sehr viel Zuneigung, also hätte ich mir am liebsten das, was er mir zu sagen hatte, am Telefon angehört, und damit hätte es sich gehabt. Aber nein, es musste von Angesicht zu Angesicht sein. Ich hab ihm gesagt, dass ich viel zu tun hätte, und er hat geantwortet, dass das in Ordnung sei, ich solle einen Zeitpunkt nennen, der für mich gut wäre, für ihn wäre so ziemlich jeder Zeitpunkt gut. Und ich war nahe dran, ihm zu sagen, dass er sich verpissen soll, dass er mich in Ruhe lassen soll, dass ich nichts davon hören will, egal worum es sich handelt. Sehr nahe dran.«

»Aber Sie haben ihm gesagt, dass er vorbeikommen könne.«

»Irgendwie hatte ich das Gefühl, dass er schwieriger loszukriegen wäre als eine Sommergrippe, dass es besser wäre, ihn zu sehen und die Sache hinter mich zu bringen. Und nachdem ich das Telefongespräch mit ihm beendet hatte, dachte ich mir, hey, wir waren mal Freunde und nur weil ich jetzt ein anderes Leben lebe, in dem es wahrscheinlich keinen Platz für einen Typen wie High-Low Jack gibt, heißt das nicht, dass ich nicht zivilisiert mit ihm umgehen kann.«

High-Low Jack.

»Also kommt er an, und etwas an ihm ist anders, ein Leuchten in seinen Augen. Sorgt dafür, dass ich mich unangenehm fühle. Aber es war Jahre her, wissen Sie? ›Komm rein, gut dich zu sehen, mach's dir gemütlich, trink ein Bier.‹ Aber natürlich wollte er kein Bier. Wissen Sie davon?«

»Er hatte mit dem Trinken aufgehört«, sagte ich.

»Er sagte, er wäre ein Alkoholiker, was ich durchaus glauben konnte, so wie er das Zeug damals in sich hineingeschüttet hat. Aber gut, das haben wir alle getan, wissen Sie? Wir waren Kids, wir haben gefeiert, wir gerieten in Schwierigkeiten. Verrückter Scheiß. Man wird erwachsen und es ändert sich.« Er dachte darüber nach. »Oder man wird es nicht und es ändert sich nichts. Wie auch immer. Also ›okay, du willst kein Bier, wie wäre es mit einem Tee?‹ Aber er wollte nichts, er wollte nur zur Sache kommen. Die Dinge in Ordnung bringen, nur dass er ein anderes Wort verwendet hat.«

»Wiedergutmachung.«

»Richtig, Wiedergutmachung. Ich denke nicht, dass ich jemals gehört habe, wie jemand das Wort außerhalb eines politischen Kontexts verwendet hat. Wiedergutmachung. Wissen Sie, was er getan hat? Wissen Sie, worum das alles ging?«

»Etwas mit einem Einbruch«, sagte ich. »Er hat Ihnen etwas verkauft und es dann von Ihnen gestohlen, etwas in der Art.«

Er war einen Moment lang still, dachte darüber nach. Dann sagte er: »Ich war damals ein Hehler. Ich musste deshalb niemals in den Knast, ich wurde nicht einmal verhaftet. Wenn jemand etwas verkaufen musste, hab ich es gegen Bares gekauft. Wenn jemand etwas kaufen wollte und ich es hatte, hat er es für einen guten Preis bekommen. Aber nur gegen bar, ohne Quittung und ohne Fragen, wo es herkam. Denn, Sie wissen schon, Diebesgut.«

»Das ist normalerweise kein Geschäft für einen jungen Mann.«

»Nun, ich hatte jemanden, der mir erklärt hat, wie der Laden läuft. Haben Sie jemals von einem Mann namens Selig Wolf gehört? Mein Onkel, der jüngere Bruder meiner Mutter. Onkel Selig fuhr jedes Jahr ein neues Auto, war immer gut angezogen, hatte Geld in der Tasche. Hat mir immer ein paar Dollar zugesteckt, wenn wir uns getroffen haben. ›Hier, Marky, du sollst nicht mit leeren Taschen herumspazieren müssen.‹ Ich war mit der Schule fertig, wechselte von einem Job ohne Zukunftsaussichten zum nächsten und tat mich mit Jack zusammen, um einem Juwelierladen auf dem Queens Boulevard einen Besuch abzustatten. Aber was sollten wir mit dem Zeug tun, das wir gestohlen hatten? Also hab ich es zu Onkel Selig gebracht. Zuerst hat er mir die Hölle heißgemacht, dann hat er mir einen anständigen Preis für das, was ich ihm gebracht hatte, gezahlt, und schließlich hat er mir einen Rat gegeben. ›Marky, du kannst Türen eintreten oder Leute überfallen, und wirst trotzdem die meiste Zeit über kein Geld in der Tasche haben. Früher oder später wirst du erschossen oder im Knast landen, und was ist das für ein Leben für den Sohn meiner Schwester?‹ Oder ich konnte kaufen und verkaufen, so wie er es tat, und er hat sich mit mir hingesetzt und mir erklärt, wie es funktioniert.«

»Und das haben Sie dann getan.«

»Und das habe ich dann getan. Ich war kein Genie dabei, aber es lief ganz gut für mich. Ich hatte diese Dreizimmerwohnung in der Haven Avenue oben in Washington Heights, und zwei der drei Zimmer waren mein Laden. Es hat sich herumgesprochen. Als ich Jack das nächste Mal getroffen hab, hab ich ihm erzählt, dass ich mich auf einen anderen Zweig des Geschäfts verlegt hatte. Also hat er mir ein paarmal Zeug gebracht und ich hab es ihm abgenommen. Und ein anderes Mal kommt er vorbei und fragt, ob ich einen netten Pelzmantel hätte. Weil es ein Mädchen gab, das ihm gesagt hatte, dass es einen wollte. Zufällig hatte ich einen, und er hat ihn mir abgekauft.«

»Und dann komme ich eines Nachts nach Hause, ich war unterwegs gewesen, um irgendetwas zu feiern, und alles ist weg. Kein Schaden an den Schlössern, also hab ich immer vermutet, dass jemand Kopien von meinen Schlüsseln gemacht haben musste. Und ich hatte Recht damit, denn als er sein Dingsda, seine verfickte Wiedergutmachung, geleistet hat, hat er es mir sofort erzählt. Er hatte sich einen Satz meiner Schlüssel geschnappt, sie nachmachen lassen und sie wieder dort hingelegt, wo ich sie aufbewahrte. Und er hatte gewartet, bis er wusste, dass ich nicht zu Hause war, und war dann mit einem Partner zurückgekommen, um meine Wohnung leerzuräumen. Er hatte sogar gewusst, wo ich mein Geld versteckt hatte.«

»Hatten Sie Jack in Verdacht?«

»Ich hatte so ein Gefühl. Mir kamen ein paar Namen in den Sinn und er stand ganz oben auf der Liste. Ich hab ihn aufgesucht, nicht um ihn zur Rede zu stellen, sondern nur um zu sehen, wissen Sie? Er war voller Pläne gewesen, was ich tun müsste, um mein Zeug zurückzubekommen. Es gibt diesen Spruch über Junkies, dass sie einem zuerst die Brieftasche stehlen und einem dann bei der Suche danach helfen. So war es mit ihm. Er hat mir die Brieftasche gestohlen und dann hat er mir bei der Suche danach geholfen.«

»Also hatten Sie eine Menge Geld verloren.«

»Ich hatte mein Geschäft verloren, Mann, und für eine Weile musste ich aus der Stadt verschwinden, weil ich gerade eine Tonne Juwelen gekauft und das Geschäft mit Geld finanziert hatte, das ich mir von Kredithaien geliehen hatte. Bei denen zählen Entschuldigungen nicht. ›Deine Probleme tun uns echt leid, es ist eine furchtbare Welt, und übrigens, du schuldest uns Geld.‹ Es war ja auch nicht so, dass ich meinen Versicherungsagenten anrufen und einen Versicherungsanspruch einreichen konnte. Alles war weg und ich hing deshalb am Haken.« Er schüttelte bei der Erinnerung daran den Kopf. »Onkel Selig hat mir dabei geholfen, die Sache ins Reine zu bringen. Hat mich in eine andere Richtung gewiesen, hat mir gesagt, dass ich schon immer gut mit Zahlen umgehen konnte, und mich Buchführung lernen lassen. Und das tue ich seitdem. Ich hab ein paar Klienten, für die ich doppelte Buchhaltung mache, und wenn das jemals herauskommt, würde ich wahrscheinlich in Schwierigkeiten geraten. Aber davon abgesehen, bin ich seit Jahren absolut sauber.«

»Und dann ist Jack aufgetaucht–«

»Und hat zugegeben, was er getan hatte. ›Du warst mein Freund und ich hab dich bestohlen.‹ Und ich wurde von dieser Wut gepackt. Nicht nur, wie er so etwas hatte tun können, sondern wie er hier stehen und mir davon erzählen konnte. Und dabei auch noch lächelte.«

»Also haben Sie ihn geschlagen?«

»›Mark, sag mir, was ich tun kann, um es wiedergutzumachen.‹ Ich sagte ihm, dass ich ihm die Lichter ausprügeln sollte. ›Mark, nur zu, wenn es das ist, was du möchtest.‹ Und er steht vor mir und streckt mir sein Gesicht entgegen, als wollte er mich verdammt noch mal herausfordern, ihm eine zu verpassen. Haben Sie jemals jemandem ins Gesicht geschlagen?«

»Nicht in der letzten Zeit.«

»Für mich war es das erste Mal. Oh, als Kids auf dem Spielplatz, da hab ich einmal jemandem eine blutige Nase verpasst, mir selbst auch ein- oder zweimal eine geholt. Im Alter von neun oder zehn. Seitdem nicht mehr, bis ich Jack geschlagen habe.«

Sein Gesicht verdunkelte sich bei der Erinnerung. »Er stand einfach da«, sagte er. »Vielleicht hat er einen halben Schritt nach hinten gemacht, aber das war alles. Ich hab seine Lippe zum Platzen gebracht und etwas Blut lief sein Kinn hinab, aber das hat den verrückten Hurensohn nicht davon abgehalten zu lächeln. Ich fragte ihn, ob es das war, was er wollte, irgendwas in dem Sinn, und er antwortete, dass ich weitermachen könnte. ›So viel du willst, Mark. Was auch immer nötig ist, um es in Ordnung zu bringen.‹

Und ich bin ausgerastet. Ich hab ausgeholt und ihn noch einmal geschlagen. Er blieb da stehen und ich hab immer wieder zugeschlagen. Ich weiß nicht, wie oft ich ihn getroffen hab.« Er blickte seine bandagierte Hand an. »Jedes Mal mit der rechten Hand. Drei, vier, fünf, sechs Mal? Ich weiß es nicht. Ich hab die Scheiße aus meiner Hand herausgeprügelt, aber zu dem Zeitpunkt hab ich überhaupt nichts gespürt. Später jedoch, Herrgott, das ist eine andere Geschichte.«

Er verstummte und ich hätte etwas gesagt, wenn mir etwas eingefallen wäre, das ich hätte sagen können. Ich hörte das Ticken einer Uhr. Ich hatte es zuvor nicht bemerkt.

Er sagte: »Als ich das letzte Mal zugeschlagen hab, wäre er fast umgefallen. Seine Knie gaben nach. Ich blickte ihn an und etwas in seinem Gesicht war anders, und alles, was ich denken konnte, war, dass er aussah wie Jesus. Ich bin jüdisch, also was zum Teufel weiß ich über Jesus? Verrückt, was einem durch den Kopf geht.

Und er sieht mich mit diesen verdammten Jesus-Augen an und sagt: ›Mark, es tut mir leid.‹ Nur das. Sein Gesicht ist voller Blut und ich denke: Zum Teufel, was tue ich? Was hab ich getan? Und ich – es ist schwer, darüber zu sprechen.«

Ich schwieg.

»Ich hab angefangen zu weinen, okay? Und dann haben wir beide geweint. Wir standen mitten im Zimmer, haben uns umarmt wie Brüder und geheult wie verdammte Babys. Und ich konnte es nicht ertragen, ihn anzublicken und zu sehen, was ich ihm angetan hatte, denn sein Gesicht sah furchtbar aus. Es hat später wahrscheinlich noch schlimmer ausgesehen, angeschwollen und verfärbt. Aber es war da schon ziemlich schlimm.

Er wollte nicht, dass ich ihn ins Krankenhaus bringe. Hat darauf bestanden, dass er in Ordnung war und sich um sich selbst kümmern konnte. Und er wollte wissen, was es mich gekostet hatte, das, was er damals getan hatte. Um welche Summe es sich handelte, damit er anfangen konnte, sie zurückzuzahlen, jeden Monat ein paar Dollar, so viel wie er aufbringen konnte, so lange, bis er es zurückgezahlt hatte. Ich hab ihm gesagt, dass er mir nichts schuldete, dass es Geld gewesen war, das ich sowieso nicht hätte haben sollen. Und wenn ich es nicht verloren hätte, hätte ich keinen Grund gehabt, aus dem Geschäft auszusteigen. Dann wäre ich irgendwann im Knast gelandet, so wie es auch Onkel Selig ein paarmal passiert ist, und der war klüger und geschickter darin, als ich es jemals gewesen wäre. Also konnte man sagen, dass er mir einen Gefallen getan hatte, was etwas war, woran ich zuvor noch nie gedacht hatte und woran ich wahrscheinlich niemals gedacht hätte, wenn ich nicht gerade zehn Minuten damit zugebracht gehabt hätte, auf das Gesicht dieses Mannes einzuschlagen.

Hab ich erwähnt, dass er nicht wollte, dass ich ihn in ein Krankenhaus bringe? Ein paar Stunden später bin ich selbst hingegangen, bin rüber ins Cabrini gegangen und hab meine Hand untersuchen lassen. Es hat so lange gedauert, bis mir klar wurde, wie sehr ich mich selbst verletzt hatte. Ich hab es Jack nicht gesagt, weil ich Angst hatte, er würde beschließen, dass er mir noch mehr Wiedergutmachung schuldete. Ich dachte, keiner von uns beiden würde mehr Wiedergutmachung ertragen können.«

»Haben Sie ihn danach noch einmal gesehen?«

»Nein. Er hat einmal angerufen, ich denke, es war am nächsten Tag oder am übernächsten. Wollte nur sichergehen, das alles okay war, und ob ich mir sicher sei, dass ich nichts von dem Geld zurückhaben wollte. Danach hab ich nichts mehr von ihm gehört, bis ich herausgefunden hab, dass er tot ist. Erschossen, soweit ich weiß.«

»Das ist richtig.«

Er nickte in sich hinein. »Als ich im Geschäft war«, sagte er, »hatte ich eine Pistole. Ich hab sie als Teil eines Deals bekommen und sie behalten, denn jemand in diesem Metier muss sich schützen können, oder? Sie ist bei dem Einbruch zusammen mit allem anderen verschwunden. Ich hab niemals davor oder danach eine Pistole in der Hand gehabt. Hab nie mit einer geschossen.«

Ich wollte etwas sagen, aber er hob die nicht bandagierte Hand, um mich zu stoppen. »Wenn«, sagte er, »wenn ich diese Pistole noch gehabt hätte, oder eine andere Schusswaffe, als Jack mit seiner Wiedergutmachung aufgetaucht ist, hätte ich nicht zweimal darüber nachgedacht. In die Hand nehmen, zielen, abdrücken. Ich vermute, dass ist, was jemand anderes getan hat.«

»Es geschah bei Jack zu Hause.«

»In Jacks Wohnung?«

»Jemand ist zu ihm gegangen«, sagte ich, »und hat eine Pistole dabeigehabt. Er wurde zweimal aus nächster Nähe getroffen, einmal in die Stirn und einmal in den Mund.«

»Das wusste ich nicht. Es hört sich eiskalt an.«

»Und zielbewusst«, sagte ich. » ›Du redest zu viel.‹ «

»Vielleicht.« Er blickte mich mit großen, sanften Bambi-Augen an. »Er hat nur versucht, alles mit jedem ins Reine zu bringen, und das ergibt für mich jetzt nicht viel mehr Sinn, als es damals getan hat. Was geschehen ist, ist geschehen, wissen Sie? Man soll die Vergangenheit ruhen lassen. Aber der Punkt ist, dass er etwas vollbringen wollte, und alles, was es ihm eingebracht hat, war, dass er umgebracht wurde.«

Kapitel 14

Es lag eine Nachricht in meinem Fach im Northwestern; Greg Stillman hatte eine Stunde zuvor angerufen. Ich rief ihn von meinem Zimmer aus zurück und er sagte, er hätte gedacht, dass ich vielleicht versucht hätte, ihn zu erreichen. Sein Anrufbeantworter hatte ihm verraten, dass es mehrere Anrufe gegeben hatte, aber niemand hatte eine Nachricht hinterlassen.

»Klar, wer könnte es sonst sein?«

»Wissen Sie«, sagte er, »ich denke, es gibt einen Countrysong in der Richtung: ›Wenn niemand antwortet, bin ich es.‹ Aber Sie waren es nicht, oder?«

»Ich hab aufgelegt, als der Anrufbeantworter ranging«, sagte ich. »Mehrmals sogar. Aber es war nicht Ihrer.« Ich erzählte ihm von meinem Besuch bei Mark Sattenstein.

»Also haben Sie herausgefunden, wer Jack verprügelt hat. Aber er hat ihn nicht erschossen.«

»Nein.«

»Und Sie denken nicht, dass er lügen könnte?«

»Ausgeschlossen.«

»Es ist witzig«, sagte er. »Ich hatte mehr oder weniger angenommen, dass ein und dieselbe Person für die Prügel und den Mord verantwortlich war. ›Ach, das genügt nicht, um dich loszuwerden? In diesem Fall: *Peng!* Und wenn wir schon dabei sind, noch einmal *Peng!*‹«

»Als Sattenstein damit fertig war, auf ihn einzuprügeln, war seine Wut verflogen.«

»Und jetzt ist er der Meinung, dass Jack ihn vor einem Leben als Verbrecher bewahrt hat. Zu dumm, dass er nicht zur Trauerfeier erschienen ist. Er hätte diese Geschichte erzählen können und alle wären in Tränen ausgebrochen.«

»Er hat ihn einmal High-Low Jack genannt«, sagte ich. »Zu dem Zeitpunkt wollte ich ihn nicht unterbrechen, und dann hab ich es vergessen. Ich war schon fast aus der Tür, als ich ihn danach gefragt habe.«

»Und?«

»Er hat sich nicht einmal erinnert, dass er diesen *Sobriquet* gebraucht hatte, aber–«

»Er hat *Sobriquet* gesagt?«

»Nein, natürlich nicht. Spitzname, muss er gesagt haben. Er konnte sich nicht erinnern, ihn heute gebraucht zu haben, aber es wäre möglich gewesen, da er ihn aus den Tagen kannte, als sie zusammen im Geschäft gewesen waren. Er hatte jedoch keine Ahnung, wie Jack dazu gekommen war oder was er zu bedeuten hatte.«

»Sehr hilfreich, oder?«

»Nicht übermäßig,« stimmte ich zu, »aber irgendwie denke ich nicht, dass Jacks *Sobriquet*–«

»Es gefällt Ihnen einfach, dieses Wort zu verwenden, oder?«

»– zu seinem Mörder führen wird.«

»Wird irgendwas?«

»Ich weiß es nicht. Hören Sie, wenn Sie die Lust verlieren–«

»Nein, überhaupt nicht. Ich finde es bemerkenswert, dass es bereits Resultate gibt. Sie haben mir jetzt zwei Dinge gesagt, und die sind beide wichtig. Wir wissen, wer ihn verprügelt hat, und wir wissen, dass ihn jemand anderes erschossen hat. Mir ist jetzt schon klar, dass es richtig war, Sie zu engagieren.«

»Ja?«

»Wenn ich zur Polizei gegangen wäre, wären die bei Mark Sattenstein erschienen. Irgendwie denke ich, dass es besser für ihn ist, dass Sie es waren.«

»Sie hätten ihm Ärger bereitet«, sagte ich.

»Das ist womöglich untertrieben.«

»Vielleicht. Sie hätten ihm bestimmt gerne den Mord angehängt. Wenn man erst einmal einen Verdächtigen in den Fingern hat, reißt man sich kein Bein mehr aus, um einen anderen zu finden. Ich denke nicht, dass es wirklich zu einer Anklage gegen ihn gekommen wäre, aber es wäre für ihn auf jeden Fall schlecht gewesen, die Aufmerksamkeit der Polizei erweckt zu haben.«

Wir sprachen noch eine Weile, dann sagte er: »Wissen Sie, es spielt keine große Rolle, ob wir herausfinden, wer ihn erschossen hat. Wir tun das Richtige, und es wird so laufen, wie es laufen soll.«

»Wird es das?«

»Natürlich«, sagte er. »Alles läuft immer so, wie es soll.«

•   •   •

Läuft wirklich immer alles so, wie es soll? Darüber musste ich nachdenken, und ich tat es fast das gesamte abendliche Treffen über. Die SoHo-Gruppe trifft sich in der St. Anthony of Padua's Church, einer großen Backsteinkirche mit einer überwiegend italienischen Gemeinde an der Kreuzung Houston Street und Sullivan Street. Ich war ein paar Minuten zu spät dran, und das Erste, was ich sah, als ich eintraf, war Jan, die in meine Richtung blickte und mir mit dem Arm ein Zeichen gab, dass sie mir einen Platz reserviert hatte.

Ich wünschte mir sofort, dass sie es nicht getan hätte. Es gab jede Menge freie Plätze, wie eigentlich immer in diesem übergroßen Raum. Ich wäre in der Lage gewesen, selbst einen Platz für mich zu finden. Wir würden gemeinsam in ein Restaurant gehen und dann die Nacht miteinander verbringen, also warum mussten wir nebeneinander sitzen, während uns jemand mit einem glückstrahlenden Lächeln auf dem breiten Gesicht erzählte, wie er immer in leere Flaschen gepinkelt und sie dann aus dem Fenster ausgeleert hatte, weil er keine Lust gehabt hatte, damit zur Toilette am Ende des Korridors zu gehen? Konnten wir diese gemeinsame Erfahrung nicht auch haben, während wir zehn oder zwanzig Meter voneinander entfernt saßen?

Ich behielt diesen Gedanken für mich und setzte mich neben sie, dorthin, wo ich sitzen sollte, und ein paar Minuten später erkannte ich, dass ich es ihr genauso übel genommen hätte, wenn sie mir *keinen* Platz reserviert hätte. Das gab mir etwas anderes, über das ich nachdenken konnte, gemeinsam mit alles läuft immer so, wie es laufen soll.

Dieses spezielle Treffen hatte ein Format, dem ich noch nirgendwo anders begegnet war. Nach der Lebensgeschichte des Redners und dem Teil, den der Sprecher der Gruppe übernahm, teilten sich die Anwesenden in Minigruppen von acht bis zehn Personen auf, die um runde Tische saßen. Jemand am Tisch schlug ein Thema vor und für die verbleibende halbe Stunde gaben wir der Reihe nach unsere Meinung dazu kund. Jan und ich steuerten automatisch verschiedene Tische an und das Thema an demjenigen, an dem ich mich wiederfand, war Akzeptanz. Ich ertappte mich dabei, dass ich mir wünschte, es wäre etwas anderes, und erkannte dann, wie ironisch passend das war.

Aber das Thema spielte nicht wirklich eine Rolle, denn das hier war AA im Zentrum, und wenn man an die Reihe kam, sagte man einfach, was man wollte. Ich hätte gerne verzichtet, aber wir waren nur zu acht, und es fiel mir nicht schwer, etwas zu finden, dass ich sagen konnte. Ich gab den Spruch von Jim – nun, vermutlich stammte er von Buddha – über Unzufriedenheit als Quelle des Unglücklichseins zum Besten. Dann war jemand anderes an der Reihe.

Das Restaurant in der Thompson Street war ein altmodischer Greenwich-Village-Italiener: rotkarierte Tischdecken, strohummantelte Chianti-Flaschen als Kerzenhalter, ein Sinatra-Album als Hintergrundmusik. Der Kellner erkannte uns wieder, war mit unseren Vorspeisen- und Hauptgerichtsentscheidungen zufrieden und versuchte nicht, uns dazu zu überreden, Wein zu bestellen. Das Essen war gut und wir ließen uns damit Zeit. Ich sprach über Jack Ellery und meine Versuche, herauszufinden, wer ihn umgebracht hatte.

»Oder wer es nicht getan hat«, sagte ich, »was sich als meine eigentliche Mission entpuppt hat. Wenn ich alle Namen auf seiner Liste für den achten Schritt ausschließen kann, kann sein Sponsor die Sache mit gutem Gewissen auf sich beruhen lassen. Es gibt keinen Grund, etwas den Cops mitzuteilen, wenn man sich sicher ist, dass das, was man weiß, der Mitteilung nicht wert ist.«

»Steht das so im Strafgesetzbuch?«

»Du hast das witzig gemeint, aber soweit es das Gesetz betrifft, muss er es nicht melden, selbst wenn er ganz sicher weiß, wer den Mord begangen hat. Er ist keine Amtsperson, er ist eine Privatperson. Das gibt ihm nicht das Recht, einen Polizeibeamten anzulügen, aber er kann Dinge für sich behalten.«

»Dann ist alles, was du tun musst, die Unschuld der restlichen Namen auf der Liste zu beweisen. Das ist leichter, als einen Mörder zu finden, oder?«

»Nun, nicht, wenn sich der Mörder auf der Liste befindet. In diesem Fall dürfte es schwierig sein, seine Unschuld zu beweisen.«

Wir diskutierten noch ein bisschen darüber und sie fragte mich, wie ich mich fühlen würde, wenn ich den Fall abschließen würde, wenn ich die Unschuld von allen erwiesen hätte. Ich sagte, dass ich mich fühlen würde, als hätte ich eintausend Dollar verdient.

»Würdest du das, Matt? Oh, ich will damit nicht sagen, dass du dir das Geld nicht verdient haben würdest. Aber würdest du dich nicht fühlen, als hättest du einen Teil der Arbeit unerledigt gelassen?«

»Warum?«

»Weil Jacks Mörder immer noch frei herumlaufen würde.«

»Damit wäre er nicht der Einzige.«

»Was willst du damit sagen?«

»Ich will sagen, dass eine Menge Mörder frei herumlaufen. Es hat mich immer verrückt gemacht, wenn wir einen Täter geschnappt haben und dann mitansehen mussten, wie der Fall in die Binsen ging. Entweder vermasselte das Büro des Staatsanwalts die Sache oder die Beweise waren einfach nicht ausreichend oder zwölf Dumpfbacken als Geschworene konnten es einfach nicht über sich bringen, das Richtige zu tun, und all unsere Arbeit war umsonst gewesen. Ich weiß nicht, ob ich jemals völlig darüber hinweggekommen bin, denn es ist natürlich, dass man eine emotionale Bindung zu einem Fall hat. Aber man gewöhnt sich daran.«

Wir gingen zu verstreuten Beobachtungen in Zusammenhang mit dem Treffen über. »Ich kann verstehen, dass jemand in eine leere Flasche pinkelt«, sagte ich. »Man ist in einem Wohnheim, die Toilette befindet sich am anderen Ende des Korridors und sie ist wahrscheinlich sowieso gerade besetzt. Und da ist eine leere Flasche, und wenn man ein Kerl ist, hat man etwas, mit dem man zielen kann–«

»Das wahrscheinlich an diesem Punkt eh zu nichts anderem gut ist.«

»– also nutzt man das, was einem gegeben wurde. Man muss nur darauf achten, die Flasche danach fest zu verschließen, damit nicht alles auf dem Boden landet.«

»Ekelhaft.«

»Aber was ich nicht verstehe«, sagte ich, »ist, warum es jemandem als gute Idee erscheinen würde, die Flaschen aus dem Fenster zu leeren. Man muss sie nur zur Seite stellen, bis man es auf die Reihe bekommt, sie in der Toilette auszuleeren. Was ist daran so schwer?«

»Ich kann einen Vorteil daran sehen, den Urin aus dem Fenster zu leeren.«

»Weil es Spaß macht?«

»Nun, vermutlich, aber das ist eher ein Nebeneffekt. Die Hauptsache ist, dass man sich dann keine Sorgen machen muss, dass man versehentlich davon trinken könnte. Ha! Daran hast du nicht gedacht, oder? Die kleine Dame gewinnt den Ekelwettbewerb.«

•   •   •

Wir waren beide der Ansicht, dass das Wetter gut genug war, die halbe Meile zu Fuß nach Hause zu gehen. Sie nahm meinen Arm, als wir die Houston Street überquerten, und ließ ihn nicht los, als wir den Bordstein erreichten. Wir hatten das Essen mit einem Espresso beschlossen und der Kellner war mit zwei Likörgläsern erschienen, die übliche Dreingabe des Hauses bei Kunden, auf deren Rückkehr sie hofften. Als er unseren Tisch erreichte, erinnerte er sich daran, dass wir diejenigen waren, die keinen Wein gewollt hatten. »Sie wollen nicht«, sagte er zaghaft. Wir stimmten ihm zu, dass wir nicht wollten, und auf dem Nachhauseweg fragte sich Jan, was wir abgelehnt hatten.

»Wahrscheinlich Anisette«, sagte ich, »oder etwas mit Anisgeschmack.«

»Kein Sambuca?«

»Es könnte Sambuca gewesen sein.«

»Den würden sie nicht ausschenken«, sagte sie, »denn die meisten Leute können den Geschmack nicht ausstehen, aber weißt du, was mir immer geschmeckt hat? Fernet-Branca.«

»Das Zeug hat dir geschmeckt?«

»Es ist ziemlich schrecklich«, räumte sie ein, »aber an einem schlimmen Morgen danach gab es nichts Besseres. Der bittere Geschmack, ich denke, das war gut für den Magen.«

»Das Einzige, was es bei meinem je erreicht hat«, sagte ich, »war, dass er sich umgedreht hat. Der einzige Verdauungsschnaps, mit dem ich mich anfreunden konnte, war Strega.«

»Oh Jesus, Strega! Daran hab ich schon seit Jahren nicht mehr gedacht. Ich hoffe nicht, dass es das war, was er uns anbieten wollte.«

»Welchen Unterschied macht es? Wir haben es sowieso nicht getrunken–«

»Es war definitiv ein Anislikör«, sagte sie. »Irgend so ein billiger Anisette mit einem schrecklichen Parfümgeschmack.«

»Ich bin mir sicher, dass du Recht hast.«

»Weißt du, was *Strega* bedeutet? Auf Italienisch?«

»*Hexe*, oder?«

»Das ist richtig. Hexe.« Wir gingen in nachdenklicher Stille weiter, bis sie sagte: »Weißt du, jetzt erinnere ich mich an den Geschmack, und wenn sie eine Art von unechtem Strega vervollkommnet hätten, genau derselbe, aber ohne Alkohol–«

»Du würdest ihn nicht wollen.«

»Würde ihn nicht einmal mit einem Hexenbesenstiel anrühren.« Sie drückte meinen Arm. »Lass nicht zu, dass sich das rumspricht«, vertraute sie mir an, »aber es könnte sein, dass ich eine Alkoholikerin bin.«

Als wir uns der Canal Street näherten, der erklärten Grenze zwischen SoHo und Tribeca, konnte ich mich kaum mehr daran erinnern, wie ich mich früher am Abend gefühlt hatte – ihr übelzunehmen, dass sie einen Platz für mich reserviert hatte, mich über die Verpflichtung, einen weiteren Samstagabend in ihrer Gesellschaft verbringen zu müssen, zu ärgern. Warum um alles in der Welt würde ich den Abend anders verbringen wollen?

Einen Augenblick lang schien es mir, als ob mir ein Ausblick in die Zukunft vergönnt gewesen war. Wir würden so weitermachen, uns immer näher kommen, und irgendwann nach meinem Ein-Jahres-Jubiläum würde ich alle meine Nächte in der Lispenard Street verbringen. Vielleicht würde ich mein Zimmer im Northwestern als Büro behalten, zumindest für eine Weile, aber es war nicht wirklich ein Ort, an dem man sich mit Klienten treffen konnte, und welchen anderen Bedarf hatte ich für ein Büro?

Also würden wir zusammenleben und nach einem Jahr oder weniger, wenn es sich richtig anfühlte, würde ich ihr einen Ring an den Finger stecken.

Würde sie Kinder wollen? Ich hatte zwei Söhne und früher oder später würde Jan sie treffen müssen. Ich vermutete, dass sie so gut miteinander auskommen würden, wie es nötig war. Aber sie war zwei Jahre jünger als ich, war schon zwei Jahre länger trocken und noch jung genug, um Kinder zu bekommen, auch wenn die biologische Uhr hörbar tickte. Also, was würde sie über dieses Thema denken? Und überhaupt, was würde ich darüber denken?

Genieße den Augenblick, sagte ich mir selbst. Es ist ein wunderbarer Abend und du gehst mit einer gutaussehenden Frau nach Hause. Was musst du mehr wissen?

Kapitel 15

»Ich weiß nicht, was zum Teufel passiert ist«, sagte ich Jim. »Wir waren das süße kleine Paar oben auf der Hochzeitstorte. Dann gingen wir über die Canal Street und alles wurde zu Scheiße.«

Es war Sonntagabend und ich saß mit Jim in einem chinesischen Restaurant. Sauer-scharf-Suppe, Sesamnudeln, Rindfleisch mit Orange und ein Hühnergericht, das nach einem chinesischen General benannt war. Auf seine eigene Art und Weise war alles so ritualisiert wie mein Samstagabend.

»Wir kamen zu ihrer Haustür«, sagte ich. »Sie suchte in ihrer Handtasche herum, also zog ich meinen Schlüssel hervor und schloss die Tür auf.«

»Du hast einen Schlüssel zu ihrer Wohnung.«

»Seit ein paar Monaten. Es ist bequemer so. Sie wohnt in einem alten Fabrikgebäude, das zu Lofts für Künstler umgebaut wurde. Es gibt keine Sprechanlage, auch wenn immer wieder davon die Rede ist, dass eine eingebaut wird. Also musste ich sie immer anrufen, wenn ich nur noch ein paar Blocks entfernt war, und sie hat am Fenster gewartet, bis sie mich sah, und dann die Schlüssel hinuntergeworfen. Ich musste sie vom Bürgersteig aufheben und mir selbst die Tür aufschließen. Es hat nicht sehr lange gedauert, bis wir beide genug von diesem System hatten.«

»Ja, verliert bestimmt schnell seinen Reiz. Also hast du die Tür aufgeschlossen und sie war genervt.«

»Genau.«

»Hat sie irgendwas gesagt?«

»Nein.«

»Und du?«

»Was hätte ich sagen sollen? ›Hey, warum gibst du mir einen Schlüssel, wenn ich ihn nicht benutzen darf?‹«

»Also hast du gewartet, dass der Sturm vorüberzieht, und er hat es nicht getan.«

»Wir gingen nach oben und sie machte Kaffee, den keiner von uns beiden an diesem Punkt wirklich nötig hatte, denke ich. Sie hat das Radio angestellt.

Auf dem Weg hatten wir die Sonntagsausgabe der *Times* gekauft, also machten wir es uns bequem, jeder mit einem Teil der Zeitung.«

»Die alten Leutchen zu Hause«, sagte er. »Dieses Huhn ist gut.«

»Es ist immer gut.«

»Ich weiß, aber irgendwie übertrifft es immer meine Erwartungen. Also, häusliches Glück. Wenn ihr euch nicht wegen des Feuilletonteils gestritten habt.«

Ich schüttelte den Kopf. »Aber ich wollte nicht dort sein. Und sie wollte auch nicht, dass ich dort bin. Und es gab keine Möglichkeit, dass einer von uns etwas hätte sagen oder tun können, also hatten wir uns gegenseitig bis zum Morgen am Hals.«

»Und ein paar Minuten zuvor hattest du noch über die Namen für eure gemeinsamen Kinder nachgedacht.«

»Nun, nicht wirklich. Aber schon irgendwie in der Richtung. Es war sehr still.«

»Duke Ellington hat im Hintergrund gewerkelt.«

»Neben anderen. Der Jazz-Sender. Abgesehen von dem, was in unseren Köpfen vorging, war alles in bester Ordnung.«

»Nicht, dass du gewusst hättest, was in irgendeinem anderen Kopf als deinem eigenen vorging.«

»Nun, ich habe Schwingungen gespürt.«

»Ah, Schwingungen. Und wer hat Vibraphon gespielt? Lionel Hampton oder Milt Jackson?«

»Ich wusste nicht, was sie dachte«, sagte ich, »aber ich hatte eine ziemlich gute Vorstellung. Und ich dachte mir: In Ordnung, man muss das Beste daraus machen. Es gibt eigentlich nichts, was nicht in Ordnung ist, es wird sich schon wieder einrenken. Und nachdem ich den Sportteil durchhatte, ging ich duschen, weil ich mir dachte, dass sie mich ein bisschen mehr mögen wird, wenn ich gut rieche, wenn wir uns lieben.«

»Was ihr am Samstagabend immer macht?«

»So ziemlich. Und ich dachte mir, weißt du, dass es vielleicht hilft, die Dinge wieder ins Reine zu bringen.«

»Denn manchmal hat Sex diese Wirkung.«

»Ja, manchmal.«

»Und selbst wenn nicht«, sagte er, »dann hättest du zumindest Sex gehabt. Aber irgendwie vermute ich, dass der körperliche Ausdruck eurer gegenseitigen Zuneigung kein großer Erfolg war.«

»Ich bin ins Bett gegangen«, sagte ich. »Sie sagte, dass sie gleich nachkommen würde. Sie ging zuerst in die Küche, um die Kaffeetassen abzuspülen. Normalerweise lässt sie sie bis zum Morgen stehen.«

»Sprach der Detektiv.«

»Dann hat sie sehr lange geduscht. Und blieb noch sehr lange im Badezimmer, nachdem sie die Dusche abgestellt hatte. Ich lag da, wartete auf sie und dachte daran, so zu tun, als würde ich schon schlafen.«

»Damit du keinen Sex haben müsstest.«

»Dann kam sie ins Schlafzimmer, leise wie eine Maus, und fragte, ob ich wach war. Im Flüsterton, so leise, dass es mich nicht wecken würde, wenn ich nicht darauf achtete. Da wusste ich, dass sie hoffte, dass ich eingeschlafen war, damit *sie* keinen Sex haben müsste.«

»Das süße kleine Paar auf der Hochzeitstorte, soweit ich mich erinnere.«

»Also hab ich mich umgedreht«, sagte ich, »und Platz für sie neben mir gemacht. Wir begannen mit diesem langsamen und sanften Liebesspiel, und entweder hatte sie einen Orgasmus oder ihn nur vorgetäuscht, auf jeden Fall war ich dankbar. Es hat ewig gedauert, bis ich eingeschlafen bin.«

Am Sonntagmorgen sagte sie, dass sie keine Lust auf Brunch habe, und ich sagte, dass ich das Vormittagstreffen ausfallen lassen wollte, um zu sehen, ob ich mit dem Fall vorankam. Sie machte Kaffee und wir tranken jeder eine Tasse, während wir uns den Teilen der Zeitung widmeten, die wir am Abend zuvor nicht gelesen hatten. Dann küssten wir uns zum Abschied und ich machte, dass ich wegkam.

Ich ging schließlich den ganzen Weg bis zu meinem Hotel zu Fuß. Ich dachte wiederholt daran, zu einem Treffen zu gehen oder die U-Bahn zu nehmen, aber ich ging immer weiter. Einmal hielt ich für eine Tasse Kaffee an, ein anderes Mal aß ich ein Würstchen im Schlafrock. Als ich zu Hause ankam, war ich reif fürs Bett. Ich schlummerte eine Stunde lang, bis es Zeit war, die Giants gegen die Packers verlieren zu sehen. Auf dem Platz in Green Bay lag Schnee, was mich überraschte. Es war immer noch Sportjackenwetter in New York, außer an den Tagen, an denen der Wind schneidend war.

Das Telefon blieb stumm. Ich hatte ein paar Anrufe zu erledigen, aber zuerst sah ich mir das Spiel bis zum bitteren Ende an. Danach zog ich meinen Stuhl zum Fenster und sah zu, wie der Himmel dunkler wurde. Als ich schließlich den Hörer in die Hand nahm, war es, um Jim anzurufen, damit er entscheiden konnte, wo wir unsere Sesamnudeln essen würden.

Jetzt sagte er: »Du hast bald ein Jahr.«

»Ach, wirklich?«

»Normalerweise eine Zeit voller Anspannung, vor und nach einem Jahrestag.«

»So sagt man.«

»Nicht, dass der Rest der Zeit ein Zuckerschlecken ist, aber Jahrestage scheinen die Dinge für uns zu polarisieren. Weißt du, du hast dich zu früh auf etwas Festes eingelassen.«

»Ich weiß.«

»Aber vielleicht hattest du keine große Wahl.«

Ich hatte Jan gekannt, bevor ich jemals einen AA-Versammlungsraum von innen gesehen hatte. Es hatte eine Mordserie gegeben, ein Typ hatte Frauen mit einem Eispickel erledigt, und ein paar Jahre, nachdem ich den Dienst quittiert hatte, hatten sie den Kerl geschnappt. Aber es gab einen Mord, den er nicht auf sich nehmen wollte, und es stellte sich heraus, dass er es nicht gewesen sein konnte, weil er zu der betreffenden Zeit nicht in Freiheit gewesen war. Soweit es die Polizei betraf, waren alle Spuren in dem Fall eiskalt, und man wollte keine Zeit damit verschwenden, weshalb ein Cop, der mich kannte, den Vater des Opfers zu mir schickte. Er heuerte mich an.

Meine Ermittlungen führten mich unter anderem in Jans Loft in der Lispenard Street und wir gefielen uns gut genug, dass wir uns miteinander betranken und miteinander ins Bett gingen.

Es funktionierte ziemlich gut; es sah so aus, als hätte ich eine Freundin gefunden und eine Zechkumpanin noch dazu. So war es, bis sie anfing, zu den Treffen zu gehen. Das bedeutete, dass sie nicht länger meine Zechkumpanin war, und die Leute, die sie in Kirchenkellern traf, überzeugten sie davon, dass sie auch keine Freundin sein konnte, nicht diejenige eines Mannes mit einem gewaltigen Durst. Ich wünschte ihr viel Glück und zog los, um irgendwo einen Drink zu nehmen.

Es verging einige Zeit. Sie hörte mit dem Trinken auf und blieb trocken, ich setzte mein Leben fort. Dann, als es schlimm genug wurde, fing ich selbst an, zu Treffen zu gehen. Es ging hin und her, ich blieb eine Weile lang trocken, dann wieder nicht. Jim fing an, an mir Interesse zu zeigen, und sprach mit mir, wenn er mich sah, oder er versuchte es zumindest. Ansonsten ließen mich so ziemlich alle anderen in Ruhe. *Mein Name ist Matt. Ich verzichte heute.* In Ordnung.

Im Laufe der Monate rief ich ab und zu bei Jan an, wenn ich betrunken genug war, mir einzubilden, dass es sich dabei um eine gute Idee handelte. Sie war immer höflich, aber war natürlich zu klug, um ihre Zeit damit zu verbringen, sich mit einem Betrunkenen zu unterhalten. Dann rief ich sie an, als ich versuchte, trocken zu bleiben. Ich musste mit jemandem reden und mir fiel niemand sonst ein, den ich anrufen konnte.

Wir fingen an, uns auf gewisse Art Gesellschaft zu leisten. Und eines Tages bestellte ich einen Drink, den ich nicht wirklich wollte, was nichts Neues war, und ließ ihn unberührt auf dem Tresen stehen, was etwas Neues war. Seitdem war ich trocken und wir waren ein Paar. Mehr oder weniger.

Jim sagte, dass er sich das Treffen in St. Clare's entgehen lassen musste. Es kam etwas auf PBS, das Beverly sehen wollte, und er hatte versprochen, ihr Gesellschaft zu leisten. Ob ich dazustoßen wollte? Ich wusste, dass ich es nicht wollte, und ging stattdessen zu dem Treffen. Ich verließ es in der Pause und ging nach Hause.

Keine Anrufe. Ich ging ins Bett.

Kapitel 16

Das war am Sonntag. Eineinhalb Wochen später, am Mittwoch, hatte ich den letzten Verdächtigen abgehakt. Ich arbeitete mich nicht zu Tode und ich kann auch nicht sagen, dass ich brillante Schlussfolgerungen zog, aber ich machte mir das Telefon und die U-Bahn zunutze, was sich als ausreichend erwies. Als ich fertig war, wusste ich immer noch nicht, wer Jack Ellery ermordet hatte, aber ich kannte fünf Menschen, die es nicht getan hatten, und das war alles, wozu ich mich verpflichtet hatte.

Ich hatte den Montag damit verbracht, meine Bekanntschaften mit ein paar Cops aufzufrischen, die ich im Laufe der Jahre kennengelernt hatte. Es gab einen Cop, mit dem ich vor langer, langer Zeit in Brooklyn zusammengearbeitet hatte, und nur ein paar Blocks von mir entfernt gab es Joe Durkin im Revier Midtown North; wir hatten etwa zu der Zeit, als ich zum ersten Mal versuchte, trocken zu bleiben, miteinander zu tun gehabt. Seitdem hatte er sich ein paar steuerfreie Dollars dazuverdient, indem er mir den einen oder anderen Fall zugeschanzt hatte.

Keiner von ihnen konnte mir persönlich weiterhelfen, aber sie tätigten ein paar Anrufe und brachten andere Cops dazu, mit mir zu sprechen. Ein Kerl von einem Revier im Süden kannte den Namen Crosby Hart. Der war kein Gangster, sondern ein Typ von der Wall Street, der eine Schwäche für Kokain entwickelt hatte, die ihn dazu brachte, Geld seiner Auftraggeber zu unterschlagen. Was Sinn ergab: *Hab ihn bei einem Kokain-Deal reingelegt*, stand neben seinem Namen auf Jacks Liste für seinen achten Schritt.

»Dürrer Kerl in einem Anzug, schmale Krawatte, hat die ganze Zeit mit seinen langen, knochigen Fingern getrommelt und ruckartig den Kopf bewegt. Konnte nicht stillsitzen. Kokain, die Wunderdroge. Wir haben ihn festgenommen, wasserdichter Fall, aber die Firma hat es sich anders überlegt und darauf bestanden, die Anzeige zurückzuziehen. Rückerstattung, Behandlung, wird es nie wieder tun, bla bla bla. Was in Ordnung war, denn wenn man das

Koks außer Betracht lässt, hatte man es mit einem unbescholtenen Kerl zu tun, der ein unbescholtenes Leben führte. Ist er nicht bei seiner Frau und den Kindern in Dobbs Ferry besser dran, als ein paar Meilen den Fluss hoch in Ossining?«

»Hat er dort gewohnt? In Dobbs Ferry?«

»Irgendetwas in der Art. Er war Pendler, kam jeden Morgen mit dem Zug aus Westchester. Wenn er auf Kokain war, konnte es natürlich vorkommen, dass er es am Abend nicht nach Hause geschafft hat. Dobbs Ferry, Hastings, Tuckahoe – einer von den Orten. Und Crosby ist sein zweiter Vorname, wenn Sie im Telefonbuch nach ihm suchen.« Und was war sein erster Vorname? »Er hat nur die Initiale verwendet. H. Crosby Hart, und jeder hat ihn Crosby genannt. Wofür das *H* stand, weiß ich jetzt, ehrlich gesagt, wirklich nicht mehr. Ich muss es damals gewusst haben, denn es muss in seiner Akte gestanden haben. Man nimmt einen Kerl fest, und sein erster Vorname wird ausgeschrieben. Solange es sich nicht um F. Scott Fitzgerald handelt.«

»Oder um E. Howard Hunt?«

»Howard«, sagte er. »Das ist es. Zum Teufel nochmal, wie haben Sie das geschafft? Howard Crosby Hart. Das ist sein Name.«

Nur, dass er es nicht war. Es war Harold, nicht Howard, wie ich von Sheila Hart erfuhr. Die war noch nicht dazu gekommen, den Eintrag im Telefonbuch für Lower Westchester County ändern zu lassen. Er wohnte nicht mehr dort und seine aktuelle Bleibe hatte eine geheime Telefonnummer. Ich hatte den Eindruck, dass sie sie hatte, aber nicht herausgeben wollte. Ich konnte es bei ihm auf der Arbeit versuchen, sagte sie mir.

Und wo war das? Sie wurde misstrauisch und fragte, warum ich das wissen wollte. Wie war denn noch mal mein Name und in welcher Art von Beziehung stand ich zu ihrem Ex-Mann?

Ich nannte meinen Namen und sagte, dass ich für Calder, Jennings & Skoog arbeitete. Diesen Namen spulte ich ab, als müsste sie ihn kennen und es handelte sich nicht um einen, den ich gerade erst erfunden hatte. Ich sagte, soweit ich wusste, sei ihr Mann ein Neffe des kürzlich in Fort Myers, Florida, verstorbenen Kelton Hart und–«

Natürlich wollte sie einer Erbschaft nicht im Wege stehen, vor allem dann nicht, wenn ein Teil davon bei ihr landen konnte. Sie sagte mir, was ich wissen musste, und ich erreichte Hart ein paar Stunden später an seinem Schreibtisch. Ich nannte meinen Namen, verzichtete aber darauf, den imaginären Mr. Calder und seine Partner zu erwähnen. Dann sagte ich ihm, dass ich mich gerne mit ihm treffen würde. Er fragte nicht einmal, worum es sich drehte, was nahelegte, dass er meinen Namen schon einmal gehört hatte, und das vor gar nicht allzu langer Zeit.

Er bot an, mich nach der Arbeit im Cattle Baron zu treffen, an der Kreuzung William Street und Platt Street, gleich um die Ecke von seiner Wall-Street-Firma. Um halb sechs? Ich sagte, halb sechs ginge in Ordnung, und zog ein Anzugjackett und eine Krawatte an, bevor ich mein Hotelzimmer verließ. Ich hatte genug davon, die Rolle eines Anwalts zu spielen, der verschollene Erben aufspürte, aber er wusste das nicht und erwartete, dass ein Anwalt auftauchen würde. Also dachte ich mir, dass ich auch wie einer aussehen konnte.

Ich weiß nicht, ob ich das wirklich tat. Ich sehe normalerweise wie ein Cop aus, egal was ich anhabe.

Ich kannte den Cattle Baron noch nicht, aber er entsprach so ziemlich dem, was mich der Name hatte erwarten lassen. Es handelte sich um ein Steakhaus, voll mit dunklem Holz, rotem Leder und glänzendem Messing, mit Bass Ale, drei deutschen Bieren vom Fass und einer guten Auswahl an schottischen Single Malts hinter dem Tresen. Die Kundschaft war ausschließlich männlich und sie trugen alle Anzüge. Die meisten von ihnen sprachen mit lauter Stimme. Ich stand in der Tür und hielt nach einem schmalen Kerl mit schmaler Krawatte Ausschau. Meine Augen ignorierten einen Kerl, bis mir klar wurde, dass er mich direkt anblickte.

Ich ging zu ihm und er sagte: »Mr. Scudder? Hal Hart. Wenn Sie nicht für eine Anwaltskanzlei arbeiten würden, hätte ich vermutet, dass Sie von diesem Investmenthaus sind. Sehr seriöse Reihe von Anlagefonds. Aber ich vermute, Sie haben dazu keine Verbindung.«

»Auch nicht zur Scudder Falls Brücke.«

»Nun, ich würde mir mehr Sorgen machen, dass Sie mir Anlagefonds verkaufen wollten. Meinen Teil an Brücken habe ich bereits gekauft.«

Seine Krawatte hatte dünne diagonale Streifen in Rot und Marineblau. Sie war nicht schmal, und auch sonst war nichts an ihm schmal. Er hatte das Kokain durch Essen und Trinken ersetzt – Rindfleisch und Bier, so wie er aussah, und von beidem eine große Menge. Sein Gesicht war rund und rot; auf beiden Wangen gab es ein Rorschachmuster aus gebrochenen Kapillaren.

Auf seine Aufforderung hin setzte ich mich. Als der Kellner erschien, bestellte ich ein Sodawasser. Harts Bierglas war noch halb voll mit dunklem Bier, aber er tippte mit dem Zeigefinger darauf und nickte dem Kellner zu. »Dos Equis«, sagte er mir. »Bester legaler Stoff, der jemals aus Mexiko kam. Sind Sie sicher, dass Sie keines wollen?«

»Im Moment nicht«, sagte ich.

Ich hätte ihn auf der Stelle von der Liste streichen können, denn niemals im Leben hatte dieser gutgenährte Börsenmakler Jack Ellery zwei Kugeln verpasst. Aber das war das Thema, um das es ging, und ich konnte genauso gut darauf zu sprechen kommen. Der Laden war laut, es stank nach Alk, Zigarren und Gier, und ich wollte nicht länger dort bleiben, als ich unbedingt musste.

Wir sprachen über Sport, bis die Getränke gebracht wurden. Er hatte ebenfalls zugesehen, wie die Giants gegen Green Bay verloren hatten, und regte sich mehr als ich über die Leistung der Coaches auf. Er leerte sein Glas gerade, als der Kellner mit seinem Nachschub und meinem Sodawasser in einem identischen Bierglas kam. Hart strahlte die beiden Getränke an, nahm seines und sagte: »Mr. Scudder, ich hoffe, dass ich mich irre, aber falls ich jemals einen Onkel Kelvin gehabt haben sollte, höre ich zum ersten Mal von ihm.«

»Ich denke, ich habe Kelton gesagt«, antwortete ich, »aber es spielt keine Rolle, weil er nie existiert hat. Und ich bin auch kein Anwalt.«

»Nein?«

»Ich bin Detektiv«, sagte ich, »und beschäftige mich mit einem Mord, der kürzlich passiert ist.«

»Nun, du lieber Himmel. Wer wurde ermordet, wenn es nicht mein seit langem verschollener Onkel Kelvin war?«

»Ein Mann namens Jack Ellery.«

Er hatte leichte Glotzaugen, aber es war mir nicht wirklich aufgefallen, bis ich den Namen sagte. »Nun, mich laust der Affe«, sagte er. »Da fick mich doch einer ins Knie. Warum zum Teufel würde jemand Jack Ellery umbringen wollen?«

»Äh–«

»Wenn der verrückte Hurensohn mir keinen Hirnschlag verpasst«, sagte er, »dann ist es nicht, weil er es nicht versucht hat. Jetzt hat er mir zum zweiten

Mal in einem Monat einen Schock versetzt. Erst, indem er sich als lebendig entpuppt hat, dann weil er es nicht mehr ist. Wie ist er gestorben?«

»Er wurde erschossen.«

»Und Selbstmord ist ausgeschlossen?«

»Zwei Kugeln«, sagte ich. »Eine in die Stirn, die andere in den Mund.«

»Wenn das Selbstmord war«, sagte er, »zeugt es von unbändigem Willen. Herrgott.« Er trank von seinem Bier. »Ich hätte nie damit gerechnet, dass er auftauchen würde. Hatte seit unzähligen Jahren nicht mehr an ihn gedacht. Und dann komme ich eines Abends aus dem Büro nach Hause und mein Portier deutet auf einen Kerl, der in der Lobby sitzt. Sagt, dass er auf mich wartet. Ich wende mich ihm zu und sehe ihn an, und er steht auf und sagt: ›Crosby?‹«

»Also muss es jemand von ganz früher sein, denn es ist schon sehr lange her, dass mich jemand Crosby genannt hat. Das ist mein zweiter Vorname. Ich habe Harold nie gemocht, weshalb mich jeder in der Highschool so genannt hat, und was Harry anbetrifft, nun, vergessen Sie es. Deshalb hab ich, als ich als Erstsemester in Colgate eingetroffen bin und meinen Mitbewohner kennengelernt habe, die Hand ausgestreckt und verkündet: ›H. Crosby Hart, aber jeder nennt mich Crosby.‹ Und von dem Zeitpunkt an hat es jeder getan.« Seine Augen suchten meine. »Bis ich in kleinere Schwierigkeiten geriet. Davon wissen Sie, oder?«

Ich nickte.

»Ich hatte Glück, dass ich sie überwinden konnte«, sagte er. »Weil ich keine Vorstrafen hatte und weil ich ein Weißer aus der Mittelschicht mit einem Haus in der Vorstadt war. Ich bekam die Möglichkeit eines Neuanfangs und beschloss, dass ich dazu auch einen neuen Namen haben sollte. Was witzig ist, da ich bereits einen hatte, denn meine Frau hatte mich sowieso schon immer Hal genannt. Sie wissen schon, Prinz Hal? Shakespeare?« Er schüttelte den Kopf. »Heutzutage nennt sie mich Harold, so wie in Harold-wo-bleiben-die-Unterhaltszahlungen.«

»Aber dieser Kerl in der Lobby hat Sie Crosby genannt.«

Er grinste. »Sie bringen mich zurück zum Thema, oder? Das war sehr geschickt, ich kann sehen, warum man die Brücke nach Ihnen benannt hat. Über den Delaware River, oder?«

»Ich glaube, ja.«

»Kerl in meiner Lobby, und er spricht mich mit einem Namen an, den ich sonst nicht mehr zu hören bekomme. Ich kann ihn zuerst nicht richtig einordnen, aber er kommt mir irgendwie bekannt vor. Sieht auch ein bisschen, nun ja, heruntergekommen aus, ein bisschen vom Glück verlassen. Jemand, den ich einmal kannte, für den es in den Jahren seitdem aber nicht so gut lief. Er ist tot, hä?«

»Ja.«

»Eine Schande«, sagte er und nahm sich einen Moment lang Zeit, darüber nachzudenken. »Also, er sagt mir seinen Namen, der mir absolut nichts sagt, nicht sofort zumindest. Sagt, dass er mit mir reden möchte und könnten wir nicht vielleicht irgendwo hingehen, wo wir ungestört sind.

Also, da ist ein Kerl, in einem sauberen Hemd, aber der Kragen ist zerfasert, seine Schuhe sind poliert, aber die Absätze sind abgelaufen und unter der Politur sind die Schuhe abgewetzt. Er hat sich am Morgen rasiert, aber ein Besuch beim Friseur wäre überfällig – Sie können sich ein Bild machen?«

»Anständig, aber pleite.«

»Genau. Also will er mich anpumpen, oder? Um der guten alten Zeiten willen, für ein paar Dollar sollte ich gut sein. Ich tippe fünfzig, vielleicht hundert, und dann wird er mich in Ruhe lassen, bis er in der Lage ist, das Geld zurückzuzahlen, also für immer, und man müsste es als gutes Geschäft bezeichnen. In Ordnung, aber ich muss ihn nicht in meiner Wohnung haben. Hier sind wir ungestört genug, sage ich ihm und nehme ihn mit rüber in die Ecke, wo sich zwei Sofas im rechten Winkel zueinander befinden. Wir setzen uns hin, und ich muss herausfinden, dass er mich gar nicht anpumpen will, denn was er sagt, ist, dass er mir eine Entschuldigung schuldet. Und vielleicht etwas mehr als das, sagt er.«

Er legte den Kopf schräg, sah mich lange an. »Sie wissen darüber Bescheid, oder? Sie sind ein Detektiv, vermutlich ein Privatdetektiv, Sie untersuchen seinen Tod und Sie sitzen hier mit einem Sodawasser. Da muss ich einfach Zusammenhänge herstellen.«

»Sie sind selbst kein schlechter Detektiv.«

»Nun, zwei plus zwei, wissen Sie? Er schuldet mir eine Entschuldigung, er will Wiedergutmachung leisten. Er war Alkoholiker, aber jetzt trinkt er nicht mehr, und zum Trockenbleiben gehört das, was er jetzt tut. Es gab eine Formulierung, die er verwendet hat, irgendwas von wegen die Scheiße wegräumen, die er angerichtet hat–«

»Die Trümmer aus der Vergangenheit.«

»Das ist es.« Er trank von seinem Bier. »Zum Teufel, ich weiß selbst ein bisschen was über Abhängigkeit. Der verdammte Schnee hat mich wirklich runtergezogen. Und genau an diesem Punkt kann ich den Kerl einordnen. Wenn ich seinen Nachnamen jemals gekannt habe, habe ich ihn schon lange vergessen, aber ich höre ihm zu und er redet von einem Koks-Deal, darüber, wie er mich für ein paar Riesen gelinkt hat, und natürlich, Herrgott, es ist High-Low Jack.«

»So haben Sie ihn damals genannt?«

»Nun, ich weiß nicht, ob ich ihn jemals so genannt habe. Ich habe immer Jack zu ihm gesagt. Oder Mann. Wir haben uns alle immer *Mann* genannt. *Hey, Mann. Alles klar, Mann?* Aber wenn jemand wissen wollte, von welchem Jack ich rede–«

»High-Low Jack.«

»Richtig. Und ich hab mich an den Deal erinnert. Nicht an die genauen Zahlen, ob es zwei oder fünf Riesen waren oder was auch immer, aber es hat sich um einen Großeinkauf gehandelt und ich war kein Trottel. Ich habe es zuerst geprüft, eine Linie gemacht und sie gezogen. Es war sehr gutes und anständiges Koks.«

»Und dann kamen Sie nach Hause und es war es nicht mehr.«

»Es hatte sich auf magische Weise in Baby-Abführmittel verwandelt.«, sagte er. »Irgendwo zwischen der Herrentoilette im Googie's und meiner Wohnung. Es war nicht das erste Mal, dass ich übers Ohr gehauen wurde, und auch nicht das letzte Mal. Ich war absolut außer mir, das können Sie mir glauben, aber gleichzeitig musste ich ihn auch dafür bewundern, wie clever er gewesen war. Und jetzt war er hier, saß in meiner Lobby, am Rand dieses Sofas, und fragte mich, ob ich mich an die Summe erinnerte, denn er wollte Vorkehrungen treffen, mir das Geld zurückzuzahlen. Nur so und so viel pro Monat, aber so lange, wie es dauern würde, die Sache in Ordnung zu bringen.«

Ich hatte nicht bemerkt, dass er dem Kellner ein Zeichen gegeben hätte. Der erschien trotzdem mit einem weiteren Dos Equis. Ich selbst hatte mein Sodawasser kaum angerührt.

Er sagte »Prost« und nahm einen Schluck. »Sie können sich wahrscheinlich vorstellen, was ich ihm gesagt habe. Was auch immer er mir gestohlen hatte, ich hätte es mir sowieso durch die Nase gezogen. Und das Geld hatte sowieso gar nicht mir gehört. Es war das meiner Firma, und es war nur ein Tropfen aus dem Eimer, den ich von dort abgeschöpft hatte. Natürlich musste ich Geld zurückerstatten, was ich auch getan habe, aber man zahlt nie alles zurück, was man genommen hat. Sie wussten nicht, wie schwer ich sie wirklich geschädigt hatte, und ich wusste es auch nicht. Was auch immer meine Schuld war, sie hatten es als zurückgezahlt abgehakt, und das war auch das, was ich über das dachte, von dem Jack dachte, dass er es mir schuldete.«

»Und das haben Sie ihm gesagt.«

»Ja, und ich musste es buchstabieren, weil er nicht so einfach vom Haken gelassen werden wollte. Was ich nicht gesagt habe, wobei ich gestehen muss, dass es mir durch den Kopf ging, war, was zum Teufel ich mit einem Kerl in einem Mantel aus dem Secondhandladen wollte, der einmal die Woche auftauchen würde, um mir einen Zehn-Dollar-Schein zuzustecken. Wenn Sie sich besser fühlen, hab ich ihm gesagt, suchen Sie sich eine Wohltätigkeitsorganisation aus, die ihnen zusagt, und geben Sie denen ein paar Scheine. Aber soweit es Sie und mich betrifft, hab ich gesagt, wir sind quitt.«

»Und er hat das akzeptiert.«

»Am Ende. Er hat gesagt, dann könnte er mich wohl von seiner Liste streichen. Ich vermute, ich war nicht der Einzige, den er übers Ohr gehauen hatte.«

»Auf die eine oder andere Weise«, sagte ich, »gab es eine ganze Reihe von Leuten, bei denen er das Gefühl hatte, Wiedergutmachung leisten zu müssen.«

»Und jeder in Ihrem Haufen macht so etwas durch?« Er wartete nicht auf eine Antwort, fuchtelte mit seinem Bierglas. »Werde es vielleicht selbst herausfinden«, sagte er. »Eines Tages.«

Ich sagte nichts.

»Nur, dass ich mich dieser Tage so ziemlich auf Bier beschränke. Kokain war mein Problem, müssen Sie wissen. Ich hab mir eine Nase reingezogen und nichts war mehr wie zuvor. Aber ich hab damit aufgehört und das Zeug seitdem nicht angerührt. Und ich muss Ihnen sagen, es ist überall. Da ist ein Typ am Tresen, ich werde nicht sagen, wer, aber alles was ich tun müsste, wäre, ihm zuzuzwinkern und auf die Toilette zu gehen. Er würde mir folgen und mir verkaufen, wonach mir der Sinn steht. Er ist immer hier, und überall, wohin man geht, gibt es genau so jemanden wie ihn.

Also, heutzutage ist alles, was ich mir von dem gestatte, was über die Grenze im Süden kommt, das hier. Und vielleicht ein kleines Glas Brandy nach einem üppigen Mahl. Auf diese Weise kann man nicht zum Alkoholiker werden, oder?«

»Es ist nicht, was man trinkt«, sagte ich, so wie ich es von anderen gehört hatte. »Sondern was es mit einem anstellt.«

»Ist das die Parteilinie zum Thema? Nun, wer weiß, wo ich enden werde. Aber das heißt nicht, dass ich Sie darum bitte, mir einen Platz zu reservieren.«

Herr, mach mich nüchtern. Aber noch nicht jetzt.

Kapitel 17

Francis Paul Dukacs war leicht zu finden, als ich erst einmal seinen richtigen Namen kannte. Bis dahin hatte ich alle Dukes im Telefonbuch für Manhattan abtelefoniert, außerdem auch jeden Duke. Es gab nicht allzu viele von beiden und es schien wahrscheinlich, dass jemand von ihnen mit Frankie Dukes verwand war oder zumindest von ihm gehört hatte. Aber egal ob mit oder ohne *S*, es gab niemanden unter ihnen, der mir weiterhelfen konnte.

Dann kam ich eines Abends von St. Paul's nach Hause und fand die Nachricht vor, dass ich Mr. Bell anrufen sollte. Ich wählte die Nummer auf dem Zettel. Jemand im Top Knot hob ab und rief Danny Boy an den Apparat. »Du könntest vorbeikommen«, sagte er, »und eigentlich wollte ich das auch vorschlagen, aber es ist einfacher, es über das Telefon weiterzugeben. Außer du verspürst das dringende Bedürfnis, die Coca-Cola im Top Knot mit der im Poogan's zu vergleichen. In diesem Fall wärst du natürlich herzlich willkommen.«

Ich sagte ihm, dass ich lieber schlafen gehen wollte.

»Dann notier dir das, Matthew. Francis Paul Duh-kosch, nur dass er nicht so geschrieben wird.« Er buchstabierte mir den Nachnamen. »Es ist Ungarisch, denke ich, oder vielleicht Tschechisch. Eines dieser Länder, das in den Zeitungen erwähnt wird, wenn die Russen ihre Panzer losschicken.«

»Frankie Dukes.«

»Höchstpersönlich. Und das ist alles, was ich über ihn weiß, auch wenn ich wahrscheinlich noch mehr herausfinden könnte. Aber vielleicht ist das alles, was du brauchst, um ihn aufzuspüren.«

Tatsächlich war das alles. Nachdem ich aufgelegt hatte, schlug ich das Telefonbuch auf und da war er, mit einer Nummer und einer Adresse ganz am östlichen Ende der 78th Street. Dadurch befand er sich weiter südlich und östlich als das möblierte Zimmer, in dem Jack erschossen worden war, aber nicht mehr als zehn Minuten entfernt. Es würde ziemlich einfach für Jack gewesen sein, ihn zu finden. Oder für ihn, Jack zu finden.

Ich rief am nächsten Morgen ein paarmal bei ihm an und bekam nicht einmal einen Anrufbeantworter in die Leitung. Deshalb nahm ich einen Bus bis zur 79th Street und fand die Adresse in der Mitte einer Reihe von Sandsteinhäusern. Ich drückte die Klingel für Dukacs, bekam keine Antwort und ließ mich von einer eingerahmten Notiz an der Wand zum Nachbarhaus führen, wo ich die Hausmeisterin ausfindig machte. Sie wohnte in einer Kellerwohnung und ich weiß nicht, was sie auf dem Herd stehen hatte, aber ich wollte etwas davon. Es roch großartig.

Ich erklärte ihr, dass ich auf der Suche nach einem ihrer Mieter war, einem Mr. Dukacs. Ich musste den Namen richtig ausgesprochen haben, denn auf ihrem Gesicht zeichnete sich Gutheißung ab. In gutem, wenngleich nicht akzentfreiem Englisch sagte sie mir, dass ich ihn wahrscheinlich in seinem Laden in der 1st Avenue finden würde, Dukacs & Son. Er war der Sohn. Dukacs, Gott hab ihn selig, war der Vater gewesen. Wenn der jüngere Dukacs nicht dort war, gönnte er sich wahrscheinlich nebenan in Theresa's eine Pause. Er nahm dort alle seine Mahlzeiten ein.

»Was auch immer er dort bekommt«, sagte ich, »ich wette, es ist nicht so gut wie das, was Sie kochen.«

»Mein Mittagessen«, sagte sie ruhig. »Nur genug für eine Person.«

Theresa's hätte ein ganz normales New Yorker Café sein können, aber auf der Tageskarte standen Krakauer und Gulasch anstelle von Spanakopita und Moussaka. In einer Nische saßen zwei Frauen, die entweder ein spätes Frühstück oder ein sehr frühes Mittagessen zu sich nahmen, und ein alter Mann mit einer gemusterten Leinenmütze saß am Tresen und rührte seinen Kaffee um. Ich vermutete, es könnte sich theoretisch um Francis Dukacs handeln, aber es war eher unwahrscheinlich.

Beim Laden nebenan handelte es sich um einen koreanischen Gemüsehändler, aber neben diesem befand sich ein Fleischerladen, an dem ein Schild mit der Aufschrift DUKACS & SON angebracht war. Man konnte sehen, dass vor ganz langer Zeit ein *S* ganz am Ende übermalt worden war. Ein Mann in meinem Alter oder vielleicht etwas älter stand hinter der Theke und hackte ein Lammkarree in einzelne Koteletts. Er war klein und korpulent, ein Mann gewordener Hydrant mit einem dichten, glänzend schwarzen Haarschopf und einem üppigen Schnauzbart, in dem es ebenso wie in seinen buschigen Augenbrauen vereinzelte graue Haare gab. Er schwang das Hackmesser mit einer Effizienz, die keinen Zweifel daran ließ, dass er im Umgang damit Erfahrung hatte.

Als ich hereinkam, legte er das Hackmesser ab und fragte, womit er mir dienen konnte. »Das sind wunderbare Koteletts«, sagte er und hielt eines in die Höhe, damit ich es bewundern konnte. »Und sogar im Angebot.«

»Ich befürchte, dass ich nicht gekommen bin, um etwas zu kaufen.«

»Nein?«

»Sind Sie Francis Dukacs?«

»Warum?«

Ich zog meine Brieftasche hervor, klappte sie wie zufällig auf, schloss sie wieder. Er hielt das Hackmesser zwar nicht in der Hand, aber es befand sich nahe genug bei ihm, dass es mir besser erschien, wenn er mich für einen Polizeibeamten hielt.

»Ich habe ein paar Fragen«, sagte ich, »über einen Mann namens Jack Ellery.«

»Nie gehört.«

»Ich denke, er hat Sie kürzlich aufgesucht.«

»Ist er gekommen, um Fleisch zu kaufen? Nur solche Leute kommen her. Kunden.«

»Er dürfte gekommen sein, um Wiedergutmachung zu leisten, um sich zu entschuldigen –«

»Dieser Hurensohn!«

Ich wich einen Schritt zurück. Innerhalb eines Augenblicks hatte sich Dukacs von einem behäbigen Ladenbesitzer in einen wild dreinblickenden Verrückten verwandelt.

»Dieses Arschloch! Dieser Schwanzlutscher! Kennen Sie ihn, diesen Hurensohn? Wissen Sie, was er getan hat?« Er wartete nicht auf meine Antwort. »Er ist hereingekommen, hat gewartet, bis alle anderen Kunden weg waren, und hat mir dann eine Knarre ins Gesicht gesteckt. ›Geld her oder ich erschieße Sie.‹«

»Das ist schon länger her.«

»Na und? Noch nicht so verdammt lange, dass ich mich nicht mehr daran erinnern kann. Wenn man eine Knarre im Gesicht hat, vergisst man es nicht.«

»Was ist dann passiert?«

»Ich habe gezittert. Meine Hände, sie zitterten. Ich habe versucht, die Kasse zu öffnen. Ich konnte das verdammte Ding nicht öffnen.«

»Und er hat Sie geschlagen?«

»Mit der Knarre. Links und rechts. Ich hatte eine Platzwunde am Kopf, das Blut ist mein Gesicht heruntergelaufen wie ein Vorhang. Hier, sehen Sie die Narbe? Ich bin im Krankenhaus aufgewacht. Musste genäht werden, Gehirnerschütterung, zwei Zähne hat er mir ausgeschlagen.« Er tippte auf einen Schneidezahn. »Brückenarbeit«, sagte er. »Alles ihm zu verdanken. Und wissen Sie, was er davon gehabt hat? Nichts. Er konnte die verdammte Kasse auch nicht aufbekommen. Das verdammte Ding hat geklemmt. Wir konnten es beide nicht aufbekommen, und er hat mir für nichts eine Abreibung verpasst.«

»Hat die Polizei–«

Er wedelte mit der Hand, verwarf die Frage. »Nichts«, sagte er. »Sie haben mir Ordner voller Fotos gezeigt. Vom Ansehen bekam ich Kopfschmerzen. Wie er ausgesehen hat? Es war wie bei einem Filmriss, ich konnte mir sein Gesicht nicht in Erinnerung rufen. Doch sobald ich schlief, konnte ich es in meinen Träumen sehen.«

»Sein Gesicht?«

»Klar und deutlich. Haben mich in den Wahnsinn getrieben, diese verdammten Träume. Ich wollte nicht mehr schlafen, weil ich dann träumen würde und er würde da sein. Ich würde versuchen, die Kasse zu öffnen, sie würde sich nicht öffnen lassen und er würde auf mich einschlagen wie auf eine Trommel. Jede Nacht sah ich es, dieses verdammte Gesicht von ihm, und dann wachte ich auf und das Gesicht war weg. Ich musste schlafen gehen, um es zu sehen, und ich wollte es nicht sehen.«

Durch Schlaftabletten wurde es schlimmer und eine Zeitlang konnte er nicht ohne ihre Hilfe schlafen. Dann kam er von den Tabletten los und schließlich wurden die Albträume selten, nur noch zu Zeiten großen Stresses. Der Tod eines Freundes, die Krankheit eines Verwandten, und er würde von dem Überfall träumen. Und dann hatte der Mann, der Hauptdarsteller der Albträume, eines Tage die gewaltige Unverschämtheit besessen, einfach so in den Laden von Dukacs & Son zu spazieren.

»Ich stehe da und erkenne ihn nicht. Er fängt an zu reden und da ist etwas an seiner Stimme. Es ist eine Stimme, die mir bekannt vorkommt, aber ich kann sie nicht einordnen. Und er sagt, er schuldet mir etwas. Er hat ein Wort verwendet, das Sie vorhin gebraucht haben, etwas, das er leisten muss.«

»Wiedergutmachung.«

»Ja, das ist das Wort. Ich weiß nicht, wovon er redet. Dann erzählt er all den Mist darüber, dass er getrunken hat, dass er Drogen genommen hat, dass er Leute ausgeraubt hat. Plötzlich sind all die Jahre verschwunden und er ist es, der Hurensohn, das Arschloch. In meinem Laden, können Sie das glauben? Steht vor mir und behauptet, dass er sich entschuldigen will!«

»Was haben Sie getan?«

»Was ich getan habe? Was denken Sie, habe ich getan? Verpiss dich, du Arschloch, hab ich ihm gesagt. Fahr zur Hölle, geh zum Teufel, nimm deine Entschuldigung und schieb sie dir in den Arsch!«

»Und, ist er gegangen?«

»Nicht sofort. ›Sagen Sie mir, was kann ich tun, um es in Ordnung zu bringen? Kann ich Ihnen Geld geben? Kann ich irgendetwas tun?‹ Verdammter Schwanzlutscher. Was kann er tun, dafür sorgen, dass mir zwei neue Zähne wachsen? Alles, was ich wollte, war, dass er sich aus meinem Laden verpisst. Also hab ich das hier in die Hand genommen.«

Das Hackmesser. »Und er ist gegangen?«

»Das hat er verstanden. ›Immer mit der Ruhe, immer mit der Ruhe‹, und er ist zurückgewichen und aus der Tür verschwunden und ich konnte es wieder ablegen. Und dann, als er weg war, kam das Zittern.«

»Und die Albträume?«

Er schüttelte den Kopf. »Gott sei Dank, nein. Bis jetzt noch nicht.« Er blickte mich an. »Warum?«

»Warum er gekommen ist? Nun, so wie ich es verstehe –«

»Nein, was kümmert mich, warum er gekommen ist. Er ist ein verrücktes Arschloch, ein Hurensohn. Verprügelt einen Mann, dessen Finger die Kasse nicht öffnen können? So ein Wichser, wen kümmert, warum er tut, was er tut?«

»Dann –«

»Sie«, sagte er. »Warum sind Sie hier? Was wollen Sie von mir?«

»Ellery wurde ermordet«, sagte ich. »Ich untersuche seinen Tod.«

»Jemand hat ihn umgebracht? Sie stehen hier und sagen mir, dass der verdammte Hurensohn tot ist?«

»Ich befürchte, ja, und–«

»Sie befürchten? Was gibt es da zu befürchten? Sie könnten mir keine besseren Neuigkeiten bringen. Wissen Sie, was ich sage? Ich sage, Gott sei Dank, dass das Arschloch tot ist!« Er beugte sich vor, beide Hände auf der Theke. »›Mr. Dukes‹ – natürlich spricht er meinen Namen falsch aus – ›Mr. Dukes, sagen Sie mir einfach, was ich tun kann, um es in Ordnung zu bringen.‹ Was er tun kann? Ich sage ihm, was er tun kann. Tot umfallen, das kann er tun. Einfach nur tot umfallen. Und er hat es getan!«

»Tatsächlich«, sagte ich, »hatte er Hilfe.«

»Hä?«

»Jemand hat ihn umgebracht.«

»Ja? Wenn Sie ihn finden, gebe ich ihm einen aus. Wie? Zu Tode geprügelt, hoffe ich.«

»Er wurde erschossen.«

»Erschossen.«

»Ja.«

»Gut«, sagte er ausdruckslos. »Gut, ich bin froh. Ein Mann ist tot und ich bin froh. Warten Sie mal. Sie denken doch nicht, dass ich es getan habe, oder?«

»Nein«, sagte ich. »Irgendwie denke ich das nicht.«

Kapitel 18

»Wenn er Jack getötet hätte«, sagte ich Greg Stillman, »hätte er selbst die Polizei gerufen und darauf bestanden, voll und ganz dafür verantwortlich zu sein. Er war so glücklich zu hören, dass Jack tot ist, dass ich schon dachte, er würde mir als Überbringer der guten Nachricht ein paar Schweinekoteletts schenken.«

»›Ding Dong, die Hex ist tot!‹ Er muss sich gefühlt haben wie die Munchkins nach der berühmten Bruchlandung von Dorothys Haus. Und Sie haben gesagt, dass er klein ist, oder?«

»Ich denke nicht, dass man ihn mit einem Munchkin verwechseln könnte.« Ich hatte Greg angerufen, nachdem ich mich von Dukacs verabschiedet hatte, und ihn in einem Café ein paar Blocks entfernt getroffen. »Und er ist nicht der Typ, der plötzlich zu singen anfängt. Aber ich denke, dass er sich auf ähnliche Weise befreit gefühlt hat.«

»Keine bösen Träume mehr.«

»Vermutlich nicht.« Ich trank von meinem Kaffee. »Wenn man das davon hat, dass man Wiedergutmachung leistet, werde ich mir Zeit lassen, bis ich zu diesem Schritt komme.«

»Das war auch Jacks Reaktion«, sagte er. »Ich musste ihm sagen, dass er sich irrt.«

»Ja?«

»Er hat nichts Konkretes gesagt. Er hat mich gleich, nachdem ihm seine Entschuldigung ins Gesicht zurückgeschmissen worden war, angerufen. Er hat mir nicht gesagt, wer der Mann war oder worum es genau ging, nur, dass er abgewiesen, beschimpft und davongejagt worden war. Er hat den ganzen Vorfall als völliges und absolutes Scheitern eingestuft und sich gefragt, ob er den Kerl von seiner Liste streichen konnte oder einen Weg finden musste, damit einen Schritt voranzukommen.«

»Und?«

»Ich hab ihm gesagt, dass er es perfekt gemacht hatte. Dass das Ziel der Aktion nicht war, dass einem verziehen wurde. Das ist nur eine Nebenleistung. Er hat es verstanden, blieb aber trotzdem bekümmert. Sagte, dass er nicht erkannt hatte, wie großen Schaden er angerichtet hatte. Oder dass man es nicht völlig ungeschehen machen konnte.«

Ich dachte noch über diesen Punkt nach, als er sagte: »Wenn ich mich nicht verzählt habe, ist nur noch ein Mann übrig. Der sich unter dem Deckmantel eines Allerweltsnamens verbirgt.«

»Robert Williams«, sagte ich.

»Dessen Name Legion ist, oder es gut und gern sein könnte. Robert Williams, dessen Frau fremdgeht. Wie hoch sind die Chancen?«

»Dass ich ihn finden werde oder dass er sich als der Mörder entpuppt?«

»Beides.«

»Dünn und dünner«, sagte ich.

»Das hab ich mir gedacht. Matt, sind wir fertig?«

Ich blickte meine Tasse an. Es war noch Kaffee darin.

»Nein«, sagte er, »ich meine insgesamt. Ich denke, Sie haben getan, wofür ich Sie angeheuert habe. Es gab fünf Namen auf der Liste, vier, nach Ausschluss von dem, der im Gefängnis sitzt–«

»Piper MacLeish.«

»– und Sie haben Sattenstein und Crosby Hart abgehakt, und jetzt noch Mr. Dukacs. Das Ziel war zu sehen, ob ein Name auf der Liste steht, den wir der Polizei geben sollten. Der einzige übrige Name ist Robert William, und wenn wir *den* der Polizei geben–«

Ich nickte und stellte mir das Gespräch mit Dennis Redmond vor. *Vor Jahren hatte er eine Affäre mit der Frau dieses Manns und womöglich hat er versucht, ihn zu finden, um sich bei ihm zu entschuldigen.* Ja, klar doch.

»Ich weiß nicht, wie viele Stunden Sie damit zugebracht haben«, sagte er, »aber es scheint mir, als hätten Sie sich die tausend Dollar von mir mehr als verdient. Mussten Sie für Informationen bezahlen?«

»Hier und da ein paar Dollar.«

»Also haben Sie nicht mal die tausend gemacht. Schulde ich Ihnen Geld, Matt?«

Ich schüttelte den Kopf. »Sie können den Kaffee bezahlen.«

»Und das ist alles? Sind Sie sicher?«

»Es blieb genug für mich übrig«, sagte ich. »Und es besteht immer noch die Möglichkeit, dass ich Williams entlasten kann. Ich werde meine Fühler ausstrecken, vielleicht höre ich etwas. Man weiß nie.«

Ich vermute, man weiß es wirklich nie, denn am nächsten Abend kam ich kurz vor Mitternacht nach Hause. Jacob saß hinter der Rezeption, in dem, was ich als Terpinhydratnebel erkannt hatte, und sagte mir, dass ich einen Haufen Anrufe und keine Nachrichten gehabt hatte. »Immer derselbe Herr«, sagte er. »Hat jedes Mal gesagt, dass er es noch mal probieren würde. Hat nie einen Namen oder eine Nummer hinterlassen.«

Ich ging auf mein Zimmer, duschte und war froh, dass der Anrufer keinen Namen hinterlassen hatte, weil ich erschöpft war. Ich war bei einem Treffen gewesen, war im Anschluss noch auf einen Kaffee mit ins Flame gegangen und das Gespräch hatte länger gedauert als gewöhnlich. Ich beschloss, Jacob zu sagen, dass er meine Anrufe abweisen sollte. Genau in dem Moment, als ich nach dem Telefon griff, läutete es. Ich hob ab und eine Stimme wie dreißig Meilen schlechte Straße sagte: »Sagen Sie mir nicht, dass ich endlich mit Matt Scudder spreche.«

»Wer ist da?«

»Sie kennen mich nicht, Scudder. Mein Name ist Steffens, wie der Schmutzaufwühler. Ich hab den ganzen Abend über versucht, Sie zu erreichen.«

»Ich hätte Sie zurückgerufen«, sagte ich, »wenn Sie eine Nachricht hinterlassen hätten.«

»Nun, ja, ich war viel unterwegs. Und dabei setzt man kein Moos an, das überlasse ich lieber der Nordseite von Bäumen. Jetzt bin ich geparkt, an einem Ort, den Sie, soweit ich weiß, ziemlich gut kennen.«

»Ja?«

»Gleich um die Ecke von Ihnen«, sagte er. »Ich dachte, dass ich Sie vielleicht hier finden würde, deshalb bin ich hier. Aber der Kerl hinterm Tresen hat gesagt, dass Sie in letzter Zeit nicht mehr allzu häufig vorbeikommen.«

Ich wusste, wo er war. Aber ich ließ es ihn selbst sagen.

»Jimmy Armstrong's Saloon«, sagte er, »nur, dass der Typ nicht weiß, wie man *Saloon* schreibt. Hat einen Stern da, wo das *A* sein sollte.«

S*loon. Es gab immer noch ein Gesetz, eine hirnverbrannte Vorschrift aus der Zeit vor der Prohibition, dass man ein Etablissement nicht Saloon nennen durfte. Das Gesetz war erlassen worden, um die Anti-Saloon League zu beschwichtigen, wobei der Gedanke war, dass man, wenn man einem Mann schon nicht verbieten konnte, einen Saloon zu betreiben, ihn zumindest dazu zwingen konnte, den Laden anders zu nennen. Das war der Grund, weshalb Patrick O'Neals Kneipe gegenüber vom Lincoln Center O'Neal's Baloon hieß; er hatte die Beschilderung bereits bestellt gehabt, bevor ihm jemand von diesem Gesetz erzählte, weshalb er beschloss, einen Buchstaben zu ändern, womit die Sache für ihn erledigt war. Es war ja schließlich nicht illegal, wurde er nicht müde zu betonen, *balloon* falsch zu schreiben.

Jimmy hatte den Baloon geführt, bevor er seinen eigenen Laden fünf Blocks weiter die Avenue entlang aufgemacht hatte, und sein Weg zur Umgehung des Gesetzes war ein Stern anstelle des *A*. Ich hätte das alles dem mysteriösen Mr. Steffens berichten können, aber irgendwie hatte ich das Gefühl, dass er es schon wusste.

»Er kann zwar nicht richtig buchstabieren«, sagte er, »aber der Hurensohn schenkt gute Drinks aus, das muss ich ihm lassen. Ich wünschte nur, es gäbe eine Jukebox. Mit etwas Glück würde mich Kenny Rogers an ihren Namen erinnern.«

Ein Trinker, der mich spät am Abend anrief. Der Impuls, einfach aufzulegen, war stark. »Ich helfe jedem, der versucht, trocken zu bleiben«, hatte Jim Faber mir gesagt. »Zu jeder Stunde, Tag oder Nacht. Aber nur, wenn sie mich anrufen, bevor sie den Drink in die Hand nehmen. Danach redet man einfach nur zu einem Glas Alk, und dafür hab ich keine Zeit.«

»Lucille«, sagte er. »Wie finden Sie das? Hab ihn einfach aus der Luft gegriffen, ohne jegliche Hilfe von Mr. Kenny Rogers.«

»Ich befürchte, ich kann Ihnen nicht folgen.«

»Mrs. Bobby Williams. Suchen Sie nicht nach der? Bin gleich um die Ecke, Scudder, und warte darauf, dass Sie mir einen Drink ausgeben.«

Kapitel 19

Nachdem ein vereitelter Überfall in Washington Heights für meinen Abschied von der Polizei und von Anita und den Jungs gesorgt hatte, hatte ich mir ein Zimmer im Northwestern genommen und entschieden, dass der spartanische Raum gut zu mir passte. Ich blieb dort wohnen, während meine Trinkerei schlimmer wurde und mein Leben weiter den Bach runter ging.

Aber es war nicht mehr als ein Ort, an dem ich schlafen konnte, wenn ich dazu in der Lage war, und aus dem Fenster starrte, wenn ich es nicht konnte. Für eine Kombination aus Wohnzimmer und Büro schlüpfte ich in Jimmy Armstrongs Kneipe um die Ecke.

Ich verbrachte sehr viel Zeit dort. Es war der Ort, an dem ich meine Freunde traf, mit meinen Klienten sprach, meine Mahlzeiten einnahm. Ich konnte anschreiben lassen und trank dort sehr viel Bourbon, teilweise pur oder mit Eiswürfeln, teilweise in starken schwarzen Kaffee gemischt.

Ich war Stammgast im Armstrong's und kannte die anderen Männer und Frauen, die viel Zeit dort verbrachten. Ärzte und Krankenschwestern aus dem Roosevelt Hospital, Akademiker von der Fordham University, Musiker, deren Leben sich zwischen der Juilliard School, dem Lincoln Center und der Carnegie Hall abspielte, und ein ganz bunter Haufen von Leuten, die einfach nur in der Gegend wohnten. Alle tranken, und es lag nicht an mir zu sagen, ob sich unter ihnen Alkoholiker befanden. Sie redeten mit mir, wenn mir nach Gesprächen war, ließen mich in Ruhe, wenn mir nicht danach war, und die Barkeeper und Kellnerinnen sorgten dafür, dass uns die Getränke nicht ausgingen.

Ab und zu ging ich mit zu einer Krankenschwester oder Kellnerin, aber keines dieser Sperrstundenheilmittel gegen die Einsamkeit führte je zu einer Beziehung. Einmal sprang eine der Kellnerinnen, eine, mit der ich nie nach Hause gegangen war, aus dem Fenster ihres Hochhauses. Ihre Schwester erschien und wollte das offizielle Urteil Selbstmord nicht glauben. Sie engagierte mich, die Angelegenheit zu untersuchen, denn Angelegenheiten für Leute zu untersuchen, war, was ich tat, nachdem ich meine Polizeimarke zurückgegeben hatte. Und es stellte sich heraus, dass sie Recht gehabt und jemand ihrer Schwester aus dem Fenster geholfen hatte.

Armstrong's. Als ich frisch trocken war, konnte ich nicht verstehen, warum ich nicht mehr dorthin gehen konnte. Egal, ob man trank oder nicht, es war ein guter Ort zum Herumsitzen, ein guter Ort zum Essen, ein guter Ort, potenzielle Kunden zu treffen. Ich hatte bei Treffen gehört, dass ein Weg, einen Ausrutscher zu vermeiden, darin bestand, dass man sich von rutschigen Orten fernhielt, aber andererseits begegnete ich immer wieder Barkeepern, die ihren Job auch weitermachten, nachdem sie trocken geworden waren. Es ist schließlich der Drink, von dem man betrunken wird, nicht der Ort, an dem sie das furchtbare Zeug verkaufen.

Ich kann mich nicht erinnern, dass mir jemand in St. Paul's direkt gesagt hätte, dass ich mich von dem Laden fernhalten sollte. Ich fand es selbst heraus. Je mehr Tage ich hinter mir hatte, ohne einen Drink anzurühren, desto mehr wusste ich diesen neuen Zustand namens Nüchternheit zu schätzen. Alle diese Tage würden in dem Augenblick verschwinden, in dem ich einen Drink anrührte, und mit jedem neuen Tag war einer mehr von ihnen in Gefahr.

Deshalb fühlte ich mich zunehmend weniger wohl an meinem alten Tisch bei Jimmy, selbst wenn alles, was ich tat, war, dass ich einen Hamburger aß, ein Coke trank und die Zeitung las. Und dann hob ich eines Tages meine Kaffeetasse hoch und roch Bourbon. Ich brachte den Kaffee zurück an den Tresen und erinnerte Lucian daran, dass ich mit dem Trinken aufgehört hatte.

Er schwor, dass er keinen Whiskey hineingeschüttet hatte, selbst dann noch, als er mit der Tasse zum Spülbecken ging und sie ausschüttete. »Außer, wenn ich es unbewusst getan habe«, sagte er. »Und wenn das passiert ist, dann würde ich mich nicht daran erinnern, oder? Also fangen wir noch einmal von vorne an.« Ich sah ihm zu, wie er nach einer sauberen Tasse griff und aus der Kaffeekanne einschenkte, nahm die Tasse mit zu meinem Tisch und roch wieder Bourbon.

Ich wusste, dass der Kaffee in Ordnung war, ich hatte zugesehen, wie er ihn eingeschenkt hatte, aber ich wusste auch, dass ich ihn nicht trinken konnte. Und in den Stunden danach wurde ich mir klar, dass ich mich vom Armstrong's fernhalten musste. Eine oder zwei Wochen später berichtete ich Jim Faber davon und er nickte und sagte, dass er sich gedacht hatte, dass ich früher oder später zu diesem Schluss kommen würde. »Ich hatte nur gehofft, dass es sein würde, bevor du einen Drink anrührst«. sagte er.

Ich war noch einmal zurückgegangen, um mich zu vergewissern, dass ich meine Schulden bezahlt hatte, und Bescheid zu geben, dass man es in meinem Hotel versuchen konnte, wenn mich jemand suchte. Aber es war schon Monate her, seit ich zum letzten Mal über die Schwelle getreten war.

Zumindest war ich in der Lage, ohne Probleme am Eingang vorbeizulaufen. Bei einem Treffen hatte ich eine Frau gehört, die über ihre Verbundenheit mit einer bestimmten Kneipe in der Nähe ihres Büros sprach. Sie musste zweimal am Tag daran vorbeilaufen. Sie hatte versucht, die andere Straßenseite zu benutzen, aber das war nicht genug gewesen, der magnetischen Anziehungskraft völlig zu entgehen. »Also komme ich aus der U-Bahn und gehe einen Block in eine andere Richtung und dann noch einen, um zu meinem Büro zu kommen, und am Abend noch einmal das Gleiche. Das sind vier Blocks pro Tag, also was, dreihundert bis vierhundert Meter? Alles nur, um nicht in die Tür von K-Dee's hineingesaugt zu werden, was ich als nicht sehr wahrscheinlich betrachte, aber es ist mir egal. Und ich verbrenne ein paar Kalorien zusätzlich, was nur zu meinem Besten sein kann, oder etwa nicht?«

Ich verbrannte nicht viele Kalorien. Ich nahm den Aufzug hinunter in die Lobby, ging nach draußen auf die 57th Street, dann nach rechts und ein paar Häuser entlang bis zur 9th Avenue. Wieder rechts, und in der Mitte des Blocks befand sich Armstrong's.

Fühlte ich eine magnetische Anziehungskraft? Ich weiß es nicht. Vielleicht. Ich vermute, ich war gleichzeitig angezogen und abgestoßen, etwa zu gleichen Teilen.

Ich öffnete die Tür, ging hinein. Ein einziger Atemzug verriet mir, dass ich mich an einem Ort befand, an dem Leute Bier tranken und Zigaretten rauchten. Zwei Gedanken überfielen mich gleichzeitig – dass es schrecklich roch und dass es wie ein Zuhause roch.

Es waren etwa zehn Personen am Tresen, ich kannte die meisten von ihnen. Etwa ein Drittel der Tische war belegt. Keine größeren Gesellschaften, nur Gruppen von zwei oder drei Personen. Die Unterhaltungen waren leise genug, dass man die Musik hören konnte. Jimmy hatte die Jukebox kurz, nachdem er den Laden geöffnet hatte, entsorgt und ließ im Radio immer einen Sender laufen, der ausschließlich klassische Musik spielte.

Die Wände im Armstrong's stellen eine Sammlung von Nichtübereinstimmungen dar, wobei den Glanzpunkt ein Wapitihirschkopf an der hinteren Wand bildet. Direkt unter diesem saß ein untersetzter Kerl meines Alters, der mich durch eine Hornbrille im Buddy-Holly-Stil durch den Raum hinweg anblickte. Er trug einen Anzug und auf seinen Lippen zeichnete sich die Andeutung eines Lächelns ab. Er rauchte eine Zigarette. Dem Aschenbecher nach zu urteilen, war es nicht seine erste.

»›Lucille‹«, sagte er. »Sie kennen den Song, oder? Zum Teufel, jeder kennt ihn. Sie hat sich einen tollen Zeitpunkt ausgesucht, ihn zu verlassen, mit den vier Rotzlöffeln und dem erntereifen Getreide auf dem Feld. Also beschließt der Sänger, sie doch nicht zu vögeln, weil ihm ihr wehleidiger Ehemann leid tut. Würde in Wirklichkeit nie so laufen, nicht, wenn sie so gut aussieht, wie der Song behauptet. Setzen Sie sich, Herrgott nochmal. Was wollen Sie trinken?«

Die Kellnerin war mir neu, aschblond, groß und schlank. Sie erweckte den Eindruck, als wäre sie leicht zu verwirren, aber sie bekam unsere Bestellung richtig hin, brachte mir ein Glas Coca-Cola und Steffens noch einen Scotch. Er sagte: »Vann Steffens. Sie erinnern sich nicht an mich, oder?«

»Kennen wir uns?«

»Ehrlich gesagt«, sagte er, »ich weiß es nicht. Aber ich hab Sie in dem Augenblick erkannt, als Sie hereinkamen. Natürlich hab ich Sie erwartet. Wir waren ein paarmal am selben Ort zur selben Zeit, Sie und ich. Nicht an diesem Ort hier, aber an einem, der nicht allzu weit entfernt ist. Oder es war, bis er geschlossen wurde. Morrissey's, die Spätkneipe. Erinnern Sie sich?«

»Natürlich.«

»Sie haben einen Dienst an der Menschheit geleistet, die Brüder Morrissey. Haben dafür gesorgt, dass niemand verdursten musste, nur weil es vier Uhr morgens war. Ich war im Laufe der Jahre gelegentlich mal dort und hab Sie dort mindestens zweimal gesehen, vielleicht sogar öfter. Sie waren mit einem Typen namens Devoe dort, der einen Laden einen Block weiter hatte.«

»Skip Devoe. Seine Kneipe war Miss Kitty's.«

»Ein weiterer Laden, der dichtgemacht hat. Und ich denke, ich habe gehört, dass er gestorben ist. War in unserem Alter, oder? Woran ist er gestorben?«

»Akute Bauchspeicheldrüsenentzündung«, sagte ich, was tatsächlich das war, was auf Skips Totenschein gestanden hatte. Ich hatte mir immer gedacht, dass ihn eine Mischung aus Alkohol und Traurigkeit ins Grab gebracht hatte.

Steffens schüttelte den Kopf. »Was für eine Welt«, sagte er. »Sie und ich, wurden wir uns im Morrissey's jemals vorgestellt? Ich weiß es nicht. Ich war nie vor drei oder vier Uhr morgens dort, und zu diesem Zeitpunkt hatte ich schon immer einen in der Krone, also gibt es Dinge, die passiert sind, an die ich mich nicht erinnern kann, und Dinge, an die ich mich erinnere, die niemals passiert sind. Aber egal, als ich vor ein paar Tagen Ihren Namen gehört habe, wusste ich gleich, von wem die Rede ist.«

»Wie kam es dazu?«

»Ein Typ hat davon gesprochen«, sagte er, »dass Sie einen Typen namens Robert Williams suchen, dessen Frau vielleicht eine Affäre mit Jack Ellery gehabt hatte, der wiederum, soweit ich weiß, kürzlich ermordet wurde.« Er zündete sich eine Zigarette an, knüllt die leere Packung zusammen. »Sie rauchen nicht, oder?«

»Nein.«

»Und Sie sitzen hier mit einer Cola. Ich hab gehört, dass Sie mit dem Trinken aufgehört haben. Fühlen Sie sich unwohl, in so einem Laden wie dem hier?«

»Nein«, sagte ich. Das war nicht ganz die Wahrheit, aber ich war nicht der Ansicht, dass ich ihm die Wahrheit schuldig war. »Sie haben gesagt, dass Sie genauso heißen wie der Schmutzaufwühler.«

»Joseph Lincoln Steffens, hat als Autor auf *Joseph* verzichtet. Hat *The Shame of the Cities* über Korruption in Stadtverwaltungen geschrieben. Hat damit für ihr Ende gesorgt, wie Sie vielleicht schon festgestellt haben.« Er grinste, zog an seiner Zigarette. »Aber am berühmtesten ist er für das, was er geschrieben hat, nachdem er von einer Reise in die Sowjetunion zurückkam. ›Ich habe die Zukunft gesehen und sie funktioniert.‹ Nur, dass jeder die Zeile leicht missverstanden hat, weil er geschrieben hat, dass er in der Zukunft war, nicht, dass er sie gesehen hat. Und er hat seine Meinung über sie sowieso geändert, entschieden, dass es nicht die Zukunft war und es auch nicht funktionierte. Was mal wieder beweist, dass man vorsichtig mit dem sein sollte, was man sagt, denn die Leute werden einem einfach das Wort im Munde herumdrehen und diese Worte dann noch lange, nachdem man aufgehört hat, selbst an sie zu glauben, zitieren.«

»Interessant.«

»Sie sind höflich, Matt. Ich weiß genug über ihn, um andere damit zu Tode zu langweilen, aber das kommt davon, wenn man mit jemandem den Namen teilt. Und nein, wir sind nicht verwandt. Der Name meiner Familie wurde vor ein oder zwei Generationen geändert, es war ursprünglich Steffansson, wie der Polarforscher, und nein, mit dem bin ich auch nicht verwandt.«

»Und Ihr erster Vorname ist Vann?«

»Evander«, sagte er. »Aber dafür habe ich meiner Mutter vergeben, Gott sei ihrer Seele gnädig. Ich hab es zu Van abgekürzt und dann noch ein zusätzliches *N* drangehängt, weil die Leute sonst dachten, dass das zu meinem Nachnamen gehört, Van Steffens, so wie Van Dyke und Van Rensselaer.«

»Und mit denen sind Sie auch nicht verwandt.«

»Sie erkennen das Muster, was?« Er klopfte sich auf die Brusttasche, erinnerte sich, dass er gerade die Packung aufgebraucht hatte. »Ich brauche eine Zigarette«, verkündete er. »Wo ist der Automat?«

Ich schüttelte den Kopf. »Es gibt keinen. Nebenan ist ein kleiner Lebensmittelmarkt, der Pioneer. Die verkaufen Zigaretten.«

»Und hier verkaufen sie keine? Warum zum Teufel nicht?«

»Jimmy hat was gegen das Rauchen.«

»Es gibt auf jedem Tisch einen Aschenbecher. Die Hälfte der Leute hier raucht.«

»Er will es nicht verbieten. Er will nur nicht dazu ermutigen.«

»Herrgott! Gleich nebenan?«

»Aus der Tür und links.«

»Herrgott! Nur gut, dass er nichts gegen das Trinken hat. Der Laden hätte große Schwierigkeiten, über die Runden zu kommen.«

Kapitel 20

Während er weg war, kam die Kellnerin und leerte den Aschenbecher. Ich dachte an die Brüder Morrissey und die Spätkneipe, die sie besessen und betrieben hatten, ein Stockwerk über einem irischen Off-Broadway-Theater. Ich dachte an Skip Devoe, ich dachte an Jack Ellery und ich dachte an Scotch und die schmelzenden Eiswürfel in Vann Steffens' Glas.

Es gab ein Münztelefon am anderen Ende des Tresens. Gerade, als ich dort hinblickte, hängte ein Typ mit Kinnbart und Bürstenhaarschnitt ein, prüfte, ob er seinen Vierteldollar zurückbekommen hatte, und machte sich auf den Weg zur Toilette.

Ich rief meinen Sponsor an. »Ich bin in einer Kneipe«, sagte ich, »um mich mit einem Informanten zu treffen. Zumindest hoffe ich, dass er sich als solcher entpuppt. Ich wollte nicht herkommen, aber ich hatte das Gefühl, dass ich es musste.«

»Und du bist in Ordnung?«

»Ich trinke ein Coke. Er hat den Tisch verlassen und sein Scotch steht da. Deshalb hab ich mir gedacht, ich könnte einen Vierteldollar ausgeben, um dich aufzuwecken.«

»Ich war wach. Was hältst du von dem Scotch?«

»Er hat angefangen, mich durcheinander zu bringen«, sagte ich. »Ich bin im Armstrong's.«

»Ah.«

»Und das Gespräch kam auf die alten Zeiten. Ich hab den Kerl noch nie zuvor getroffen, aber ich vermute, wir haben uns in denselben Kreisen bewegt.«

Durch das Fenster sah ich, wie Steffens aus dem Lebensmittelmarkt kam. Er blieb auf dem Bürgersteig stehen, um seine Packung Luckies zu öffnen. »Er kommt zurück«, sagte ich Jim. »Ich werde jetzt auflegen. Ich bin in Ordnung, ich dachte nur, ich sollte dich anrufen.«

»Und du hast jede Menge Münzen.«

»Immer«, sagte ich.

• • •

»Bester Platz in dem Laden«, sagte Steffens. »Wissen Sie, warum?«

»Ich wette, Sie werden es mir sagen.«

»Irgendwo anders, und man starrt den verdammten Elch an. Wenn man genau unter ihm sitzt, muss man ihn nicht anblicken.«

»Ich denke, es ist ein Wapiti.«

»Da lag ich wohl falsch. Und weil wir uns gerade gegenseitig korrigieren, es ist nicht der Pioneer. Es ist der Pio-*meer*. Die Idioten haben es falsch geschrieben.«

»Er war mal Teil einer Kette. Dann endete die Zugehörigkeit und sie mussten den Namen ändern.«

»Also haben sie einen Buchstaben geändert.«

»War billiger so, vermute ich. Jeder nennt es noch immer Pioneer.«

»*Pioneer* mit einem *M*, *Saloon* ohne *A* und ein verqualmter Raum, in dem sie einem keine Zigaretten verkaufen. Sind Sie mit Ihrem Coke glücklich?«

»Kann nicht klagen. Sie haben begonnen, mir von Mr. Williams und seiner Frau zu erzählen.«

»Das habe ich, aber da gibt es eigentlich nicht viel zu erzählen. Ich hab Ihnen bereits gesagt, dass sie Lucille hieß. Eine gutaussehende Frau und das, was man wohl als sehr freigebig mit ihren Gefälligkeiten bezeichnet. Ich hatte selbst mal an einem Abend das Glück, und auch wenn es nie wieder passiert ist, bedeutet das nicht, dass ich sie nicht in liebevoller Erinnerung habe. So viel kann ich sagen, ich hab mir nie Sorgen gemacht, dass ihr Alter mich deswegen umbringen wird.«

»Dabei handelt es sich um Robert Williams, aber ich denke, Sie haben ihn Bobby genannt.«

»Das habe ich, aber da es ebenso viele Bobby Williams und Bob Williams wie Robert Williams gibt, haben ich und so ziemlich alle anderen ihn Scooter genannt.«

»Scooter Williams.«

»Weil er eines von diesen Dingern gehabt hat, wie ein Motorrad, nur kleiner.«

»Einen Scooter.«

»Nun, ja, offensichtlich, aber es ging mir um die Marke. Eine Vespa? Ich denke, das war es. Also hätte man ihn Vespa Williams nennen können, was aber keiner tat. Scooter. Ich denke nicht, dass er das Ding allzu lange hatte. Ist lang genug damit herumgefahren, um einen Spitznamen zu bekommen, dann hat er es verkauft oder es wurde ihm gestohlen.«

Scooter kam ursprünglich aus dem Mittleren Westen und hatte die NYU abgebrochen. Hatte eine billige Wohnung in einem schlechten Block in der Lower East Side bezogen, Lucille getroffen und sie geheiratet. Er verbrachte seine Tage damit, jede Menge Gras zu rauchen und genug davon zu verkaufen, dass er sich das, was er rauchte, leisten konnte. Ab und zu arbeitete er für Umzugsfirmen, ab und zu fuhr er ein illegales Taxi und erledigte kleinere Arbeiten für den Demokraten-Club des Viertels.

»Hört sich an, wie der, den Sie suchen«, sagte Steffens. »Die Frau, außerdem kannte er den Dings.«

»Jack Ellery.«

»Mhm. Ellery hat ab und zu für einige der Umzugsfirmen gearbeitet. Lustige Geschichte – er würde jemandem beim Umziehen helfen und ein oder zwei Wochen später wurde bei denen eingebrochen und all ihr gutes Zeug verschwand.«

»Und Sie kannten Ellery?«

»Ich wusste, wer er war, kannte ihn gut genug, um ihn zu grüßen. Damit hatte es sich.«

»Und Sie arbeiten bei einer Zeitung?«

»Wie kommen Sie auf diese Idee?«

»Ich weiß nicht. Ich muss mir gedacht haben, dass Sie in die Fußstapfen Ihres berühmten Nicht-Vorfahren getreten sind.«

»Dreck aufwühlen«, sagte er. »Zum Teufel, ich stehe auf der anderen Seite. Ich wühle den Dreck nicht auf, ich produziere ihn. *The Shame of the Cities*. Das bin ich, Matt. Ich bin in der Lokalpolitik auf der anderen Seite des Flusses. Wenn man die kommunale Korruption ausrotten würde, müsste ich mir eine anständige Arbeit suchen.«

Er zog ein schmales Kartenetui aus schwarzem Kalbsleder aus der Tasche, gab mir eine Karte. *Vann Steffens*, las ich. *Ihr Freund in Jersey City*. Keine Adresse, aber eine Telefonnummer mit 201er-Vorwahl.

»Jeder braucht einen Freund«, sagte er. »Vor allem in Jersey City. Haben Sie eine Karte?«

Mein Sponsor ist Akzidenzdrucker, weshalb es mir nie an Visitenkarten mangelt. Ich zog eine für ihn hervor.

»Und ich hab gedacht, meine ist minimalistisch«, sagte er. »Nichts außer Ihrem Namen und Ihrer Nummer, und das hatte ich beides schon.« Er steckte die Karte ein. »Aber ich werde sie behalten. Wenn einem jemand seine Karte gibt, behält man sie. Wären ja schlechte Manieren, es nicht zu tun. Aber warten Sie einen Moment, geben Sie mir meine Karte zurück, ja?«

Ich tat es. Er nahm die Kappe von einem Füller und schrieb in winzigen Großbuchstaben SCOOTER WILLIAMS auf die Rückseite der Karte. Dann konsultierte er ein kleines Notizbuch und fügte eine Adresse und eine Telefonnummer hinzu. Das Notizbuch war in schwarzes Kalbsleder gebunden und passte zum Kartenetui.

»Bitte schön«, sagte er. »Wenn Sie ihn treffen, wird es keine zehn Minuten dauern, bis Sie ausgeschlossen haben, dass er es war.«

Ich dankte ihm, warf einen Blick auf das, was er geschrieben hatte. Die Adresse war in der Ludlow Street, also hatte Scooter noch immer seine billige Wohnung in einer schlechten Gegend. Ich blickte Steffens an und fragte mich, was er als Gegenleistung erwartete.

Er beantwortete die Frage, bevor ich sie stellen konnte. »Sie können meine Getränke bezahlen«, sagte er, »damit geht das für mich in Ordnung. Ich bin Teil der politischen Maschine im gottverdammten New Jersey, verflucht noch mal. Leuten Gefallen zu tun, ist Teil meiner Stellenbeschreibung, gleich nach dem Vollstopfen am öffentlichen Trog. Eines schönen Tages werden Sie sich mit einem Gefallen revanchieren.«

»Ich weiß nicht, was das sein könnte, Vann. Man wird mich in Jersey City nicht wählen lassen.«

Er lachte. »Seien Sie sich da nicht so sicher, mein Freund. Wenn Sie mich am Wahltag besuchen kommen, garantiere ich Ihnen, dass Sie in jedem Bezirk mindestens eine Stimme abgeben können. Ich sag Ihnen was. Ich werde mir noch einen Drink auf Ihre Kosten genehmigen und Sie erzählen mir, warum es Ihnen so wichtig ist, wer Jack Ellery zwei Kugeln verpasst hat.«

Ich erzählte ihm mehr, als ich beabsichtigt hatte. Er war ein guter Zuhörer, nickte an den richtigen Stellen, hielt die Sache mit einer Frage hier und einer Beobachtung da am Laufen. Er hatte am Anfang wie ein Wichtigtuer gewirkt, aber ich wurde im Laufe der Stunde oder so, die wir miteinander verbrachten, mit ihm warm. Vielleicht wurde sein Auftreten milder, als er weniger das Be-dürfnis spürte, mich zu beeindrucken. Vielleicht entspannte ich mich mehr im Armstrong's – was ein gutes Zeichen sein konnte oder auch nicht.

Ich beglich die Rechnung und auf dem Weg nach draußen fiel mir etwas ein. »Sie wissen alles«, sagte ich. »Vielleicht wissen Sie auch das.«

»Wenn es um die Hauptstadt eines Bundesstaats geht, vergessen Sie es. Ich bin mies bei Hauptstädten.«

»High-Low Jack«, sagte ich. »Wissen Sie vielleicht, warum er so genannt wurde?«

»Ich wusste nicht mal, *dass* man ihn so genannt hat. High-Low Jack? Das ist mir neu.«

»Ist nicht wichtig«, sagte ich. »Ich dachte nur, dass Sie es vielleicht wüss-ten.«

»Verdammt, ich hasse es, einen neuen Freund zu enttäuschen.« Er schnipp-te mit den Fingern. »Wissen Sie was, vielleicht weiß ich es doch. Ich wette, es war, weil Scooter schon vergeben war.«

Kapitel 21

»Hey, Mann!« Ein breites Lächeln, das Zähne offenbarte, die schon seit längerer Zeit kein Zahnarzt mehr gesehen hatte. »Sie sind der Typ, der angerufen hat, richtig? Sie haben mir Ihren Namen genannt, was aber nicht bedeutet, dass ich mich daran erinnern kann.«

»Matthew Scudder.«

»Genau. Nun, kommen Sie herein, Matthew. Entschuldigen Sie, wie es hier aussieht. Die Putzfrau kommt morgen früh.«

Auf einem Sessel mit Blumenmuster türmten sich Zeitschriften. Er hob sie auf und bedeutete mir, mich an ihre Stelle zu setzen. Er stapelte die Zeitschriften auf einen niedrigen Tisch, der aus einer Tür gefertigt worden war, und zog für sich selbst einen Klappstuhl heran.

»Das mit der Putzfrau war natürlich nur ein Witz«, sagte er. »Hier bin ich das, was einer Haushaltshilfe am nächsten kommt. Die gute Nachricht ist, dass ich nicht allzu teuer bin.«

Die Wohnung war nicht wirklich verdreckt und als Unterkunft eines Kiffers in der Lower East Side gehörte sie wahrscheinlich zu den besseren in dieser Kategorie. Soweit ich es sagen konnte, war sie unter dem Durcheinander sauber genug.

Ich hatte ihn am Morgen nach meinem spätabendlichen Treffen mit Vann Steffens angerufen. Bevor ich die Nummer gewählt hatte, hatte ich im Telefonbuch nachgeschlagen, und da war er, Williams, Robt. P., mit derselben Nummer und derselben Adresse in der Ludlow Street, die ich von Vann bekommen hatte. Er hätte sich das akkurate Niederschreiben sparen und mir sagen können, dass ich im Telefonbuch nachsehen soll, aber er hatte gesagt, dass Gefallen seine Ware waren, und der hier war leicht auszuführen gewesen.

Das Telefon klingelte ein paar Mal. Als Williams sich meldete, war er außer Atem, als hätte er sich beeilt, abzuheben, bevor der Anrufbeantworter ranging. Ich nannte meinen Namen und sagte, dass ich gerne mit ihm über Jack Ellery sprechen würde. Er wiederholte Jacks Namen mehrmals, dann sagte er: »Oh Scheiße, ich hab davon gehört. Furchtbare Geschichte, was? Zuerst hab ich gehört, dass er sich selbst umgebracht hat, aber das hat keinen Sinn ergeben. Ich meine, Leute tun es die ganze Zeit, und es ergibt niemals Sinn, aber er war nicht der Typ dafür. Haben Sie ihn gekannt, Mann?«

»Vor langer Zeit.«

»Ja, ich auch. Aber was ich als Nächstes gehört hab, war, dass ihn jemand ermordet hat, und *das* ergab auch keinen Sinn, denn warum zum Teufel würde jemand Jack ermorden wollen? Wie wurde er umgebracht, erschossen?«

Ich sagte, das sei passiert, und er meinte, dass ihm genau das jemand gesagt hatte, und es wäre erstaunlich, einfach erstaunlich. Ich fragte, ob ich vorbeikommen und mit ihm reden könne, und er antwortete, klar, warum nicht, er wäre den ganzen Tag über zu Hause. Wann würde ich vorbeikommen wollen? Irgendwann am Nachmittag?

Ich frühstückte zuerst, dann ging ich zu einem Mittagstreffen der Fireside-Gruppe. Anschließend nahm ich die Linie F bis zu ihrer letzten Station in Manhattan. Ich hatte zuvor einen Stadtplan studiert und war deshalb in der Lage, direkt zur Ludlow Street zu gehen. Um halb drei saß ich in diesem Sessel. Die Armlehnen waren abgenutzt und die Federn waren hinüber, aber ich fand darauf genau so bequem Platz, wie es die Zeitschriften getan hatten.

Die Küchengerüche in den Korridoren und im Treppenhaus des Gebäudes waren eine Mischung aus lateinamerikanisch und asiatisch gewesen, aber der Geruch in Scooter Williams' Wohnung war vor allem pflanzlich. In diesen drei kleinen Räumen war eine Menge Marihuana geraucht worden, und der Duft war in die Wände und Holzdielen eingedrungen, ebenso wie es sich des Lebens des Bewohners bemächtigt und es dauerhaft in Wartstellung gebracht hatte.

Er musste etwa Mitte vierzig sein, schaffte es aber, gleichzeitig älter und jünger auszusehen. Sein dichtes, dunkelbraunes Haar war wirr und sah aus, als hätte er es womöglich selbst geschnitten. Er hatte einen herabhängenden Oberlippenbart, der ungleichmäßig lang war, und seine letzte Rasur lag schon ein paar Tage zurück.

Er trug ein kastanienbraunes, einfarbiges Sportshirt mit langen Ärmeln und langen Kragenspitzen, darüber eine dieser Khakiwesten mit zwanzig Taschen. Ich denke, man nennt sie Fotografenwesten, aber wie sich irgendjemand daran erinnern könnte, in welche Tasche er den Film gesteckt hatte, war mir schleierhaft. Seine Bluejeans hatte Schlag, was man nicht mehr allzu häufig sah; sie war am Umschlag ausgefranst und an den Knien durchgewetzt.

Er redete eine Zeitlang über etwas, das er im Fernsehen gesehen hatte, eine Science-Fiction-Sendung, die ihn von einem philosophischen Standpunkt aus beeindruckt hatte. Ich hörte nicht allzu genau hin, ließ ihn schwafeln und schaltete mich wieder ein, als er Jacks Namen erwähnte.

»Aus heiterem Himmel«, sagte er. »Hatte seit Jahren nichts mehr von ihm gehört, hatte seit Jahren nicht mehr an ihn *gedacht*, da klingelt das Telefon und Jack ist dran. Ob er vorbeikommen kann? Ja, klar. Ich hab immer noch dieselbe Wohnung. Ich bin hier seit, Mann, seit ich die Uni geschmissen habe. Bin eingezogen und niemals ausgezogen. Können Sie glauben, dass es schon mehr als zwanzig Jahre sind?«

»Und er ist vorbeigekommen?«

»Ein paar Stunden, nachdem er angerufen hatte, hat es geklingelt und er war's. Wissen Sie, was ich mir gedacht hab? Kommen Sie drauf? Ich dachte, er will etwas kaufen.«

»Sie meinen–«

»Kraut«, sagte er. »Macht mich fertig, wenn die Leute es als Einstiegsdroge bezeichnen. Mann, ich bin niemals über den Einstieg hinausgekommen. Hab im September die NYU angefangen und bevor der Monat zu Ende war, hatte mich mein Mitbewohner mit etwas, das wahrscheinlich ein ziemlich lahmer Joint war, angetörnt. Aber ich hab einen tiefen Zug genommen, und wissen Sie, was passiert ist?«

»Was?«

»Absolut nichts. Ich hab das ganze Ding geraucht und nichts, null, gar nichts. Aber ich fühlte mich ein kleines bisschen hungrig, wissen Sie, also hab ich dieses Glas Erdnussbutter von meinem Schreibtisch geholt und angefangen, davon mit einem Löffel zu essen. Und es hat absolut erstaunlich geschmeckt, so als würde ich plötzlich all die Feinheiten von Erdnussbutter wahrnehmen, die total mystische Dimension ihres Geschmacks, und da dämmert es mir, dass ich völlig zugedröhnt bin.«

Er hatte das ganze Glas mit Erdnussbutter aufgegessen und lange, bevor er damit fertig gewesen war, hatte er gewusst, was er mit seinem Leben anfangen wollte. Er wollte es damit verbringen, sich genau so zu fühlen wie zu diesem Zeitpunkt.

»Eine Zeitlang«, sagte er, »versucht man, immer noch zugedröhnter zu werden, aber irgendwann durchschaut man, dass das einfach vergeblich ist. Und man muss nicht immer noch mehr Dröhnung haben. Wenn man high ist, ist man high genug, wissen Sie?«

Er hatte nie Interesse an anderen Drogen gehabt – Aufputschmitteln, Beruhigungsmitteln, psychedelischen Drogen. Einmal hatte er Pilze probiert, einmal Mescalin, zweimal LSD, nur um zu wissen, was es damit auf sich hatte, aber soweit es ihn betraf, ging nichts über gutes Cannabis. Er rauchte jeden Tag und er verkaufte genug davon, dass es ihn nichts kostete und er vielleicht noch ein paar Dollar Gewinn machte.

»Wurde niemals geschnappt«, sagte er, »was wahrscheinlich ein Rekord ist oder nahe dran. Aber ich verkaufe nur an Leute, die ich kenne, und die Cops hier in der Gegend kennen mich und wissen, was ich tue. Sie wissen, dass ich niemandem schade und keine großen Mengen umsetze. Also lassen sie mich in Ruhe. Ich komme immer durch, ich bleibe immer high, und das klingt irgendwie wie ein Songtext, finden Sie nicht auch?«

»Aber Jack wollte nichts kaufen«, sagte ich.

»Oh, Mann. Wir sind vom Thema abgekommen, was? Nein, er wollte nichts kaufen. Ich hab's ihm angeboten, gefragt, ob er was probieren will. Aber bevor ich den Satz beenden konnte, hat er mir erzählt, dass er Alkoholiker ist, nur dass er nicht trinkt, und das bedeutet, dass er gar nichts darf. Cannabis, Pillen, absolut nichts. Falls es irgendetwas Gutes im Kopf anstellt, darf er es nicht nehmen. Ich konnte zuerst nicht verstehen, warum, aber er hat es so formuliert, dass ich es geschnallt habe.«

»›Du kannst nicht gleichzeitig high und nüchtern sein‹«, sagte ich.

»Das ist es! Das waren seine Worte, und als er es so formuliert hat, hab ich es gerafft. Also hab ich ihm nichts angeboten außer Orangenlimo, was ich Ihnen auch anbieten wollte, denn ich vermute, Sie und er gehören zum selben Club. Ich werde eine trinken, wollen Sie auch eine?«

Wir tranken unsere Orangenlimonade aus der Dose. Ich konnte mich nicht erinnern, wann ich zum letzten Mal eine getrunken hatte, und entschied, dass ich durchaus bereit war, bis zum nächsten Mal noch einmal so lange zu warten.

»Sie sind Orangenlimotrinker, also wissen Sie, weshalb er zu mir kam.«

»Ich denke, ja.«

»Wiedergutmachung, so hat er es genannt. Er ging sein Leben durch, versuchte, alles Schlechte, das er jemals getan hatte, ins Reine zu bringen. Tun Sie das auch?«

»Noch nicht.«

»Mann, ich war nie ein Trinker, müssen Sie wissen. An dem Tag, an dem ich meinen Abschluss an der Penbroke High gemacht hab, bin ich auf alle Partys gegangen und kam stockbesoffen nach Hause. Bin angezogen aufs Bett gefallen und das Zimmer hat angefangen, sich zu drehen. Hab mich über die Bettkannte gebeugt, auf den Teppich gekotzt und das Bewusstsein verloren. Als ich aufgewacht bin, hab ich mir geschworen, es nie wieder zu tun, und ich hab den Schwur eingehalten.«

Bis er zu den letzten sechs Wörtern kam, war seine Geschichte eine, die ich unzählige Male gehört hatte.

»Wiedergutmachung«, sagte er in einem Tonfall, der an Verwunderung grenzte. »Was hatte er mir jemals angetan, das er wiedergutmachen musste? Jack und ich, wir hatten damals ein paar Jahre lang Kontakt. Arbeiteten gemeinsam bei ein paar Umzügen, rauchten gemeinsam ein bisschen Cannabis, hingen zusammen herum. Nur eine Sache kam mir in den Sinn: Er hatte versucht, mich zu überreden, ihm Tipps zu geben, bei welchen Leuten was zu holen war. Wissen Sie, Leute, deren Umzug ich erledigt hatte und die gutes Zeug hatten. Ich würde einen Anteil von dem bekommen, was ihm ein Einbruch dort einbrachte.«

»Aber Sie waren nicht interessiert.«

»Niemals, Mann!« Er schüttelte den Kopf. »Okay, das Sozialamt übers Ohr hauen, einen Scheck bekommen, der mir nicht zusteht? In Klein's reinspazieren und ein paar Socken und ein Hemd klauen? Klar, warum nicht? Ich bin kein Heiliger, hab nichts gegen sowas. Aber von Menschen stehlen? Menschen, die ich kannte, die mich dafür bezahlten, dass ich mich um ihr Zeug kümmerte, die mir ein Trinkgeld gaben? Nichts für mich.« Er nahm einen langen Schluck von seiner Limonade. »Aber was hat das mit Wiedergutmachung zu tun? Ich hab die Sache damals klipp und klar abgelehnt. War nicht einmal in Versuchung. Hab den Mann deshalb nicht verurteilt, ihm nur gesagt, nein, nichts für mich. Tatsächlich–«

»Was?«

»Nun, wenn ich jetzt darüber nachdenke, vielleicht war ich derjenige, der *ihm* eine Wiedergutmachung schuldete. Denn was ich getan habe, ich hab ein paar der Umzugsfirmen, für die ich gearbeitet hab, wissen lassen, dass sie ihn nicht mehr anheuern sollten. Hab nicht gesagt, warum. Nur, dass er nicht der Zuverlässigste ist, dass er sich nicht in die Riemen legt. Dass er es langsam angehen lässt, etwas in der Art. Nichts, wodurch er auf die schwarze Liste kommen oder einen schlechten Ruf erhalten würde, nur so viel, dass er der Letzte war, den sie anheuerten. Ich war sein Freund und hab verhindert, dass er Arbeit bekam, also vielleicht …«

Er verstummte und ich konnte sehen, wie ihn die Frage in seinem Inneren beschäftigte. Es schien, als würde er fähig sein, die nächste Stunde mit ihren philosophischen Implikationen zu verbringen.

Ich sagte: »Aber das war nicht das, was er im Sinn hatte.«

»Oh«, sagte er. »Nein, nichts dieser Art. Es war Luce.«

»Wie bitte?«

»Luce. Lucille, Mann. Meine Alte.« Er blickte zur Seite, lächelte, als er sich erinnerte. »Das war damals, vor Jahren. Jetzt ist sie nicht mehr meine Alte. Hat seit ihr ein paar andere gegeben. Meine Erfahrung ist, dass sie dazu neigen, zu kommen und zu gehen. Wissen Sie, was witzig ist?«

»Was?«

»Sie sind immer etwa im gleichen Alter. Diejenigen, die einziehen, meine ich. Eine Schnecke, die für, sagen wir, fünfzehn Minuten Teil meines Lebens ist, die könnte jedes Alter haben. Aber diejenigen, die einziehen, ihre Schuhe unter dem Bett parken, die sind immer vierundzwanzig oder fünfundzwanzig. Als ich neunzehn war, hatte ich eine Alte, die sechs Jahre älter war als ich, und jetzt bin ich, was, siebenundvierzig? Und die letzte Alte, die ich hatte, ist vor einem Jahr ausgezogen, *die* war zwanzig Jahre jünger als ich. Mann, *Das Bildnis des Dorian Gray*. Schnallen Sie das?« Er runzelte die Stirn. »Nur, dass es nicht wirklich Dorian Gray ist, aber Sie verstehen, worauf ich hinaus will, oder?«

»Lucille«, sagte ich.

»Oh, richtig. Mann, die war erste Sahne. Durchgeknallt, aber süß. Hatte eine beschissene Kindheit.« Er bewegte die Hand, um die Vergangenheit zu verscheuchen. »Jack kommt hierher, beichtet mir, dass er sie gevögelt hat. Dass er und Lucille es getrieben haben wie, ich weiß nicht, Nerze? Mann, er denkt, dass er *deshalb* bei mir Wiedergutmachung leisten muss?«

»Sie hatten es gewusst?«

»Ich bin davon ausgegangen, Mann. Lucille, die hat mit jedem gevögelt. Es hat nicht länger als ein paar Monate gedauert, bis wir diese ganze Treue-Nummer hinter uns gelassen hatten. Wir gingen auf ein paar Partys, bei denen es jeder mit so ziemlich jedem getrieben hat, der gerade zur Hand war. Mann, nachdem du mitangesehen hast, wie deine Alte von einem Fremden gebumst wird, gewöhnst du dir entweder die Eifersucht ab oder du packst ihre Sachen in eine Kiste und stellst sie an den Straßenrand. Ich hab ihm gesagt, Jack, wenn du deshalb nachts nicht schlafen kannst, Mann, lass es auf sich beruhen. ›Aber du warst mein Freund und ich hab dich betrogen.‹ Weil du Lucille gevögelt hast? Wenn du dafür Wiedergutmachung leisten willst, stell dich in die Schlange, und es ist eine sehr lange Schlange.«

»War da nicht etwas mit einem Kind?«

»Oh, richtig. Er dachte, er hätte sie geschwängert. Nun, jemand hat es getan. Sie war ein paarmal schwanger, während wir zusammen waren. Beim ersten Mal hatte sie eine Abtreibung und beim zweiten Mal hat sie zu lange gewartet und dann entschieden, dass sie das Baby bekommen würde. Dann hatte sie eine Fehlgeburt, was irgendwie gleichzeitig eine gute und schlechte Nachricht war, wissen Sie? Er blickte wieder zur Seite. »Da fragt man sich.«

»Ja?«

»Nehmen wir an, sie hätte das Kind bekommen. Ich meine, wären wir dann zusammengeblieben? Sie hätte Drillinge bekommen können und wir hätten uns trotzdem getrennt, wenn der Zeitpunkt gekommen war. Man kann anfangen zu denken, oh, wir bekommen ein Kind, ich werde für IBM arbeiten, wir ziehen in ein Terrassenhaus in Tarrytown, aber das wird alles nicht passieren. Wenn sie ein Kind bekommen hätte, hätte das nur bedeutet, dass sie eine Sache mehr zu tragen gehabt hätte, als sie abgezogen ist. Oder sie hätte das Kind bei mir zurückgelassen, und was hätte ich dann tun sollen? Es einwickeln und vor eine Klostertür legen?«

Ich hatte plötzlich ein ungewolltes Bild vor Augen: meine Söhne, Mike und Andy, wie sie vor einem verschlossenen eisernen Tor standen und darauf warteten, von den Kleinen Schwestern der Armen aufgenommen zu werden. Ich atmete tief ein und blinzelte das Bild weg.

»Ich frage mich, wo sie jetzt ist«, sagte er gerade. »Das Letzte, was ich gehört hab, war, dass sie in San Francisco ist. Sie könnte mittlerweile ein oder zwei Kinder haben. Allerdings nicht von mir. Und auch nicht von Jack.« Er hatte wieder diesen abwesenden Blick. »Es kann sein, dass ich irgendwo da draußen ein Kind habe. Das ich mit einer anderen hatte, von dem ich nie erfahren habe.«

Kapitel 22

»Dann sieht es so aus, als ob wir durch wären«, sagte Greg Stillman. »Sie sind alle frei von jedem Verdacht.«

»Sie hören sich enttäuscht an.«

»Nicht wirklich. Ich hatte ein Problem und das ist jetzt gelöst. Ich bin Ihnen dankbar, dass Sie es gelöst haben. Aber–«

»Aber es fühlt sich nicht abgeschlossen an. Unvollendet.«

»Ja, natürlich. Wie fühlen Sie sich, Matt? Sie sind derjenige, der da draußen die Arbeit getan hat. Alles, was ich getan habe, war, die Zeche zu übernehmen.«

Und alles, was ich getan hatte, war, so tun, als ob. Ich befand mich in meinem Hotelzimmer mit einer Tasse Kaffee aus dem Deli unten, blickte über die Dächer auf ein paar erleuchtete Büros weit unten Richtung Downtown. Ich hatte beschlossen, meinen Abschlussbericht telefonisch abzuliefern. Es gab keinen wirklichen Grund, in einem weiteren Café herumzusitzen, während ich meinem Klienten sagte, dass uns die Verdächtigen ausgegangen waren.

»Ich fühle mich okay«, sagte ich. »Mir wäre lieber, wenn es mir gelungen wäre, den Fall zu lösen, aber das ist nicht, wofür Sie mich angeheuert haben. Und das ist sowieso die Aufgabe der Polizei.«

»Aber die werden nichts tun.«

»Das wissen wir nicht. Die Akte wird offen sein, und wenn sie neue Informationen erhalten, werden sie sie in die Hand nehmen und daran arbeiten. Greg, Sie wollten sichergehen, dass Sie denen nichts vorenthalten. Nun, Sie tun es nicht. Wer auch immer Ihren Schützling getötet hat, es war keiner von den fünf Männern auf seiner Liste für den achten Schritt.«

»Der Mann, der im Gefängnis sitzt–«

»Piper MacLeish.«

»Offensichtlich kann er es nicht getan haben. Außer, man bekommt an Wochenenden Ausgang, damit man alte Rechnungen begleichen kann. Aber hätte er nicht jemanden draußen damit beauftragen können?«

»Dann hätte er zuerst davon erfahren müssen. Es gibt keinen Hinweis darauf, dass Jack ihn jemals besucht oder ihm zumindest geschrieben hat. Und aus emotionaler Sicht ergibt es auch wenig Sinn.«

»Was meinen Sie damit?«

»Nehmen wir an, Sie sitzen im Gefängnis, verbüßen eine lange Strafe für etwas, dass Sie getan haben. ›Hi, erinnerst du dich an mich? Hör zu, ich will mich entschuldigen, weil ich es war, der dich verpfiffen hat, und du wärst nicht im Knast gelandet, wenn ich nicht gewesen wäre.‹«

»Was für eine wunderbare Erklärung für den neunten Schritt.«

»Nun, vielleicht hätte er es anders formuliert, aber das wäre der Grundgedanke gewesen. Und was wäre die Reaktion von MacLeish? ›Der Hurensohn, er hat mir das angetan. Ich werde einen Gefallen einfordern und ihn umbringen lassen.‹ Nein, wir haben Piper bereits von der Liste gestrichen, und ich denke, wir können es dabei belassen.«

»Ich bin mir sicher, dass Sie Recht haben.«

»Ich war viele Jahre lang ein Cop«, sagte ich, »und ich war nicht das NYPD-Äquivalent eines Schritte-Nazis. Ich hab gelernt, wie man über Dinge hinwegsieht, und manchmal hab ich finanziell davon profitiert, wenn ich über etwas hinweggesehen habe. Aber Mord war immer etwas anderes. Wenn jemand umgebracht wurde und der Fall auf meinem Schreibtisch landete, wollte ich ihn lösen.

Das hat nicht unbedingt bedeutet, dass jemand dafür in den Knast gehen musste. Das war zwar das Ziel, aber es ließ sich nicht immer verwirklichen. Manchmal wusste ich, wer es getan hatte, aber ich hatte keine Beweise, die vor Gericht standhalten würden. Ich hatte jedoch getan, was ich konnte, und der Fall war gelöst, also war meine Arbeit erledigt.«

»Und in diesem Fall?«

»Meine Arbeit ist erledigt«, sagte ich, »obwohl der Fall nicht gelöst ist. Also fühlt es sich für mich unvollkommen an und, ja, vielleicht auch etwas enttäuschend. Aber das bedeutet nicht, dass ich nicht davon ablassen kann. Und ich werde. Ich hab es schon so gut wie getan.«

Er schwieg einen Moment lang. Dann sagte er: »Vielleicht ist es nur mein Ego.«

»Weil ein perfektes Wesen wie Sie in der Lage sein sollte, etwas zu tun?«

»Das ist ein Teil davon, Matt. Der andere Teil ist eine weitere Bestätigung, dass ich nicht wirklich das Stück Scheiße bin, um das sich die Welt dreht. Erinnern Sie sich an das, was ich Ihnen gesagt habe? Dass ich dafür gesorgt habe, dass er umgebracht wurde, dass ich ihn zum achten und neunten Schritt getrieben habe und dass das der Grund ist, weshalb er ermordet wurde? Nun muss ich vermuten, dass er es doch nicht war. Ich vermute, ich bin nicht die treibende Kraft des Universums. Ich bin einfach nur ein weiterer Alkoholiker.«

Beim Treffen an diesem Abend erwähnte ich, dass ich ein oder zwei Stunden mit einem Typen zugebracht hatte, der die letzten mehr als zwanzig Jahre in zugekifftem Zustand verbracht hatte. »Er wusste, dass er mir nichts anbieten sollte«, sagte ich, »und er hat nicht geraucht, während ich dort war, aber er hatte geraucht, bevor ich eingetroffen war. Und ich bin mir sicher, dass er sich in dem Augenblick, als ich aus der Tür war, einen Joint angezündet hat. Die Wohnung hat danach gestunken.«

Eine Frau namens Donna kam in der Pause zu mir. Sie war mehr oder weniger Stammgast in St. Paul's und hatte anlässlich ihres dritten Jahrestages ein paar Monate zuvor dort gesprochen. Sie kam zielgerichtet auf mich zu und ich vermutete, sie wollte mir etwas über Marihuana und seine Langzeitwirkungen sagen. Ich konnte mich nicht erinnern, dass sich ihre Geschichte um Gras gedreht hatte, aber das bedeutete nicht, dass sie an der Sache nichts finden konnte, mit dem sie sich identifizieren konnte.

Aber darum ging es überhaupt nicht. Einige Monate zuvor war sie bei ihrem Freund, einem weiteren trockenen Alkoholiker, eingezogen. Er war immer noch Alkoholiker, aber nicht länger trocken, und sie wollte ausziehen.

»Ich bin so eine Idiotin«, sagte sie. Sie hatte langes, kastanienbraunes Haar und wischte es sich immer wieder aus den Augen, aber es fiel ihr immer wieder ins Gesicht. »Ich hatte seine Geschichte gehört, Himmelherrgott! Ich wusste, dass er es jedes Mal, wenn er ein paar Jahre hinter sich hat, krachen lässt. Aber er war trocken, als ich ihn kennenlernte. Er war länger trocken, als ich es war, und ich dachte, dass er trocken bleiben würde.«

Aber er war es nicht geblieben. Sie hatte ihre mietpreisgebundene Wohnung nicht aufgegeben – »Wie heißt es? Ich mag verrückt sein, aber ich bin nicht dumm.« – und dort wohnte sie jetzt, aber sie hatte noch sehr viele Sachen in seiner Bleibe in Cobble Hill. Sie wollte sie nicht dort zurücklassen, aber sie fürchtete sich, allein dorthin zu gehen.

»Ich denke nicht, dass er irgendetwas tun würde«, sagte sie, »denn er ist ein sanftmütiger Typ. Zumindest, wenn er nüchtern ist. Aber es gab in seiner Vergangenheit Vorfälle häuslicher Gewalt. Ich erzähle keine Geschichten, es ist Teil seiner Aussprache, er erwähnt es jedes Mal, wenn er seine Geschichte erzählt. Und er sagt immer, dass es nur passiert ist, wenn er betrunken war. Nun, jetzt ist er betrunken, oder?«

»Sie wollen, dass ich Sie begleite.«

»Würden Sie das tun?« Sie legte ihre Hand auf mein Handgelenk. »Nicht als Gefallen. Ich meine, es wäre ein Gefallen, ein ziemlich großer sogar, aber ich würde Sie dafür bezahlen. Ich bestehe sogar darauf.«

»Wir sind Freunde«, sagte ich, »und das ist die Art von Sache, die Freunde füreinander tun. Ich denke nicht–«

»Nein«, sagte sie bestimmt. »Meine Sponsorin war diejenige, die es vorgeschlagen hat. Und sie hat deutlich gemacht, dass ich Sie bezahlen müsste.«

Sie hatte einen Zeitpunkt festgelegt – Samstagnachmittag – und hatte unseren Transport arrangiert. Ob ich Richard Lassiter kannte? Der kahle Richard, schwule Richard, Geschwindigkeitsfanatiker-Richard? Er hatte ein Auto und ihre Sachen in Cobble Hill würden locker in den Kofferraum und auf den Rücksitz passen. Er würde sie genau um drei in der 84th Street, Ecke Amsterdam Avenue abholen. Sie könnten auf dem Weg nach Brooklyn bei mir vorbeikommen. Ich sagte ihr, dass es einfacher wäre, wenn ich zu ihnen hochkommen würde, und dass um drei in Ordnung war.

»Ich bezahle Richard auch«, sagte sie. »Er wollte es ablehnen, aber ich habe darauf bestanden.«

»Sponsor-Befehl.«

»Ja, aber ich denke, ich hätte sowieso drauf bestanden. Er hat gesagt, dass er mit mir hochkommen wird, für den Fall, dass Vinnie zu Hause ist. Ich hab eine Nachricht auf seinem Anrufbeantworter hinterlassen, ich komme am Samstagnachmittag vorbei, bitte sei nicht zu Hause, bla bla bla. Aber wie nennt man das, wenn man eine Schlaftablette nimmt und deshalb nicht schlafen kann?«

»Einen Rückfall.«

»Ha! Sehr gut. Nein, jetzt erinnere ich mich, man nennt es eine paradoxe Reaktion. Sehr weit verbreitet unter Alkoholikern. Ich denke, meine Nachricht könnte eine paradoxe Reaktion bei Vinnie auslösen. ›Wegbleiben? Einen Teufel werde ich. Wem gehört die Wohnung, du Giftschlange?‹«

»Wenn Vinnie aus Bensonhurst stammt, haben Sie eine ziemlich gute Imitation hinbekommen.«

»Tut er tatsächlich, und danke. Aber wenn Vinnie zu Hause ist, nun, Richard ist ein Schatz, aber er hat keine sonderlich einschüchternde Ausstrahlung.«

»Dafür wollen Sie einen Schlägertypen wie mich.«

»Einen Ex-Cop«, sagte sie. »Und einen Mann, der sich auf dem rauen Pflaster New Yorks behaupten kann.«

»Einschließlich Brooklyn.«

»Einschließlich Brooklyn.« Sie drückte meinen Arm. »So, so, ein Schlägertyp«, sagte sie. »Wohl kaum, mein Lieber, wohl kaum.«

Nach dem Treffen ging ich mit der Meute ins Flame und an einem Punkt wandte sich das Gespräch meinem Beitrag zu. »Wenn man genug von einer Substanz zu sich nimmt«, sagte ein Typ namens Brent, »passiert irgendwann etwas. Wenn man trinkt, fällt man früher oder später häufig hin, hat Unfälle, wird betrunken am Steuer erwischt, fährt Autos zu Schrott, macht seine Leber kaputt – ich könnte mit der Aufzählung weitermachen, aber ihr wisst, worauf ich hinaus will. Wenn man genug Kokain nimmt, fault einem die Nasenscheidewand weg und die Nase fällt zusammen, man schädigt sein Herz und weiß Gott, was noch alles. Wenn man Speed nimmt, findet es eine Vielzahl von Wegen, einen umzubringen. Wenn man genug LSD einwirft, geht man auf einen Trip und findet nicht mehr zurück. Egal was man tut, man muss immer einen Preis dafür bezahlen.«

Eine Frau zitierte die Werbung für Ölfilter: »›Sie können mich jetzt bezahlen‹«, murmelte sie, »›oder Sie können mich später bezahlen.‹«

»Bei Marihuana ist die Wirkung ein bisschen subtiler. Was passiert, wenn man eine Menge Marihuana raucht, ist, dass nichts passiert. Dein ganzes Leben bleibt einfach da stehen, wo es ist. Als würde man Wasser treten.«

Sie diskutierten ein bisschen darüber und ich sagte: »Ja, das beschreibt ihn sehr gut. Sogar die Frauen in seinem Leben haben das gleiche Alter. Seine erste Freundin war fünfundzwanzig, und seitdem waren sie alle fünfundzwanzig. Er lebt in derselben Wohnung–«

»Nun, das ist New York, Matt. Wer zieht aus einer Wohnung aus, die miet-preisgebunden ist?«

»Zugegeben, aber er verwendet Milchkästen aus Kunststoff als Bücherre-gale. Ich wette, sie versehen seit zwanzig Jahren diesen Dienst für ihn. Ande-rerseits ...«

»Was?«

»Nun«, sagte ich, »ich weiß, dass es albern ist, mein Inneres mit dem Äu-ßeren von jemand anderem zu vergleichen. Und ich weiß, dass die Leute gute Tage und schlechte Tage haben, und vielleicht hab ich ihn einfach an einem guten Tag erwischt. Gott weiß, dass das nicht das Leben war, das seine El-tern für ihn im Auge gehabt hatten, als sie die Studiengebühren für die NYU bezahlt haben. Und wenn man das Lexikon aufschlägt, findet man sein Bild gleich neben dem Eintrag zu gestoppter Entwicklung.«

»Aber?«

»Aber ich muss sagen, dass der Schweinehund glücklich zu sein schien.«

Ich überlegte mir, Jan anzurufen, als ich nach Hause kam, aber es war spät und ich entschied, es bis zum Morgen aufzuschieben. Ich stand früh auf, und als ich vom Frühstück zurückkam, rief ich sie an.

»Ich wollte dich gerade anrufen«, sagte sie.

»Aber ich war schneller.«

»Warst du.«

»Ich wollte unsere Verabredung für Samstag bestätigen«, sagte ich. »Aber mit dem Vorbehalt, dass ich eventuell zu spät zum SoHo-Treffen komme. Ich muss ein paar Stunden arbeiten, meine Imitation eines Schlägertyps einset-zen.«

»Wie bitte?«

Ich beschrieb ihr meine Aufgabe in ein paar knappen Sätzen. »Also fahren wir um drei los nach Brooklyn«, sagte ich. »Wir brauchen wahrscheinlich eine halbe Stunde, bis wir dort sind, eine weitere Stunde, bis wir ihre Sachen verpackt und ins Auto geladen haben. Bei einer weiteren halben Stunde für die Rückfahrt wäre ich um fünf unter der Dusche. Aber.«

»Aber es könnte länger dauern.«

»Vielleicht kommen wir vor halb vier nicht los, oder sogar erst später. Und

Richard könnte sich auf dem Weg nach Cobble Hill verfahren oder wir könnten irgendwo im Stau steckenbleiben. Und vielleicht gibt es keine Probleme mit dem betrunkenen Freund, aber wenn die Möglichkeit nicht bestehen würde, würde sie mich nicht mitbringen müssen. Und je länger sich das alles hinzieht, desto mehr werde ich die Dusche benötigen.«

Ich wartete darauf, dass sie etwas sagte, aber sie schwieg. Wenn ich nicht im Hintergrund ihr Radio gehört hätte, hätte ich vermutet, dass die Verbindung unterbrochen worden war.

»Nun, das war, weshalb ich dich anrufen wollte«, sagte sie.»

»Wegen Donna und Vinnie?«

»Nein, wegen Samstagabend. Ich muss unsere Verabredung absagen.«

»Ja?«

»Ich treffe mich mit meiner Sponsorin.«

»Am Samstagabend.«

»Richtig. Abendessen, ein Treffen und ein langes Gespräch, das wir wirklich führen müssen.«

»Nun«, sagte ich. »Dann spielt es wahrscheinlich keine Rolle, wie lange es dauert, bis ich aus Cobble Hill zurück bin.«

»Bist du verärgert?«

»Nein«, sagte ich. »Warum sollte ich verärgert sein? Du tust, was du tun musst.«

Kapitel 23

Gegen Mittag spazierte ich rüber zum YMCA in der westlichen 63rd Street, wo sich die Fireside-Gruppe traf. Sie hielten zwei Treffen gleichzeitig ab und normalerweise ging ich damals immer zum Treffen für Neulinge. Das bedeutete nicht, dass es für Leute gedacht war, die noch mit Stützrädern fuhren, sondern eher, dass die Teilnehmer bestrebt sein sollten, die Diskussionen auf die Grundthemen zu beschränken – das heißt, einen Tag nach dem anderen die Finger vom Alk lassen. Diese Regel wurde häufig ignoriert, aber im Großen und Ganzen drehte sich der Austausch um Alkohol und die Kunst, wie man ohne ihn über die Runden kam.

Manchmal besuchte ich das andere Treffen, wobei meine Entscheidung in der Regel davon abhing, welcher Raum weniger überfüllt war oder ob ich noch eine zusätzliche Treppe hochsteigen wollte. An diesem bestimmten Tag stellte ich fest, dass ich die Frau auf dem Rednerstuhl bei den Neulingen in der vergangenen Woche bei einem anderen Treffen gehört hatte, weshalb ich nach oben ging. Es war Donnerstag, deshalb war das Treffen oben ein Schritte-Treffen. Sie behandelten den achten Schritt. Falls es sich um eine Fügung handelte, war es keine außergewöhnliche: Es gibt nur zwölf dieser speziellen Weisheiten, und zwei von ihnen haben mit Wiedergutmachung zu tun. Also stehen die Chancen etwa eins zu fünf.

Trotzdem erschien es mir als der richtige Schritt zur rechten Zeit. Ich schnappte mir einen Kaffee und ein paar Nutter-Butter-Cookies, nahm auf einem Stuhl auf der rechten Seite Platz und hörte mir an, wie der Redner erklärte, wie sich seine Auffassung des Schrittes im Laufe der Zeit geändert hätte. Als er seine Liste für den achten Schritt zum ersten Mal aufgestellt hatte, hatten sich nur ein paar Namen darauf befunden – seine Ehefrau, die trotz dem, was seine Trinkerei mit ihrer Ehe angestellt hatte, bei ihm geblieben war, die Kinder, die er vernachlässigt hatte. Am meisten hatte er durch seine Trinkerei sich selbst geschadet: Er hatte sich um seine Gesundheit und seinen Job gebracht. Er war der Ansicht gewesen, dass er, indem er trocken blieb, ausreichend Wiedergutmachung an sich und seiner Familie leistete.

Aber im Laufe der Zeit, sagte er, habe er zu erkennen begonnen, wie seine Trinkerei und sein Alkoholismus jede Beziehung, die er jemals gehabt hatte, untergraben hatten und wie seine Handlungen oder Nichthandlungen ihn zu einem wandelnden Pulverfass gemacht hatten, das auf dem Deck des Schiffes, das sein Leben war, herumwütete.

Man geht zu diesen Treffen, um trocken zu bleiben, und verlässt sie mit seltsamen Metaphern im Kopf.

Nach dem Treffen entschied ich, dass der Kaffee und die Nutter-Butter-Cookies genug von den vier grundlegenden Lebensmittelgruppen abdeckten, um es als Mittagessen bezeichnen zu können. Ich ging wieder auf mein Zimmer und versuchte, etwas im Fernsehen zu finden, aber es gab nichts, das mein Interesse gefesselt hätte. Die Zeitung hatte ich bereits zum Frühstück gelesen.

Also setzte ich mich hin und fing an, eine Liste aufzustellen. All die Menschen, denen ich geschadet hatte. Ich schrieb ein paar Namen hin – Estrellita Rivera, natürlich, meine Ex-Frau, natürlich, Michael und Andrew, natürlich – und dann stoppte ich.

Es war nicht so, dass mir die Namen ausgegangen wären, ich hatte nur keine Lust, sie hinzuschreiben. Oder diejenigen anzusehen, die ich bereits notiert hatte, vielen Dank auch. Ich drehte das Blatt mit den vier Namen darauf um, aber das genügte nicht, also riss ich es in der Mitte durch und riss es noch einmal durch und noch einmal. Ich machte damit weiter, bis ich eine kleine Handvoll Konfetti fabriziert hatte. Wenn ich Streichhölzer zur Hand gehabt hätte, hätte ich die Schnipsel womöglich verbrannt, aber ich entschied, dass der Abfalleimer genügte.

Ich rief Jim an und erzählte ihm, was ich gerade getan hatte.

»Weißt du«, sagte er, »es gibt einen Grund dafür, dass sie jedem Schritt eine Nummer verpasst haben. Damit die Leute sie der Reihe nach tun können.«

»Ich weiß.«

»Was nicht bedeutet, dass man nicht über sie nachdenken kann, wenn sie einem in den Sinn kommen. Und das ist, was du getan hast, du hast über den achten Schritt nachgedacht. Du hast diese Namen aufgeschrieben und erkannt, dass du noch nicht bereit für den Schritt bist, was in Ordnung geht.«

»Wenn du es sagst.«

»Tue ich«, sagte er, »aber wenn du es lieber als weiteren Beweis dafür sehen möchtest, dass du dich auf der Evolutionsskala ein oder zwei Plätze unter den Amöben befindest, nur zu. Die Entscheidung liegt bei dir.«

»Danke. Jan hat unsere Verabredung für Samstag abgesagt.«

»Oh.«

»Sie hat sich zum Abendessen mit ihrer Sponsorin verabredet.«

»Also hast du zwischen den Optionen Trinken und Selbstmord abgewogen und–«

»Ich hab zwei Gefühle gleichzeitig gehabt und sie passen nicht zueinander.«

»Erleichterung war eines davon. Was war das andere? Verrat?«

»Etwas in der Richtung. Ich wusste nicht, ob ich ihr dankbar sein oder sie umbringen sollte.«

»Vermutlich beides.«

»Vielleicht.«

Er unterhielt sich noch ein paar Minuten lang mit mir am Telefon. Danach maß ich meine Gefühlstemperatur und entschied, dass sie nahe genug am Normalwert war. Was ich außerdem entschied, war, dass ich keine Lust hatte, ins Kino zu gehen, durch den Park zu spazieren oder eines der Bücher zu lesen, die ich im Regal stehen hatte. Also nahm ich Jack Ellerys Liste für den achten Schritt zur Hand und ging sie noch einmal durch.

Ich ging schließlich doch im Park spazieren. Ich betrat den Central Park zwischen fünf und sechs Uhr an seiner südwestlichen Ecke, in der 8th Avenue, Kreuzung 59th Street, und ließ mich von meinen Füßen tragen, wobei ich versuchte, einen nordöstlichen Kurs zu halten. Ich schoss ein wenig über das Ziel hinaus und kam an der Kreuzung der 5th Avenue mit der 90th Street aus dem Park. Nachdem ich die 86th Street hinüber bis zur 2nd Avenue gegangen war, blickte ich auf meine Uhr und entschied, dass ich mir vor dem Sober-Today-Treffen ein richtiges Abendessen gönnen sollte. Das Erste, was mir in den Sinn kam, war der Geruch dessen, was auch immer die Hausmeisterin von Frankie Dukacs gekocht hatte. Aber es hatte keinen Sinn, dorthin zu gehen. Sie hatte ihre Gelegenheit gehabt, mich zum Essen einzuladen, und sie verstreichen lassen.

Also ging ich weiter zur 1st Avenue und dann hinunter bis zur 78th Street, wo Theresa's das Versprechen eines ähnlichen Gerichts bot. Zwei Häuser weiter hatte Dukacs & Son für den heutigen Tag bereits geschlossen.

Als ich Theresa's betrat, erwartete ich beinahe, Dukacs am Tresen sitzen zu sehen, aber er war nicht dort. Ich nahm in einer Nische Platz und bestellte die Tagessuppe, eine herzhafte Sache voller Pilze und Gerste. Darauf ließ ich einen Teller mit gemischten Piroggen folgen. Ich konnte mich nicht erinnern, wann ich diese kleinen polnischen Teigtaschen zum letzten Mal gegessen hatte. Im Theresa's wurden sie mit Apfelmus und gekochtem Kohl als Beilage serviert und waren mit Fleisch, Pilzen, Kartoffeln oder Käse gefüllt.

Ich aß meinen Teller leer, worüber sich die Kellnerin freute. Ob ich noch Kuchen wollte? Sie hätten Pekannuss-, Apfel- und Erdbeer-Rhabarber-Kuchen. Ich war in Versuchung, aber es gab ein Treffen, zu dem ich gehen musste.

Beim Gastredner handelte es sich um einen Kerl, den ich bereits bei einem Treffen unten im Zentrum gehört hatte. Soweit ich das beurteilen konnte, sagte er diesmal nichts, was er nicht schon dort gesagt hatte.

Ich hielt nach Greg Stillman Ausschau, während ich mir einen Kaffee holte, und tat es noch einmal kurz nach Beginn des Treffens, aber ich sah ihn nicht. In der Pause stellte ich mich für einen weiteren Kaffee an und versuchte, mich zu entscheiden, ob ich ein Cookie wollte. Es schien mir, als handle es sich nicht um eine Sache, die eine Person entscheiden sollte, entweder man nahm ein Cookie oder man nahm keines. Während ich darüber überdachte, spürte ich einen Klaps auf der Schulter. Es war Greg.

»Sie konnten nicht fernbleiben«, sagte er. »Der Sirenengesang von Sober Today hat Sie den ganzen Weg vom Columbus Circle angezogen.«

»Das oder die Piroggen«, sagte ich.

»Piroggen?«

»Theresa's«, sagte ich. »Kreuzung 78th Street und 1st Avenue.«

»Mein Gott, da war ich seit Ewigkeiten nicht mehr. Gibt es das noch?«
Er wartete nicht auf eine Antwort, was gut war, denn sie erübrigte sich. »Ich sollte hingehen«, sagte er. »Die haben absolut leckere Kuchen.«

Damit war es entschieden. Ich verzichtete auf die Cookies.

Kapitel 24

»Also das ist der Fleischerladen von Frankie Dukes«, sagte Greg. »Und sehen Sie sich das Schild an. Dukacs & Son, früher Dukacs & Sons. Da verbirgt sich ein ganzes menschliches Drama in diesem einen übermalten *S*.«

»Daran habe ich auch gedacht.«

»Die wahrscheinlichste Erklärung«, sagte er, »ist, dass der Schildermaler einen Fehler gemacht hat, wahrscheinlich, aber nicht notwendigerweise aufgrund des Gebrauchs und Missbrauchs von Drogen oder Alkohol. Und wer es dann schließlich bemerkt hat, hat auf ziemlich stümperhafte Weise die Korrektur vorgenommen. Natürlich würde ich lieber davon ausgehen, dass der zweite Sohn entschieden hat, dass das Zerhacken von toten Tieren nichts für ihn ist, und er ist abgehauen und stattdessen Balletttänzer geworden.«

»Und hat seinen Vater stolz gemacht.«

»Daran besteht kein Zweifel. Und hier ist Theresa's. Lassen Sie uns hoffen, dass sie noch zwei Stück Erdbeer-Rhabarber-Kuchen übrig haben oder gar keines.«

»Wenn es nur noch eines gibt«, sagte ich, »können wir es uns teilen.«

»Ich will ein ganzes Stück«, sagte er, »und Sie auch. Aber wir werden von dieser Brücke springen, wenn wir sie erreicht haben.«

Es gab zwei Stücke des Kuchens und deshalb keine Brücke, von der wir springen mussten. Ich aß die Hälfte von meinem und sagte: »Zum Teufel.«

»Was ist los? Haben Sie eine schlechte Erdbeere erwischt?«

»Ich hab Jacks achten Schritt noch mal durchgelesen«, sagte ich. »Ich wollte ihn eigentlich mitbringen.«

»Sagen Sie mir nicht, dass Sie etwas gefunden haben.«

»Nichts Neues. Aber ich dachte, Sie wollten ihn zurück.«

»Für was?«

»Keine Ahnung.«

»Ich hab die Kopie nur gehabt«, sagte er, »damit ich in der Lage sein würde, ihm zu folgen, falls und wenn er von seinen Fortschritt beim neunten

Schritt berichten würde. Ich hab jetzt ganz gewiss keinen Nutzen mehr dafür.«

»Also soll ich die Liste einfach wegschmeißen?«

»Das ist das, was ich mit meiner gemacht habe. Was?«

Ich erzählte ihm, dass ich selbst einen ersten Angriff auf den Schritt unternommen hatte und was ich alles getan hatte, um meine unausgereifte Liste zu vernichten.

»Und auch der König mit seinem Heer«, sagte er, »rettete Humpty Dumpty nicht mehr. Es ist schwer, den achten Schritt zu tun, bevor man den vierten getan hat.«

»Mein Sponsor hat etwas Ähnliches gesagt.«

»Und trotzdem unternehmen die meisten von uns einen Versuch. Selbst wenn wir nichts hinschreiben, lassen wir uns zumindest Namen durch den Kopf gehen. Es ist schwierig, sich des Schritts bewusst zu sein, ohne sich zu fragen, wer auf der eigenen Liste stehen würde.« Er aß von seinem Kuchen, trank von seinem Tee. »Jack hat seine Liste immer wieder erweitert. Er hat ebenso schnell, wie er die alten Namen abhaken konnte, neue Namen hinzugefügt. Ich frage mich, wie seine letzte Version ausgesehen hat.«

»Wollen Sie damit sagen, dass die Liste, die Sie mir gegeben haben–«

»Nicht das letzte Wort zu diesem Thema ist? Ich befürchte, nein. Aber das bedeutet nicht, dass wir einen Hinweis übersehen haben, der auf seinen Mörder hingedeutet hätte. Die Namen, die er erwähnt hat, stammten alle aus seiner Kindheit. Familie, Freunde, Nachbarn, und die meisten von ihnen sind tot oder er hatte seit langer Zeit keinen Kontakt mehr mit ihnen gehabt.« Er legte seine Gabel ab. »Sie lassen es nicht auf sich beruhen, oder?«

»Ich habe damit abgeschlossen.«

»Wirklich?«

»Als ich bei der Polizei war«, sagte ich, »hat man von mir behauptet, ich sei wie ein Hund mit einem Knochen. Nur weil ich mit etwas abgeschlossen habe, heißt das aber nicht, dass ich nicht mehr darüber nachdenke.«

»Ich vermute, es gibt unterschiedliche Definitionen von mit etwas abschließen.«

»Woran ich immer denken muss«, sagte ich, »ist, dass seine Ermordung irgendwie mit dem Prozess der Wiedergutmachung zu tun hat. Diese fünf Namen von der Liste sind alle unschuldig, und als ich mir die Liste heute Nachmittag noch einmal angesehen habe, konnte ich niemanden finden, der einen plausiblen Verdächtigen abgeben würde. Aber es muss einen Zusammenhang geben.«

»Das war mein ursprünglicher Gedanke, Matt. Deshalb hab ich das alles angefangen.«

»Er lief herum, um Wiedergutmachung zu leisten«, sagte ich, »und ein Kerl hat ihm eins in die Fresse verpasst und ihn schließlich umarmt und in seinen Armen geheult. Ein anderer Kerl hat ihm erklärt, wohin er sich seine Wiedergutmachung stecken kann–«

»Und ein anderer hat gesagt, dass er ihm einen Gefallen getan hat, als er ihn beim Koks-Deal übers Ohr gehauen hat, und noch einer sagte, hey, *jeder* hat meine Frau gevögelt. Wie hieß sie noch mal?«

»Lucille. Und einer sitzt im Knast und es gibt keine Möglichkeit, dass Jack ihn erreicht hat, um Wiedergutmachung zu leisten, und selbst wenn es ihm gelungen ist, nun, es spielt keine Rolle, weil es ihm nicht gelungen ist. Fünf Namen und sie haben alle eine weiße Weste, aber das bedeutet nicht, dass es keine Verbindung gibt. Es bedeutet nur, dass wir sie nicht gefunden haben.«

»Was meinen Sie mit wir, Kemo Sabe?«

Ich seufzte, nickte. »Begriffen, Greg. Es ist nicht Ihre Aufgabe und auch nicht meine.«

»Aber es beschäftigt Sie. Sie müssen sich nicht entschuldigen, um Himmels willen. Es beschäftigt mich auch. Wie könnte es das nicht?«

»Ich muss immer an die zweite Kugel denken.«

»Die in den Mund.«

Ich nickte. »Um eine Botschaft zu senden. Aber ich habe mich oft gefragt, warum man erst einen Mann umbringt und dann die Botschaft sendet. Eine Botschaft an wen?«

»Als würde man jemanden umbringen, um ihm eine Lektion zu erteilen. Er ist tot, was kann ihm dann die Lektion noch nutzen?«

Etwas versuchte, durchzudringen. Greg sagte etwas, aber ich hörte ihm nicht zu, sondern ließ den Gedanken Form gewinnen. Dann hielt ich eine Hand in die Höhe und unterbrach ihn mitten im Satz. »Es war keine Vergeltung«, sagte ich.

»Was?«

»Die Erschießung. Es war keine gekränkte Person, die auf seiner Liste stand oder auch nicht und sich rächen wollte. Es sollte ihn davon abhalten, zu reden.«

»Also nicht *Sprich nicht mit mir*, sondern *Sprich mit niemandem*.«

»Muss so sein. Der Mord hatte nichts mit Wut zu tun.«

»Keine Wut, wenn man einem Mann zwei Kugeln verpasst?«

»Es lag sehr viel mehr Wut in den Prügeln, die er von Sattenstein bezogen hat. Es ist Wut, einem Mann ins Gesicht schlagen, bis die eigene Hand zu Hackfleisch geworden ist. Das andere war nur schneller, effizienter Mord.«

»Mit einer Absicht.«

»Das würde ich sagen, ja.«

»Ihn vom Reden abzuhalten.«

»Es war nichts, was er gesagt hatte. Es war etwas, das er sagen könnte.«

»Und auf diese Weise wurde er offensichtlich davon abgehalten, es zu sagen. Aber ...«

»Der neunte Schritt«, sagte ich. »Wie geht der?«

Er blickte mich an, verwundert. »Wie der geht? Man nimmt seine Liste vom achten Schritt–«

»Nein, ich weiß, wie es geht, wie man es macht. Wie lautet er? Die Formulierung des Schrittes, ich höre sie immer vor jedem Treffen, er steht auf der Liste, die an der Wand hängt. Wie lautet der Schritt genau?«

»Jetzt, wo ich auf der großen Bühne stehe, werde ich es bestimmt nicht richtig hinbekommen. ›Wir machten bei diesen Menschen alles wieder gut – wo immer es möglich war –, es sei denn, wir hätten dadurch sie oder andere verletzt.‹ Ich *denke*, das ist es Wort für Wort, aber–«

»Wen würde es verletzen?«

»Jacks Wiedergutmachung? Nur Jack, so lange man Mark Sattensteins Hand nicht miteinbezieht. Nein, ich verstehe, Matt. Es ist nicht die Wiedergutmachung an irgendjemand von den Leuten, die wir uns angesehen haben. Wenn es etwas anderes ist, dass er getan hat, steht es vielleicht nicht einmal auf der Liste, die wir uns angesehen haben.«

»Haben Sie nicht gesagt, dass er jemanden getötet hat?«

»Es war während eines Überfalls. Aber ich denke, es gibt einen speziellen Begriff dafür. Wenn man Leute in ihrem eigenen Zuhause überfällt?«

»Raubüberfall im Eigenheim.«

»Ja, das ist richtig. Die Bezeichnung habe ich vor Kurzem zum ersten Mal gehört. Die Artikel in der Zeitung vermitteln den Eindruck, dass das in der letzten Zeit häufiger vorkommt. Teil des fortschreitenden Niedergangs von allem und jedem.«

»Erinnern Sie sich an die Details?«

»Ich denke nicht, dass ich sie gehört habe.« Er runzelte die Stirn, als versuchte er, die Erinnerung schärfer zu stellen. »Er hat bei seinem vierten Schritt darüber geschrieben, und ich habe davon und von allem anderen gehört, als ich mir seinen fünften Schritt angehört habe.«

Er dachte darüber nach, während ich der Kellnerin signalisierte, dass wir noch mehr Kaffee wollten. Nachdem sie uns nachgeschenkt hatte, sagte er: »Was ich gehört habe, war vage. Er hat diesen Teil nicht laut vorgelesen. Er hat einen oder zwei Sätze vorgelesen, dann hat er aufgeblickt und die Sache zusammengefasst. Also habe ich nur eine Kurzfassung gehört.«

»Und?«

»Die Person, die er überfallen hat, war ebenfalls kriminell. Ein Drogendealer, denke ich. Sie sind eingebrochen und –«

»Sie?«

»Jack hatte einen Partner. Die beiden sind zu dem Typen gefahren, ich denke, es war irgendwo in der Upper West Side. Sie haben den Mann in seiner Wohnung überfallen, er hat nach seiner Pistole gegriffen und sie haben ihn erschossen.«

»Hat Jack geschossen?«

»Ich kann mich nicht erinnern, Ich bin mir auch nicht sicher, ob er es mir gesagt hat. Matt, ich wollte diesen Teil nicht wirklich hören. Ich wollte, dass er es durchgeht, aber ich wollte die Informationen nicht aufnehmen. Er war mein Schützling, er war ein Freund, er war jemand, dem ich versuchte zu helfen, aber ich wollte mich nicht mit der Tatsache auseinandersetzen, dass er auch ein Mörder war.«

»Sagen Sie mir einfach nur, an was Sie sich erinnern.«

»Der Tod des Mannes hat ihn nicht sonderlich belastet«, sagte er. »Vielleicht ist das der Grund, warum ich nicht sagen kann, ob Jack oder sein Partner ihn ermordet haben.«

»Es hat ihn nicht belastet?«

»Es gab dort eine Frau. Die Frau des Dealers oder seine Freundin, ich bin mir nicht sicher, was von beiden, und wieder weiß ich nicht, ob Jack sich spezifisch ausgedrückt hat.«

»Es spielt keine Rolle.«

»Nein.« Er holte Atem. »Sie war dort, sie hat ihre Gesichter gesehen. Der Partner hat sie erschossen.«

»Nicht Jack.«

»Er sagte, dass er nicht abdrücken konnte. Sie hat sie auf Spanisch angefleht. Er hat die Wörter nicht verstanden, aber sie hat um ihr Leben gebettelt, und er hatte die Waffe in der Hand und konnte sie nicht erschießen.«

»Also hat sein Kumpel es getan.«

»Matt, es ist seltsam, aber ich denke, er hat sich doppelt schuldig gefühlt.«

»Für beide Opfer?«

»Nein, ich rede nur von der Frau. Dafür, dass er nicht in der Lage war, abzudrücken, und dafür, dass sie gestorben ist. Und er dachte, dass es seine Schuld war, dass der Mann nach einer Waffe gegriffen hat, dass es nicht passiert wäre, wenn er selbst etwas anders gemacht hätte.«

Ich wusste, wie das lief. Ich erinnerte mich daran, wie ich hinter den beiden Räubern aus der Kneipe gerannt war, wie ich meine Waffe auf sie abgefeuert hatte. Wenn ich irgendetwas davon ein kleines bisschen anders gemacht hätte, wenn ich einen Schuss weniger abgegeben hätte, hätte ein kleines Mädchen vielleicht die Chance gehabt, groß zu werden. Oh, ich wusste ganz genau, wie das lief; das Gehirn entwirft ein alternatives Szenario nach dem anderen, aber man ist nicht in der Lage, die Vergangenheit zu ändern.

Ich sagte: »Sie wurden nicht geschnappt.«

»Nein.«

»Weder er noch sein Partner.«

»Nein.«

»Ich habe darüber nichts in seiner Liste zum achten Schritt gelesen.«

»Vielleicht ist es in einer späteren Version. Oder er hat sich in seinen Gedanken damit beschäftigt, egal ob er es aufgeschrieben hat oder nicht, denn wir haben darüber gesprochen, wie man Wiedergutmachung an Toten leisten kann.«

Eines Tages würde auch ich dieses Gespräch mit Jim führen müssen.

Ich sagte: »Der Partner.«

»Alles, was ich über ihn weiß, ist, dass er die Frau erschossen hat. Ich bin mir ziemlich sicher, dass Jack nie seinen Namen erwähnt hat. Er hat sich bemüht, Pronomen zu verwenden oder ihn als seinen Partner bezeichnet. Als ob er seine Anonymität schützen wollte.« Er blickte hoch. »Ist das sein Mörder? Sein Partner?«

»Bei allem, was wir wissen«, sagte ich, »kann dieser mysteriöse Partner schon lange tot sein oder er sitzt irgendwo brav im Norden des Staates in einer Zelle. Aber es wäre gut zu wissen, um wen es sich handelt.«

»Würde er ein Motiv haben? Nach all diesen Jahren?«

»Mord verjährt nicht.«

»Also würde er nicht wollen, dass Jack darüber spricht.«

»Nein.«

»Und wir wissen, dass er zu Mord fähig ist. Wer auch immer den Dealer getötet hat, es war der Partner, der die Frau erschossen hat.«

»Während sie um ihr Leben gebettelt hat«, sagte ich. »Weil sie ihn gesehen hatte und ihn identifizieren konnte. Was hat Jack noch über diesen Ausbund an Tugend gesagt?«

Falls er noch etwas über ihn gesagt hatte, konnte Greg sich nicht daran erinnern. Ich ging nach Hause. Es gab eine Nachricht in meinem Fach. Mein erster Gedanke war, dass Jan angerufen hatte, um mir mitzuteilen, dass unsere Verabredung doch Bestand hatte. Aber der Anrufer war jemand namens Mark gewesen, der eine Telefonnummer hinterlassen hatte, gemeinsam mit der Initiale des Nachnamens. Eine AA-Bekanntschaft, so schien es, und ich fragte mich, ob es Stotter-Mark oder Motorrad-Mark war.

Ich ging nach oben, sah mir die Nachricht noch einmal an, dann zerknüllte ich den Zettel und warf ihn in den Papierkorb. Wer auch immer es war, es war zu spät, um anzurufen und mehr herauszufinden. Und er hatte bestimmt bereits jemand anderen gefunden, der sich seine Probleme angehört und ihm gesagt hatte, dass er nichts trinken sollte. Morgen würde er vergessen haben, warum er mich überhaupt angerufen hatte.

Kapitel 25

Am Morgen holte ich mir die *Times* und las sie, während ich frühstückte. In Woodside war eine kolumbianische Einwandererfamilie bei einem, so die Polizei, Raubüberfall im Eigenheim ermordet worden. Drei tote Erwachsene, vier tote Kinder, die Leichen verstümmelt. Die Behörden schienen sich nicht sicher, ob es nur um Raub oder eher um Rache ging, und ich entschied, dass es sich ein bisschen nach beidem anhörte. Jemand im Drogenmilieu hatte jemand anderen übers Ohr gehauen oder eine nicht akzeptable Konkurrenz dargestellt. Also, warum ihn nicht ermorden? Und warum nicht mit seinem Geld und seiner Ware abziehen, wenn man schon dort war? Und, natürlich, seine Familie ermorden, denn das war die Art und Weise, wie man seine Geschäfte führte.

Das Erste, was mir in den Kopf kam, war Bill Lonergan. Im Artikel in der Times war keine Straße angegeben, also wusste ich nicht, wie weit entfernt er vom Tatort wohnte, aber Woodside ist nicht sehr groß. Ich fragte mich, wie sehr er sich mit dem lokalen kriminellen Milieu beschäftigte, und entschied, dass er Probleme haben würde, auf das hier nicht aufmerksam zu werden.

Sieben Menschen, die in ihrem Zuhause ermordet worden waren, vier davon Kinder. Es würde in den Nachrichten im Fernsehen kommen, zumindest bis der Polizei die heißen Spuren ausgegangen waren und es im öffentlichen Bewusstsein durch eine andere Schreckenstat abgelöst wurde.

Danach dachte ich, natürlich, an Jack Ellery und seinen Partner.

Ich rief Greg Stillman an, der das Gespräch damit begann, dass er mir sagte, er hätte versucht, sich mehr über den Partner in Erinnerung zu rufen. »Aber es scheint, als hätte Jack versucht, nichts zu sagen, wodurch man ihn identifizieren konnte«, sagte er. »Ich weiß nicht, ob sie öfters als dieses eine Mal zusammengearbeitet haben.«

»Wissen Sie, wann es sich zugetragen hat?«

»Der Mord? Das war, bevor er im Gefängnis gelandet ist. Und nachdem er angefangen hatte, Verbrechen zu verüben, aber ich vermute, das ist ziemlich offensichtlich. Er hat viele Jahre damit zugebracht, aber sein vierter Schritt war absolut nicht chronologisch. Wenn ich raten müsse, würde ich sagen, vor zehn oder zwölf Jahren.«

»Und alles, was Sie wissen, ist, dass es im Norden Manhattans passiert ist?«

»Und in der West Side. Wenn ich es mir vorstelle, denke ich an eine Adresse in der Riverside Drive, aber ich weiß nicht, warum.«

»Hat er gesagt, dass er auf den Hudson hinausgeblickt hat, nachdem der andere Kerl die Frau erschossen hatte?«

»Nicht, dass ich mich erinnern könnte.«

»War es in einem Einfamilienhaus? In einem Apartmenthaus?«

»Keine Ahnung. Matt?«

»Weil ich nicht umhin komme, mich dafür zu interessieren.«

»Nett. Sie haben die Frage beantwortet, bevor ich sie stellen konnte.«

»Nun, es ist eine Frage, die ich mir selbst auch schon gestellt habe. Aber es gibt keinen Ansatzpunkt, oder? Ein Mann und eine Frau, die in ihrem Zuhause irgendwo nördlich und westlich vom Times Square erschossen wurden.«

»Ich scheine den Eindruck zu haben, dass es ziemlich weit oben war.«

»Gut. Irgendwo nördlich und westlich vom Central Park.«

»Macht es auch nicht einfacher, oder?«

»Er hat nicht zufällig ihre Namen genannt? Die der Opfer?«

»Nein.«

»Oder irgendetwas anderes gesagt, wodurch man sie identifizieren könnte?«

»Diese Art von Details könnten Teil seines vierten Schritts gewesen sein.«

»Aber er hat sie für sich behalten.«

»Oder wenn er sie mir gesagt hat, hab ich sie nicht aufgenommen. Ich hab Ihnen erzählt, dass ich versuchte, mich nicht näher mit dem zu befassen, was ich hörte.«

»Ja.«

»Ein schöner Zeitpunkt, den zweiten Affen zu spielen.«

»Wie bitte?«

»Sie wissen schon, nichts Böses hören. Wenn ich besser aufgepasst hätte–«

»Das sollten Sie nicht denken, Greg.«

»Nein.«

»Wirklich schade, dass Sie keine Kopie seines vierten Schritts haben. «

»Ich hab ihn nie gelesen. Ich hab ihn nur gehört, zumindest die Teile, die er mir vorgelesen hat. «

»Ich weiß. Was hat er danach damit getan? «

»Ich hab ihm gesagt, dass er es wegschmeißen soll. «

»Wegschmeißen? «

»Nun ja, natürlich erst, nachdem er das Papier zerrissen hat. «

Wie ich es mit meinem halbherzigen Versuch des achten Schrittes getan hatte.

»Das ist, was ich meinen Schützlingen rate «, sagte er. » ›Du bist das alles losgeworden, du hast es mit Gott und mit einer anderen Person geteilt– ‹ «

»Wie teilt man es mit Gott? «

»Hab ich mich auch schon oft gefragt. Ich vermute, man nimmt einfach an, dass er zuhört, wenn man es mit seinem Sponsor teilt. Wo war ich? Ja, richtig. ›Du hast es mit einer anderen Person geteilt, und jetzt ist es an der Zeit, damit abzuschließen. ‹ «

»Und sie nehmen es mit nach Hause und verbrennen es. Oder zerfetzen es, oder was auch immer. Ist das das, was Sie mit Ihrem getan haben? «

»Was sonst? «

Kurz vor Mittag entschied ich, dass mir eine Abwechslung von Fireside guttun würde und dass das Wetter angenehm genug für einen längeren Spaziergang war. Ich ging zu einer Gruppe namens Renaissance, in der 5th Avenue, Kreuzung 58th Street. Die Lage mitten im Zentrum zog eine Menge Pendler an, die in Büros in der Nähe arbeiteten und nach der Arbeit nach Hause in ihre Vorstädte fahren würden. Das bedeutete mehr Anzüge und bessere Körperpflege, als es bei meinen Treffen normalerweise der Fall war, aber es gab keine Kleiderordnung, und der unrasierte Typ neben mir erweckte den Eindruck, dass er die Nacht zuvor in einem Pappkarton geschlafen hatte.

Danach rief ich einen meiner Freunde bei der Polizei an. Ich erzählte ihm, dass ich mich für einen ungelösten Raubüberfall im Eigenheim interessierte, einen Doppelmord an einem Drogendealer und seiner Frau oder Freundin. Beide erschossen, und es müsste sich irgendwann in den frühen siebziger Jahren in der Upper West Side ereignet haben.

Er sagte: »Mein erster Gedanke wäre, da hat es Hunderte gegeben. Aber du hast zwei Tote, beide erschossen und der Fall ist ungelöst. Das grenzt es zumindest etwas ein. Mal sehen, ob sich irgendjemand an so etwas erinnern kann.«

Ich führte weitgehend identische Gespräche mit zwei weiteren alten Freunden und als ich auflegte, war ich mir ziemlich sicher, dass ich auf diese Weise nicht weiterkommen würde. Ich spazierte ein paar Blocks die 5th Avenue hinab bis zur Hauptbibliothek, wo ich ein paar Stunden mit gebundenen Bänden des New York Times Index und ein paar weitere Stunden im Mikrofilmraum verbrachte. Auf der Jagd nach einer Nadel auf einer Wiese voller Heuhaufen.

Sinnlos.

Beim Treffen in St. Paul's an diesem Abend fragte mich eine Frau namens Josie, ob ich nicht bald mein Einjähriges feiern würde. Sehr bald, antwortete ich. Sie sagte, sie sei sich sicher, dass es nur der erste von vielen Jahrestagen sein würde, und riet mir, nie zu vergessen, dass es darum ging, einen Tag nach dem anderen anzugehen.

Stotter-Mark war nicht dort, ich würde ihn wahrscheinlich eher bei der Fireside-Gruppe antreffen, aber ich sah Motorrad-Mark bei der Kaffeemaschine und fragte ihn, ob er mich am Vorabend angerufen hatte. Er verneinte, meinte, er habe nicht einmal meine Nummer. Ich sagte, dann müsste es jemand anders gewesen sein, und er sagte, wo wir schon beim Thema wären, könnte ich ihm nicht meine Nummer geben? Ich überreichte ihm eine meiner minimalistischen Visitenkarten, für die er einen Platz in der Brusttasche seines Hemds fand. Dann borgte er sich einen Kugelschreiber und schrieb seinen eigenen Namen und seine Nummer auf einen Zettel. Das Gebot der Höflichkeit legte mir nahe, mich zu bedanken und den Zettel in meine Brieftasche zu stecken.

Donna war ebenfalls dort. Ihre Kleidung ließ vermuten, dass sie direkt aus dem Büro gekommen war. Ihre Haare waren hochgesteckt und hingen ihr nicht in die Augen. Sie ließ sich bestätigen, dass ich wie verabredet kommen würde.

»Morgen Nachmittag um drei«, sagte ich. »Amsterdam Avenue, Kreuzung 48th Street.«

Sie streckte die Hand aus, drückte meinen Arm.

Vielleicht war es ihre Angewohnheit, meinen Arm zu berühren, vielleicht auch eher das Resultat ihres Aussehens in dem gut geschnittenen Rock und dem Jackett. Das letzte Gespräch, das ich mit Jan geführt hatte, hatte womöglich auch etwas damit zu tun. Was auch immer es war, ich verbrachte die zweite Hälfte des Treffens damit, mich zu fragen, ob Donna an dem Treffen nach dem Treffen teilnehmen würde. Das war die Bezeichnung, die ein paar Leute für den gemeinsamen anschließenden Besuch im Flame eingeführt hatten.

Sie tauchte nicht dort auf, was auch nicht überraschend war. Ich konnte mich nicht daran erinnern, sie jemals dort gesehen zu haben. Ich blieb selbst nicht lange dort; ich trank einen Kaffee und aß ein Sandwich – es war mir gelungen, das Abendessen ausfallen zu lassen –, dann verabschiedete ich mich und ging nach Hause.

Keine Nachrichten, aber ich war erst zehn Minuten auf meinem Zimmer, als das Telefon klingelte. Zuerst dachte ich an Jan, dann an Donna und schließlich an Mark – Motorrad-Mark, der Gebrauch von meiner Nummer machte, oder der Mark, der früher angerufen hatte.

Ich entschied die Angelegenheit, indem ich abhob. Es war Greg.

Ohne Einleitung sagte er: »Ich hab einen falschen Eindruck erweckt. Ich hab im Laufe meiner Abstinenz mehrere Inventuren für den vierten Schritt abgefasst. Ich hab noch Kopien von zwei von ihnen.«

»Wissen Sie«, sagte ich, »ich denke, das geht nur Sie und Ihre höhere Macht etwas an.« Ich hätte fast *Sponsor* gesagt, aber ich erinnerte mich rechtzeitig daran, dass sein Sponsor seinen Platz beim Großen Treffen im Himmel eingenommen hatte.

»Darum geht es nicht.«

»Worum dann? Oh.«

»Sie verstehen, oder? Wenn ich meinen eigenen vierten Schritt nicht vernichtet habe ...«

»Wer kann dann sagen, dass Jack es getan hat?«

»Genau mein Gedanke. Ich werde morgen in seinem Zimmer nachsehen. Oder denken Sie, dass man es mit diesem gelben Absperrband versiegelt hat?«

»Da bin ich mir ziemlich sicher«, sagte ich. »Aber sie werden es schon lange wieder entfernt haben. Wenn die Kriminaltechniker ihre Arbeit erledigt haben, gibt es keinen Grund mehr, es versiegelt zu lassen. Er wohnte in einem möblierten Zimmer, nicht wahr? Hat er die Miete wöchentlich oder monatlich bezahlt?«

»Wöchentlich.«

»Dann ist die Wahrscheinlichkeit ziemlich hoch, dass es schon wieder vermietet wurde.«

»Und wenn er seinen vierten Schritt zurückgelassen hat, liest ihn womöglich gerade jetzt in diesem Augenblick sein Nachmieter. Aber haben sie seine Sachen nicht weggepackt? Macht man das nicht normalerweise, wenn jemand stirbt?«

Ich antwortete, dass sich das richtig anhörte. »Und sie geben sie den Erben oder den nächsten Angehörigen«, sagte ich. »Ich denke nicht, das Jack einen letzten Willen hatte.«

»Er hatte denselben Willen wie jeder Alkoholiker, gemeinsam mit den üblichen Marotten. Aber ein letzter Wille oder ein Testament? Wohl kaum. Ich denke nicht, dass er irgendetwas besaß, das er hätte vererben können, oder irgendjemanden hatte, dem er es hätte vererben können.«

»Mein Tipp wäre, dass der Hausmeister eine angemessene Zeit warten wird, dann wird er behalten, was er möchte, und den Rest wegwerfen.«

»Das hab ich mir auch gedacht. Deshalb werde ich morgen rübergehen und behaupten, dass ich sein Cousin bin und seine Sachen abholen will. Das sollte keine Problem sein, oder?«

»Kann ich mir nicht vorstellen. Eine Schachtel mit alter Kleidung und persönlichen Dokumenten? Er wird froh sein, sie loszuwerden.«

»Ich kann die Kleidung zu Goodwill oder zur Heilsarmee bringen. Und wenn es irgendeinen persönlichen Artikel gibt, wie etwa ein Taschenmesser, werde ich es als Andenken behalten.« Er schwieg einen Moment lang; wahrscheinlich dachte er an andere tote Freunde und andere Andenken. »Und wenn es einen vierten Schritt gibt«, sagte er, »werde ich Sie anrufen.«

»Gut.«

»Matt? Würde es Ihnen etwas ausmachen, mich zu begleiten?«

»Um wieviel Uhr?«

»Irgendwann am Nachmittag.«

Das rettete mich davor, einen Grund zu erfinden, warum ich nicht konnte. Donna hatte mir schon den perfekten gegeben. »Ich kann nicht«, sagte ich. »Ich muss nach Brooklyn.«

»Wirklich? Waren Sie unartig? Hat man Ihnen eine Strafe aufgebrummt?«

»Es ist Arbeit«, sagte ich. »Ich muss einem Mitglied meiner Gruppe dabei helfen, ihre Sachen aus der Wohnung ihres Ex-Freundes zu holen.«

»Mein Gott«, sagte er. »Dadurch sind Sie vom Haken, aber um welchen Preis? Sie haben einen schlimmeren Tag vor sich als ich. Matt, wenn ich irgendetwas Interessantes finde, werde ich Sie anrufen.«

Haben sie seine Sachen nicht weggepackt? Macht man das nicht normalerweise, wenn jemand stirbt?

Nun, es kommt darauf an, um wen es sich handelt und wie und wo er stirbt. Wenn es sich um ein ehrbares Mitglied der Gesellschaft handelt und er umsichtig genug war, ein detailliertes Testament zu hinterlassen, wird sein Eigentum wie darin verfügt aufgeteilt. (Natürlich erst, nachdem die ambulante Krankenpflegerin ein paar Dinge eingesteckt hat, von denen sie sich sicher ist, dass der Verstorbene wollte, dass sie sie bekommt.) Dann dürfen die Verwandten über das Kleinzeug streiten und die Kinder des Verstorbenen können allen Neid und Groll aus ihrer Kindheit aufwärmen und ausleben.

Wenn es kein Testament gibt, können sie auch über die großen Dinge streiten.

Aber wenn der Verstorbene sein Leben in einer Absteige in der Bowery oder einem Wohlfahrtswohnheim ausgehaucht hat, dann verschwindet alles, was halbwegs Wert besitzt. Die kleine Geldreserve für Notfälle, die paar Dollar, die noch von der letzten Stütze übrig sind, der gefaltete Zehn-Dollar-Schein im Schuh – wenn ein Verwandter auftaucht, wird das alles schon verschwunden sein. Die Cops stecken es ein.

Ich tat es immer. Das hatte ich von einem Partner gelernt, der mir die Ethik der Situation erklärt hatte. Das ethische Verhalten, hatte er mir erklärt, besteht darin, es mit deinem Partner zu teilen.

Also bestahl ich die Toten. Es raubte mir nicht den Schlaf und führte auch nicht dazu, dass ich einen Tropfen mehr Bourbon getrunken hätte als ohnehin. Ich denke nicht, dass im Lauf der Jahre sehr viel zusammengekommen ist. Normalerweise waren es fünf Dollar, zehn Dollar, in der Regel weit unter hundert Dollar. Aber einmal durfte ich 972 Dollar mit meinem damaligen Partner teilen. Ich erinnere mich an den Betrag, erinnere mich, wie genau wir ihn zu gleichen Teilen aufteilten, erinnere mich, was für warmer Regen diese 486 Dollar waren und wie ich ein Gefühl der Dankbarkeit und des Respekts für das menschliche Wrack, das sie mir unbeabsichtigt vermacht hatte, empfand. (Er hatte sich betrunken, war im Badezimmer ausgerutscht, hatte sich den Kopf aufgeschlagen und war verblutet, bevor er das Bewusstsein zurückerlangt hatte. Wir waren drauf und dran, ihn für die Schweinerei, die er hinterlassen hatte, zu hassen, aber das Geld, das er uns vermachte, änderte unsere Haltung. Natürlich muss man nicht in der Bowery leben, um so zu sterben; dem Schauspieler William Holden gelang es etwa ein Jahr, bevor ich meinen letzten Schluck Alkohol zu mir nahm.)

Weitere Namen für meine Liste, falls ich jemals den achten Schritt machen würde. Wie leistet man Wiedergutmachung an Menschen, deren Namen man vergessen hat, sobald der Bericht abgefasst ist? Ich bin mir nicht einmal sicher, dass es falsch von mir war, das Geld zu nehmen. Wenn mein Partner und ich es nicht angerührt hätten, hätte das nur bedeutet, dass es jemand anderer eingesteckt hätte. Und wer hätte es von Rechts wegen bekommen sollen? Der Staat New York? Was zum Teufel sollte irgendein Büro in Albany mit fünf Dollar hier und zehn Dollar da anfangen, oder auch mit fürstlichen 972 Dollar?

Andererseits, es war nicht mein Geld gewesen.

Eine Menge Unbekannter für meine Liste, John Does und Richard Roes, plus ein paar Mary Moes. Denn Frauen starben auch, an natürlichen und unnatürlichen Ursachen, und man musste in ihren Handtaschen nach einem Ausweis suchen, oder etwa nicht? Und dort fand man immer ein paar Dollar.

Einmal hatte ich einen echten Fürst der Stadt als Partner, der einer toten Nutte ein Paar Creolen von den Ohren nahm. »Die sehen aus wie achtzehn Karat«, sagte er. »Wofür braucht das arme Ding goldene Ohrringe auf dem Armenfriedhof?«

Ich sagte ihm, dass er sie behalten sollte. Ob ich sicher war? Ja, sagte ich, ich sei sicher. Wäre eine Schande, das Paar aufzuteilen, sagte ich.

Nobel von mir. Vielleicht würde das genug sein, mich in den Himmel zu bringen. *Was ich jemals Gutes getan habe? Nun, lieber Petrus, einmal hätte ich das Gold von den Ohren einer toten Hure stehlen können. Aber ich habe mich zurückgehalten.*

Kapitel 26

»Ich hätte dich fast nicht erkannt«, sagte ich.

Donna grinste, schüttelte ihr Haar. »Sehe ich so sehr anders aus?«

Ihr langes kastanienbraunes Haar, das auf ihre Schultern herabgeflossen war und ihr gelegentlich in die Augen gehangen hatte, war jungenhaft kurzgeschnitten und zu kurzen, dichten Locken gelegt. Richard, der am Steuer saß, sagte: »Ist es nicht fantastisch? Und absolut transformativ – oder meine ich transformierend?«

Dazu wollte keiner von uns eine Meinung äußern.

»Nun«, sagte er, »was auch immer das richtige Wort ist, das ist es. Was für eine Verwandlung. Von Brenda Starr zur kleinen Waisen Annie.«

»Ich wünschte, du hättest mir das nicht gesagt«, sagte sie. »Ich habe Brenda Starr immer gemocht.«

»Was hast du gegen Annie?«

»Nichts, aber ich wollte nie so aussehen wie sie.« Sie saß vorne, neben Richard, und hatte einen Arm über die Sitzlehne gelegt, damit sie zu mir nach hinten blicken konnte. »Nun, Matthew S.? Was ist dein Urteil?«

»Es hat lang nett ausgesehen«, sagte ich, »und es sieht kurz nett aus. Was es jetzt macht, es bringt dein Gesicht besser zur Geltung.«

»Es ging in all den Haaren unter«, sagte Richard. »Und jetzt platzt es hervor.«

»Ich sehe aus wie die kleine Waise Annie und mein Gesicht platzt hervor«, sagte sie.

»Das sind gute Sachen, Süße. Glaub mir.«

»Alles, was ich weiß«, sagte sie, »ist, dass es getan ist. Der Junge, der mir die Haare schneidet, konnte es nicht glauben, als ich heute Morgen zu ihm reinkam und ihm sagte, was ich wollte.«

»Wie: ›Oooh, wie können Sie so etwas von mir verlangen?‹«

»Ganz im Gegenteil«, antwortete sie. »Er wollte mir schon seit ewiger Zeit die Haare abschneiden. ›Hab ich Sie endlich überzeugt!‹ Aber es war nicht sein Werk.«

»Der Anlass«, mutmaßte ich. »Du wolltest dir diesen Mann aus den Haaren waschen.«

Richard sagte, dass er Mary Martin immer geliebt hatte. Donna sagte: »In etwa, aber nicht genau. Ich hab ihn gestern Abend angerufen.«

»Vinnie«, sagte ich.

»Was wahrscheinlich ein Fehler war, denn ich wollte seine Stimme nicht hören und auch nicht, dass er meine hört. Aber ich dachte, ich sollte ihn daran erinnern, dass ich heute Nachmittag vorbeikommen werde, um meine Sachen abzuholen, und dass es hilfreich wäre, wenn er sich woanders aufhalten könnte.«

»Und?«

»Ich weiß nicht, ob er in der Lage war, die Information aufzunehmen. Er fing an, über meine Haare zu reden, mein wunderschönes langes Haar, wie er es auf seinem Kopfkissen ausgebreitet sehen wollte und, nun, andere Dinge, die ich lieber nicht wiedergebe.«

»Wir werden von unserer überhitzten Fantasie Gebrauch machen«, sagte Richard.

»Da bin ich mir sicher. Und ich dachte mir, weißt du, Bursche, wenn du mein Haar so sehr magst, muss irgendetwas daran nicht stimmen. Und egal, ob dem so ist oder nicht, du hast es zum letzten Mal gesehen. Heute Morgen bin ich aufgestanden und sofort zum Friseursalon geeilt, wo Hervé in der Lage war, mich einzuschieben. Der Rest ist Geschichte.«

»Es ist nicht Geschichte, Süße. Es ist große Kunst. Einfach fabelhaft.«

»Danke, Richard.«

»Aber Hervé? Im Ernst?«

»Ich denke, er hieß früher Harvey.«

»Oh, là, là«, sagte Richard. »Wie europäisch.«

Vincent Cutrones Wohnung befand sich in einem sechsstöckigen Backsteinhaus an einer Kreuzung in Cobble Hill. Das Erdgeschoss teilten sich eine Reinigung und ein Deli, auf jedem der Stockwerke darüber befanden sich ein halbes Dutzend kleine Wohnungen. Richard, der ohne Probleme hingefunden hatte, konnte direkt vor dem Eingang parken und wir betraten zu dritt das Gebäude. Donna hielt ihren Schlüssel in der Hand, drückte aber trotzdem die

Klingel für 4-C und seufzte tief, als die Sprechanlage jenes Räuspern vernehmen ließ, das sie abgibt, kurz bevor sich jemand meldet.

»Hey«, war zu hören.

Sie verdrehte die Augen. »Ich komme hoch«, sagte sie. »Ich bin in Begleitung.«

Er sagte nichts, öffnete uns auch nicht die Tür. Sie benutzte ihren Schlüssel und wir betraten gerade den Aufzug, als wir den Türöffner hörten.

»Hey«, sagte Donna und verdrehte erneut die Augen. »Warum hab ich jemals gedacht – ach, egal.«

Er musste an der Tür gewartet haben, denn sie öffnete sich nach innen, als Donna den Schlüssel ins Schloss stecken wollte. Vinnie türmte sich in der Türöffnung auf, musterte uns alle drei und stutzte dann demonstrativ. »Heiliger Jesus«, sagte er. »Was zum Teufel hast du mit deinen Haaren gemacht?«

»Ich hab sie abschneiden lassen«, sagte sie.

»Von einem verdammten Metzger?« Er blickte an ihr vorbei auf mich und Richard. »Könnt ihr das glauben, Männer? Das Beste an dieser Frau und sie schneidet es ab. Wahnsinn. Ich bin derjenige, der trinkt, und sie ist diejenige, die durchdreht.«

Sie sagte: »Ich bin gekommen, um meine Sachen zu holen, Vincent. Ich dachte–«

»Ach, jetzt ist es Vincent. Die ganze Zeit über war es ›Oh, Vinnie, so wie du hat mich noch keiner. Oh, Vinnie, ich liebe es, wenn du–‹«

Ich hatte ihn schon zuvor gesehen. Bei Treffen, hier und da in der Stadt. Ich hatte nie seine Geschichte gehört, nie seinen Namen gekannt, konnte mich auch nicht daran erinnern, ihn jemals mit Donna gesehen zu haben. Aber ich kannte sein Gesicht.

Er war vier oder fünf Zentimeter kleiner als ich und ein paar Kilo schwerer. Sein Haar war dunkelbraun und wirr, ein bisschen länger als das der neuen Donna. Er hatte sich seit ein paar Tagen nicht mehr rasiert und roch so, wie man riecht, wenn sich der Alkohol durch die Poren einen Weg nach außen bahnt. Er trug ein schmutziges weißes Unterhemd, die Art, die die Schultern freilässt, und abgeschnittene Jeans. Er war barfuß.

»Du hast gesagt, dass du nicht zu Hause sein würdest, wenn ich meine Sachen abhole.«

»Nein, Donna, das hast du gesagt. Aber du bist ausgezogen, oder? Es ist jetzt meine Wohnung, oder?«

»Das ist richtig.«

»Es ist meine Wohnung, also, wer hat mehr Recht hier zu sein als ich? Willst du mich rauswerfen? Hey, wenn ich wollte, könnte ich *dich* rauswerfen.«

»Vinnie–«

»Ah, jetzt sind wir wieder bei Vinnie. Da wird mir doch gleich wohlig warm.« Er streckte den Arm aus, rieb ihre Haare. »Weißt du, wie du aussiehst? Du siehst aus wie Ann, die verdammte Lumpenpuppe.«

»Fass mich nicht an.«

»›Fass mich nicht an.‹ Das sind ja ganz neue Töne, Donna. Hey, keine Sorge. Ich werde dich nicht aus meiner Wohnung werfen.« Er trat zur Seite, bedeutete ihr, die Wohnung zu betreten. »*Esta es su casa*«, sagte er. »Weißt du, was das bedeutet?«

»Ich weiß, was es bedeutet.«

»Es ist Spanisch und bedeutet, dass das dein Haus ist. Nur, dass es meines ist.«

Ich sagte: »Vinnie, vielleicht wäre es eine gute Idee, wenn Sie uns eine Stunde Zeit geben.«

Er blickte mich an. Zuvor hatte er mich als Publikum betrachtet, aber jetzt hatte ich eine Sprechrolle und er reagierte dementsprechend: »Ich kenne dich«, sagte er. »Matt, oder? Warst ein Cop, bevor sie dich rausgeschmissen haben, weil du ein Arschloch bist. Bist du ihr neuer Freund?«

»Matt und Richard helfen mir beim Umzug«, sagte Donna.

»Die sind genau, was du brauchst«, sagte er. »Matt kann mich verprügeln und Richard hier kann mir einen blasen. Gegen die beiden hab ich keine verdammte Chance.«

Es wurde ein langer Nachmittag in Cobble Hill. Vinnie hatte seit ein paar Tagen rund um die Uhr getrunken und er zeigte der Reihe nach alle seine Emotionen, von Selbstmitleid bis zu Streitlust. Er sagte, er wünschte sich, Donna hätte ihr Haar nicht abgeschnitten, damit er es ihr um den Hals legen und sie damit erdrosseln könnte. Er ging aus dem Zimmer, stellte den Fernseher lauter, kam mit einem Bier zurück und ging wieder hinaus.

Die Wohnung musste nett gewesen sein, bevor er zu trinken begonnen hatte. Jetzt bestand sie vor allem aus leeren Flaschen und Bierdosen, Pizzaschachteln, halbleeren Behältern mit chinesischem Essen und Ausgaben von *Hustler* und *Penthouse*. Es gab eine aus *Screw* herausgerissene Seite, Anzeigen von Prostituierten mit ihren Fotos und Telefonnummern, die neben dem Wandtelefon in der Küche hing. Einige der Anzeigen waren mit einem Filzstift eingekreist.

»Von der da«, verkündete er und zeigte auf eines der Fotos, »könntest du noch was lernen, Donna. Könnte einen Tennisball durch einen Gartenschlauch saugen. Aber ich weiß nicht. Wette, du kannst das auch, was, Richard?«

Niemand antwortete ihm, aber das schien ihn nicht zu kümmern. Ich bin mir nicht sicher, dass er es bemerkte.

Ein langer Nachmittag in Cobble Hill.

Kapitel 27

Wir waren über die Brücke gefahren und wieder in Manhattan, als sie sagte: »Ann, die Lumpenpuppe, um Himmels Willen. Die kleine Waise Annie und Ann, die Lumpenpuppe.«

»Du bist sagenhaft prächtig«, sagte Richard. »Kannst du also bitte damit aufhören?«

»Okay.«

»Ich hab die kleine Waise Annie wirklich nur nett gemeint. Und du hast große Augen, genau wie sie, nur dass deine diese umwerfende braune Farbe haben. Und sie stechen wirklich hervor, jetzt wo sie nicht mehr von deinen Haaren versteckt werden.«

»Also bin ich jetzt glotzäugig? – Okay, ich hör auf damit.«

»Und du siehst überhaupt nicht wie Ann, die Lumpenpuppe aus«, sagte er. »Der Mann ist ein betrunkener Schwachkopf.«

Es gab eine lange Stille. Dann sagte sie: »Er ist kein schlechter Kerl, müsst ihr wissen. Wenn er trocken ist.«

»Aber er ist nicht trocken, oder?«

»Nein.«

»Und betrunken oder nüchtern, er war nie der Richtige für dich. Tief in deinem Inneren hast du das immer gewusst.«

»Oh Gott, Richard. Du hast absolut Recht.«

»Nun, natürlich«, sagte er.

Ihre Sachen füllten den Kofferraum und teilten sich den Rücksitz mit mir. Als wir wieder dort ankamen, wo wir losgefahren waren, Amsterdam Avenue, Ecke 84th Street, fuhr Richard einmal um den Block, konnte aber keinen Parkplatz finden. Ich sagte ihm, dass er neben einem Hydranten parken sollte und gab ihm eine Karte für das Armaturenbrett.

»Polizeigewerkschaft«, las er laut vor. »Bedeutet das, dass ich keinen Strafzettel bekommen werde?«

»Es erhöht die Chancen.«

»Ich weiß nicht«, sagte er. »Ich würde es auf einen Strafzettel ankommen lassen, aber was ist, wenn sie mein Auto abschleppen?«

Donna sagte: »Süßer, du wirst dich wahrscheinlich besser fühlen, wenn du beim Auto bleibst. Matt und ich schaffen es allein. Wir gehen einfach einmal öfter.«

Sie wohnte im vierten Stock eines Sandsteinhauses. Es war ein schönes Gebäude in tadellosem Zustand, der einzige Geruch im Treppenhaus war eine leichte Andeutung von Möbelpolitur. Aber es gab keinen Aufzug, und wir mussten dreimal hoch und runter. Als ich die vier Stockwerke zum dritten Mal hochgestiegen war, war ich außer Atem.

»Setz dich«, sagte sie, »bevor du umfällst. Die Treppe sorgt dafür, dass ich fit bleibe, aber sie bringt einen um, wenn man es nicht gewöhnt ist. Außerdem hast du dreimal so viel getragen wie ich. Kann ich dir ein Glas Wasser anbieten? Oder vielleicht ein Coke?«

»Ein Coke wäre großartig.«

»Nur, dass es Pepsi ist.«

»Pepsi geht in Ordnung.«

»Bitte schön. Ich geh nur schnell Richard sagen, dass alles erledigt ist.«

Sie ließ mich in einem Ohrensessel im Queen-Anne-Stil, der im Wohnzimmer vor einem Kamin mit Marmoreinfassung stand, Platz nehmen. Über dem Kamin hatte sie ein Landschaftsbild aus dem 19. Jahrhundert in einem kunstvollen Rahmen hängen; in der Mitte des dunklen Hartholzbodens lag ein dicker chinesischer Teppich. Es war ein angenehmer Raum, prächtiger und formeller, als ich es erwartet haben würde, und er passte besser zu ihrer Geschäftskleidung von gestern Abend als zu den Jeans und dem Sweatshirt, die sie heute Nachmittag trug.

Ich fragte mich, wie die anderen Zimmer der Wohnung aussahen. Die Küche, das Schlafzimmer. Ich blieb, wo ich war, und stellte sie mir vor, dann hörte ich ihre Schritte auf der Treppe.

»Lass mich nur kurz verschnaufen«, sagte sie, als sie hereinkam. Sie ließ sich auf das Zweiersofa mit Medaillon-Rückenlehne fallen. »Richard hat gesagt, dass ich dich von ihm grüßen soll und er dir einen schönen Jahrestag wünscht, falls er dich bis dahin nicht mehr trifft. Du hast bald ein Jahr, oder?«

»Ziemlich bald.«

»Noch ein Coke? Pepsi, meine ich. Kann ich dir noch eine bringen?«

»Eine ist das Limit für mich.«

»Ha! Das gefällt mir. Oh, bevor ich es vergesse–«

Sie kam zu mir und gab mir zwei Hundert-Dollar-Scheine. Wir stritten darüber. Ich sagte ihr, dass es zu viel war, und sie sagte, dass es das war, was sie auch Richard gegeben hatte, und dass sie es mir geben würde. Ich sagte, dass ich das, was ich getan hatte, auch gerne umsonst getan hätte, als Freundschaftsdienst, also warum trafen wir uns nicht auf halbem Weg? Und ich wollte ihr einen der beiden Scheine zurückgeben, aber sie weigerte sich, ihn anzunehmen.

»Ich hätte auch vierhundert gezahlt«, sagte sie, »oder sogar noch mehr, also treffen wir uns bereits auf halbem Weg. Und wenn du das Geld einsteckst, werden wir nicht mehr darüber diskutieren müssen. Wäre das nicht angenehm?«

Ich stimmte zu, dass sie nicht ganz Unrecht hatte, und steckte die Scheine in meine Brieftasche. Ohne es geplant zu haben, sagte ich: »Nun, ich werde einen Teil davon für ein Abendessen ausgeben. Wirst du mir Gesellschaft leisten?«

Sie riss die Augen auf. »Was für eine wunderbare Idee. Aber es ist Samstag, hast du da nicht eine feste Verabredung mit – war es Jane?«

»Jan.«

»Immerhin, fast.«

»Sie hat beschlossen, dass sie diesen spezifischen Samstag lieber mit ihrer Sponsorin zu Abend isst.«

»Oh.«

»Ich vermute, die beiden haben etwas, über das sie unbedingt sprechen müssen. Mich, höchstwahrscheinlich.«

»Oh«, sagte sie. Sie stand und ich stand ebenfalls auf. Unsere Blicke trafen sich. Ich fühlte mich, als würde ich kurz vor einer Entscheidung stehen, dann wurde mir klar, dass die Entscheidung bereits gefallen war.

Sie trat einen Schritt auf mich zu. »Du bist ein großartiger Mann«, sagte sie und legte ihre Hand auf meinen Arm.

●　　　●　　　●

Ihr Schlafzimmer war verziert und viktorianisch, mit einem Himmelbett. Danach lag ich neben ihr und lauschte meinem Herzschlag. Ich fragte mich nicht zum ersten Mal, wie viele Schläge es noch schlagen würde.

Neben mir lag Donna auf dem Rücken. Sie hob die Hände über ihren Kopf und streckte sich, dann berührte sie mit einer Hand ihre Achselhöhle und führte die Finger an ihr Gesicht.

»Ach du meine Güte«, sagte sie. »Ich stinke.«

»Ich weiß. Es war schwer, mich dazu zu überwinden, dich zu berühren.«

Sie hatte ein gutes Lachen, kräftig und nur ein kleines bisschen unanständig. »Ja«, sagte sie, »ich hab bemerkt, wie schwer es dir gefallen ist, deine natürliche Abscheu zu überwinden.« Sie legte eine Hand auf meinen Oberschenkel. »Aber ich hätte mich vorher duschen können.«

»Ich dachte selbst daran, mich zu duschen«, sagte ich. »Aber dann hätten wir warten müssen.«

»Und das hätte vielleicht einem von uns beiden Zeit gegeben, die Sache zu überdenken.«

»In welchem Fall wir vielleicht nicht hier gelandet wären.«

»Oh, wir wären auf jeden Fall hier gelandet«, sagte sie. »Früher oder später.«

»Es stand in den Sternen?«

»Es stand auf den U-Bahn-Wänden«, sagte sie, »und den Fluren der Mietshäuser. Ich liebe dieses Lied.«

»Ich hab es seit einer Ewigkeit nicht mehr gehört.«

»Einen Moment«, sagte sie und sprang aus dem Bett. Ich musste kurz eingenickt sein, denn das Nächste, was ich wusste, war, dass sie sich an mich schmiegte, während Simon & Garfunkel sanft und harmonisch schmachteten.

»In meinen Fantasien«, sagte sie, »hab ich mir allerdings nicht vorgestellt, dass wir völlig verschwitzt sein würden.«

»Du hattest Fantasien?«

»Darauf kannst du Gift nehmen. Und in allen von ihnen kam ich frisch aus der Dusche zu dir, mit einem Hauch von Parfüm hier und da–«

»Wo und da?«

»Hör auf. Du lenkst mich ab. Wo war ich?«

»Hier und da«, sagte ich.

»Deine Berührungen sind so sanft, Matthew S. Meine Güte. Frisch aus der Dusche, subtil duftend, mit wehendem langem Haar. Nun, der Duft ist nicht sehr subtil und das lange Haar existiert nur noch in der Erinnerung.«

»In *meinen* Fantasien«, sagte ich, »hat das lange Haar nicht wirklich eine Rolle gespielt.«

»Moment mal«, sagte sie. »Du hattest Fantasien? Über mich?«

»Überrascht dich das?«

»Du hast dir das nie anmerken lassen«, sagte sie. »Das war ein Grund, weshalb es so sicher war, Fantasien über dich zu entwickeln. Du warst nicht an mir interessiert und du warst schon vergeben.«

»Ich vermute, es hat angefangen, als du deine Hand auf meinen Arm gelegt hast.«

»Meinst du so?«

»Mhm.«

»Das war nur, du weißt schon, freundschaftlich.«

»Ich verstehe.«

»Ich hab es unbewusst getan.«

»Okay.«

»Vielleicht war es nicht völlig unbewusst«, sagte sie und dachte darüber nach. »Vielleicht war es ein ganz kleines bisschen sexuell.«

»Nun, du musst dich nicht dafür entschuldigen, Donna.«

»Würde mir nicht mal im Traum einfallen. Welche Art von Fantasien hattest du, in denen meine Haare keine Rolle gespielt haben?«

»Nun, das, was wir gerade getan haben.«

»Ach.«

»Und ein paar andere Sachen«, sagte ich, »die wir noch nicht getan haben.«

»Und keine davon hatte etwas mit langen Haaren zu tun.«

»Hör zu, ich habe deine Haare immer bewundert.«

»Und du wünschtest, ich hätte sie nicht abgeschnitten.«

»Nein«, sagte ich. »Ich denke, dass ich es so wie jetzt tatsächlich besser finde. Aber es hat mir zuvor auch gefallen.«

»Männer denken alle, dass sie lange Haare mögen«, sagte sie, »aber es ist verdammt aufwendig, sie zu pflegen, und weißt du noch was?«

»Was?«

»Man bekommt sie in den Mund, wenn man sich liebt. Diese Sachen, die wir noch nicht getan haben. Sollen wir zuerst duschen?«

Ich duschte später, als ich wieder in meinem Hotel war. Nach unserer zweiten Runde verkündete sie, dass sie zu müde war, um noch irgendwohin zu gehen. Aber wir sollten etwas essen und wie wäre es, wenn sie uns ein paar Sandwiches machte? Ich sagte, dass sich das gut anhörte, und sie kam mit ein paar Sandwiches, Leberwurst auf dunklem Roggenbrot, und einer Tüte Mais-Chips aus biologisch angebautem blauem Mais zurück.

»Ich fange an, mich aufzulösen«, sagte sie. »Es war ein anstrengender Tag.«

»War er.«

»Du kannst gerne bleiben.«

Aber ich wusste es besser. Ich zog mich an und sie brachte mich zu Tür. »Du bist ein toller Mann«, sagte sie. »Ich bin froh, dass wir das getan haben.«

Draußen war es kühler und ich überlegte mir, den Bus hinunter zum Columbus Circle zu nehmen. Aber ich wurde unruhig, während ich auf den Bus wartete, und fing an, loszugehen. Als ein Bus kam, war ich schon halb zu Hause. Ich hätte in den Bus steigen können, aber ich verzichtete und ging auch den Rest des Weges zu Fuß. Manchmal ist Zufußgehen gut, wenn man über etwas nachdenken will, aber manchmal ist es auch eine praktische Alternative zum Nachdenken: Solange ich einen Fuß vor den anderen setzte, musste ich keine Steine hochheben, um nachzusehen, was sich darunter befand.

An der Rezeption gab es Nachrichten für mich, so wie ich es erwartet hatte. Zwei Anrufe, Jan und Greg. Ich blickte auf meine Uhr und entschied, dass es für beide zu spät war, sie zurückzurufen. Ich ging nach oben und als ich aus der Dusche kam, nahm ich den Hörer in die Hand und rief Greg an.

»Kein Glück«, sagte er.

»Er hat Jacks Sachen bereits weggeschmissen?«

»Nein, er hatte sie zusammengepackt, so wie er es tun sollte. Und dann ist eines Tages ein Polizist gekommen, um sie abzuholen. Ist das normal?«

Nicht, wenn sie mehr oder weniger beschlossen haben, den Fall abzuschreiben. »Vielleicht haben sie eine Spur«, sagte ich. »Derjenige, der die Sachen abgeholt hat, muss eine Quittung mit seiner Unterschrift hinterlassen haben. War es Redmond?«

»Es kam mir nicht in den Sinn, danach zu fragen.«

»Ich vermute, es spielt keine Rolle«, sagte ich. »Vielleicht werde ich ihn anrufen, um zu sehen, was ich herausfinden kann.«

Ich verabschiedete mich, ging zu Bett. Vielleicht werde ich Redmond anrufen, dachte ich, vielleicht auch nicht. Es würde keinen großen Unterschied machen.

Kapitel 28

»Da war kürzlich so ein Artikel in der Zeitung«, sagte Jim. »Es gibt dieses neue Chinatown draußen in Flushing. Man nimmt die U-Bahn zum Shea Stadium bis zur Endstation. Main Street, Flushing – das ist die Haltestelle. Und es gibt ganze Blocks mit chinesischen Restaurants, die unterschiedliche Küche aus den unterschiedlichsten Gebieten Chinas anbieten. Sachen, die man hier nicht bekommt.«

»Pfannengerührter Panda«, schlug ich vor.

»Einschließlich von Teilen des Pandas, deren Verzehr einem nie in den Sinn kommen würde. Also hab ich mir gedacht, wir sollten wirklich da rausfahren, einfach in das erste Restaurant gehen, das vernünftig aussieht, und sehen, was sie uns vorsetzen.«

»Gute Idee.«

Er schenkte uns Tee nach. »Und dann dachte ich mir, zum Teufel, wen will ich verarschen? Das alte, etablierte Chinatown ist zehn Minuten mit der A-Train entfernt und wir fahren nie dahin. Warum sollten wir dann den ganzen Weg raus bis nach Flushing auf uns nehmen?«

»Wir sind Gewohnheitstiere.«

»Sie haben über dieses taiwanesische Restaurant geschrieben, nur zwei Blocks von der U-Bahn. Es hat sich ziemlich gut angehört, muss ich sagen. Und trotzdem werden wir nie dorthin gehen.« Er nahm einen Bissen, kaute, schluckte. »Gewohnheitstiere«, sagte er. »Es ist deine Gewohnheit, am Samstagabend Sex zu haben, und wenn eine Frau verschwindet, suchst du dir einfach eine andere.«

»So hab ich das noch nicht gesehen.«

»Nein, ich denke nicht, dass du das hast. Donna, hä? Gut aussehende Frau.«

»Sie hat sich die Haare abschneiden lassen.«

»Hast du schon gesagt. Aber davon hast du dich nicht abhalten lassen, oder?«

•   •   •

Wir waren zwei der sieben Gäste im Lucky Peony, einem relativ neuen Restaurant in der 8th Avenue, Ecke 51st Street. Ich hatte an diesem Tag mein Zimmer nicht verlassen, bis ich hinüberspazierte, um mich dort mit Jim zu treffen. Die Sesamnudeln waren die erste Nahrung, die ich seit dem Leberwurstsandwich in der letzten Nacht zu mir nahm.

Und Jim war, als er anrief, um Ort und Zeit für unser sonntägliches Abendessen festzulegen, die erste Person, mit der ich sprach. Ich sagte nicht viel, aber diese wenigen Wörter waren die einzigen, die mir über die Lippen kamen.

Ich hatte keine bewusste Entscheidung getroffen, den Tag von der Welt isoliert zu verbringen. Ich sagte mir, dass ich in ein paar Minuten frühstücken gehen würde, und ich sagte es mir immer noch, nachdem ich den Namen der Mahlzeit zu Mittagessen geändert hatte.

Jan und ich gingen normalerweise zu einem Sonntagmorgentreffen in SoHo. Ich wusste, dass ich dort nicht aufkreuzen würde, aber es standen jede Menge anderer Treffen zur Auswahl, in der ganzen Stadt und den ganzen Tag über. Ich sagte mir, dass ich eines davon aufsuchen würde. Ich sah in meinem Verzeichnis der Treffen nach, arbeitete einen Plan aus, der mir gestatten würde, zwei davon zu besuchen, oder sogar drei, wenn ich es drauf anlegte.

Ich ging zu keinem von ihnen.

Stattdessen blieb ich in meinem Zimmer. Die meiste Zeit über hatte ich den Fernseher laufen, schaltete zwischen einem Football-Spiel und einem Golfturnier hin und her. Manchmal beschäftigte mich das, was ich sah, manchmal nicht.

Ich dachte an Anrufe, die ich erledigen konnte, und machte keinen davon. An einem Punkt erinnerte ich mich an den mysteriösen Mark, der vor ein paar Tagen angerufen und eine Nummer hinterlassen hatte, die ich dann in den Papierkorb geschmissen hatte. Ich fragte mich, um wen es sich gehandelt hatte, da ich herausgefunden hatte, dass es nicht Motorrad-Mark gewesen war. Ich sah im Abfalleimer nach, aber der war leer. Als Dauermieter des Hotels wird mein Zimmer einmal pro Woche gereinigt – das Bett frisch überzogen, das Badezimmer geputzt, der Teppich gesaugt, der Abfalleimer geleert. Das Zimmer erhält diese Behandlung jeden Samstag, also war ich einen Tag zu spät dran, was die Nummer von Mark anbetraf. Aber es spielte keine Rolle, denn ich bin mir ziemlich sicher, dass ich ihn sowieso nicht angerufen hätte.

Das Telefon klingelte ein paarmal. Aber die Anrufe kamen, nachdem ich bereits mit Jim gesprochen hatte, und es gab niemanden, mit dem ich reden wollte, also ließ ich es klingeln. Wenn es wichtig war, würden die Anrufer Nachrichten hinterlassen, die ich auf dem Weg zum Abendessen entgegennehmen konnte. Falls ich nicht vergaß, mich zu erkundigen.

»Danach«, sagte ich, »bin ich den ganzen Weg zu Fuß nach Hause gegangen.«

»Und hast fröhlich vor dich hin gepfiffen?«

»Weißt du, was mir durch den Kopf ging? Jesus, werde ich diese Frau für den Rest meines Lebens am Hals haben?«

»Weil sie sich so einen tollen Kerl wie dich niemals entgehen lassen würde?«

»Ja, richtig.«

»Hier ist, was passiert ist«, sagte er. »Nur, damit du es weißt. Donna ist gerade frisch aus einer Beziehung, auf die sie sich niemals hätte einlassen sollen. Also hat sie zwei Dinge getan, um zu beweisen, dass sie damit abgeschlossen hat. Sie hat sich die Haare abschneiden lassen und sie ist mit jemandem ins Bett gegangen. Und um sicherzustellen, dass ihr nicht wieder das Gleiche widerfährt, hat sie jemanden ausgewählt, der vergeben ist.«

»Wegen Jan. Aber es wäre nichts passiert, wenn Jan unsere Verabredung nicht abgesagt hätte. Erst dann war Donna interessiert.«

»Zuvor hat sie immer nur aus Freundschaft nach deinem Arm gegriffen.«

Darüber musste ich nachdenken.

»Hör zu«, sagte er, »du hast ihr gefallen. Sie wollte mit dir ins Bett gehen. Dann hat sie dir ein Sandwich gegeben und dich nach Hause geschickt.«

»Sie hat gesagt, ich könnte bleiben.«

»›Liebling, bitte, bitte bleib hier. Morgen früh gehen wir brunchen, dann kommen wir hierher zurück und machen wieder Liebe.‹ Hat sie es so formuliert?«

»Nicht genau.«

»Die Botschaft, die du bekommen hast, die Botschaft, die sie übermitteln wollte, lautete, dass du bleiben kannst, wenn du willst, aber ihr wäre es lieber, wenn du es nicht tust. Hört sich das in etwa richtig an?«

»Sie hat sich wahrscheinlich gefragt, ›Werde ich diesen Kerl für den Rest meines Lebens am Hals haben?‹«

»Nun, sie ist Alkoholikerin, so wie du auch. Und sie ist gerade dem Stolz von Bensonhurst entkommen, also ja, ich vermute, sie hat etwas in der Richtung gedacht. Aber Kopf hoch, ja? Da ist diese gut aussehende Frau mit einer schönen Wohnung, und du bist derjenige, den sie zu sich in ihr Himmelbett gelassen hat.«

»Woher weißt du, dass sie ein Himmelbett hat?«

»Jesus, wer bist du, Inspektor Columbo? Du hast es beschrieben.«

»Oh.«

»Und den orientalischen Teppich und das Portrait über dem Kamin.«

»Es war eine Landschaft.«

»Danke, dass du das klargestellt hast. Sie hätte nicht dich auswählen müssen, weißt du. Sie hätte Richard zu sich die Treppe hochzerren können.«

»Richard ist schwul.«

»Denkst du, dass sie das aufgehalten hätte?«

»Jim–«

»Na gut, ich gebe zu, dass du etwas verfügbarer warst als Richard und auch etwas geeigneter. Du bist nicht in sie verliebt, oder?«

»In Donna? Nein. Ich mag sie, aber–«

»Keine Fantasien, dass du bei ihr einziehst?«

»Nein.«

»Gut, denn sie will das auch nicht. Donna hat einen guten Job, sie verdient gutes Geld. Sie arbeitet irgendwo Downtown, oder nicht?«

»Sie arbeitet für eine Investmentbank. Was sie dort genau macht, weiß ich nicht.«

»Was auch immer es ist, sie wird gut bezahlt. Und der nächste Mann, mit dem sie sich ernsthaft einlässt, was allerdings nicht so schnell der Fall sein wird, wird kein Typ wie Vinnie sein, kein Möchtegern aus South Brooklyn, der nur dann nüchtern ist, wenn er nicht trinkt. Und weißt du, was er noch nicht sein wird?«

»Ein Privatdetektiv ohne Lizenz, der in einem Hotelzimmer wohnt.«

»Da hast du es. Du hattest eine gute Zeit und du musstest den Samstagabend nicht allein verbringen.«

»Richtig.«

»Und du hast dabei noch zweihundert Dollar Gewinn gemacht. Was ist los?«

»Ist es das, wofür sie mir das Geld gegeben hat?«

»Nein, natürlich nicht. Das Geld war, damit sie nicht mit dir schläft, um dich dafür zu entlohnen, dass du ihr geholfen hast. Frohe Weihnachten, Kleiner.«

»Hä?«

»Kennst du den Witz nicht? Der Briefträger bringt die Post zu diesem Haus und die Ehefrau bittet ihn herein, gibt ihm einen frisch gebackenen Brownie und eine Tasse Kaffee. Bevor er sich versieht, schleppt sie ihn nach oben ins Schlafzimmer. Danach gibt sie ihm einen Dollar.

Und er sagt: ›Hey, was soll das?‹ Er versucht, ihn zurückzugeben, aber sie nimmt ihn nicht zurück. ›Der ist für dich‹, sagt sie. ›Mein Mann hatte die Idee.‹ ›Dein Mann?‹ ›Ja‹, sagt sie. ›Ich hab ihn gefragt, was wir dem Briefträger zu Weihnachten geben sollten, und er hat gesagt: Fick ihn – gib ihm einen Dollar! Der Brownie und der Kaffee waren meine Idee.‹«

Wir gingen zum Treffen in St. Clare's und danach begleitete ich ihn bis zu seinem Haus. Auf dem Nachhauseweg erinnerte ich mich daran, dass ich zuvor einfach an der Rezeption vorbeigegangen war, ohne mich zu erkundigen, ob meine Anrufer Nachrichten hinterlassen hatten. Dieses Mal fragte ich, und es gab keine. Ich ging nach oben, nahm den Hörer in die Hand, legte wieder auf, ohne irgendeine Nummer zu wählen, und ging zu Bett.

Kapitel 29

Am nächsten Morgen rief ich gleich nach dem Frühstück bei Greg Stillman an. Er hob nicht ab, weshalb ich eine Nachricht auf seinem Anrufbeantworter hinterließ. Ich hütete mich davor, Donna anzurufen, und ich war noch nicht bereit dazu, Jan anzurufen. Ich fand die Nummer von Dennis Redmond, aber jemand anderes meldete sich an seinem Apparat im Revier. Ich hinterließ meinen Namen und meine Nummer.

Redmond und ich jagten uns eineinhalb Tage lang per Telefon. Ich war nie in meinem Zimmer, wenn er anrief, und er war nie an seinem Schreibtisch, wenn ich zurückrief. Ich ging zum Fireside-Treffen am Montagmittag und zu St. Paul's am Abend dieses Tages. Ich dachte mir, dass ich dort vielleicht Donna begegnen würde, war aber nicht überrascht, als dem nicht so war.

Jim war auch nicht dort, aber ich fand ein paar andere Leute, mit denen ich einen Kaffee trinken gehen konnte. Es war nach elf, als ich aus dem Flame nach Hause kam. Keine Nachrichten, aber Jacob informierte mich darüber, dass jemand für mich angerufen hatte. »Aber er hat keinen Namen hinterlassen«, sagte er, »und auch keine Nummer.«

Wie auch, dachte ich.

Ich war überrascht, dass Greg nicht zurückgerufen hatte, und entschied, dass es noch nicht zu spät war, ihn anzurufen. Es meldete sich wieder der Anrufbeantworter, also war er entweder unterwegs, um sich mit Erdbeer-Rhabarber-Kuchen vollzustopfen, oder er hatte sich schon schlafen gelegt. Ich legte auf, ohne eine weitere Nachricht zu hinterlassen, und ging zu Bett.

Am Dienstagnachmittag klingelte mein Telefon schließlich, als ich auch anwesend war, um abzuheben. Es war Jan, die nur angerufen hatte, um Hallo zu sagen. Wir hatten eine seltsam bedeutungslose Unterhaltung, bei der das, was nicht gesagt wurde, wichtiger war als das, was wir sagten. Keiner von uns beiden erwähnte den vergangenen Samstagabend, ebenso wenig den kommenden. Ich sagte nichts von den verschiedenen Dingen, die mir im Kopf herumgingen, und ich denke, sie tat es auch nicht.

Also war es kein sonderlich großartiges Telefongespräch, aber es durchbrach die Blockade, denn nachdem ich das Gespräch mit Jan beendet hatte, rief ich Redmond an, und diesmal war er dort, um abzuheben.

»Tut mir leid«, sagte er. »Ich wollte Sie zurückrufen. Ich hab es ein paarmal versucht.«

»Ich war selbst schwer zu erreichen« sagte ich. »Ich hab mich nur gefragt, ob Sie die Habseligkeiten von Jack Ellery abgeholt haben.«

Er wusste nicht, wovon ich redete. Ich erklärte ihm, dass jemand Ellerys Sachen beim Hausmeister abgeholt hatte und ich gedacht hatte, dass vielleicht er dieser jemand gewesen war.

»Herrgott«, sagte er. »Warum sollte ich so etwas tun?«

»Das hab ich mich auch gefragt.«

»Hat der Hausmeister gesagt, dass ich es war?«

»Ich hab nicht mit ihm gesprochen«, sagte ich. »Greg Stillman ist hingegangen. Er hatte den Eindruck, dass es sich bei demjenigen, der die Sachen abgeholt hat, um einen Polizeibeamten gehandelt hat.«

»Welche Sachen? Die lange verschollene Beute vom großen Dings beim Brinks?«

»Nun, ich weiß es nicht«, sagte ich. »Stillman hat gedacht, dass es vielleicht ein paar Notizbücher gibt, ein paar AA-Erinnerungsstücke.«

»Waren Sie jemals in seinem Zimmer?«

»In Ellerys? Nein.«

»Nun, ich schon, denn dort wurde er ermordet. Abgesehen von einem Rasierer, einer Zahnbürste und einem Radiowecker hat er nicht viel besessen. Ein paar alte Klamotten, ein extra Paar Schuhe. Vielleicht ein halbes Dutzend Bücher. Einige davon waren AA-Bücher. Ist es das, wonach Sie gesucht haben?«

»Ich hab nach nichts gesucht. Stillman–«

»Richtig, Stillman. Es gab eine Messingmünze, etwa so groß wie ein Halbdollar. Vielleicht ein bisschen größer. Darauf war etwas, das vermutlich das AA-Symbol ist, abgebildet. Zwei *A*s in einem Kreis oder Dreieck, ich weiß nicht mehr, was von beidem.«

»Beides.«

»Hä?«

»Zwei *A*s in einem Dreieck, und das Dreieck umschlossen von einem Kreis.«

»Ich bin froh, dass Sie das für mich geklärt haben. Was auch immer es war, es würde schwer sein, damit einen Drink zu bezahlen.«

Einige Gruppen verteilen sie an Jahrestagen an Mitglieder. Auf der einen Seite gibt es eine römische Ziffer für die Anzahl der Jahre, die man feiert. Ich dachte nicht, dass Redmond mit dieser Information belastet werden musste.

»Egal«, sagte er, »der arme Hurensohn besaß nicht viel und ich musste nichts davon ein zweites Mal sehen. Also, wer auch immer seine Sachen abgeholt hat, ich war es nicht. Bleiben Sie mal einen Moment lang dran.«

Ich wartete, bis er mit der Information ans Telefon zurückkam, dass auch sonst niemand etwas über Ellerys Hinterlassenschaften wusste. Ich sagte, dass der Hausmeister sie sich vielleicht selbst unter den Nagel gerissen und sich deshalb eine Geschichte ausgedacht hatte. Es sei wahrscheinlicher, dass er alles weggeschmissen hat, meinte Redmond, denn da sei nichts gewesen, was man hätte aufbewahren müssen. Er habe es weggeschmissen und um zu vermeiden, dass er zur Schnecke gemacht wurde, habe er es der Polizei in die Schuhe geschoben.

»Woran wir gewöhnt sein sollten«, sagte er. »Wissen Sie, ich hatte gehofft, Sie hätten mehr zu bieten als eine Frage.«

»Wie was?«

»Ich hab mir gedacht, dass sich vielleicht Ihr Gewissen geregt hat und Sie mir erzählen wollten, wie Sie Ihren alten Kindheitsfreund erschossen haben.«

»Warum hätte ich das tun sollen?«

»Hab ich gerade gesagt. Weil Ihr Gewissen –«

»Warum hätte ich ihn erschießen sollen?«

»Woher soll ich das wissen? Sie sind derjenige mit dem schlechten Gewissen. Vielleicht hat er Ihnen vor hundert Jahren in der Bronx eine Baseballkarte gestohlen und Sie haben gerade erst gemerkt, dass es diejenige war, die jetzt ein Vermögen wert ist. Ich hab vergessen, wer darauf abgebildet war.«

»Da kann ich Ihnen auch nicht helfen.«

»Honus Wagner. Also, wer braucht Ihre Hilfe? Sie waren es nicht, was?«

»Ich befürchte, nein.«

»Typisch für mich. Hey, Sie schnüffeln doch nicht etwa in dem Fall herum, oder? Spielen Detektiv und so?«

»Nein.«

»Das hätten Sie auch überzeugender sagen können. Egal. Ich würde Sie davor warnen, uns in die Quere zu kommen, aber bei der Menge an Fällen, die wir haben, können wir Ihrem Kumpel Ellery nicht allzu viel Zeit widmen. Wenn Ihnen irgendwas in die Hände fällt, wissen Sie ja, bei wem Sie sich melden müssen.«

Das war am Dienstag. Am Donnerstagmorgen las ich die Zeitung, während ich frühstückte. Es gab eine Sache im Inneren, die ich kaum registrierte, ein Mann, der auf offener Straße in der Nähe des Gramercy Parks ermordet worden war, offenbar bei einem Raubüberfall. Ich war schon ein paar Seiten weiter, als es Klick machte. Ich blätterte zurück und sah mir den Namen des Opfers an. Nun wusste ich, welcher Mark versucht hatte, mich anzurufen.

Kapitel 30

»Mark Sattenstein«, sagte Joe Durkin. »Ermordet kurz nach Mitternacht drei Blocks von seinem Zuhause entfernt. Tod als Folge mehrere Schläge auf den Kopf. War auf ein paar Drinks in einer Bar mit einem irischen Namen gewesen, falls du glauben kannst, dass so ein Ort existiert. Man kennt ihn dort, kein Stammgast, kein Trinker, aber er kommt ab und zu auf ein Bier vorbei. Nun, jetzt nicht mehr. Nicht der erste Raubüberfall auf der Straße in dieser Gegend, nicht einmal der erste in diesem Monat. Und der ist noch nicht alt. Brieftasche weg, Armbanduhr weg, Taschen umgestülpt – wie hört sich das für dich an, Matt?«

»Brutaler Raubüberfall.«

»Hört sich an wie ein Raubüberfall und an der Brutalität gibt es keine Zweifel. Was zwei Fragen für mich aufwirft. Wie kann das irgendetwas anderes sein als das, wonach es aussieht? Und, wo ich gerade dabei bin, was hast du damit zu tun?«

»Ich hab ihn gekannt.«

»Ja? Ein alter Freund?«

Nein, dachte ich. Das war der andere tote Kerl. Ich sagte: »Ich hab ihn nur einmal getroffen. Ich hab für einen Freund eine Sache untersucht und hatte ein paar Fragen an Sattenstein. Ich hab ihn in seiner Wohnung aufgesucht, hab mich höchstens eine Stunde lang mit ihm unterhalten.«

»Irgendwas erfahren?«

»Genug, um ihn zu streichen.«

»Von was?«

»Von meiner Liste«, sagte ich. »Ich will nicht ins Detail gehen, aber er war eine Richtung, in die die Sache hätte gehen können. Nachdem ich mit ihm gesprochen hatte, war mir klar, dass es sich um eine Sackgasse handelte.«

Er blickte mich an, dachte darüber nach. »Und das war vor Kurzem?«

»In den letzten paar Wochen.«

»Und jetzt ist er tot und du denkst, dass es sich nicht um einen Zufall handeln kann.«

»Nein«, sagte ich. »Ich denke, dass es sich fast sicher um einen Zufall handelt. Aber ich denke auch, dass es den Preis eines Huts wert ist, auszuschließen, dass es sich nicht um einen Zufall handelt.«

Ein Hut ist der Polizeijargon für fünfundzwanzig Dollar. Ein Mantel sind einhundert. Ich habe keine Ahnung, was ein Hut heutzutage tatsächlich kostet, ich kann mich nicht daran erinnern, wann ich zum letzten Mal einen gekauft habe, aber Jargon überlebt seine Ursprünge. Ein Pfund sind fünf Dollar, und irgendwann einmal war das tatsächlich das, was ein britisches Pfund Sterling in amerikanischen Dollars wert war. Ich denke nicht, dass man sehr viel Hut für fünf Pfund bekommt.

Und ein Hut war das, was ich Joe Durkin kaufen würde. Er war Detective im Revier Midtown North, in der westlichen 54th Street. Gramercy Park war weit außerhalb seines Bereichs, aber ich kannte niemanden in dem Revier, dass für die Gegend zuständig war, in der Sattenstein gelebt hatte und gestorben war. Und ich wollte keine Aufmerksamkeit auf mich ziehen, indem ich den Polizisten, der mit dem Fall befasst war, kontaktierte. Es war einfacher, Joe anzurufen und ihn ein paar Anrufe tätigen zu lassen.

Was dazu geführt hatte, dass ich gegenüber von ihm an einem Tisch mit Resopalplatte in einem Café in der 8th Avenue saß. Er war hier, weil er mir einen Gefallen tat, aber wir wussten beide, dass es die Art von Gefallen war, für die man bezahlt wurde.

»Um der Argumentation willen«, sagte er. »Nehmen wir an, es war kein Zufall und wer auch immer ihn getötet hat, hatte einen Grund. Was wäre dieser Grund?«

Ihn davon abzuhalten, mir etwas zu erzählen, dachte ich. Wozu er bereit gewesen sein könnte, wenn ich genug Hirn gehabt hätte, ihn zurückzurufen.

Ich sagte: »Keine Ahnung, Joe.«

»Absolut keine?«

»Nun, er hatte eine Vergangenheit. Ich weiß nicht, ob er einen Eintrag im Strafregister hat, aber meine Vermutung ist, dass er keinen hat. Eine Zeitlang war er ein Hehler.«

»Mhm.«

»Ich weiß nicht, ob dir der Name Selig Wolf etwas sagt, aber–«

»Mein Gott, natürlich sagt mir der etwas. Wenn es jemals einen Großhehler gegeben hat ...«

»Nun, Marks Onkel Selig hat ihn in das Geschäft eingeführt.«

»Selig war sein Onkel?«

»Der Bruder seiner Mutter. Ich hab vergessen, ob jünger oder älter.«

»Wenn eine Frau einen Bruder hat, muss er entweder jünger oder älter sein.«

»Er könnte ihr Zwillingsbruder gewesen sein.«

»Einer wird zuerst geboren, ist sogar bei Zwillingen so. Worüber reden wir eigentlich? Mein Gott, Selig Wolf. Einen besseren Lehrmeister könnte man sich nicht wünschen.«

»Scheint so. Er trat für ein paar Jahre in die Fußstapfen seines Onkels, wurde bei einem Einbruch ausgeräumt und bekam dadurch so einen Schreck eingejagt, dass er ehrlich geworden ist.«

»Und zum Zeitpunkt seines Todes hat er geistig behinderten Kindern beigebracht, wie man sich die Schnürsenkel bindet. Ein harter Weg, sein Auskommen zu finden, aber eine durchaus edle Berufung.«

»Nein, er hat als Buchhalter für ein paar kleinere Firmen gearbeitet.«

»Und ihre Bücher frisiert.«

»Vielleicht ein bisschen.«

»Man muss diese Stadt einfach lieben. Wirklich. All das hat er dir in einer Stunde erzählt?«

»Na und? Ich hab dir das Ganze in etwa zehn Minuten erzählt.«

»Aber dass er einfach damit rausgerückt ist.« Er zuckte mit den Schultern. »Also bist du vielleicht doch nicht so schlecht bei dem, was du tust. Weißt du, wenn er niemals geschnappt wurde, stehen die Chancen gut, dass niemand im Dreizehnten Revier weiß, dass er mal ein Hehler war. Ich könnte mich verpflichtet fühlen, die Information weiterzugeben.«

»Du müsstest nicht sagen, woher du sie hast.«

»Ein Informant«, sagte er. »Eine in der Regel sehr zuverlässige Quelle.«

»Das bin ich, in der Tat.« Ich steckte ihm zwei Geldscheine zu, die ich vorher in meiner Hand hatte verschwinden lassen, einen Fünfer und einen Zwanziger. »Ich weiß es zu schätzen, Joe. Und du könntest einen neuen Hut gebrauchen.«

»Ich habe eine ganze Ablage voller Hüte. Was ich gebrauchen könnte, wäre ein Mantel. Oh Mann, der Ausdruck auf deinem Gesicht! Ist absolut das Eintrittsgeld wert. Ich freue mich über den Hut, mein Freund, und ich freue mich, dass ich die Gelegenheit hatte, ein paar Minuten lang mit dir zu plaudern. Ist bei dir alles in Ordnung?«

»Ich komme durch.«

»Alles, worum wir bitten können«, sagte er. »Alles, worum irgendjemand bitten kann.«

Ich war zurück in meinem Zimmer und ließ mir das Gespräch durch den Kopf gehen, als das Telefon klingelte. Es war Joe, der unser Gespräch fortsetzte, als hätten wir es nie beendet. »Dieser Sattenstein«, sagte er. »Der Täter hat ihn vielleicht als leichtes Opfer ausgemacht. Weil er eine bandagierte Hand hatte.«

»Die hatte er schon, als ich mit ihm gesprochen habe.«

»Man sieht einen Mann mit einer bandagierten Hand, denkt sich, dass der sich nicht wehren wird. Aber wie hatte er sich die Hand verletzt? Vielleicht hat er auf jemanden eingeprügelt. Also ist er vielleicht ein Mann, bei dem leicht die Sicherung durchbrennt, einer, der dazu neigt, einem Kerl, der ihn überfallen will, eine zu verpassen.«

»Mit der anderen Hand.«

»Womit auch immer. Also schlägt der Täter mit dem, was auch immer er mitgebracht hat, um auf Leute einzuschlagen, auf ihn ein. Der traditionelle stumpfe Gegenstand.«

»Möglich«, sagte ich. »Hast du dir das gerade ausgedacht?«

»Ich hab den Hörer in die Hand genommen und die Information über den berühmten Onkel Selig weitergegeben. Was für alle Beteiligten eine Neuigkeit war, und mein Freund dort hat seine Dankbarkeit dadurch zum Ausdruck gebracht, dass er die bandagierte Hand erwähnte. Das gute alte Quidproquo. Ich würde sagen, eine Hand wäscht die andere, aber da wäre der Verband im Weg.«

Also sitzt Sattenstein zu Hause und denkt an die Frau, die entschieden hat, dass sie lesbisch ist. Er beginnt, sich wie eingesperrt zu fühlen, und hat vergessen, auf dem Weg nach Hause einen Sechserpack zu kaufen, weshalb er rausgehen muss, wenn er Bier trinken möchte. Warum dann nicht ein paar Blocks gehen und es in der angenehmen Gesellschaft trinken, die in einer Kneipe zu finden ist? Und wer weiß, vielleicht hat er sogar Glück und es findet sich eine Frau. Man kann ja nie wissen.

Dann sitzt er dort, trinkt mit der linken Hand, weil seine rechte noch immer bandagiert ist. Jemand bemerkt ihn und folgt ihm, als er geht. Und schlägt zu fest auf ihn ein.

Warum nicht?

Ich wollte wirklich, dass es sich so abgespielt hatte. Auf diese Weise wäre es reiner Zufall gewesen. Schicksal, Kismet, Karma. Verdammtes Pech. Und wenn es etwas von diesen Dingen war, dann war es nicht meine Schuld.

Ich saß in meinem Zimmer, schlug seine Telefonnummer nach und versuchte zu entscheiden, ob sie mir bekannt vorkam, ob sie auf dem Zettel mit der Nachricht gestanden hatte, den ich zusammengeknüllt und weggeschmissen hatte. Wenn sie mir bekannt vorkam, dann nicht, weil ich sie hingeschrieben gesehen hatte, sondern weil ich sie mehrmals gewählt hatte, als ich zum ersten Mal versucht hatte, ihn zu erreichen.

Ich wählte sie jetzt und der Anrufbeantworter meldete sich. Ich lauschte der Stimme eines toten Mannes. Ich legte auf, fragte mich, wie lange es dauern würde, bis jemand den Anrufbeantworter abstellte, wie lange, bis die Telefongesellschaft die Nummer vom Netz nehmen würde.

Man stirbt nicht mehr ganz auf einmal. Nicht mehr. Heutzutage stirbt man stückweise.

Ich weiß nicht, wie lange ich einfach dasaß, aber irgendwann kam mir der Gedanke, dass ich zu einem Treffen gehen sollte. Ich blickte auf die Uhr und musste sehen, dass es zu spät für die Mittagstreffen war. Es war bereits nach zwei. Ich war nicht bei einem Treffen gewesen und hatte seit dem Frühstück nichts mehr gegessen.

Ruf deinen Sponsor an, flüsterte mir eine dünne Stimme zu und ich nahm den Hörer in die Hand. Als ich die Nummer bereits halb gewählt hatte, wurde mir klar, dass ich bei ihm zu Hause anrief und er in seiner Druckerei sein würde. Ich versuchte es bei ihm auf der Arbeit und verwählte mich. Eine Frau hob ab, ich entschuldigte mich, schlug die Nummer nach und hörte den Besetztton.

Ich rief bei Jan an. Es klingelte zweimal und ich legte auf, bevor sie abheben konnte.

Ich rief bei Greg an. Der Anrufbeantworter meldete sich und ich legte auf. Ich hatte ihm bereits genug Nachrichten hinterlassen.

Aber irgendetwas brachte mich dazu, seine Nummer noch einmal zu wählen. Als der Anrufbeantworter diesmal ranging, hörte ich mir die Ansage bis zum Ende an. Nachdem er mich dazu aufgefordert hatte, eine Nachricht zu hinterlassen, schaltete sich eine mechanische Stimme ein, um mich zu informieren, dass das Band voll war.

Nun, das erklärte, warum er mich nicht zurückgerufen hatte. Er hatte niemanden zurückgerufen. Verreist, höchstwahrscheinlich, und hörte seine Nachrichten nicht ab und–

Ich eilte aus meinem Zimmer, die Treppe hinunter. Als ich auf die Straße kam, stiegen gerade auf der anderen Straßenseite vor dem großen Wohnhaus gegenüber Fahrgäste aus einem Taxi, das Richtung Osten fuhr. Ich rief nach dem Taxi, rannte über die Straße, wich dem Verkehr aus.

»Sowas könnte Sie das Leben kosten«, sagte der Fahrer. »Wozu die Eile?«

Ich konnte mich nicht an seine Adresse erinnern. Ich wusste, dass er in der 99th Street zwischen 1st und 2nd Avenue wohnte, auf der nördlichen Straßenseite etwa in der Mitte des Blocks. Es gab vier Häuser nebeneinander, die fast identisch aussahen, und es hätte jedes von ihnen sein können. Das erste, bei dem ich es versuchte, war das zweite von rechts, und ich sah seinen Namen neben einem der Klingelknöpfe. Ich drückte die Klingel und erhielt keine Antwort, aber ich hatte auch keine erwartet.

Es gab eine Klingel am unteren Ende der Kolonne, neben der *Huasm* stand, was nahelegte, dass der Hausmeister des Gebäudes Legastheniker war. Ich drückte sie und als nichts passierte, drückte ich noch einmal. Keine Antwort.

Ich drückte ein paar Klingelknöpfe für den zweiten Stock. Schließlich antwortete jemand und wollte wissen, wer ich war und was ich wollte. Ich erinnerte mich an den Geruch von Mäusen. »Kammerjäger«, sagte ich und der Türöffner wurde betätigt.

Ich stieg die Treppe hoch. Der Mäusegeruch war schwach. Ich bezweifle, dass ich ihn bemerkt hätte, wenn ich mich nicht an unser Gespräch erinnert hätte. Mäuse, Kohl, nasser Hund mit Knoblauch. Im zweiten Stock stand eine Frau in einer Türöffnung und blickte mich stirnrunzelnd an. Wenn ich Kammerjäger war, warum hatte ich dann keine Geräte dabei? Und wo war meine Arbeitskleidung?

Bevor sie etwas sagen konnte, zog ich meine Brieftasche hervor, ließ sie aufklappen. Ich streckte einen Zeigefinger aus, deutete nach oben. Sie zuckte mit den Schultern, seufzte und kehrte in ihre Wohnung zurück. Ich hörte, wie der Riegel zuschnappte, als sie ihre Tür absperrte.

Ich stieg drei weitere Stockwerke die Treppe hoch und ging zu Gregs Tür. Ich läutete und hörte drinnen das Geräusch der Klingel. Als es wieder still war, klopfte ich an die Tür. Als ob das irgendetwas nutzen würde.

Ich versuchte es mit dem Türknauf. Die Tür war abgesperrt. Nun, natürlich würde sie abgesperrt sein. Es war zu spät im Jahr für ihn, um auf Fire Island zu sein, aber es gab genug andere Orte, an denen man eine Woche Urlaub machen konnte. Key West oder South Beach oder ein einfaches, aber vornehmes Resort auf den Cayman Islands oder den Bahamas. Und er würde sicherlich die Tür abgesperrt haben, als er ging, und was machte ich überhaupt hier? Ich hatte einen Anrufer nicht zurückgerufen, bei dem es sich um irgendeinen anderen Mark und nicht um den, der bei einem Raubüberfall auf der Straße ums Leben gekommen war, gehandelt haben konnte. Um das zu kompensieren, war ich in den Norden geeilt und hatte mich in Gregs Haus geschwindelt. War es nicht an der Zeit, mich umzudrehen und nach Hause zu gehen?

Ich versuchte es mit einer Kreditkarte am Schloss. Wenn es nicht abgesperrt war, wenn der Federverschluss alles war, das mich draußen hielt, würde ich die Tür damit aufbekommen. Ich verbrachte ein paar Minuten damit, herauszufinden, dass das nicht der Fall war. Die Tür war abgesperrt und ich konnte sie nicht öffnen, solange ich sie nicht eintrat.

Es schien mir, als könnte ich etwas spüren. Es schien mir, als könnte ich es fühlen.

Ich stützte mich auf ein Knie, senkte meinen Kopf zum Boden. An der Unterkante der Tür gab es einen etwa einen halben Zentimeter hohen Spalt. Genug, um Licht zu sehen, falls in der Wohnung Licht brannte.

Ich roch keine Mäuse, auch keinen Kohl. Oder nassen Hund mit Knoblauch. Was ich roch, brachte mich dazu, das Haus zu verlassen und auf der Straße nach einem funktionierenden Münztelefon zu suchen.

Kapitel 31

»Wenn man so etwas sieht«, sagte Redmond, »möchte man ihn abschneiden. Es ist irgendwie herzlos, ihn so hängen zu lassen. Aber wenn man sich menschlich verhält, kriegt man von den Kriminaltechnikern eins aufs Dach. Die sind sogar schon angepisst, wenn man ein Fenster öffnet, aber das wird deren Problem sein.«

Er öffnete alle Fenster, was half. Der Geruch, von dem ich im Korridor einen Hauch aufgefangen hatte, war uns ins Gesicht geschlagen, als uns der Hausmeister die Tür aufgesperrt hatte. Wir waren in einen Gestank getreten, der mich hatte froh sein lassen, auf das Mittagessen verzichtet zu haben.

Abgesehen vom Gestank war das Wohnzimmer so, wie ich es in Erinnerung gehabt hatte, perfekt aufgeräumt. Die Küche war makellos, abgesehen von einer halb ausgetrunkenen Tasse Kaffee auf der dazu passenden Untertasse.

Im Schlafzimmer befand sich Greg Stillman, der nichts außer blau-weiß-gestreiften Boxershorts trug und einen schwarzen Ledergürtel um den Hals geschwungen hatte. Die breite Messingschnalle des Gürtels wurde fast vollständig von seinem aufgeschwollenen Hals verborgen. Das andere Ende des Gürtels verschwand hinter der Oberkante der Schranktür, die geschlossen worden war, um es zu verankern. Ein klappbarer Tritthocker lag auf der Seite, so wie er gelandet wäre, wenn Greg Stillman ihn weggetreten hätte.

»Niemand würde je so etwas tun«, sagte Redmond, »wenn er auch nur die leiseste Ahnung davon hätte, wie er dann aussehen wird. Oder wie er riechen wird.«

Der Kopf schwillt an, der Nacken dehnt sich, das Gesicht wird schwarz. Die Gedärme und die Blase leeren sich. In den inneren Organen bilden sich widerliche Gase und suchen sich einen Weg nach draußen. Fleisch verrottet.

»Der arme Hurensohn«, sagte Redmond. »Man lässt ihn ungern da hängen. Aber es würde ihm auch nichts mehr bringen, wenn wir ihn abschneiden.«

• • •

Der Pathologe meinte, es sei ein sehr schlechter Weg, um sich selbst umzubringen. »Weil es lange dauert, bis man tot ist«, sagte er. »Und man ist bei Bewusstsein. Man zappelt herum wie eine Forelle an der Leine und es ist zu spät, es sich anders zu überlegen. Sehen Sie, an der Tür. Abgeschrammte Stellen vom Herumzappeln. Es gibt Pillen, die man nehmen kann, man schläft einfach ein und wacht nicht mehr auf. Und wenn man es sich doch anders überlegt, nachdem man sie geschluckt hat, nun, dann hat man in der Regel noch genug Zeit, um in die Notaufnahme zu eilen und sich den Magen auspumpen zu lassen.«

»Oder man steckt sich eine Knarre in den Mund, das geht wenigstens schnell.«

»Macht allerdings eine ziemliche Sauerei«, klärte ihn der Pathologe auf. »Aber da Sie nicht derjenige sind, der es aufputzen muss, was kümmert es Sie?«

»Mich?«, sagte Redmond. »Mich lassen wir besser aus dem Spiel, ja? Ich habe nicht vor, mir das Hirn wegzupusten.«

Er sagte: »Sie rauchen nicht, oder? Ich hab vor ein paar Jahren damit aufgehört, aber jedes Mal, wenn ich auf so etwas stoße, wünsche ich mir, noch zu rauchen und eine Zigarre bei mir zu haben. Eine, die etwa dreißig Zentimeter lang und drei Zentimeter dick ist. Um etwas anderes zu riechen, als das, was wir da drin riechen mussten.«

Wir saßen im Emerald Star, einer Kneipe in der 2nd Avenue, die mir bei meinem ersten Besuch in Gregs Wohnung aufgefallen war. Der Barkeeper war ein ausgemergelter Hispano mit langen Koteletten und einem Bleistift-linien-Schnurrbart. Redmond, der Whiskey und Wasser getrunken hatte, als ich ihn das erste Mal im Minstrel Boy getroffen hatte, bestellte sich einen doppelten Cutty Sark, pur, ohne Eis.

Ich dachte mir, dass sich das nach einer vernünftigen Wahl anhörte. Aber was ich mir bestellte, war ein Coke.

»Mein erster Partner«, sagte ich, »war süchtig nach diesen kleinen italienischen Zigarren, die wie eine verdrehte Schnur aussehen. Sie wurden in kleinen Pappschachteln verkauft, fünf oder sechs in einer Schachtel. Ich denke, die Marke war De Nobili, aber Mahaffey nannte sie immer nur Guinea-Stinker.«

»Heutzutage könnte man ihn deshalb wegen Rassismus anzeigen.«

»Könnte man und es wäre ihm egal. Ich hab den Geruch gehasst, aber wenn wir mit so etwas wie dem gerade konfrontiert wurden, hat er sich eine angezündet und mir auch eine gegeben. Und ich hab meine angezündet und sie geraucht.«

»Und Sie waren froh darüber, wette ich.«

»Es hat geholfen«, sagte ich.

Er hob sein Glas, blickte durch es hindurch hoch zur Deckenbeleuchtung. Ich fragte mich, warum er das tat. Ich hatte es selbst oft genug getan und hatte nie gewusst, warum.

»Kein Abschiedsbrief«, sagte er.

»Nein.«

»Mein Eindruck von ihm war, dass er der Typ war, der einen Abschieds-brief hinterlassen würde. Aber Sie haben ihn besser gekannt als ich.«

»Mein Eindruck von ihm«, sagte ich, »war, dass er nicht der Typ war, der sich umbringen würde.«

»Jeder ist der Typ«, sagte er. »Das Wunder besteht darin, dass es so viele von uns gibt, die niemals dazu kommen.«

»Vielleicht.«

»Mein Vater hat Selbstmord begangen. Wissen Sie, was das bedeutet?« Ich wusste es, aber er wartete nicht auf eine Antwort. »Bedeutet, dass mei-ne Chancen nicht gut stehen. Ich hab die genauen Zahlen vergessen, aber die Söhne von Selbstmördern bringen sich mit so und so hoher Wahrscheinlich-keit häufiger um als der Rest der Welt.«

»Das bedeutet nicht, dass Sie nicht die Wahl haben.«

»Nein«, sagte er und nahm einen Schluck. »Ich habe die Wahl. Aber habe ich eine Wahl, welche Wahl ich treffe?« Er grinste. »Lassen Sie sich diese Fra-ge ein paarmal durch den Kopf gehen, dann werden Sie sehen, wohin Sie das führt. Also widmen wir uns lieber anderen Fragen. Wann haben Sie ihn zum letzten Mal gesehen?«

»Ich kann mich nicht erinnern«, sagte ich. »Aber mit ihm gesprochen habe ich das letzte Mal am Samstag.«

»Ich hab mir die Nachrichten auf seinem Anrufbeantworter angehört. Das Band beginnt am Montagmorgen. Der Pathologe hat was gesagt, ein paar Tage?«

»Ich denke, ja.«

»Man könnte durchdrehen, wenn man sich diese Nachrichten anhört. Sie müssen sie gehört haben, Sie standen nur ein paar Schritte entfernt.«

»Größtenteils Freunde von ihm von AA.«

»Und eine Frau, die ein Schmuckstück beschrieben hat, das er für sie reparieren sollte. Unglaublich. Sie hört nicht auf, darüber zu reden, die Größe, das Material, dies, das und noch etwas, und dann sagt sie, dass sie es vorbeibringen wird, damit er es sich ansehen kann. ›Deshalb weiß ich nicht, warum ich es so detailliert beschreibe‹, sagt sie. Ich hab den Drang verspürt, sie anzurufen, um ihr zu sagen, dass ich es auch nicht weiß.«

»Ich hab aufgehört hinzuhören, als sie angefangen hat.«

»Ich hab darauf gewartet, dass sie etwas Wichtiges sagt. Dann waren da diejenigen, die ihm gesagt haben, dass sie nicht trinken werden. Heute, haben sie gesagt. Wollten die damit sagen, dass sie morgen trinken werden?«

»Der Gedanke ist, dass man nichts über den morgigen Tag weiß, bevor er gekommen ist. Alles, mit dem man sich beschäftigen muss, ist heute.«

»Ergibt Sinn. Warum haben die ihm das gesagt? Oder haben sie es zu sich selbst gesagt?«

»Etwas von beidem«, sagte ich, »Ich denke, es waren wahrscheinlich seine Schützlinge.«

»Leute, für die er der Sponsor war?«

»Man hat sie früher Tauben genannt«, sagte ich, »und einige Alteingesessene tun das immer noch. Aber die allgemeine Meinung scheint zu sein, dass das Wort *Taube* abwertend ist.«

»Weil eine Taube ein schmutziger Vogel ist, der krächzt und herumfliegt und einem auf den Kopf scheißt.«

»Das muss es sein.«

»Kein Abschiedsbrief«, sagte er erneut. »Andererseits, die Tür war abgesperrt. Als Rafael – war das sein Name?«

»Ich denke, ja.«

»Als er für uns aufgesperrt hat, hat er den Schlüssel zweimal umgedreht. Zuerst, um den Sperrriegel zu öffnen, dann um den Schnapper zurückzuschieben. Wenn also jemand Nachhilfe geleistet hat, ist er nicht einfach aus der Wohnung gegangen und hat die Tür zugezogen.«

»Er müsste einen Schlüssel verwendet haben.«

»Was er getan haben könnte, denn wie könnten wir das wissen? Wie können wir es annehmen oder ausschließen?«

»Es gab noch ein Schloss«, sagte ich. »Ein Fox, mit Platte im Boden, in die man eine Stahlstange einsetzt und schräg gegen die Tür klemmt.«

»Stellt sicher, dass die ganze Welt auf der anderen Seite der Tür bleibt«, sagte er. »Wenn er wirklich vermeiden wollte, gestört zu werden, warum hat er die Tür dann nicht so verriegelt? Andererseits wollte er die Leute wahrscheinlich auch nicht für immer fernhalten. Nur lange genug, damit er die Sache hinter sich bringen konnte und es ein Ende hatte.«

Es und alles andere.

Er sagte: »Nehmen wir an, er hat es getan, denn im Moment sehe ich nichts, das besagt, dass er es nicht getan hat. Warum sollte er es tun? Abgesehen davon, dass er ein Alkoholiker war und dass er schwul war, was beides schon ziemlich geeignete Gründe sind. Aber wissen Sie von irgendetwas Spezifischerem?«

»Er hat sich selbst die Schuld an Jack Ellerys Tod gegeben.«

»Warum?«

Ich gab ihm eine relativ vage Erklärung des Prozesses der Wiedergutmachung. »Jack hat sich mit seiner Vergangenheit beschäftigt«, sagte ich, »und so weit, wie ich das sagen kann, war das Einzige, was ihm das eingebracht hat, ein Schlag auf die Nase–«

»Ja, er hat etwa eine Woche vor seinem Tod ein paar Schläge einstecken müssen. Das stand im Bericht des Gerichtsmediziners. Sagen Sie mir etwas. Warum höre ich zum ersten Mal davon? Wer hatte die Idee, Beweise zurückzuhalten, Sie oder Stillman?«

»Es gab keine Beweise, die einer von uns beiden hätte zurückhalten können. Dafür hat er mich angeheuert, um nach Beweisen zu suchen. Und sie Ihnen zu geben, wenn ich welche finden würde.«

»Aber Sie haben nichts gefunden?«

Ich hatte bereits mehr gesagt, als ich eigentlich wollte. Aber zwei Menschen waren gestorben. Vielleicht war einer von ihnen ausgeraubt worden und der andere hatte sich selbst umgebracht, vielleicht aber auch nicht.

»Jack hatte eine Liste mit Leuten, denen er geschadet hatte«, sagte ich.

»Leute, bei denen er Wiedergutmachung leisten wollte. Ich bin die Liste durchgegangen und es ist mir gelungen, sie alle auszuschließen.«

»Sie haben sie entlastet.«

»Ja.«

»Die Leute auf seiner Liste.« Er blickte in die Ferne. »Wissen Sie, ich bin mir sicher, dass Ihre detektivischen Fähigkeiten sagenumwoben sind, aber warum haben Sie die Liste nicht zu mir gebracht, damit die kompletten Ressourcen der Polizei von New York darüber entscheiden können, ob diese Verdächtigen entlastet werden sollten oder nicht?«

»Das war nicht, wofür ich angeheuert wurde.«

»Und Sie wollten sich das Honorar nicht entgehen lassen.«

»Die Arbeit, die ich hineingesteckt habe, ging weit über das Honorar hinaus. Wenn ich ihm gesagt hätte, dass er mit der Liste zu Ihnen gehen soll, dann hätten Sie eines von zwei Dingen getan. Sie hätten ihn abgewimmelt und die Liste in einem Ordner verschwinden lassen–«

»Das wäre nicht passiert.«

»Es hätte aber passieren können. Der AA-Sponsor von irgend so einem Penner, eine Schwuchtel mit einem Ohrring, hat eine Liste der Leute, denen der tote Kerl vor hundert Jahren vielleicht mal einen schlechten Dienst erwiesen hat. Würde Sie das um den Schlaf bringen?«

»Scudder, Sie haben keine verdammte Vorstellung davon, was mich um den Schlaf bringt.«

»Meinetwegen«, sagte ich. »Aber wenn Sie etwas tun würden, was wäre das? Sie würden eine Menge offizieller Aufmerksamkeit auf Leute richten, die ihre eigenen Gründe haben, nicht ins Rampenlicht zu wollen.«

»Wenn sie sauber sind, haben sie nichts zu befürchten.«

»Wirklich? Schummeln Sie bei der Steuer?«

»Hä? Was soll das jetzt?«

»Schummeln Sie?«

»Natürlich nicht. Mein Einkommen stammt voll und ganz von der Stadt New York, also könnte ich nichts verbergen, selbst wenn ich wollte. Und ich gebe die vereinfachte Erklärung ab. Es ist alles einhundert Prozent sauber.«

»Also müssten Sie sich in diesem Bereich keine Sorgen machen.«

»Absolut nicht. Wenn Sie ein anderes Beispiel wählen möchten, eins, das auch auf mich zutrifft–«

»Was bedeutet, dass es Sie nicht weiter stören würde, wenn Sie eine Mitteilung von der Steuerbehörde erhalten würden, dass man eine genaue Überprüfung Ihrer Einkünfte für die letzten drei Jahre vornehmen wird.«

»Dafür haben die keinen Grund. Ich hab Ihnen gerade gesagt–«

»Rein nach dem Zufallsprinzip«, sagte ich. »Glückssache sozusagen. Würde Sie das freuen?«

»In Ordnung«, sagte er schließlich. »Ich verstehe, worauf Sie hinauswollen.«

»Es hat sich um Leute gehandelt«, sagte ich, »die nur aus einem einzigen Grund auf dieser Liste gelandet sind. Irgendwann einmal hat Jack ihnen übel mitgespielt. Er hat einen bei einem Drogengeschäft übers Ohr gehauen, bei einem anderen einen Einbruch verübt, er hat bei einem Überfall auf einen Laden den Besitzer misshandelt und er ist mit der Frau von jemand anderem ins Bett gegangen.«

»Netter Kerl, über den wir da sprechen.«

»Er war dabei, ein netter Kerl zu werden«, sagte ich, »oder er hat es zumindest versucht. Ich weiß nicht, ob es geklappt hätte. Ich bin mir nicht sicher, inwieweit man sich überhaupt ändern kann, aber es würde mir schwerfallen zu argumentieren, dass er seine Zeit verschwendet hat.«

»Auf dem Papier«, sagte er, »handelt es sich um einen Typen, der für die ganze Welt wie eine miese Ratte aussah. Trotzdem sind ziemlich viele Leute bei seiner Beerdigung erschienen. Und sie waren nicht nur dort, um sicherzugehen, dass er wirklich tot ist.«

»Das Einzige, was fehlt«, sagte Redmond, »ist der Abschiedsbrief. Aber es ist eine Tatsache, dass man sich in dieser Welt auch ohne einen umbringen kann. Er ist keine zwingende Voraussetzung.«

Einmal, als ich noch eine Polizeimarke und eine Ehefrau und ein Haus auf Long Island hatte, hatte ich spät in der Nacht mit dem funktionalen Ende eines Revolvers im Mund im Wohnzimmer gesessen. Ich kann mich noch an den metallenen Geschmack erinnern. Es scheint mir, als hätte ich nie wirklich beabsichtigt gehabt, die Sache durchzuziehen, aber ich hatte den Daumen auf dem Abzug und es hätte nichts viel Drucks bedurft, um mir eine Kugel durch den Gaumen zu jagen.

Man hätte keinen Abschiedsbrief gefunden. Ich hatte nicht einmal mit dem Gedanken gespielt, einen Abschiedsbrief zu schreiben.

»Abgesehen davon«, sagte er, »sieht alles in Ordnung aus. Er hatte die punktförmigen Blutungen in den Augen, die auf Strangulierung als Todesursache hinweisen. Der Stuhl war genau dort, wo er hatte sein müssen, wenn er darauf gestanden und ihn weggetreten hat. Die Wohnung war wie aus dem Ei gepellt, es gab keine Hinweise auf einen Kampf. Kein Anzeichen dafür, dass sich außer ihm noch eine andere Person dort aufgehalten hat.«

»Vielleicht wird die Autopsie etwas ergeben.«

»Wie stumpfe Gewalteinwirkung auf den Kopf? Darauf werden sie achten, natürlich. Denn jemand hätte ihn bewusstlos schlagen und dann dort aufknüpfen können, auch wenn das nicht die einfachste Sache der Welt ist. Außerdem hätte ihn der Mörder bis auf die Unterhose ausziehen müssen, denn Stillman dürfte angezogen gewesen sein, als er den Kerl in seine Wohnung gelassen hat.« Er runzelte die Stirn. »Aber warum sich die Mühe machen? Nehmen wir an, Sie sind der Kerl, Sie wollen Stillman töten, wollen, dass es wie Selbstmord aussieht. Sie stellen sich hinter ihn, verpassen ihm eine über den Schädel und er ist bewusstlos.«

»Und?«

»Würden Sie sich die Zeit nehmen, ihn auszuziehen? Und riskieren, dass er wieder zu Bewusstsein kommt, während Sie das tun? Warum ihn nicht einfach aufhängen und fertig?«

»Man bräuchte den Gürtel«, sagte ich.

»Und? Man nimmt ihn und setzt ihn ein. Denken Sie, dass ihm ohne den Gürtel die Hose runterrutschen würde?«

»Eine Menge Leute ziehen sich aus, bevor sie sich umbringen.«

»Oder bleiben einfach ausgezogen, falls sie in der Unterhose in ihrer Wohnung herumgesessen haben. Aber würde man sich die Mühe machen, einen Kerl auszuziehen, nur damit es noch mehr nach Selbstmord aussieht? Ich weiß nicht, ich vermute, man könnte, aber es hört sich wie mehr Aufwand an, als es wert ist.«

»Vielleicht.«

»Die meisten Dinge«, sagte er, »sind mehr Aufwand, als sie wert sind. Und vielleicht ist das alles, worum es hier geht. Stillman ist aufgestanden, hat seinen Kaffee zum Frühstück getrunken und einen langen Blick auf sein Leben geworfen. Und entschieden, dass es mehr Mühe war, als es wert ist.«

Kapitel 32

Am Abend überlegte ich mir, zu Sober Today zu gehen, Gregs Stammtreffen am Donnerstag in der 2nd Avenue. Als könnte ich, wenn ich dorthin gehen würde, in ein alternatives Universum schlüpfen, eines, in dem er noch am Leben war. Wir würden uns in der Pause unterhalten und nach dem Treffen einen Kaffee trinken gehen. Vielleicht würden wir nachsehen, welche Kuchen es bei Theresa's gab. Wir würden über High-Low Jack reden, über die Gefahren des neunten Schritts und über das, was uns sonst noch in den Sinn kam.

Ich ging nicht zu diesem Treffen und auch zu keinem anderen. Ich dachte daran, rüber zu St. Paul's zu gehen, aber ich tat es nicht. Dann dachte ich, dass ich einen Teil der St. Paul's-Meute im Flame treffen könnte. Aber ich blieb in meinem Zimmer.

Ich saß am Fenster. An einem Punkt wurde mir klar, dass ich auf den Schnapsladen auf der anderen Straßenseite hinunterblickte. Es wurde zehn, ich blieb wo ich war und irgendwann zwischen zehn und halb elf stellten sie die Lichter ab. Sie schlossen um zehn, aber wenn jemand auftauchte, während sie noch im Laden waren, jemand, den sie schon seit vielen Jahren kannten, dann öffneten sie ihm die Tür und verkauften ihm, was er benötigte. Wenn sie jedoch die Lichter abgestellt hatten, wenn die Leuchtreklame nicht mehr vielversprechend glühte, dann hatten sie wirklich geschlossen.

Natürlich waren die Kneipen noch offen. Die Kneipen würden noch ein paar Stunden lang offen sein, einige von ihnen bis zur gesetzlichen Sperrstunde um vier Uhr morgens. Und es gab Läden, die danach noch offen hatten, jede Menge von ihnen, man musste nur wissen, wo man hingehen sollte. Die Brüder Morrissey waren nicht mehr im Geschäft, aber das bedeutete nicht, dass ein Mann mit Durst nicht jemanden finden konnte, der ihm auch nach der Sperrstunde noch einen Drink verkaufte.

Ab und zu blickte ich zum Telefon. Ich dachte daran, Gregs Nummer zu wählen, ich dachte daran, Mark Sattensteins Nummer zu wählen, aber das waren nur flüchtige Gedanken. Ich hatte nicht das Bedürfnis, diese Anrufe zu machen. Ich dachte auch an andere mögliche Anrufe, bei lebenden Menschen – bei Jim Faber zum Beispiel oder Jan Keane. Aber ich nahm den Hörer nicht in die Hand.

Wenn es klingelte, würde ich abheben? Es schien mir, als würde ich es womöglich tun, aber es schien ebenso gut möglich, dass ich es nicht tun würde. Ich stellte mir vor, wie ich dort saß und das Telefon klingelte und klingelte und klingelte. Während ich mir überlegte, wer es wohl sein mochte, aber unwillig, abzuheben.

Zwanzig vor zwölf dachte ich daran, zum Mitternachtstreffen zu gehen. Alles, was ich tun musste, war, nach unten zu gehen und mir ein Taxi zu schnappen. Ich würde ohne Probleme rechtzeitig dorthin kommen. Das Treffen zog ein eher raues Publikum an, wobei mitunter auch aktive Trinker auftauchten und es schon mal vorkam, dass Schläge ausgeteilt wurden oder ein Stuhl flog. Aber es gab trotzdem jede Menge Nüchternheit im Raum und es hatte Zeiten gegeben, an denen mir dieses Treffen durch eine schwere Nacht geholfen hatte.

Und vielleicht würde Buddha dort sein. Vielleicht würde er mir erklären, dass der Grund für mein Unglücklichsein darin lag, dass ich unzufrieden damit war, wie die Dinge sich verhielten.

Genau. Ich blieb, wo ich war.

Kapitel 33

Ich musste mich dazu zwingen, mein Zimmer zu verlassen und frühstücken zu gehen. Ich hatte das Abendessen ausfallen lassen und konnte mich nicht erinnern, ob ich zu Mittag gegessen hatte. Es schien mir, als hätte ich es nicht getan.

Du darfst nicht zu hungrig, zu zornig, zu einsam oder zu müde werden. Das ist ein Standardratschlag für Anfänger und er bleibt gültig, egal wie lange man schon trocken ist. Wenn man ihn ignoriert, beginnt die Psyche gegen einen zu arbeiten, und bevor man sich versieht, hält man ein Glas in der Hand.

Ich war all diese Dinge in der vorherigen Nacht gewesen, hungrig, zornig, einsam und müde, und hatte es trotz meiner selbst geschafft, die Nacht zu überstehen. Ich bestellte einen Teller Schinkenspeck mit Eiern, Toast und Bratkartoffeln. Nachdem ich den ersten Bissen hinuntergezwungen hatte, kehrte mein Appetit zurück. Ich aß meinen Teller leer und trank währenddessen drei Tassen Kaffee. Auf dem Weg ins Morning Star hatte ich mir die *Times* gekauft, und jemand hatte die *Daily News* gelesen und liegengelassen. Ich las beide Zeitungen sorgfältig durch und hielt dabei Ausschau nach Artikeln über gewaltsame Tode. Es gab jede Menge davon, aber zur Abwechslung befand sich unter den frisch Verstorbenen niemand, den ich kannte.

Zurück in meinem Zimmer schlug ich Telefonnummern nach und erledigte Anrufe. Ich rief bei Dukacs & Son an und erkannte die Stimme des Besitzers, als er sich meldete. Aber ich vergewisserte mich: »Mr. Dukacs?«

»Ja?«

Ich trennte die Verbindung, rief Crosby Hart in seinem Büro an. Er hob ab und sagte: »Hal Hart.«

»Falsche Nummer«, sagte ich und legte auf.

Mein dritter Anruf galt Scooter Williams. Das Telefon klingelte und klingelte und ich fragte mich, ob ein schneller Ausflug hinunter in die Ludlow Street eine Überreaktion wäre. Dann hob er ab. Er war außer Atem und irgendetwas brachte mich dazu, ihn zu fragen, ob er in Ordnung war.

»Ja, ich bin in Ordnung«, sagte er. »Ich bin nur gerade aus der Dusche gekommen und musste zum Telefon rennen. Äh, wer spricht?«

Ich nannte meinen Namen.

Er sagte, »Matthew Scudder. Matthew Scudder. Ja, richtig! Jacks Freund.«

»Richtig«, sagte ich und dachte mir, dass es der Sache nahekam.

»Ja, ich erinnere mich. Ich wollte Sie anrufen, Mann.«

»Ja?«

»Kann mich nicht erinnern, warum. Mir ist was eingefallen, und dann war es wieder weg. Etwas, nach dem Sie mich gefragt haben, aber fragen Sie mich nicht, was es war. Oh, wow. Sie haben mich gefragt, aber fragen Sie nicht?«

»Sie können sich nicht erinnern.«

»Hey, wenn es mir einmal in den Sinn gekommen ist, kommt es bestimmt zurück. Wie die Schwalben nach Capistrano, wissen Sie? Können Sie mir noch mal Ihre Nummer geben? Sie haben Sie mir gegeben, aber ich weiß nicht, wo ich sie hingetan habe.«

Ich gab sie ihm noch einmal. Er sagte: »Matthew Scudder. Okay, ich hab's. Hey, wissen Sie was? Sie sind Scudder und ich bin Scooter.«

»Und da soll es Leute geben, die an der Existenz Gottes zweifeln.«

»Hä? Oh, richtig. Ist allerdings schon Jahre her, das mich jemand so genannt hat. Eine Ewigkeit. Hey, es wird mir wieder einfallen und dann rufe ich Sie an.«

»Das ist großartig«, sagte ich und es gelang mir endlich, aufzulegen.

Also waren sie alle drei am Leben.

Ich ging zum Mittagstreffen der Fireside-Gruppe. Als ich zurückkam, befand sich eine Nachricht in meinem Fach. *Red Man*, roter Mann, stand auf dem Zettel neben einer Nummer. Ich brauchte eine Minute, aber dann kapierte ich, dass es sich um Dennis Redmond handelte, und rief ihn von meinem Zimmer aus an.

»Ich dachte, dass es das Ergebnis der Autopsie erst am Montag geben würde«, sagte er. »Aber entweder hatten sie nicht viel zu tun oder man hat ihn vorgezogen. Keine Anzeichen von stumpfer Gewalteinwirkung am Kopf. Oder an irgendeinem anderen Körperteil, was das anbetrifft.«

»Also sieht es so aus, als hätte er sich selbst umgebracht.«

»So hat es immer ausgesehen«, sagte er. »Natürlich könnte ihn jemand unter Drogen gesetzt und dann aufgehängt haben. Aber das ist auch nicht passiert. Keine Drogen in seinem Kreislauf, kein Blutalkohol.«

Also war er nüchtern gestorben.

»Tatsächlich«, sagte er, »stützen alle objektiven Beweise das Urteil Selbstmord. Strangulierung ist die Todesursache. Es sollte ein Gesetz dagegen geben.«

»Gegen Selbstmord? Ich denke, das gibt es bereits.«

»Gegen Gürtel«, sagte er. »Wie kommen die damit davon, sie stark genug zu machen, dass sie das Gewicht eines Menschen aushalten? Man könnte genauso gut einem Kind einen geladenen Revolver in die Hand drücken.«

»Wie sollten die Menschen sonst verhindern, dass ihnen die Hose runterrutscht?«

»Was zum Teufel ist das Problem mit Hosenträgern? Oder man könnte es so machen wie mit Angelschnüren. Ein gewisses Ausmaß an Druck, und dann reißen sie. Da hat der Fisch eine faire Chance. Warum macht man nicht das Gleiche bei Gürteln? Ein Gewicht von mehr als fünfzig Kilo und ratsch. Denken Sie nur mal an die Leben, die das retten würde.«

»Und was ist mit den Kindern?«

»Daran hab ich nicht gedacht«, sagte er. »Und Sie haben Recht, das würde nur eine Epidemie von Jugendselbstmorden auslösen. Ich vermute, es gibt nur eine Antwort.«

»Und die wäre?«

»Warnhinweise. Funktioniert bei Zigaretten. Matt, ich hatte nur gedacht, dass Sie das wissen wollten. Ihr Freund hat sich selbst umgebracht. Auch wenn ich nicht vermute, dass es Sie freut, das zu hören.«

»Nein«, sagte ich. »Wie könnte es? Aber zumindest erspart mir das, mir zu überlegen, was ich als Nächstes tun soll.«

Ich sah fern, als das Telefon klingelte. Auf ESPN zeigten sie ein Gaelic-Football-Spiel oder eine Partie oder wie auch immer man das nennt. Ich saß da und sah zu, wie eine Menge junger Männer in kurzen Hosen und langärmligen Trikots mit gewaltiger Energie etwas absolut Unverständliches machten. Es wurde gerannt, gepasst und gekickt, und der Spielstand veränderte sich auf eine Weise, die mir völlig willkürlich zu sein schien.

Ich stellte den Ton ab und nahm den Hörer von der Gabel. Es war Jan. Sie sagte: »Ich denke, wir sollten reden.«

Kapitel 34

Tiffany's ist das berühmte Juweliergeschäft in der Fifth Avenue. Wenn ich einem Freund gesagt hätte, dass ich auf dem Weg zu Tiffany's war, um meine Freundin zu treffen, hätte er vermutlich angenommen, dass wir Ringe kaufen würden. Aber Tiffany's ist auch der Name eines Cafés am Sheridan Square, das 24 Stunden am Tag geöffnet hat. Jan hatte es als Treffpunkt ausgewählt, weil es auf halbem Weg zwischen ihrem Viertel und meinem lag.

Ich ließ mir auf dem Weg zur U-Bahn Zeit, aber selbst so musste ich auf sie warten. Sie kam in Begleitung einer Frau in den Fünfzigern mit scharf gezeichneten Gesichtszügen und wenig überzeugendem schwarzem Haar. Die beiden kamen zu meiner Nische, jede trug eine Einkaufstüte. Jan stellte die Frau als Mary Elizabeth vor. Wir nickten einander zu und ich bedeutete ihnen, sich zu setzen. Jan blickte Mary Elizabeth an, die den Kopf schüttelte.

»Wir werden nicht bleiben«, sagte Jan. Sie stellte ihre Tüte auf den Tisch, Mary Elizabeth stellte ihre daneben. »Ich denke, das ist alles«, sagte Jan.

Ich nickte gedankenverloren, und als sich niemand bewegte oder etwas sagte, erinnerte ich mich an die mir zugewiesene Rolle bei diesem Vorgang. Ich langte in meine Tasche und zog einen Schlüsselbund hervor. Ich legte ihn auf den Tisch, wo er einen Moment lang lag. Dann streckte Jan die Hand danach aus, nahm ihn, wog ihn in ihrer Hand und ließ ihn in ihrer Handtasche verschwinden.

Sie drehte sich um, um zu gehen, und Mary Elizabeth drehte sich mit ihr um. Dann drehte sich Jan zu mir zurück und sagte schnell: »Ich hasse das wirklich, und was ich am meisten hasse, ist der Zeitpunkt. Kurz vor deinem Jahrestag.«

»In ein paar Tagen.«

»Am Dienstag, oder?«

»Ich denke, ja.«

»Ich wollte bis danach warten«, sagte sie. »Aber dann dachte ich, dass es vielleicht noch schlimmer wäre und –«

»Lass es«, sagte ich.

»Ich wollte–«

»Lass es.«

Sie sah aus, als würde sie gleich in Tränen ausbrechen. Mary Elizabeth sagte »Jan«, und sie drehte sich um und ging hinter ihr her durch die Tür aus dem Café.

Ich blieb, wo ich war. Zwei Einkaufstüten teilten sich den Tisch mit einer Tasse Kaffee, die ich mir bestellt, aber bislang noch nicht angerührt hatte. Eine der Tüten war von einem Kaufhaus, die andere von einer Firma, die Künstlerbedarf verkaufte. Jede war nur etwas mehr als zur Hälfte gefüllt und Jan hätte sie auch beide allein tragen können. Mary Elizabeth, entschied ich, war zur moralischen Unterstützung mitgekommen.

Ich ging zum Abendtreffen in St. Paul's. Danach folgte ich der Meute ins Flame und saß dort, bis alle nach Hause gingen. Ich selbst ging die 9th Avenue bis zur 57th Street hinunter, dann an meinem Hotel vorbei durch die Straßen bis zur Lexington Avenue. Ich bog auf die Lexington ein und spazierte bis zur 30th Street und traf gerade rechtzeitig dort ein, um zu helfen, die Stühle für das Mitternachtsreffen aufzustellen.

Es gab ein paar bekannte Gesichter im Raum, aber niemanden, den ich wirklich kannte. Sie hatten keinen Redner, und die Sprecherin der Gruppe fragte mich, ob ich seit über 90 Tagen trocken war. Ich antwortete ihr, dass ich erst vor Kurzem gesprochen hatte und mich nicht dazu in der Lage fühlte. Sie fand jemand anderen. Es findet sich immer jemand.

Ich saß eine Stunde lang dort, trank ein paar Tassen schlechten Kaffee, aß ein paar Cookies. Ich schenkte dem Redner keine allzu große Aufmerksamkeit und beteiligte mich auch nicht an der Diskussion. Am Ende dachte ich daran, jemanden zu suchen, mit dem ich einen Kaffee trinken konnte, entschied mich dann aber dagegen. Ich ging bis zur 42nd Street hoch und nahm mir für den Rest des Wegs nach Hause ein Taxi.

Meine beiden Einkaufstüten standen so, wie ich sie zurückgelassen hatte, unausgepackt, nebeneinander auf dem Boden neben meinem Bett. Ich ging zu Bett und am nächsten Morgen standen sie immer noch dort. Als ich vom Frühstück zurückkam, hatte das Zimmermädchen in meinem Zimmer sauber gemacht, das Bett frisch überzogen, den Papierkorb ausgeleert. Die beiden Tüten standen genau dort, wo ich sie hingestellt hatte.

Ich griff zum Telefon, rief Jim an. »Ich hab zwei Einkaufstüten auf meinem Boden stehen«, sagte ich, »und mir scheint nichts einzufallen, was ich mit ihnen tun könnte.«

»Leere Einkaufstüten?«

»Ungefähr halb voll.« Er wartete und ich sagte: »Kleidung von mir. Die ich bei Jan hatte.«

»Was ich an dir mag«, sagte er, »ist, dass du immer sofort auf den Punkt kommst.«

Also redete ich und er hörte zu. Ich wartete darauf, dass er mich fragte, warum ich fast einen ganzen Tag lang damit gewartet hatte, ihm zu erzählen, was los war, aber er verlor kein Wort über mein Schweigen. Er wartete, bis mir die Worte ausgegangen waren, dann sagte er: »Du wusstest, dass es so kommen würde.«

»Vermutlich.«

»Macht es das leichter?«

»Nicht wirklich.«

»Nein, hab ich auch nicht gedacht. Wie fühlst du dich?«

»Am Boden zerstört.«

»Und?«

»Erleichtert.«

»Das hört sich ungefähr richtig an.«

Ich dachte einen Moment lang nach. Dann sagte ich: »Ich kann nicht aufhören zu denken, dass ich dafür verantwortlich bin.«

»Weil du mit Donna ins Bett gegangen bist.«

»Richtig.«

»Dir ist aber schon klar, dass es, nur weil du das denkst, nichts an der Tatsache ändert, dass es keinen Sinn ergibt.«

»Nein?«

»Denk darüber nach, Matt.«

»Sie wusste nichts von Donna.«

»Nein.«

»Sie hat es nicht einmal unterschwellig wahrgenommen, weil wir seitdem keine Zeit miteinander verbracht haben. Wir haben kaum miteinander am Telefon gesprochen.«

»Richtig.«

»Ich suche nur nach einer Möglichkeit, dass es mein Fehler ist.«

»Mhm.«

»Ich bin gestern zum Mitternachtstreffen gegangen.«

»Hat dir wahrscheinlich nicht geschadet.«

»Wahrscheinlich nicht. Ich denke, dass ich den größten Teil des Wochenendes bei Treffen verbringen werde.«

»Keine schlechte Idee.«

»SoHo trifft sich heute Abend. Aber ich denke, ich werde woanders hingehen.«

»Guter Gedanke.«

»Jim? Ich werde nicht trinken.«

»Ich auch nicht«, sagte er. »Ist das nicht großartig?«

Ich ging das ganze Wochenende über zu Treffen, aber am Sonntagnachmittag war ich gerade lange genug in meinem Zimmer, um einen Anruf zu erhalten.

Es war Joe Durkin. »Ich weiß nicht einmal, ob es das wert ist, es weiterzugeben«, sagte er, »aber dich hat dieser Überfall in Gramercy beschäftigt und ich dachte mir, ich lasse dich wissen, dass es genau das war, wonach es ausgesehen hat. Ein Straßenräuber, der seine eigene Kraft nicht einschätzen konnte.«

»Sie haben den Kerl geschnappt?«

»Auf frischer Tat«, sagte er. »Nun, nicht auf frischer Tat mit deinem Typen. Saperstein?«

»Sattenstein.«

»Nah dran. Er war nicht der Erste, der in diesem Teil der Stadt ausgeraubt wurde, nur der Erste, den es das Leben gekostet hat. Also hat man sich einen Lockvogel von der Abteilung für Straßenkriminalität geholt, ihn in Zivilkleidung gesteckt, mit Alkohol überschüttet und herumlaufen lassen, als hätte er einen in der Krone.«

»Ich verstehe nicht, warum ich nie solche Aufgaben bekommen habe.«

»Es muss ein Vergnügen gewesen sein«, sagte er, »den Ausdruck auf dem Gesicht des Burschen zu sehen, als ihm das perfekte Opfer eine Polizeimarke und einen Revolver unter die Nase hielt. So wie ich das hören konnte, sind sie dabei, zehn oder zwölf Fälle aufzuklären. Der Kerl gesteht alles, was sie haben.«

»Einschließlich Sattenstein?«

»›Oh, der arme Mann, der umgebracht wurde. Nein, das war ich nicht.‹ Aber er wird es gestehen, wenn er vor Gericht kommt. Dafür wird sein Anwalt sorgen. Wird alles im Deal aufgelistet werden, damit er keine Gefahr läuft, dass ihm später noch etwas angelastet wird.«

Manchmal waren die Dinge einfach so, wie sie schienen. Gregory Stillman hatte sich selbst erhängt, Mark Sattenstein war von einem Straßenräuber umgebracht worden.

Ich verließ mein Zimmer und ging zu einem weiteren Treffen.

Am Sonntagnachmittag besuchte ich ein Treffen in einer Synagoge in der 76th Street, ein paar Häuser westlich vom Broadway. Ich war noch nie zuvor dort gewesen und als ich den Raum betrat, war mein erster Impuls, mich umzudrehen und wieder zu gehen, weil Donna dort war. Ich blieb und wir waren freundlich zu einander. Sie bedankte sich noch einmal für meine Hilfe am Samstag vor einer Woche und ich sagte ihr, dass es mir eine Freude gewesen wäre. Es war, als wären wir nie miteinander ins Bett gegangen.

Ich traf Jim für unser übliches Wenn-es-Sonntag-ist-muss-das-hier-Shanghai-sein-Abendessen und wir sprachen weder über Jan noch über Donna noch über den Zustand meiner Abstinenz. Stattdessen sprach er die meiste Zeit. Er erzählte Geschichten aus seiner Zeit als Trinker, aus der Zeit, bevor er zu trinken begonnen hatte, aus seiner Kindheit. Ich vertiefte mich in das, was er erzählte, und mir wurde erst später klar, dass er absichtlich vermieden hatte, über das zu sprechen, was sich aktuell in meinem Leben abspielte. Ich konnte nicht entscheiden, ob er Nachsicht mit mir walten ließ oder einfach nur versuchte, sich das zu ersparen, aber ich war ihm auf jeden Fall dankbar.

Wir gingen zu St. Clare's, danach begleitete ich ihn nach Hause und ging anschließend selbst nach Hause. Jacob befand sich an der Rezeption und sah verwirrt aus. Ich fragte ihn, was los war.

»Ihr Bruder hat angerufen«, sagte er.

»Mein Bruder?«

»Oder vielleicht war es Ihr Cousin.«

»Mein Cousin«, sagte ich. Ich war ein Einzelkind und hatte ein paar Cousins, aber wir hatten schon lange den Kontakt zueinander verloren. Ich konnte mir nicht vorstellen, dass mich einer von denen anrufen würde.

»Es war ein Mann«, sagte er. »Muss es sein, wenn es Ihr Bruder war, oder?«

»Was genau hat er gesagt?«

»Er hat gesagt, dass er Mr. Scudder sprechen will. Ich frage, ob er seinen Namen hinterlassen will. Scudder, sagt er. Ja Sir, ich weiß, dass Sie Mr. Scudder sprechen wollen, aber wie ist Ihr Name? Also sagt er es noch einmal, Scudder, und ich fühle mich wie diese zwei Typen.«

»Welche zwei Typen?«

»Sie wissen schon. Die zwei Typen.«

»Abbott und Costello.«

»Ja, die zwei. Also sage ich, aha, Sie sind auch Mr. Scudder. Und er sagt, ich bin *der* Scudder.«

»›Ich bin *der* Scudder.‹«

»Ja, genau so. Also sage ich, dann sind Sie und Mr. Scudder Brüder. Und er sagt, dass alle Menschen Brüder sind, und an diesem Punkt wurde es mir zu seltsam.«

»Ich kann mir gar nicht vorstellen, warum.«

»Wie bitte?«

»Nichts. Hat er eine Nummer hinterlassen?«

»Hat gesagt, Sie hätten sie.«

»Ich habe seine Nummer.«

»Hat er gesagt.«

»Alle Menschen sind Brüder und er ist der Scudder und ich habe seine Nummer.«

Er nickte. »Ich hab versucht, es richtig zu verstehen«, sagte er, »aber ein Mann wie der macht es einem nicht leicht.«

»Sie haben es gut gemacht«, sagte ich ihm.

Kapitel 35

Ich fuhr mit dem Fahrstuhl nach oben, fühlte mich zufrieden mit mir selbst. Es war mir gelungen, mir zusammenzureimen, wer für mich angerufen hatte, und das war die erste Detektivarbeit, die ich seit viel längerer Zeit, als ich mich erinnern wollte, geleistet hatte.

Ich holte seine Nummer hervor, wählte sie und als er sich meldete, sagte ich: »Wenn Sie jemals in der Gegend sind, kommen Sie vorbei und entschuldigen Sie sich bei dem Mann an der Rezeption. Der arme Kerl hat gedacht, dass er in einem Sketch mit Abbott und Costello gelandet ist.«

Die Stille zog sich, bis ich begann, mich zu fragen, ob mein Spürsinn mich im Stich gelassen hatte. Dann sagte er: »Wer ist da, Mann?«

»Scudder.«

»Oh, Mann«, sagte er. »Als ich angerufen hab, wissen Sie, ich dachte, dass Sie sich selbst melden würden. Aber Sie sind in einer Art Hotel.«

»Nun, es ist nicht das Waldorf.«

»Und dieser Typ, mit dem ich gesprochen hab, war der Mann an der Rezeption?«

»Das ist richtig. Er heißt Jacob.«

»Jacob«, sagte er. »Jay. Cub. Großartiger Name, Mann. Man trifft nicht sehr viele Jacobs.«

»Vermutlich nicht.«

»Obwohl Sie diesen bestimmten vermutlich täglich treffen. Ich hab ein bisschen mit ihm herumgealbert, wissen Sie? Weil er einen leichten Anflug von einem Akzent hat. Kommt er aus der Karibik?«

»Von irgendwo da unten.«

»Ja, nun, ich hab nach Ihnen gefragt und er hat Ihren Namen wiederholt, als wollte er eine Nachricht aufschreiben. Nur, dass sich der Vokal eher wie ein *uu* als ein *ah* angehört hat. Wie Scooder, wissen Sie?«

»Klar.«

»Also fragt er nach meinem Namen, und, wissen sie, womöglich war ich in diesem Moment ein kleines bisschen high.«

»Schwer zu glauben.«

»Unter dem rechtschaffenen Einfluss eines mildtätigen Krauts, wenn man es zu schätzen weiß. Und ich dachte mir, richtig, ich bin der Scooter, der Mr. Scooder sprechen möchte. Und, nun, Sie können bestimmt sehen, wie wir uns von da an im Kreis gedreht haben.«

»Ich hatte vermutet, dass es etwas in der Art war.«

»Abbott und Costello«, sagte er. »›Wer steht auf der ersten Base?‹ Sind das die Typen, die Sie meinen?«

»Genau die.«

»Kann sie aber nie auseinander halten. Abbott und Costello. Welcher von beiden hatte den Schnurrbart?«

»Keiner.«

»Keiner von beiden? Sind Sie sicher?«

»Ziemlich sicher«, sagte ich. »Äh, Scooter–«

»Sie fragen sich, warum ich angerufen habe.«

»Ich denke, das tue ich.«

»High-Low Jack«, sagte er. »Sind Sie noch dran?«

»Ja.«

»Weil Sie gerade eine Minute lang nichts gesagt haben. Danach haben Sie mich doch gefragt, als Sie bei mir waren, oder? Nachdem wir über Lucille gesprochen hatten?«

»Richtig.«

»Sie haben nach dem Namen gefragt. Was es damit auf sich hat. Richtig?«

»Richtig.«

»Nun, beim Pokern gibt es diese Sache. High, Low, Jack und das Spiel. Aber warum wurde er so genannt? Es gibt Smiling Jack, es gibt One-Eyed Jack, es gibt Toledo Jack. Warum High-Low Jack für Jack Ellery?«

Früher oder später würde er mit der Antwort rausrücken.

»Stimmungsschwankungen«, sagte er.«

»Stimmungsschwankungen?«

»Ein sehr wechselhafter Typ. Mal ganz oben, mal ganz unten. Einmal ist er gelassen, dann nervös wie ein Hemd. Heute schlägt er dich, morgen verträgt er sich. Hey!«

»Hey?«

»Reimt sich«, sagte er. »Liebt dich, hiebt dich. Egal, High-Low Jack.

Wenn es nicht das Kartenspiel gegeben hätte, hätte sich das nicht eingebürgert. Ich meine, wenn er Ted geheißen hätte, hätte ihn niemand High-Low Ted genannt, weil das sinnlos wäre. Oder sagen wir, sein Name wäre Johnny anstatt Jack gewesen, was ja hätte sein können, denn beides ist eine Kurzform von John, richtig? High-Low John? Ich denke nicht.«

»High-Low Jack«, sagte ich.

»Richtig. Stimmungsschwankungen. In einem Moment obenauf, im nächsten ganz unten.«

Nun, das war zumindest halbwegs interessant. Vielleicht ergab es sogar Sinn. Was es nicht tat, war, zur Beantwortung der Frage beizutragen, wer ihn getötet hatte. Oder warum.

»War er als Kind schon so?«

»Wie bitte?«

»Sie haben ihn gekannt, als Sie noch klein waren, oder? War er damals schon so, in einem Moment ganz oben, im nächsten ganz unten?«

»Nicht, dass ich mich erinnern könnte.«

»Vielleicht war er manisch-depressiv«, sagte Scooter. »Ich weiß nicht, jeder hat gute Tage und schlechte Tage, oder? Die Seelenklempner wollen uns nur alle in Schubladen stecken.«

Ich verlor langsam die Lust an dem Gespräch. Der Kernpunkt schien zu sein, dass Jack ein launischer Kerl gewesen war, und ich sah nicht, wie mich das weiterbrachte. Welchen Stimmungsschwankungen er auch immer unterworfen gewesen war, man konnte davon ausgehen, dass sie im Grab ein Ende gefunden hatten.

»Die Welt ist ein herzloser Ort«, sagte ich und Scooter stimmte mir voll und ganz zu. Das hatte ich richtig erkannt, versicherte er mir.

»High-Low Jack«, sagte er. »Ich weiß nicht, warum ich nicht gleich beim ersten Mal daran gedacht habe, als Sie danach gefragt haben. Es scheint mir jetzt so offensichtlich.«

»Jetzt, wo Sie daran denken, was für ein launischer Kerl er war.«

»Ja, das ist eine Tatsache, Mann. In einem Moment ist er ruhig wie ein tiefer See, im nächsten geht er ab wie eine Rakete. Mensch!«

»Mensch?«

»Ich denke nur, Mann. Es kam mir einfach so.«

»Was?«

»Ausdrücke, Mann. Wie man sie umdrehen kann und mit ihnen spielen kann. Man könnte sagen ruhig wie eine Rakete, wissen Sie?«

»Ich denke, das könnte man.«

»Oder abgehen wie ein tiefer See. Oh Mann, kapier'n Sie es? ›Diese Alte geht ab wie ein tiefer See.‹ Ich meine, wow.«

»Wow.«

»Die Dinge einfach umdrehen, wissen Sie? Oder denken Sie daran, wie alle immer sagen, dass sie in allen Ecken und Winkeln gesucht haben. Drehen Sie es um – alle Winkel und Ecken. Macht genauso viel Sinn, und trotzdem hört man es nie.«

»Beachtlich.«

»Sie sagen es, Mann. Warum muss es immer *sehen und staunen* sein? Von jetzt an werde ich darauf achten, stattdessen *staunen und sehen* zu sagen. Kapier'n Sie es?«

»Klar«, sagte ich.

»Klar wie ein Fuchs. Schlau wie Kloßbrühe.«

»Äh–«

»Even Jack. High-Low Steven.«

Ich wollte gerade auflegen, als ich die letzte Phrase hörte. Ich führte den Hörer wieder an mein Ohr. »Sagen Sie das noch mal«, sagte ich.

»Was?«

»Was Sie gerade gesagt haben. Über Jack.«

»Oh, ich hab's nur umgedreht, Mann. Wie, wenn man sagt High-Low Jack und Even Steven, und ich hab's umgedreht.«

»Oh, nur Ausdrücke.«

»Richtig, im Zusammenhang mit Jack und seinem Kumpel.«

»Seinem Kumpel.«

»Ja, Steve.«

»Steve.«

»Sie sind wie ein Echo, Mann. Scooder und Scooter, das ist auch ein Echo.«

»Erzählen Sie mir von Steve«, sagte ich.

Er konnte mir nicht sehr viel erzählen.

Jack hatte diesen besten Freund, und wenn Jack eine Kreatur mit Stimmungsschwankungen gewesen war, war Steve genau das Gegenteil, immer ausgeglichen, immer ruhig und gefasst. Deshalb Even Steven, der gleichförmige Steven, als Kontrast zu High-Low Jack.

Er wusste nicht einmal, wie eng die beiden befreundet gewesen waren oder welche gemeinsamen Interessen die Basis ihrer Freundschaft gebildet hatten. Es war der Zufall ihrer Namen, der sie so sehr verband wie irgendetwas anderes.

»Wie bei Jack«, sagte er, »der High-Low Jack genannt wurde, weil es diesen Ausdruck bereits beim Kartenspiel gab. Aber man hätte ihn nicht High-Low Ted genannt.«

»Das haben Sie bereits gesagt.«

»Und genauso mit Steve. Wenn es sich nicht gereimt hätte, hätte er diesen Spitznamen nicht verpasst bekommen. Even Steven, aber nicht so was wie Even Ted.«

»Steady Teddy«, schlug ich vor.

»Oh, wow!«

Das ließ ihn abschweifen, aber es war nicht allzu schwer, ihn wieder auf den richtigen Kurs zu bringen. Er kannte Steves Nachnamen nicht und war sich nicht sicher, ob es sich um ein Gedächtnisproblem handelte, denn er hatte das Gefühl, Steves Nachnamen nie gekannt zu haben. Lucille, die sehr wahrscheinlich mit Steve ins Bett gestiegen war, hatte vermutlich seinen Nachnamen auch nicht gekannt und würde sich womöglich auch gar nicht an ihn erinnern, aber all das war rein akademischer Natur, denn sie war schon vor langer Zeit irgendwo im Westen verschwunden.

Und wenn Jack nicht gewesen wäre, hätte niemand seinen Kumpel Even Steven genannt. Die beiden Namen schienen zusammenzugehören. Es sei schon komisch mit Namen, sagte er.

»Wie ich, ich hatte eine Vespa für ungefähr zehn Minuten«, sagte er. »Einen kleinen Scooter? Und das war genug dafür, dass ich für manche Leute seitdem Scooter Williams bin. Ich meine, Leute, die mich nicht einmal gekannt haben, als ich den Motorroller hatte.«

»Wie Jacob.«

»Jacob«, sagte er. »Oh, *Ihr* Jacob! Scooter und Scooder!«

»Richtig.«

»Ja«, sagte er. »Wie Jacob. Witzig, oder?«

Ich stimmte ihm zu. Und, fragte er, war irgendetwas davon hilfreich? Das mit Jacks Namen, wo er herkam und Even Steven?

Ich sagte, dass wir das abwarten müssten.

Ich rief im Poogan's an und Danny Boy kam an den Apparat. »Eine kurze Frage«, sagte ich. »Even Steven.«

»Das ist keine Frage, Matthew.«

»Du hast Recht«, sagte ich. »Es ist keine. Sagt dir der Name Even Steven–«

»Etwas?«

»Das ist die Frage.«

»Nicht ohne Kontext. Gibt es einen Kontext?«

Ich erzählte ihm, was ich wusste.

»Ein alter Kumpel von Jack Ellery«, sagte er. »High-Low Jack und Even Steven. Weißt du, die Tatsache, dass ein Mann nicht aus der Ruhe zu bringen ist, dass er kein Librium nehmen muss, um nicht aufgedreht zu sein, das ist nicht die Art von Eigenschaft, die ihn sofort identifizierbar macht.«

»Ich weiß.«

»Was es ist, es ist die Abwesenheit einer Eigenschaft. Es ist ungefähr so wie: ›Oh, ich weiß, wen du meinst. Das ist der Typ, der kein Holzbein hat.‹«

»Nun, wenn du irgendetwas hörst.«

»Wir werden sehen«, sagte er. »Daraus schließe ich, dass du dich noch mit diesem Fall befasst.«

»In gewisser Hinsicht.«

»Nun, wenn der Klient weiter die Zeche zahlt.«

»Mein Klient ist tot.«

»Oh.«

»Er hat sich umgebracht.«

»Oh.«

»Hat sich mit seinem Gürtel erhängt. Ich hab ihn auch gemocht.«

Danny Boy schwieg einen langen Moment lang und ich hatte bereits mehr gesagt, als ich beabsichtigt hatte. Schließlich sagte er, dass er es mich wissen lassen würde, falls er irgendetwas herausfand. Ich antwortete, dass es kein Problem sei, falls nicht. Dabei beließen wir es.

Kapitel 36

Am Morgen erledigte ich ein paar Anrufe, bevor ich mir ein Frühstück gönnte. Nachdem ich etwas gegessen und die Zeitung gelesen hatte, telefonierte ich weiter. Ich hatte einen Namen, nach dem ich Leute fragen konnte – Even Steven –, und ich nannte ihn jedem, der mir einfiel, einschließlich Bill Lonergan in Woodside und Vann Steffens in Jersey City. Konnte sich irgendjemand an einen Typ namens Steve erinnern, der mit Jack Ellery herumgehangen hatte? Sagte irgendjemand der Name Even Steven etwas? Ich hielt mich selbst auf Trab, erreichte aber nichts.

Warum machte ich mir überhaupt die Mühe? Ich hatte keinen Fall und mein Klient war tot. Er hatte sich erhängt. Die einzige Art und Weise, wie ihn jemand anderes erhängt haben konnte, war, dass er ihn erst bewusstlos geschlagen hatte, und das war nicht passiert.

Es sei denn–

Es sei denn, er hatte einen Besucher gehabt, einen ruhigen und glaubwürdigen Zeitgenossen mit einer guten Geschichte zur Ablenkung. Jemand, der als Cop durchgehen würde, jemand, der in Jack Ellerys Wohnheim aufgetaucht war und den Typen, der dort das Sagen hatte, davon überzeugen konnte, ihm das auszuhändigen, was von Ellerys Besitztümern übriggeblieben war.

Jemand, der Vertrauen einflößte. Jemand, der hinter Greg Stillman gelangen, ihn in einen Würgegriff nehmen und so die Blutzufuhr ins Gehirn unterbrechen konnte, wodurch Stillman das Bewusstsein verlor. Nicht genug würgen, um ihn zu ersticken, nur genug, damit er hilflos war, während der Täter den Selbstmord inszenierte. Bis auf die Boxershorts ausziehen, Gürtel um den Hals, das Ende an der Schranktür befestigen.

Und dann was? Ihn fallen und hängen lassen? Oder warten, bis er wieder zu Bewusstsein kommt und ihn dann loslassen, damit man zusehen kann, wie er herumzappelt, gegen die geschlossene Tür tritt, um Atem ringt und um sein Leben kämpft?

Der Würgegriff würde Spuren hinterlassen, eine Art von objektivem Beweis. Aber der Gürtel würde all das verdecken.

Even Steven.

Der Hausmeister in Jacks Wohnheim hieß Ferdie Pardo. Eine Kurzform von Ferdinand, vermutlich. Er trug ein dunkelblaues Arbeitshemd mit hochgerollten Ärmeln. In der Hemdtasche steckte eine Packung Kools, hinter einem Ohr ein Bleistift. Er sah wie ein Mann aus, der nicht erwartete, dass der Tag ein gutes Ende nehmen würde.

»Vor etwa einer Woche war ein Mann hier«, sagte er. »Der hat dieselbe Frage gestellt. Was ich mit Ellerys Sachen gemacht habe.«

»Und was haben Sie ihm gesagt?«

»Dasselbe, was ich Ihnen sage. Ein Typ ist aufgetaucht, und dem hab ich sie gegeben.«

»Hat er Ihnen eine Quittung gegeben?«

Er schüttelte den Kopf. »Da war nichts«, sagte er. »Nur Müll, wissen Sie? Stellen Sie sich vor, Sie leben Ihr ganzes Leben und wenn Sie nicht mehr sind, bleibt von Ihnen nur ein Haufen alter Klamotten und ein paar Bücher.«

»War das alles?«

»Ein Paar Schuhe, ein Notizbuch, Papiere. Ich hatte nicht erwartet, dass deshalb jemand vorbeikommen würde. Ich hatte es im Keller, alles in seiner Reisetasche. Ich muss sagen, die Reisetasche war mehr wert als das, was sich darin befand, zusammen. Und es war eine abgenutzte alte Reisetasche, die sowieso nicht sonderlich viel wert war.«

»Also haben Sie nicht gedacht, dass eine Quittung nötig wäre.«

»Noch eine Woche«, sagte er, »und ich hätte die Sachen für die Müllabfuhr rausgestellt. Von denen hätte ich auch keine Quittung verlangt. Er war ein Cop, er hatte einen Grund, die Sachen abzuholen, also hab ich sie ihm gegeben.«

»Sie sagen, er war ein Cop.«

Er runzelte die Stirn. »War er kein Cop?«

»Ich bin derjenige, der fragt.«

»Nun, jetzt frage ich Sie.« Vielleicht, aber er wartete nicht auf eine Antwort. »Ich *denke*, er hat gesagt, dass er ein Cop ist. Er hat auf jeden Fall den Eindruck erweckt.«

»Hat er sich ausgewiesen?«

»Wie mit einer Polizeimarke?« Er runzelte die Stirn. »Wenn ich Sinn und Verstand hätte, würde ich einfach sagen, ja, absolut, er hat mir seine Polizeimarke gezeigt, seinen Dienstausweis. Streifenpolizist Joe Blow, Detective Joe Blow, was auch immer.«

»Aber wie es das Schicksal will, sind Sie ein ehrlicher Mensch.«

»Scheiße«, sagte er. »Was ich bin, ich bin ein Mann, der ein paar Sekunden zu spät an Dinge denkt. Ich denke, auch wenn ich es nicht beschwören kann, dass er seine Brieftasche hervorgezogen und sie mir kurz unter die Nase gehalten hat. Wie, ich bin ein Cop und ich verschwende meine Zeit nicht damit, einem Arschloch wie Ihnen meinen Ausweis zu zeigen. In der Richtung.«

»Aber Sie hatten den Eindruck, dass er ein Polizist war.«

»Ja. Er hat wie ein Cop ausgesehen.«

»Können Sie ihn beschreiben?«

»Herrgott«, sagte er. »Ich wünschte, Sie würden mich bitten, den anderen zu beschreiben, der aufgetaucht ist. Dürre Schwuchtel mit einem Ohrring. Das wäre einfacher. *Der* sah auf keinen Fall wie ein Cop aus.«

Ein weiterer schmeichelhafter Nachruf für Greg. Ich sagte: »Versuchen Sie bitte, den Cop zu beschreiben.«

»Oh, also ist er doch ein Cop? Okay, scheiß drauf. Etwa so groß und schwer wie Sie.«

»Wie alt?«

»Ich weiß nicht. Wie alt sind Sie?«

»Fünfundvierzig.«

»Ja, das kommt in etwa hin.«

»Also war er ungefähr fünfundvierzig.«

»Nun, vierzig, fünfzig, irgendwo dazwischen. Wenn man die Mitte nimmt, kommt man auf fünfundvierzig.«

»Vielleicht war ich es«, schlug ich vor.

»Hä?«

»Mein Alter, meine Größe, mein Gewicht–«

»Vielleicht war er ein bisschen schwerer«, räumte er widerwillig ein. »Irgendwie klobiger Körperbau, in der Mitte dicker.«

»Was ist mit seinem Gesicht?«

»Was soll damit sein?«

»Können Sie es beschreiben?«

»Es war ein Gesicht, wissen Sie? Zwei Augen, Nase, Mund–«

»Oh, ein Gesicht.«

»Hä?«

»Wenn Sie ihn noch einmal treffen würden, würden Sie ihn dann wiedererkennen?«

»Klar, aber wie groß sind die Chancen? Wie viele Menschen gibt es in New York, ein paar Millionen? Wann werde ich ihn noch einmal treffen?«

»Wie war er angezogen?«

»Er war anständig angezogen.«

Herrgott. »Können Sie sich erinnern, was er anhatte?«

»Einen Anzug. Anzug und Krawatte.«

»Wie sie ein Cop tragen würde.«

»Ja, vermutlich. Und eine Brille. Er hatte eine Brille auf.«

»Und er hat Ellerys Reisetasche genommen und ist damit abgezogen.«

»Richtig.«

»Hat Ihnen nie seinen Namen genannt, soweit Sie sich erinnern. Und eine Visitenkarte hat er Ihnen wahrscheinlich auch nicht gegeben.«

»Nein, nichts dergleichen. Warum sollte er mir eine Visitenkarte geben? Welches Geschäft könnte ich ihm vermitteln? Ihn anrufen und ihm sagen, dass das Scheißhaus in Zimmer Vier-Null-Neun verstopft ist? Ihn wissen lassen, dass eine meiner verkrachten Existenzen mitten in der Nacht ausgezogen ist und er das Zimmer haben kann, wenn er sich beeilt?«

»Und alles, was Ellery hinterlassen hat«, sagte ich, »befand sich in der Reisetasche.«

»Abgesehen von dem Anzug, in dem man ihn begraben hat.«

Man hatte ihn nicht begraben, sondern eingeäschert, aber das war mehr, als mein neuer Freund wissen musste.

»Und Sie haben sein Zimmer neu vermietet.«

»Der Mann ist tot«, sagte er. »Ich hab seinen Scheiß rausgeräumt und er kommt nicht zurück, also, was denken Sie, dass ich mit dem Zimmer machen werde? Es wohnt ein neuer Kerl drin.«

»In diesem Augenblick?«

»Hä?«

»Ist der neue Mieter zu Hause?«

»Er ist kein neuer Mieter«, sagte er. »Er ist in Ellerys Zimmer gezogen, weil es ein bisschen größer ist als das, in dem er bislang gewohnt hat. Er lebt jetzt seit, oh, ungefähr drei Jahren hier.«

»Was ich wissen wollte–«

»Und nein, er ist nicht zu Hause. Um diese Zeit ist er im OTB-Wettbüro, zwei Häuser weiter in der 2nd Avenue. Dort ist er jeden Tag den ganzen Tag über zu finden.«

»Gut«, sagte ich. »Dann können Sie mir das Zimmer zeigen.«

»Hä? Ich hab Ihnen gesagt, es ist vermietet. Es wohnt bereits jemand drin.«

»Das freut mich für ihn«, sagte ich. »Ich will mich nur ein paar Minuten lang umsehen.«

»Hey, das darf ich Sie nicht tun lassen.«

Ich zog meine Brieftasche hervor.

»Was, wollen Sie mir Ihren Ausweis zeigen? Ich kann Sie trotzdem nicht hineinlassen, egal, wie viele Polizeimarken Sie mir zeigen.«

»Ich weiß was Besseres«, sagte ich.

Pardo war der Meinung, dass er im Zimmer sein sollte, während ich mich darin umsah. Ich sagte ihm, dass er besser im Korridor stehen sollte, falls der derzeitige Mieter plötzlich zurückkam.

»Ich hab Ihnen gesagt«, sagte er, »der bleibt den ganzen Tag über weg. Solange die Wettschalter geöffnet haben, ist er dort.«

»Trotzdem.«

»Ich weiß nicht«, sagte er. »Ich sollte dabei sein, um aufzupassen, wissen Sie?«

»Weil ich womöglich mit einer ausgefeilten Betrugsmasche arbeite«, sagte ich. »Bei der ich fünfzig Dollar zahle, um Zutritt zu Zimmern von Leuten zu bekommen, die nichts besitzen.«

Er war nicht sonderlich glücklich, aber er ging in den Korridor. Ich schloss die Tür und nutzte die Hakenvorrichtung, um ihn fernzuhalten. Dann machte ich mich daran, nach dem zu suchen, was Jack möglicherweise dort versteckt hatte, wo es nicht einfach zu finden war.

Der größte Teil des Fußbodens war mit einem Teppichboden bedeckt. Es handelte sich um einen Teppichrest, der nicht angeheftet war, weshalb er sich ganz einfach aufrollen ließ, nachdem ich ein paar Möbelstücke zur Seite geschoben hatte. Und er war fast ebenso einfach wieder an Ort und Stelle zu bringen, nachdem ich mich vergewissert hatte, dass unter dem Teppichboden nichts versteckt war.

Als Nächstes nahm ich mir die Kommode vor, ein Teil aus dunklem Holz, dessen Oberseite von den Spuren vergessener Zigaretten gezeichnet war. Ich zog der Reihe nach die Schubladen heraus, platzierte den Inhalt auf dem Boden, drehte jeweils die leere Schublade um, um die Unterseite zu überprüfen, dann legte ich alles wieder zurück. Eine Schublade, das Holz vom Alter verzogen, wollte sich nicht herausziehen lassen, aber ich konnte sie trotzdem überreden und hatte nicht mehr Glück mit ihr als mit der zuvor. Aber bei der nächsten, der zweiten von unten, hatte ich Erfolg: An ihrer Unterseite war mit Klebeband ein brauner Din-A4-Briefumschlag befestigt. Ein Umschlag genau wie der, der Jacks achten Schritt enthalten hatte.

Ich zog am Klebeband, befreite den Umschlag. Beim Öffnen brach ein Ende der Metallklammer ab. Wenn es sich beim Inhalt um die unfehlbare Geheimformel des neuen Bewohners zur Auswahl von Gewinnern handelte, würde es mir schwer fallen, sie so zurückzulassen, wie ich sie gefunden hatte. Aber ich machte mir in dieser Hinsicht keine großen Sorgen.

Der Umschlag enthielt drei unlinierte Blätter, die mit der mir bekannten sorgfältigen Handschrift von Jack beschrieben waren. Es gab auch einen Zeitungsausschnitt, den ich mir vornahm, bevor ich las, was Jack geschrieben hatte.

Der Ausschnitt war aus der *Post* und umfasste fast eine ganze Seite. Ich las ihn ganz durch, obwohl ich nach dem ersten Abschnitt damit hätte aufhören können.

Ich erinnerte mich an den Fall.

Als ich mit dem Ausschnitt fertig war, las ich den ersten Abschnitt von dem, was Jack geschrieben hatte. Ich beschloss, dass der Rest warten konnte. Ich schob die Schublade in die Kommode zurück, dann steckte ich alles wieder in den Briefumschlag, verschloss ihn mit dem, was von der Klammer übrig war, und schob ihn unter mein Hemd. Ich kann nicht behaupten, dass er den Sitz dieses Kleidungsstücks verbesserte, aber wenn alle Hemdknöpfe geschlossen waren, bestand kaum eine Gefahr, dass es jemandem auffallen würde. Und ich konnte Jacks altes Zimmer mit ebenso leeren Händen verlassen, wie ich es betreten hatte.

Ich öffnete die Tür und trat aus dem Zimmer. Pardo stand ein paar Schritte weiter den Korridor entlang.

»Nichts«, sagte ich ihm.

»Was hab ich Ihnen gesagt? Wenn diese Leute irgendetwas hätten, würden sie woanders wohnen.«

Kapitel 37

Ich ging Richtung Downtown auf der Suche nach einem Ort, an dem ich einen Kaffee trinken konnte, während ich las, was Jack geschrieben hatte. Schließlich fiel meine Wahl auf Theresa's. Ich machte einen Bogen um den Tresen, an dem Frankie Dukacs seine ganze Aufmerksamkeit einem Teller Suppe widmete, und setzte mich so in eine Nische, dass alles, was er von mir sehen konnte, mein Hinterkopf war.

Ich wollte keine warme Mahlzeit essen, aber ich erinnerte mich an das letzte Mal, als ich hier gewesen war, und bestellte ein Stück Kuchen zu meinem Kaffee. Es gab keinen Erdbeer-Rhabarber, dafür aber Pekannuss, und ich entschied, dass der genau richtig war.

Der Zeitungsausschnitt handelte von einem Mann und einer Frau, die in dem, was die *Post* als »Boheme-Liebesnest in der Jane Street« bezeichnete, erschossen worden waren. Es war nicht nur »Boheme«, weil es sich im Village befand, sondern auch, weil es in einem Hinterhaus war, einem früheren Kutschenhaus hinter einem Stadthaus aus der Zeit um die Wende zum 19. Jahrhundert. Und es war ein Liebesnest, weil sich die beiden Opfer nackt im Bett befunden hatten und der Mann anderweitig verheiratet gewesen war.

Er hatte eine wichtige Rolle in der Finanzwelt gespielt. Sein Name war G. Decker Raines, wobei das *G* für Gordon stand, und sein Name war sehr häufig im Zusammenhang mit Firmenaufkäufen und fremdfinanzierten Übernahmen in den Zeitungen zu lesen gewesen. Sie hieß Marcy Cantwell und war nach New York gekommen, um Schauspielerin zu werden. Stattdessen war sie Kellnerin geworden, aber sie hatte Schauspielunterricht genommen und hatte ein paar Rollen in Showcase- und Werkstattaufführungen gehabt.

Eines Abends hatte sie an Raines Tisch bedient und war ihm aufgefallen. Am nächsten Abend war er allein zurückgekommen. Er war immer noch da, als sie schlossen, und hatte sie zu ihrer Unterkunft im Evangeline House begleitet, einem Wohnheim für junge Frauen in der westlichen 13th Street. Auf den Zimmern war kein Männerbesuch gestattet, aber sie hatten zusammen in der Lobby sitzen können.

Eine Woche später wohnte sie im Hinterhaus in der Jane Street und arbeitete nicht mehr als Kellnerin.

Ein paar Monate später war sie tot, und er auch.

Ich erfuhr das nicht alles aus dem Zeitungsauschnitt oder aus Jacks Bericht über den Vorfall. Ich las alles mehrmals durch, dann begab ich mich in den Mikrofilmraum der Bibliothek, wo ich alles las, was die *Times* dazu hatte. Die Geschichte war über längere Zeit aktuell geblieben. Was kaum anders zu erwarten gewesen war: Sie eine attraktive junge Frau, er ein reicher Mann, seine Frau eine Größe des Gesellschaftslebens und die Kinder auf Privatschulen. Am besten war, dass der Fall nie aufgeklärt wurde. Das bedeutete, dass es vielleicht das war, wonach es aussah – ein Einbruch, der ein brutales Ende gefunden hatte –, aber es konnte auch etwas anderes sein: ein Auftragsmord, hinter dem ein Konkurrent von Raines stand, oder etwas, das durch Eifersucht ausgelöst worden war, entweder die der Ehefrau oder die eines früheren Freundes von Marcy. Sie hatte ein paar davon gehabt, darunter auch ein Barkeeper mit gewalttätiger Vergangenheit, die sich gegen Frauen gerichtet hatte. Die Cops hatten an viele Türen geklopft und viele Fragen gestellt, aber sie hatten keine heiße Spur gefunden.

Oder vielleicht sollte ich besser *wir* sagen und nicht *sie*, denn als es passierte, war ich noch beim NYPD und tatsächlich noch im Sechsten Revier tätig. Der Fall gehörte zu unserem Revier, aber ich war ihm nie zugewiesen, und er blieb auch nicht lange bei uns, da die große öffentliche Aufmerksamkeit dazu führte, dass die Abteilung für Kapitalverbrechen Anspruch auf ihn erhob.

Das war schon einige Jahre her. Vor der Kugel, die Estrellita Rivera tötete und mich in ihrem Sog davonspülte, aus meinem Job und meiner Ehe und in ein Zimmer im Northwestern. Bevor Jack Ellery wegen etwas anderem geschnappt wurde und im Gefängnis landete, wieder entlassen wurde und trocken blieb. Vor ganzen zwölf Jahren, was mehr als genug Zeit dafür war, dass sich jede Spur verlor. Es gab ungeklärte Fälle, bei denen man wusste, wer es getan hatte, selbst wenn man es nicht nachweisen konnte. Und es gab Fälle, bei denen man keine Ahnung hatte. Dieser war einer von ihnen.

Aber ich wusste es. Jack hatte es getan. Jack und Steve.

•　　•　　•

»Ich schreibe das hier getrennt auf«, begann der Bericht von Jack. »Es gehört zu meinem vierten Schritt und ich werde es in meinem vierten Schritt behandeln und mit G. darüber reden, wenn ich den fünften Schritt mache. Aber es ist jemand anderes verwickelt, weshalb ich das jetzt nur für mich selbst aufschreibe. Und natürlich für meine höhere Macht, die mir vielleicht über die Schulter blickt und mitliest oder meinen Gedanken lauscht.«

Dann spekulierte er über die Natur dieser höheren Macht oder Gott. Es war ganz interessant, aber nichts Besonderes, und im Grunde genommen nur Jack, der seine eigenen Gedanken auf Papier zum Ausdruck brachte.

Nachdem er ein paar Absätze damit zugebracht hatte, kam er zur Sache zurück. Er berichtete, wie ihn ein Bekannter, den er weder beim Namen nannte noch anderweitig identifizierte, auf die ehemalige Schauspielerin-Kellnerin Marcy Cantwell aufmerksam gemacht hatte. Die hatte jetzt mehr als genug Zeit für Auditions und Schauspielkurse, weil sie sich einen älteren Mann mit fetter Brieftasche geangelt hatte. Und wie er diese Information einem Freund mitgeteilt hatte. »Ich werde ihn S. nennen«, fügte er hinzu. So nannte er ihn dann auch für den Rest des Dokuments, ohne jemals persönliche Informationen zu ihm mitzuteilen oder ihn zu beschreiben oder zu identifizieren.

Er erklärte nicht, wie sie an die Schlüssel gekommen waren, nur, dass sie Zugang zu dem abgesperrten Durchgang und zum Kutschenhaus selbst gehabt hatten. Es war früher Abend gewesen, als sie in das Haus eingedrungen waren, und sie waren in das Schlafzimmer gestürmt, bevor das Liebespaar ihre Anwesenheit bemerkt hatte.

»*Ich hatte eine Pistole in der Hand*«, schrieb er, »*und als der Mann selbst nach einer Pistole griff, hab ich ihn ohne zu zögern erschossen. Er war nackt und griff nach seiner Hose, um sich zu bedecken. Ich weiß nicht, warum ich dachte, dass er nach einer Waffe greifen wollte. Ich schoss ihm in die Brust und er fiel nach hinten. Ich sagte, wir müssen etwas tun, wir müssen jemanden anrufen. Und dann nahm S. die Pistole von mir. Er sagte mir, ich sollte die Schnauze halten. Er sagte, dass ich mich beruhigen sollte. Er sagte, dass sie unsere Gesichter gesehen hatte und uns identifizieren konnte. Sie heulte und bettelte, und er war eiskalt, so wie er immer war. Er schoss ihr einfach zwischen die Brüste und sie fiel nach hinten neben den Mann. Ich weiß nicht, ob sie schon tot war oder noch am Leben. Und E. S. drückte mir die Pistole wieder in die Hand, legte seine Hand um meine und sagte, Mach schon, du musst es tun. Und ich hatte den Finger am Abzug und*

sein Finger lag über meinem und zusammen schossen wir ihr in die Stirn. Und er
nahm die Pistole und verpasste dem Mann noch eine Kugel, ebenfalls in die Stirn,
um sicherzugehen.«

Und das war es.

Er hatte es geändert, als er seinem Sponsor davon erzählt hatte. Hatte den Tatort vom Village in die Upper West Side verlegt, hatte die Rollen verändert und
einen Finanzmenschen und seine Spielgefährtin zu einem Drogendealer mit
spanischer Freundin gemacht. Das eindringlichste Bild von allen, wie S. ihm
die Pistole in die Hand gedrückt und ihn dazu gebracht hatte, das Mädchen zu
erschießen, hatte es nicht in die Endfassung geschafft.

Ein Teil der Änderungen sollte höchstwahrscheinlich dazu beitragen, das
Ereignis schwerer identifizierbar zu machen, was ihm auch gelungen war: Ich
war nicht in der Lage gewesen, einen Fall zu finden, der zu dem Bericht passte, den ich von Greg bekommen hatte. Darüber hinaus vermutete ich, dass
Jack die Geschichte verändert hatte, um ihre Wirkung auf seinen Sponsor ab-
zuschwächen. Jack wollte ehrlich sein, aber er war nicht aus dem Stegreif zu
einhundertprozentiger Ehrlichkeit bereit gewesen. Er musste sich erst dazu
vorarbeiten.

Es wurde bereits dunkel, als ich die Bibliothek verließ. Ich hatte völlig das
Zeitgefühl verloren, und als ich auf meine Uhr blickte, stellte ich fest, dass
es nach fünf war. Es war noch nicht völlig dunkel, aber die Sonne war untergegangen und ein grauer Tag neigte sich seinem Ende zu. An jedem Tag
verschwand die Sonne ein bisschen früher als am Vortag. Daran war nichts
Außergewöhnliches, so war es jedes Jahr, aber es gab Zeiten, zu denen ich spürte, dass damit eine Traurigkeit in Verbindung stand. Das arme alte Jahr starb
jeden Tag ein bisschen mehr.

Ein weiterer Tag und ich würde ein Jahr lang trocken sein.

Ich hatte nicht daran gedacht, nicht an diesem speziellen Tag, nicht bis zu
diesem Augenblick, als ich auf den Stufen der Bibliothek zwischen den beiden
Steinlöwen stand und die Last der sich anbahnenden Dunkelheit und die der
größeren und schwereren Dunkelheit dessen, was ich gelesen hatte, auf mir
spürte. Gordon Decker Raines, Marcia Anne Cantwell, John Joseph Ellery –
alle tot. Und ein Mann, S. oder Steve oder Even Steven, der ihnen Kugeln ver-

passt hatte. Und ich war am Leben und trocken, und noch ein Tag, dann würde ich ein Jahr hinter mir haben.

Ich wusste, dass ich zu einem Treffen gehen sollte. Mittags war ich zu beschäftigt gewesen, aber es gibt kaum eine Tageszeit, zu der in Manhattan kein Treffen stattfindet. Es gab mehrere in und um Midtown zwischen fünf und sieben, darauf angelegt, die Büromenschen auf dem Nachhauseweg abzupassen. Ich war mehrmals bei einem gewesen, das sich Happy Hour nannte, und es gab ein Commuters Special bei der Penn Station und noch ein Treffen gleich beim Grand Central. Ich befand mich in der 42nd Street, Ecke 5th Avenue, nur ein paar Blocks vom Grand Central, und vielleicht gab es sogar ein Treffen, das noch näher war, aber hatte mein Verzeichnis mit den Treffen nicht bei mir. Es steckt normalerweise immer in meiner hinteren Hosentasche, aber offenbar hatte ich es nicht in die Hose gesteckt, die ich heute Morgen angezogen hatte. Deshalb wusste ich nicht, wo die Treffen waren und wann sie genau anfingen.

Ich beschloss, nach Hause zu gehen, mich zu duschen und zu rasieren und vielleicht sogar so weit zu gehen, etwas zu essen. So konnte ich auch den braunen Umschlag verstauen, in dem sich außer dem Zeitungsausschnitt und Jacks Bericht über den Mord vor zwölf Jahren nun auch ein paar Notizen befanden, die ich in der Bibliothek gemacht hatte. Und ich würde in der Lage sein, zu meinem Stammtreffen in St. Paul's zu gehen, wo ich die Hand heben und verkünden könnte, dass am nächsten Tag mein Jahrestag war.

Oder ich konnte bis morgen warten und es dann verkünden.

In jedem Fall würde ich Applaus bekommen. Man würde mich beklatschen, als hätte ich etwas Bemerkenswertes getan. Und vielleicht hätte ich das auch.

Aber jetzt hatte ich es noch nicht getan. Ich entschied, dass die Bekanntgabe warten konnte, bis das Jahr vorüber war.

Ich war müde und wollte gerade einem Taxi zuwinken, als ich mich daran erinnerte, dass ich mich mitten in der Hauptverkehrszeit befand und dass es unmöglich sein würde, voranzukommen. Ich wollte nicht in einem stehenden Taxi sitzen, wenn die Ampeln von rot auf grün schalteten und wieder auf rot sprangen. Andererseits war ich auch nicht in der Stimmung, mich wie eine Sardine in der U-Bahn zusammendrücken zu lassen.

Es hatte zuvor ein bisschen geregnet. Es sah aus, als ob es noch mehr regnen würde. Aber vielleicht würde es damit warten, zumindest so lange, bis ich zu Hause angekommen war.

Ich war noch vier oder fünf Blocks von meinem Hotel entfernt, als es anfing zu regnen. Ich kam gerade an einer Drogerie vorbei und überlegte mir, dort schnell einen Regenschirm zu kaufen, aber ich beschloss, dass es nicht stark genug regnete, um die Ausgabe von drei oder vier Dollar zu rechtfertigen. Ich hatte bereits vier oder fünf Regenschirme in meinem Zimmer. Wenn ich noch einen kaufte, würde ich fünf oder sechs haben, und ich erinnerte mich nie daran, einen mitzunehmen, falls es nicht bereits heftig regnete, wenn ich mein Zimmer verließ.

Ich ging ein oder zwei Blocks weiter und der Regen ließ nach. Ich beglückwünschte mich selbst zu meinem guten Urteil, als der Himmel seine Schleusen öffnete. Ich hastete in einen Schusterladen, in dem die einzigen Schirme, die es gab, zehn Dollar kosteten. Ich kaufte einen und als ich wieder nach draußen kam und ihn öffnete, hatte es bereits völlig zu regnen aufgehört. Auf dem ganzen restlichen Weg zu meinem Hotel fiel kein weiterer Tropfen.

Es gibt Tage, an denen mich so etwas zum Lachen bringt, oder zumindest Schmunzeln lässt, aber dieser gehörte nicht dazu. Ich wollte etwas zerschmettern, vielleicht den Schirm, vielleicht den Mann, der ihn mir verkauft hatte. Aber ich tat es nicht. Ich war schließlich ein Vorbild an Abstinenz, einen Tag vor meinem Jahrestag, was ich mir ins Gedächtnis rief, während ich meinen Regenschirm ins Hotel trug.

Keine Nachrichten. Ich ging nach oben, ging den Korridor entlang zu meinem Zimmer. Ich hatte den Schlüssel in der Hand, als mir so war, als spürte ich etwas, als hätte ich eine Vorahnung. Und vielleicht tat ich es, vielleicht nahm ich Schwingungen wahr, vielleicht nahm ich einen Geruch wahr, der unter der Tür oder durch das Schlüsselloch hindurchkroch, ohne ihn zu identifizieren.

Oder vielleicht auch nicht. Das Gedächtnis neigt dazu, Lücken zu füllen, das, was passend erscheint, anzubieten, egal ob es jemals passiert ist oder nicht. Vielleicht spürte ich etwas, vielleicht auch nicht, auf jeden Fall steckte ich den Schlüssel ins Schloss und öffnete die Tür.

Kapitel 38

Zuerst erkannte ich den Geruch nicht. Er war stark, er traf mich in dem Moment, als ich die Tür öffnete, ins Gesicht, und ich bin mir sicher, dass er auf seine Weise ebenso unverwechselbar war wie der Gestank, der in Greg Stillmans Wohnung geherrscht hatte. Ich dachte, das ist ein furchtbarer Geruch, es ist ungesund, ihn einzuatmen, ich sollte besser ein Fenster öffnen und durchlüften. Also erkannte ich seine Natur, aber ich konnte nicht sagen, worum es sich handelte.

Einen Augenblick später konnte ich es. Es war Alk, es war Ethylalkohol, genauer gesagt Bourbon.

Das ganze Zimmer stank danach. Gab es diesen Gestank wirklich? Oder spielte mir mein Gehirn einen Streich und zauberte den Geruch als Reaktion auf den Stress meiner Arbeit und die Angespanntheit vor einem AA-Jahrestag hervor? Es war, als hätte das Zimmermädchen in meinem Zimmer eine Flasche zerbrochen, aber ich hatte keinen Whiskey in meinem Zimmer, also gab es auch keine Flasche, die sie oder jemand anderes hätte zerbrechen können. Und es war Montag. Sie hatte mein Zimmer am Samstag sauber gemacht und hatte keinen Grund gehabt, hereinzukommen, ebenso wenig wie jemand anderes. Ich hatte das Zimmer abgesperrt und es war abgesperrt gewesen, denn ich hatte die Tür mit meinem Schlüssel öffnen müssen, um hereinzukommen, und Gott, Gott im Himmel, was war los?

Dann blickte ich zu meinem Schreibtisch. Der Stuhl war an den Tisch gezogen und gerade soweit zur Tür gedreht, dass er mich einzuladen schien, mich zu setzen. Und auf dem Tisch befand sich ein Whiskeyglas der Art, die man als Old Fashioned bezeichnete, nicht weil daran irgendetwas altmodisch gewesen wäre, sondern weil es für den gleichnamigen Cocktail entworfen worden war.

Bestellte heutzutage noch jemand einen Old Fashioned? Hatte ich selbst jemals einen getrunken? Es schien mir, als hätte ich, als müsste ich einen getrunken haben. Es schien mir, als könnte ich mich, mit nur ein klein wenig Anstrengung, daran erinnern, wie er geschmeckt hatte.

Ich besaß kein Glas dieser Art. Ich besaß mehrere Wassergläser. Eines davon war ein bisschen wie eine Glocke gestaltet, die Art, in der Drogerien Coca-Cola verkauft hatten, als es noch Getränkespender in Drogerien gegeben hatte. Das andere war genau genommen überhaupt kein Glas, da es aus Plastik war, damit es nicht zersplitterte, wenn ich es auf den Badezimmerboden fallen ließ.

Ich konnte den Blick nicht von dem Glas abwenden. Ich hatte Gläser in dieser Größe und Form besessen, als ich noch mit Anita und den Jungs in Syosset gelebt hatte. Wie jeder anständige Vorstädter hatte ich eine umfassend ausgestattete Bar im Hobbyraum gehabt, mit all den Gläsern, die man benötigte, um seinen Gästen zu Diensten zu sein. Und auch wenn mich nie jemand darum gebeten hatte, ihm einen Old Fashioned zu mixen, war das das Glas der Wahl für einen Drink mit Eis. Das hier war kein Glas aus dem Set, von dem ich annehmen konnte, dass es sich immer noch im Untergeschoss des Hauses in Syosset befand. Aber es war dieselbe Art.

Trotzdem hätte ich schwören können, dass ich das Glas erkannte. Es war genau die Sorte, in der Jimmy Armstrong Drinks mit Eis servierte.

Oder einen doppelten Bourbon, pur, ohne Eis, wenn einem danach war.

Dieses Glas, das Glas auf meinem Schreibtisch, war bis etwa einen Zentimeter unter den Rand mit klarer bernsteinfarbener Flüssigkeit gefüllt. Ich war in der Lage, sie als einen Bourbon namens Maker's Mark zu identifizieren. Es gibt wahrscheinlich begnadete Menschen, die diese Identifizierung aufgrund von Farbe und Aroma allein vornehmen können, aber ich gehöre nicht zu ihnen. Ich erkannte die Marke weniger als dass ich sie folgerte, und ich stützte meine Folgerung auf die Anwesenheit einer Flasche Maker's Mark Bourbon auf meinem Schreibtisch ein paar Zentimeter neben dem Glas.

Ich war unfähig, mich zu bewegen. Ich konnte nirgendwo anders hinblicken, nur dorthin, wohin ich sah – auf den Schreibtisch, auf das Glas, auf die Flasche.

Gedanken schossen durch meinen Kopf, einer nach dem anderen:

Es war eine Halluzination. Es gab keine Flasche, kein Glas, keinen Whiskeygeruch.

Es war ein Traum. Ich war nach Hause gekommen, hatte mich hingelegt, um ein Nickerchen zu halten, und hatte nun einen unglaublich lebensechten Trinkertraum.

Es war meine Abstinenz, die die Illusion war, die Halluzination. Ich hatte seit Monaten gelegentlich getrunken, mal hier einen Drink genommen, mal dort, und dabei mir selbst und allen, die ich kannte, eingeredet, dass ich nicht mehr trank. Aber es war alles eine Lüge, eine 364-Tage-Lüge, und der Beweis stand hier vor mir, denn ich hatte mir einen Drink eingeschenkt, bevor ich mein Zimmer am Morgen verlassen hatte, und hier war er und wartete auf meine Rückkehr.

Ich schloss kurz die Augen und er war immer noch da. Ich zwang mich, den Blick abzuwenden, dann richtete ich ihn wieder auf den Schreibtisch, und der Drink war immer noch da. Ich fühlte mich von ihm angezogen. Ich wollte zu ihm gehen, nicht um ihn in die Hand zu nehmen, bei Gott, nein, nicht um ihn anzurühren, sondern um ihn irgendwie verschwinden zu lassen. Ich musste ihn verschwinden lassen. Ich konnte nicht zulassen, dass er dort blieb.

Ich weiß nicht, wie lange ich dort stand, mich weder dem Schreibtisch näherte, noch mich entfernte. Schließlich gab ich mir einen Ruck, riss die Tür auf, schlug sie hinter mir zu und sperrte den Whiskey hinter ihr ein. Ich eilte den Korridor entlang, wartete nicht einmal auf den Aufzug. Ich eilte die Treppe hinunter und hinaus auf die Straße.

Kapitel 39

Während meiner Zeit als Trinker hatte es Dinge gegeben, die schlimmer waren als das Verkatertsein. Filmrisse waren schlimmer – zu sich zu kommen und zu erkennen, dass es gewaltige Löcher in der Erinnerung gab, Stunden, in denen ein anderer Teil des Ichs die Dinge am Laufen gehalten, den Wagen gesteuert und das Getriebe knirschen lassen hatte. Anfälle waren schlimmer, und gefesselt in einem Krankenhausbett aufzuwachen. Und auf subtilerer Ebene war die tagtägliche Zersetzung des gesamten Lebens zweifellos schlimmer als ein Kater.

Allerdings war ein Kater schlimm genug, und einige von ihnen waren schlimmer als andere gewesen. Aber was mir am lebhaftesten in Erinnerung war, das war nicht so sehr ein bestimmter Kater, sondern wie einer von ihnen geendet hatte.

Ich hatte mich in meinem Hotelzimmer befunden, mich schrecklich gefühlt und gewusst, dass die einzige Sache, die meinen Schmerz lindern konnte, ein Drink war. Und natürlich hatte es in meinem Zimmer nichts zu trinken gegeben. Wenn es etwas gegeben hätte, hätte ich es in der Nacht zuvor ausgetrunken.

Also hatte ich mich angezogen, war nach unten und um die Ecke gegangen. Es musste gegen elf gewesen sein, weil Amstrong's schon geöffnet hatte, die Mittagsmeute aber noch nicht dort gewesen war. Tatsächlich war der Laden leer gewesen, zumindest so leer, wie er es hatte sein können, und Billie Keegan hatte hinter dem Tresen gestanden. Er hatte einen Blick auf mich geworfen und gewusst, dass er kein Wort sagen durfte. Stattdessen hatte er ein Glas auf den Tresen gestellt und es ungefähr bis zur Hälfte gefüllt, damit ich nichts verschüttete, falls meine Hand zitterte.

Ich war dagestanden, während er eingeschenkt hatte, ich hatte eingeatmet und mich besser gefühlt. Ich hatte noch nicht die Gelegenheit gehabt, den Alkohol an meine Lippen zu bringen, geschweige denn in meinen Blutkreislauf, aber seine physische Nähe allein hatte den Unterschied ausgemacht. Er war dort gewesen und ich würde ihn trinken können, und er würde mir helfen, mich besser zu fühlen – und weil ich das gewusst hatte, hatte ich mich bereits besser gefühlt.

Daran dachte ich, als ich endlich Jim Fabers Stimme hörte.

Zuerst hatte ich ein Telefon finden müssen, das funktionierte. Dann hatte ich seine Nummer wählen und warten müssen, während es läutete. Als sich seine Frau gemeldet hatte, hatte ich sie bitten müssen, Jim an den Apparat zu holen. Sie hatte geantwortet: »Er ist nicht zu Hause, Matt. Er ist wegen eines eiligen Auftrags in der Druckerei. Willst du die Nummer?«

»Ich habe sie«, hatte ich gesagt. »Und ich habe jede Menge Kleingeld.«

Ich weiß nicht, wie sie darauf reagierte, denn ich hatte die Verbindung unterbrochen, bevor ich es herausfinden konnte. Ich gab eine der reichlich vorhandenen Vierteldollarmünzen aus, wartete, während es läutete, dann antwortete er. Und sofort fühlte ich mich besser.

»Ich denke nicht, dass du eine Halluzination hattest«, sagte er. »Ich weiß, dass so etwas vorkommen kann, aber für mich hört sich das nicht so an. Ich denke, da steht wirklich ein Glas Bourbon auf deinem Schreibtisch, und die Flasche leistet ihm Gesellschaft. Du hast gesagt Maker's Mark?«

»Das ist richtig.«

»Nun, wenn man entschlossen ist zu halluzinieren, kann man auch gleich nach oben ins Regal greifen. Ich hab ihn selbst nur ein paar Mal getrunken, aber mir scheint, als ob Maker's Mark ein relativ anständiger Whiskey zum Schlürfen ist.«

»Ich kannte eine Frau, die ihn gemocht hat.«

»Denkst du –«

»Sie ist tot«, sagte ich. »Sie ist vor langer Zeit gestorben.«

Carolyn aus Carolina. Ein weiterer Name für meine Liste für den achten Schritt, dachte ich, wenn ich lange genug trocken bleibe, um eine zu abzufassen.

»Du hast ihn dir nicht selbst eingeschenkt, Matt, und du befindest dich auch nicht mitten in einem Trinkertraum. Du bist an diesem Morgen weggegangen und er hat auf dich gewartet, als du zurückkamst. Du weißt, was passiert ist.«

»Ich hab die Tür abgeschlossen.«

»Also?«

»Es ist nicht allzu schwer, sich einen Schlüssel an der Rezeption zu schnappen. Oder die Tür ohne einen zu öffnen.«

»Und?«

»Jemand ist in mein Zimmer gekommen«, sagte ich, »und hat eine Flasche bei sich gehabt.«

»Und ein Glas aus dem Armstrong's.«

»Es könnte von überall her sein. Die Hälfte der Kneipen in dieser Stadt hat diese Art von Glas.«

»Also hat er eine Flasche und ein Glas mitgebracht.«

»Und alles vorbereitet«, sagte ich. »Einen Drink eingeschenkt. Die Flasche dort offen stehen gelassen.«

»Nur das eine Glas. Ein rücksichtsloser Hurensohn, oder? Was, wenn du in Begleitung gewesen wärst?«

Ich sagte: »Jim, er wollte, dass ich trinke.«

»Aber du hast es nicht getan.«

»Nein.«

»Du wolltest es nicht einmal, oder?«

Ich dachte darüber nach. »Nein«, sagte ich. »Ich wollte nicht. Aber gleichzeitig war ich auch nicht in der Lage, den Blick abzuwenden. Ich kam mir vor wie ein Vogel, der von einer Schlange hypnotisiert wird.«

»Das leuchtet ein.«

»Ich fand den Gedanken, den Whiskey zu trinken, furchterregend. Als ob er vom Schreibtisch springen und sich selbst meinen Rachen hinabschütten könnte. Als ob er diese Macht hätte.«

»Mhm.«

»Es war magnetisch«, sagte ich. »Ich wollte es nicht, aber ich fühlte mich trotzdem von ihm angezogen.«

»Du bist ein Alkoholiker«, sagte er.

»Nun, das wussten wir schon.«

»Ja, und wir haben gerade einen weiteren Beweis dafür bekommen, für den Fall, dass wir auch nur den kleinsten Zweifel gehabt hätten.«

»Ich wollte ihn in die Spüle schütten«, sagte ich.

»Besser, als ihn dort zu lassen.«

»Aber ich fürchtete mich davor, mich ihm zu nähern. Ich wollte keinen Schritt in diese Richtung machen und ihn schon gleich gar nicht in die Hand nehmen.«

»Du hattest Recht.«

»Hatte ich das? Ist es nicht verrückt, dem Zeug diese Macht zu geben?«

»Es hat bereits diese Macht.«

»Vermutlich.«

»Der Weg, ihm mehr Macht zu geben«, sagte er, »ist, es in die Hand zu nehmen und zu trinken. Und der erste Schritt beim in die Hand nehmen und trinken ist, es überhaupt anzufassen.«

»Also hab ich den Whiskey dort gelassen–«

»Und ihn eingesperrt. Wie spät ist es? Verdammt.«

»Was ist los?«

»Das ist nichts, was du ganz allein tun solltest«, sagte er. »Ich würde nach dem Treffen mit dir kommen, vorausgesetzt, ich kann das hier rechtzeitig fertigmachen, um zum Treffen zu gehen, aber mir gefällt der Gedanke nicht, dass der Whiskey die nächsten paar Stunden lang dort herumstehen wird. Oder dass du zwischen jetzt und dem Beginn des Treffens irgendwo herumsitzen musst, aus deinem Zimmer ausgesperrt und ohne einen Ort, an den du gehen kannst. Ich würde jetzt rüberkommen, aber–«

»Nein, du hast eine Arbeit zu erledigen.«

»Es wäre wirklich ungelegen, wenn ich jetzt weggehen würde. Du hast Telefonnummern, oder? Leute, die im Programm sind und in der Nähe wohnen?«

»Klar.«

»Und du hast Vierteldollarmünzen.«

»Und Münzen für die U-Bahn«, sagte ich, »obwohl ich nicht weiß, was die mir jetzt helfen könnten.«

»Man kann nie wissen. Wo bist du? Ein paar Hauser weiter von deinem Hotel?«

»Fünf Blocks entfernt. Es hat so lange gedauert, bis ich ein funktionierendes Telefon gefunden hatte, das nicht schon von jemandem belegt war.«

»Mach ein paar Anrufe. Such dir jemanden, der dich begleitet, und ruf mich an, sobald du den Alk weggeschüttet hast. Wirst du das tun?«

»Klar.«

»Ruf mich von deinem Zimmer aus an. Und wenn du niemanden finden kannst, geh nicht allein auf dein Zimmer zurück.«

»Werde ich nicht tun.«

»Ruf mich stattdessen noch mal an. Dann werden wir uns was überlegen. Matt?«

»Was?«

»Hab ich es dir nicht gesagt? Manchmal werden die Dinge unmittelbar vor einem Jahrestag ziemlich verrückt.«

Es gab ein paar Nummern, die ich nicht nachschlagen musste. Zwei davon gehörten zu Jim, natürlich, sein Zuhause und seine Arbeit, und die andere war die von Jan. Ich hatte bereits mit Jim gesprochen und ich hatte nicht vor, Jan anzurufen.

Ich hätte sie angerufen, wenn ich es gemusst hätte. Als ich gerade damit anfing, Tage ohne Alkohol aneinanderzureihen, bevor wir eine feste Beziehung hatten, hatte sie mich versprechen lassen, sie anzurufen, bevor ich einen Drink in die Hand nahm. In der Welt, in der wir gemeinsam lebten, stand Abstinenz über allem anderen, weshalb einer den anderen anrufen konnte, wenn es darum ging, trocken zu bleiben, auch wenn wir uns getrennt hatten.

Aber nicht jetzt. Es gab jede Menge Leute, die ich anrufen konnte, und sie wohnten alle näher als Lispenard Street.

Ich war allerdings auf die Nummern beschränkt, die sich in meiner Brieftasche befanden. Ab und zu gibt mir jemand seine Karte oder einen Zettel, und ich schaffe dafür in meiner Brieftasche Platz, bis ich die Gelegenheit finde, die Nummer in mein Buch zu kopieren. Ich besitze ein kleines Notizbuch, etwa im Format einer Visitenkarte, das ich für AA-Nummern benutze, und dort würde sie landen. Ich bewahre das Buch in meinem Zimmer auf, neben dem Telefon, damit ich es zur Hand habe, wenn ich jemanden anrufen will, was ich jedoch fast nie tue. Die einzigen AA-Anrufe, die ich regelmäßig mache, sind Anrufe bei Jim. Aber es ist gut, das Buch zu haben, wenn auch nur, weil ich so regelmäßig neue Telefonnummern hineinschreiben und meine Brieftasche entleeren kann.

Der springende Punkt war, dass ich jetzt jemanden anrufen musste und ich jede Menge Nummern hatte, sie aber alle in meinem Buch waren. Wenn ich jemanden bei mir haben wollte, wenn ich in mein Zimmer zurückkehrte, war ich mehr oder weniger auf die Nummern beschränkt, die sich noch in meiner Brieftasche befanden. Es gab ein paar davon, und die erste, die ich in die Finger bekam, war die von Motorrad-Mark. Ich erwischte ihn, als er gerade aus der Tür wollte, und er sagte, es sei kein Problem, er hätte sowieso nichts Dringendes zu tun. Wo sollten wir uns treffen?

Ich sagte ihm, dass ich ihn bei meinem Hotel treffen würde. Als ich die vier oder fünf Blocks hinter mich gebracht hatte, war er bereits dort und hatte sein Motorrad vor dem Eingang geparkt. Auf unserem Weg durch die Lobby sagte er, dass ihm das Hotel schon unzählige Male aufgefallen war und er sich des Öfteren gefragt hatte, wie es wohl innen aussehen mochte. Es schien okay zu sein, sagte er, und ich stimmte ihm zu, dass es in Ordnung war.

Die Tür zu meinem Zimmer war abgesperrt, so wie ich sie zurückgelassen hatte. Als ich den Schlüssel ins Schloss steckte, stand mir plötzlich das Bild vor Augen, dass das Zimmer nicht so sein würde, wie ich mich erinnerte, sondern so, wie ich es am Morgen verlassen hatte: keine Flasche, kein Glas, kein Whiskey-Gestank. Und Mark, in seinen Stiefeln und der Lederjacke, mit dem Helm unter dem Arm, würde wissend mit dem Kopf nicken und sanft in dem Ton, den man für herumwandernde Irre verwendet, auf mich einreden. Mich beruhigen, mich überreden, nicht zu springen.

Das Bild war so lebendig, dass ich zögerte, die Tür zu öffnen. Aber ich tat es und, natürlich, es war alles noch dort, die offene Flasche Maker's Mark, das fast bis zum Rand gefüllte Glas, der Stuhl so gedreht, dass er mich willkommen hieß, und der raue Geruch von Bourbon, der den Raum erfüllte.

»Heilige Scheiße«, sagte Mark.

»In das bin ich reinspaziert.«

»Mann, der Gestank. Wie eine verdammte Brennerei. Das kommt nicht von einem Drink in einem Glas.«

»Es ist kräftig, oder?«

Er ging an mir vorbei, bewegte sich zum Bett. »Komm her, Matt. Schau.«

Das war, was den starken Geruch verursachte. Mein Kopfkissen und meine

Matratze waren durchtränkt. Mein Besucher hatte eine Flasche Bourbon über meinem Bett ausgeschüttet.

Ich wandte mich davon ab, ging zum Schreibtisch. In der offenen Flasche fehlten nur ein paar Fingerbreit, weniger als das Glas enthielt. Also war er mit einem Glas und zwei Flaschen in mein Zimmer gekommen, hatte einen Drink eingeschenkt, eine Flasche auf mein Bett ausgeleert und genug Bourbon für mich zurückgelassen, damit ich mir einen antrinken konnte.

»Unglaublich, Mann. Wer zieht so einen Scheiß ab?«

»Steve«, sagte ich.

»Du kennst den Kerl?«

»Nur seinen Namen.«

Er schüttelte den Kopf. Wir standen beide einen Moment lang da und nahmen alles in uns auf. Dann sagte er: »Das Wichtigste zuerst, Matt. Die Flasche und das Glas.«

»Richtig.«

»Willst du, dass ich–«

»Nein, lass mich es tun«, sagte ich, nahm das Glas und trug es ins Badezimmer. Ich hielt es mit ausgestrecktem Arm, als handle es sich um eine Schlange, die den Kopf herumreißen und mich beißen könnte. Ich kippte es ins Waschbecken und ließ das Wasser laufen, damit der Inhalt in die Kanalisation hinabgespült wurde. Dann hielt ich das Glas unter den Wasserhahn, spülte es aus und ließ es in den Abfalleimer fallen. Es war ein absolut perfektes Trinkglas, jetzt absolut sicher, nachdem ich die Reste des Bourbons herausgespült hatte, aber was sollte ich damit?

Ich ging zurück, um die Flasche zu holen, leerte sie ins Waschbecken und ließ das Leitungswasser den Fluss durch die Leitungen beschleunigen. Ich spülte auch die Flasche aus. Mark gab mir den Verschluss, den ich ebenfalls unter das fließende Wasser hielt, bevor ich ihn auf die Flasche schraubte. Dann verfrachtete ich die Flasche zum Glas in den Abfalleimer.

»Das ist besser«, sagte er. »Würde ziemlich schwer sein, jetzt davon zu trinken. Man müsste in die Kanalisation runtergehen, und da wären die Alligatoren schneller.«

»Ein Stein von meinem Herzen«, sagte ich.

»Als Nächstes müssen wir was mit dem Bett unternehmen. Du kannst auf keinen Fall darin schlafen.«

»Nein.«

»Gibt es einen Gepäckträger oder so jemanden, der es hier rausbringen kann?«

»Nicht um diese Zeit.«

Wir standen da und dachten darüber nach. Dann sagte Mark: »Weißt du, die Matratze ist hinüber. Die bekommst du nicht mehr hin. Die wird für immer nach Alkohol stinken.«

»Ich weiß.«

»Und das Kopfkissen auch. Totalschaden.«

»Richtig.«

Er ging zum Fenster, öffnete es so weit, wie es sich öffnen ließ. »Gut, dass es ein Einzelbett ist«, sagte er. »Mit einem Doppelbett würde es nicht gehen.«

»Bist du sicher?«

»Was sonst, Mann?«

Ich ließ ihn das Kommando übernehmen. Er war gute fünfzehn Jahre jünger als ich. Ich war zwar schon ein wenig länger trocken, aber er schien zu wissen, was zu tun war, was mehr war, als ich von mir selbst behaupten konnte. Wir zogen das Bettzeug ab, dann ließ Mark sich von mir helfen, die Matratze zum Fenster zu schleppen. Als wir sie auf halbem Weg draußen hatten, schickte er mich nach unten, um sicherzustellen, dass sich niemand unter ihr befand, wenn er sie aus dem Fenster fallen ließ.

Ich ging an Jacob vorbei hinaus auf den Bürgersteig. Als ich nach oben blickte, hing dort meine Matratze halb aus dem Fenster. Ein älterer Mann in Anzug und Krawatte war gerade aus McGovern's gekommen und ich wartete, während er mit dem vorsichtigen Gang eines Mannes, der weiß, dass er betrunken ist, auf mich zukam. Er blickte nach oben, um zu sehen, worauf sich meine Aufmerksamkeit richtete, entschied, dass es nichts war, mit dem er sich befassen musste, und ging weiter. Der Bürgersteig war jetzt leer. Ich rief zu Mark nach oben, dann segelte meine Matratze herab und landete zu meinen Füßen.

Ich packte sie und zog sie an den Bordstein. Danach ging ich wieder ins Hotel und fragte Jacob, welche Zimmer frei waren. Es gab ein Einzelzimmer auf meinem Stockwerk, im hinteren Teil des Gebäudes. Er gab mir den Schlüssel.

Das Zimmer war gereinigt worden, seit es zum letzten Mal belegt gewesen war. Es war ein bisschen kleiner als meines, hatte aber das gleiche eiserne Bettgestell und eine Matratze der gleichen Größe. Mark und ich nahmen die Matratze mitsamt des Bettzeugs, schleppten alles den Korridor entlang in mein Zimmer und legten es auf mein leeres Bettgestell.

»Als wäre es schon immer hier gewesen«, sagte Mark. »Jetzt fehlt nur noch eines.«

Ich holte das Kopfkissen aus dem leeren Zimmer und legte es auf mein Bett. Wir nahmen mein Kissen und mein Laken, knüllten alles zusammen und brachten es in die Servicekammer. Dort gab es einen großen Mülleimer, in den wir den Inhalt meines Abfalleimers, die leere Flasche und das Glas, kippten. Ich schloss das leere Zimmer ab und wir hielten unten an der Rezeption an, um den Schlüssel zurückzugeben.

»Komische Sache«, erklärte ich Jacob. »In diesem Zimmer gibt es auf dem Bett keine Matratze.«

»Ist das so?«

»Ja«, sagte ich, »aber ich bin mir sicher, dass der Gepäckträger gleich morgen früh einen Ersatz aus dem Lager auftreiben kann.« Ein paar Scheine bewegten sich von meiner Hand in seine. »Für seine Mühe«, sagte ich. »Und für Ihre.«

»Kein Problem«, sagte er.

Draußen blickte Mark meine alte Matratze an und nickte zustimmend. »Hab mich schon immer gefragt, wie es sein würde, so eine aus dem Fenster zu schmeißen.«

»Und?«

»In einem Augenblick war sie da«, sagte er, »und im nächsten nicht mehr. Es war tatsächlich irgendwie befriedigend. Hat bei der Landung mehr Lärm gemacht, als ich erwartet hatte.«

»Niemand auf der Straße schien es zu bemerken.«

»Nun, New York«, sagte er. »Der Typ an der Rezeption. Jacob? Er hat die ganze Sache ziemlich gelassen genommen. Ist er high?«

»Er hat eine Schwäche für Hustensaft«, sagte ich.

»Nun, Scheiße«, sagte Mark. »Wer hat die nicht?«

Kapitel 40

Es war noch Zeit, vor dem Treffen schnell etwas zu essen, und Mark schlug ein Deli auf dem Broadway vor. »Wir können mein Bike nehmen«, sagte er.

Das Deli war acht oder zehn Blocks entfernt und wir waren im Handumdrehen dort. Als wir uns gesetzt und unsere Pastrami-Sandwiches bestellt hatten, entschuldigte ich mich und ging telefonieren.

Jim war noch auf der Arbeit. »Ich hätte anrufen sollen, sobald ich den Alk losgeworden war«, sagte ich ihm, »aber ich hab es völlig vergessen.« Ich brachte ihn auf den neuesten Stand und er fragte, wie ich mich jetzt fühlte. »Sehr viel besser«, sagte ich.

Er meinte, dass er wahrscheinlich verspätet zum Treffen kommen, mich aber auf jeden Fall dort sehen würde. Ich ging zurück an unseren Tisch und sagte Mark, dass ich noch nie zuvor auf einem Motorrad gefahren war. »Du machst Witze«, sagte er. »Noch nie?«

»Nicht, dass ich mich erinnern kann«, sagte ich. »Und ich denke, das ist etwas, an das ich mich erinnern würde. Selbst bei einem Filmriss würde so etwas den Weg durch den Nebel finden.«

»Du solltest dir eines besorgen, Matt. Wirklich.«

Das Pastrami war gut, die Pommes frites gut durch. Ich mochte den Laden und fragte mich, warum ich ihn nicht schon früher entdeckt hatte. Er war nicht allzu weit von meinem Hotel entfernt und ich musste im Laufe der Jahre Dutzende Male daran vorbeigekommen sein.

Während wir aßen, erzählte Mark mir einen Teil seiner Geschichte. Es kam sehr viel Heroin darin vor, ebenso wie viele hektische Reisen kreuz und quer durch das Land. Er hatte viel Zeit in Oakland und San Francisco verbracht, und manchmal vermisste er es. »Ich höre, wie Kalifornien ruft«, sagte er, »aber ich höre auch, wie eine Nadel ruft, und es ist dieselbe Stimme, weißt du? Also denke ich mir, dass ich für den Moment besser dort bleiben sollte, wo ich bin.«

• • •

Im Laufe der Jahre hatte ich ein paarmal Träume gehabt, in denen ich fliegen konnte. Ich stieg hoch über die Dächer auf, drehte ein und wechselte mühelos die Richtung, genoss die einfache Freude daran. Nach unserem Essen durfte ich noch einmal auf Marks Harley mitfahren, vom Deli zu St. Paul's. Die Fahrt hatte eine unwirkliche Qualität, die mir meine Träume vom Fliegen ins Gedächtnis rief. Ich war in eine Zone der Unwirklichkeit getreten, als ich die Tür meines Hotelzimmers zum ersten Mal geöffnet hatte, und in dieser neuen Welt flogen Matratzen aus Fenstern und Motorräder donnerten durch die Nacht.

Dann betraten wir den Raum des Treffens in St. Paul's und die wirkliche Welt kehrte zurück.

Jim war nicht dort. Ich holte mir einen Kaffee und setzte mich. Ein Austauschredner aus Bay Ridge erzählte eine Geschichte, die anfing, als er vier Jahre alt war und am Morgen nach einer Party im Wohnzimmer herumging, um die letzten Reste der herumstehenden Drinks auszutrinken. »Sofort«, sagte er, »wusste ich, worum sich mein Leben drehen würde.«

Während der Diskussion hob ich die Hand und erzählte, dass ich einen schweren Tag gehabt hatte, einen, der eine Herausforderung für meine Abstinenz dargestellt hatte. Aber ich hatte die Finger vom Alk gelassen, und was mir besondere Freude bereitete, war, dass ich tatsächlich so weit gegangen war, jemanden um Hilfe zu bitten, was kein für mich charakteristisches Verhalten war. Ich hatte die Hilfe bekommen, die ich benötigt hatte, hatte dabei einen Freund gewonnen und die Erfahrung mit einem Abenteuer beschlossen. Nur ein kleines Abenteuer, sagte ich, aber das war genau so viel Abenteuer, wie ich ertragen konnte. Und, fügte ich hinzu, wenn es mir gelingen würde, nüchtern einzuschlafen, würde ich, wenn ich am nächsten Morgen aufwachte, ein Jahr lang trocken sein.

Dafür erhielt ich einigen Applaus. In der Pause gratulierten mir mehrere Leute, darunter auch Jim, der gegen Ende der Aussprache eingetroffen sein musste. Danach folgten wir der Meute ins Flame, aber anstatt uns an den großen Tisch zu den anderen zu setzen, nahmen wir abseits an einem kleinen Platz. Er bestellte sich eine komplette Mahlzeit – er war direkt von der Arbeit zum Treffen gekommen –, ich trank einen Kaffee.

»Du hast keine Einzelheiten erzählt«, sagte er.

»Es war etwas mehr Drama, als ich mitteilen wollte. Nicht, dass es keine gute Geschichte abgegeben hätte. Wir haben schließlich die Matratze aus dem Fenster geschmissen.«

»Das muss Spaß gemacht haben.«

»Ich hab es nicht selbst tun dürfen. Ich bin nach unten gegangen, um sicherzustellen, dass sie nicht irgendjemandem auf dem Kopf landet. Ich hab mir gedacht, dass ich für meine Liste für den achten Schritt sowieso schon genug Leute habe.«

»Gut mitgedacht.«

»Tatsächlich«, sagte ich, »hat Mark das Denken übernommen. Er hat die Sache in die Hand genommen und dabei echte Führungsqualitäten an den Tag gelegt. Obwohl ich darauf gekommen bin, wie ich die Matratze ersetzen konnte.«

»Du hast dir eine aus einem leeren Zimmer geschnappt.«

»Ich habe sie neu zugeordnet«, sagte ich. »Aber Herrgott, Jim, als ich die Tür geöffnet hab …«

Er ließ mich alles noch einmal durchgehen. Als ich fertig war, runzelte er die Stirn und sagte: »Das war kein Streich, oder?«

»Es war so ernst wie ein Herzinfarkt«, sagte ich. »Man könnte keine Anzeige erstatten, aber es war trotzdem versuchter Mord.«

»Er hat sich überlegt, dass du einen Drink zu dir nehmen würdest und dich das umbringen würde. Und das hätte es auch, selbst wenn es ein paar Jahre gedauert hätte.«

»Er wusste, dass ich auf der richtigen Spur bin«, sagte ich. »Und er wollte nicht, dass ihm jemand zu nahe kommt. Er hat Jack Ellery umgebracht, weil er davon überzeugt war, dass er als direktes Resultat von Jacks Wiedergutmachungsbemühungen im Rampenlicht landen würde. Er hat Mark Sattenstein getötet, damit der nicht redet, und er hat Greg Stillman getötet, damit ich meine eigene Untersuchung beende. Er hätte das alles nicht tun müssen, ich hatte alles getan, wofür ich engagiert worden war, aber jedes Mal, wenn er den Topf umgerührt hat, kam etwas anderes nach oben und hat dafür gesorgt, dass ich mich wieder damit beschäftige. Also war die einzige Möglichkeit für Steve, mich loszuwerden, mich zu töten.«

»Du kennst seinen Namen?«

»Seinen Vornamen. Man hat ihn Even Steven genannt, als Gegenstück zu

High-Low Jack. Offenbar, weil Jack Stimmungsschwankungen hatte und Steven nicht. Er war ruhig wie eine Rakete.«

»Heißt das nicht–«

»Abgehen wie eine Rakete, ruhig wie ein tiefer See. Ein Kerl, der sie beide gekannt hat, ist auf den Gedanken gekommen, Klischees umzudrehen. Er hat nur fünfundzwanzig Jahre täglichen Marihuanagenusses benötigt, um darauf zu kommen.«

»Cannabis, des Menschen Freund.«

»Wenn er es geschafft hätte, mich zum Trinken zu bringen«, sagte ich, »wäre ich wahrscheinlich nicht in der Lage gewesen, die Untersuchung fortzuführen. Und falls doch, hätte es mir an Glaubwürdigkeit gemangelt. Ich wäre ein weiterer tobender Trinker mit paranoiden Wahnvorstellungen gewesen, und davon sehen die Cops genug. Wenn ich auf eine anständige Sauftour gegangen wäre, wären die Chancen gut gewesen, dass es mich sofort umgebracht hätte. Im mindesten Fall hätte es mich aber zu einem leichten Opfer gemacht. Mit den Leuten passieren Dinge, wenn sie betrunken sind. Sie fallen die Treppe hinunter oder auf die U-Bahn-Gleise, sie treten unvermittelt vom Bordstein vor einen Bus. Er hat Sattensteins Tod so aussehen lassen wie einen Überfall und den von Stillman wie Selbstmord, und er hätte einen Weg gefunden, mich zu töten und es so aussehen zu lassen wie etwas anderes.«

»Und jetzt?«

»Er wird nach einem anderen Weg suchen.«

»Und was wirst du tun?«

»Versuchen, ihn zu erwischen«, sagte ich, »bevor er mich erwischt.«

Er dachte darüber nach. »Weißt du«, sagte er, »manchmal sitze ich den ganzen Tag lang nur auf der Arbeit herum und im letzten Moment kommt ein Auftrag, der ganz schnell erledigt werden muss. Ich verpasse das Abendessen mit meiner Frau und die erste Hälfte meines Treffens.«

»Was heute passiert ist.«

»Ist es«, sagte er, »und es nervt mich unbeschreiblich. Aber niemand stellt mir ein Glas mit Bourbon von der besseren Sorte hin und niemand versucht, mich umzubringen, also sollte ich mich vielleicht doch nicht beklagen.«

• • •

Als wir das Flame verließen, sagte er: »Weißt du, du machst immer einen Umweg, um mich nach Hause zu begleiten. Morgen ist dein Jahrestag, und ich denke, es ist zur Abwechslung einmal an der Zeit, dass ich dich nach Hause begleite.«

Und als wir das Northwestern erreichten, sagte er: »All diese Monate, und ich hatte noch nie die Gelegenheit, dein Zimmer zu sehen.«

»Willst du es sehen?«

»Wenn ich schon mal hier bin.«

Ich sagte: »Jim, ich bin okay.«

»Das weiß ich.«

»Mark und ich haben das Zimmer in gutem Zustand zurückgelassen. Es gab noch einen leichten Bourbon-Geruch, aber wir haben das Fenster offengelassen, also wird er mittlerweile verflogen sein.«

»Wahrscheinlich.«

»Und er wird nicht zurückgekommen sein. Er hat etwas versucht und es hat nicht funktioniert, also wird er sich etwas anderes ausdenken.«

»Das leuchtet ein.«

»Aber du willst trotzdem noch mit hochkommen.«

»Warum nicht?«

Wir gingen nach oben und ich öffnete die Tür zu einem Zimmer, das genau so war, wie wir es zurückgelassen hatten, wenn auch merklich kälter. Ich schloss das Fenster. Jim blickte sich im Zimmer um, dann trat er selbst ans Fenster. »Nette Aussicht«, sagte er.

»Es ist etwas, auf das ich rausblicken kann«, sagte ich. »Wenn ich in der Stimmung bin, auf etwas rauszublicken.«

»Ein Mann könnte sich nicht mehr wünschen. Es scheint dir zu behagen.«

»Ich denke, ja.«

»Und wenn du morgen aufwachst«, sagte er, »wirst du ein Jahr haben.«

»Manchmal hört sich das wie sehr viel an«, sagte ich, »und manchmal nicht.«

»Weißt du, was du morgen noch haben wirst? Einen weiteren Tag, den du überstehen musst. Und manchmal ist *das* sehr viel.«

»Ich weiß.«

»Jeder Tag ist ein neuer Tag, und es gibt keinen Grund, langfristig zu denken, aber wenn du bei der Sache bleibst, könntest du zu langzeitiger Abstinenz kommen. Weißt du, wie du sicherstellen kannst, dass du diese schwer erreichbare Auszeichnung erreichst?«

»Wie?«

»Trink nicht«, sagte er, »und stirb nicht.«

Ich sagte ihm, ich würde sehen, was sich machen ließ.

Als er gegangen war, entschied ich, dass ich mehr nötig hatte als eine heiße Dusche. Ich ließ die Badewanne volllaufen und lag im Wasser, bis es abgekühlt war. Es löste die Anspannung aus meinen Muskeln und meinem Nacken, aber was es nicht tat, war, mich schläfrig zu machen. Ich lag in der Dunkelheit im Bett, und natürlich fühlte sich die neue Matratze ungewohnt an, ebenso wie das Kopfkissen. Es gab im Grunde genommen kein Problem mit beiden, und mir war klar, dass es nicht an ihnen lag, dass ich nicht einschlafen konnte. Es war mein Gehirn, das mich vom Einschlafen abhielt.

Ich stieg aus dem Bett und schaltete das Licht an. Jim hatte irgendwann einmal vorschlagen, dass ich als Einschlafhilfe das Kapitel über den siebten Schritt in *Zwölf Schritte und zwölf Traditionen* lesen sollte. »Es würde ein angreifendes Nashorn unvermittelt zum Stehen bringen«, sagte er. »Vor vielen Jahren habe ich das erste Kapitel von *In Swanns Welt* gelesen, was das Weiteste ist, wie ich jemals mit Monsieur Proust gekommen bin. Hat mich jedes Mal gut einschlafen lassen. Aber der siebte Schritt ist fast ebenso gut.«

Ich las die ersten Absätze, dann stellte ich das Buch zurück ins Regal und holte Jack Ellerys Bericht des Doppelmordes in der Jane Street hervor. Ich las ihn durch, legte ihn zur Seite und dachte darüber nach. Dann entschied ich, dass ich nicht näher daran war, einzuschlafen, als zuvor. Es schien unmöglich zu sein, zumindest für den Moment.

Ich dachte an Motorrad-Mark, daran, dass mehr in ihm steckte, als ich vermutet hätte. Die Menschen überraschen einen in dieser Hinsicht, vor allem die trockenen Alkoholiker. Es war eine Kette von Zufällen gewesen, die mich zum Anruf bei ihm geführt hatte: Ein Anruf von jemand anderem hatte mich dazu gebracht, ihn zu fragen, ob er es gewesen war; er hatte damit geantwortet, dass er nach meiner Nummer gefragt und mir seine gegeben hatte; ich hatte seine in erster Linie aus Höflichkeit angenommen. Und weil ich mein Notizbuch mit den Telefonnummern nicht bei mir gehabt hatte, seine Nummer aber noch immer in meiner Brieftasche gesteckt hatte, war er derjenige gewesen, den ich angerufen hatte. Ich hätte keine bessere Wahl treffen können.

Lustig, wie das manchmal läuft.

Ich entschied, dass ich seine Nummer in mein Buch schreiben sollte. Die Aufgabe des Übertragens seiner und anderer Nummern, die sich auf Visitenkarten und Zetteln in meiner Brieftasche befanden, war genau die richtige Aufgabe für meinen aktuellen Geisteszustand. Ich sortierte alles, legte ein Bündel Quittungen in die Zigarrenkiste, in der ich sie verschwinden ließ, wenn ich mich daran erinnerte, und fand einen Kuli, mit dem ich Marks Nummer und die anderen, die sich angesammelt hatten, seitdem ich mich zum letzten Mal dieser speziellen Aufgabe gewidmet hatte, übertrug.

Als ich halb damit fertig war, ließ mich etwas innehalten. Ich starrte die Karte in meiner Hand an, kopierte die Nummer in mein Buch, starrte wieder die Karte an und steckte sie zurück in meine Brieftasche.

Ich nahm Jacks Geständnis, las es noch einmal durch und bemerkte etwas, das mir beim ersten Mal entgangen war. »Ich werde ihn S. nennen«, schrieb er über seinen Partner, und das tat er auch. S. für Steve. Und als er den Mord beschrieb, bezeichnete er den Mann als E. S. Für Even Steven, offensichtlich.

Maker's Mark, dachte ich. Es gab Mark Sattenstein, es gab Motorrad-Mark und jetzt gab es Maker's Mark.

Warum hatte er diese Marke gewählt?

Es war kein sehr beliebter Bourbon. Ich konnte mich nicht erinnern, wann ich zum letzten Mal Werbung dafür gesehen hatte – aber ich versuchte in diesen Tagen sowieso nicht zu sehr auf Alkoholwerbung zu achten. Er war teuer, aber weniger teuer als Dickel oder Wild Turkey, und er hatte auch nicht ihren Ruf. Es war auch keine Marke, die ich oft bestellt hatte.

In Kneipen hatte ich nicht immer eine bestimmte Marke bestellt. Ich hatte einfach einen Bourbon bestellt oder die Flaschen hinter dem Tresen angesehen und den bestellt, dessen Etikett mir gefiel. Old Crow, Old Forester, Jim Beam. Jack Daniel's. Es gab Bourbons, die ich probiert hatte, weil mir der Klang ihres Namens gefiel oder das Aussehen der Flasche, in der sie verkauft wurden. Und wenn ich über die Straße gegangen war, um eine Flasche zu kaufen, kam ich normalerweise mit Early Times, Ancient Age oder vielleicht J. W. Dant zurück – etwas, das erschwinglich und zweckdienlich war, geschmeidig genug, um sich leicht trinken zu lassen, und stark genug, um seine Aufgabe zu erfüllen.

Es war Carolyn Cheatham gewesen, die eine Schwäche für Maker's Mark gehabt hatte. Sie war die Freundin von Tommy Tillary gewesen und eines Abends ohne ihn im Armstrong's aufgetaucht. Sie hatte in der Nähe in der 57th Street gewohnt, nur ein paar Häuser westlich der 9th Avenue, in einem Art-Deco-Gebäude mit einem tiefer gelegenen Wohnzimmer und hohen Decken. An diesem Abend fingen wir an, uns gegenseitig zu trösten, und teilten uns schließlich ihr Bett, gemeinsam mit einer Dreiviertelliterflasche Maker's Mark.

Sie hatte in dieser Wohnung Selbstmord begangen, sich mit einer Pistole erschossen, die Tommy ihr gegeben hatte. Zuvor hatte sie mich angerufen, aber ich war zu spät gekommen, gleichzeitig jedoch früh genug, um selbst ein Verbrechen zu begehen. Ich hatte es so arrangieren können, dass Tommy Tillary, der mit der Ermordung seiner Ehefrau ungestraft davongekommen war, wegen der Ermordung seiner Freundin ins Gefängnis gewandert war.

Ich dachte über all das nach, und während ich nachdachte, zog ich mich an – Unterhose, Hemd, Hose, Socken, Schuhe. Ich schnappte mir eine Jacke, verließ mein Zimmer und ging auf die Straße hinunter. Ich ging nach rechts, bis zur Ecke und wieder nach rechts.

Ich kam bis zum Pioneer – oder Piomeer, je nachdem. Der schäbige kleine Laden war noch offen, ebenso wie natürlich auch die Kneipe daneben. Ich konnte hineingehen und an den Tresen treten, und der Kerl dahinter würde bestimmt in der Lage sein, die Frage zu beantworten, die ich ihm stellen wollte.

Und wer konnte wissen, nach was ich sonst noch fragen würde? Was auch immer es sein würde, er würde eine Antwort haben.

Kapitel 41

Aber ich drehte mich um und ging stattdessen wieder nach Hause. Es war spät genug, dass der Zeitungsstand an der Kreuzung 8th Avenue und 57th Street die Frühausgabe der *Times* haben würde, aber als ich mein Hotel erreichte, ließ ich meine Füße zur Abwechslung einmal etwas Kluges tun und mich hinein-tragen. Ich ging nach oben, zog mich aus, zog den Stuhl ans Fenster und saß dort eine Zeitlang, ohne auf etwas Bestimmtes zu blicken.

Ich hatte mich auf den Weg zum Armstrong's begeben, weil es eine Frage gab, die ich stellen wollte. Und ich war umgekehrt, weil ich gerade einen Tag hinter mich gebracht hatte, an dem ich körperlich einem Drink näher gewesen war als während des gesamten letzten Jahres. Ich stand einen Tag vor dem Ab-lauf eines Jahres, seitdem ich zum letzten Mal einen Drink angerührt hatte. Ich wollte jetzt nicht trinken, ich verspürte nicht das Bedürfnis zu trinken, aber während der letzten 364 Tage hatte ich genug aufgeschnappt, um zu verstehen, wie anfällig ich war und wie gefährlich dieser Ort jetzt für mich sein würde.

Klar, ich hätte jemanden anrufen können, einen nüchternen Freund, der mich begleitete, während ich meine Frage stellte. Aber ich musste es nicht tun. Ich konnte einfach nach Hause gehen und mich ins Bett legen. Meine Frage würde auch am Morgen noch da sein.

Ich wusste nicht, ob ich in der Lage sein würde, zu schlafen. Ich legte mich ins Bett, schaltete das Licht aus, streckte mich auf der ungewohnten Matratze aus, legte meinen Kopf auf das ungewohnte Kopfkissen.

Bevor ich mich versah, war es Morgen.

Das Erste, was ich nach dem Frühstück tat, war, Dennis Redmond anzurufen. Ich erreichte ihn auf dem Revier, das er gerade verlassen wollte. Ich sagte ihm, dass ich mir ziemlich sicher wäre, auf etwas gestoßen zu sein. Er sagte: »Bei Ellery? Denn es wäre ziemlich viel nötig, um Stillman als etwas anderes als Selbstmord aussehen zu lassen.«

»Versuchen Sie es mit G. Decker Raines«, sagte ich. »Und Marcy Cant-well.«

»Warum kommen mir diese Namen bekannt vor?«

»Vor ein paar Jahren«, sagte ich. »Ein Doppelmord in der Jane Street im West Village. Ein Boheme-Liebesnest, laut der *Post*, und–«

»Ich erinnere mich an den Fall. Bis heute nicht aufgeklärt, wenn ich mich nicht irre. Warum? Wollen Sie sagen, dass Sie wissen, wer es getan hat? Nun, raus damit, wer?«

»Jack Ellery.«

»Sie wollen mich verarschen.«

»Er hat es gestanden. Schriftlich.«

»Und Sie haben sein Geständnis gesehen.«

»Ich halte es in der Hand.«

Er dachte darüber nach. Dann sagte er: »Ich gehe davon aus, dass er es nicht mutterselenallein getan hat.«

»Er hatte einen Partner.«

»Und Ellery hat zum Glauben gefunden, oder wie man es auch immer bezeichnen will, und der Partner hat Angst bekommen, dass er quasseln würde. Zum Teufel, ich muss los. Erinnern Sie sich an den Laden, in dem wir uns getroffen haben? Das Minstrel Boy? Sagen wir um zwei heute Nachmittag? Und Matt? Bringen Sie dieses Geständnis mit, ja?«

Ich legte auf und fast sofort klingelte das Telefon. Es war Jan, die mir zu meinem Jahrestag gratulieren wollte. Es war ein merkwürdiges Gespräch, da die Dinge, die wir nicht sagten, diejenigen, die wir sagten, übertönten. Sie sagte, dass sie sich für mich freute, und wie hart ich für dieses Jahr gearbeitet hatte. Ich sagte ihr, wie dankbar ich für die unerschütterliche Unterstützung war, die sie mir von Anfang an geboten hatte. Als wir aufgelegt hatten, wollte ich sie sofort zurückrufen. Aber was würde ich ihr sagen?

Ich musste ein paar andere Anrufe erledigen, aber das Telefon klingelte wieder und diesmal war es Jim. Er fragte mich schroff, ob ich noch trocken war, und ich antwortete: »Wundersamerweise ja«, und er sagte, dass ich verdammt Recht hatte, dass es ein Wunder war und ich das nie vergessen sollte. Er gratulierte mir und erklärte mir, dass das erste Jahr das schwerste war. »Abgesehen von all den anderen, die danach kommen«, sagte er.

»Nachdem du gestern Nacht gegangen bist«, sagte ich, »hatte ich Probleme, einzuschlafen.«

»Also hast du drei Seconal eingeworfen und sie mit einem halben Liter Wodka runtergespült.«

»Ich hab mich angezogen und bin zum Armstrong's rübergegangen.«

»Im Ernst?«

»Ich hatte eine Frage, die ich dem Barkeeper stellen wollte.«

»Und?«

»Ich entschied, dass es Zeit hatte und dass es wahrscheinlich zu dem Zeitpunkt nicht der beste Ort für mich war. Die Sache ist die, dass ich jetzt rübergehen werde, um zu sehen, ob möglicherweise der Barkeeper der Tagesschicht meine Frage beantworten kann. Und wenn er es nicht kann, werde ich am Abend noch einmal hingehen.«

»Du könntest herumtelefonieren, dir jemanden suchen, der dich begleitet.«

Ich sagte, dass ich darüber nachdenken würde.

Das Armstrong's öffnete normalerweise gegen elf, und es war zwanzig Minuten oder eine halbe Stunde nach elf, als ich dort eintraf. Ich hatte einige Zeit am Telefon verbracht und auch einen kurzen Besuch auf dem Revier Midtown North eingeschoben. Was ich nicht getan hatte, war, jemanden anzurufen, der mich unterstützen würde, wenn ich um die Ecke ging. Also war ich allein, als ich in einen Raum trat, der gar nicht so unangenehm nach Bier und Zigarettenrauch roch.

Zwei Tische waren besetzt und am Ende der Bar gab es einen Typen, der ein Bier trank, während er die *Daily News* studierte. Hinter dem Tresen war Lucian gerade mit dem Mixen einer Bloody Mary beschäftigt, was er unterbrach, als ich mich näherte. Er war überrascht, mich zu sehen, und versuchte, es zu verbergen.

»Sieht schön aus«, sagte ich über sein Werk, »aber es ist nicht das, wofür ich hergekommen bin. Ich bin nur reingekommen, um eine Frage zu stellen.«

»Schieß los, Matt. Wenn ich die Antwort nicht weiß, lasse ich mir was einfallen.«

»Ich habe mich gefragt, ob in der letzten Zeit jemand hier war, der Fragen über mich gestellt hat.«

»Fragen. Ich denke nicht. Welche Art von Fragen?«

»Was ich getrunken hab.«

»Warum würde jemand so etwas fragen? Aber weißt du, vor ein paar Tagen war ein alter Freund von dir hier.«

»Ja?«

»Er saß da, gönnte sich ein paar Drinks. Hat für sie bezahlt, wenn er sie bekommen hat, das Wechselgeld abgelehnt. ›Stimmt schon, schenken Sie sich selbst einen ein.‹ Also, weißt du, bei solchen Leuten schenkt man bei der nächsten Runde ein bisschen mehr ein.«

»Klar.«

»Beim zweiten Mal die gleiche Geschichte. ›Passt schon, trinken Sie selbst was.‹ Und er hat gesagt, dass es ein netter Laden ist und ein alter Freund von ihm immer hergekommen ist.«

»Und er hat meinen Namen genannt.«

Er nickte. Mittlerweile war er mit dem Mixen der Bloody Mary fertig und seihte sie in ein Stielglas ab. Ich hatte angenommen, dass sie für einen Gast war, aber er nahm selbst einen Schluck davon. »Lange Nacht«, erklärte er. »Muss wieder in die Gänge kommen.«

»Solide Strategie.«

Er nahm noch einen Schluck. »Der Eindruck, den ich hatte«, sagte er, »war, dass ihr zusammen bei der Polizei wart.«

»Er war ein Cop?«

»Früher mal, würde ich tippen.«

»Vermute ich richtig, dass du seinen Namen nicht erfahren hast?«

»Nein, und er meinen auch nicht. So weit sind wir nicht gekommen.«

»Wie hat er ausgesehen?«

Er runzelte die Stirn. »Weißt du«, sagte er, »darauf hab ich nicht so sehr geachtet. Mittleres Alter, nicht dick, nicht dürr. Irgendwie Durchschnitt. Er hat Scotch getrunken, daran erinnere ich mich, und ich denke, es war Johnnie Red, aber ich könnte es nicht beschwören.«

»Und er hat über mich gesprochen.«

»Nur, ob ich dich kenne und ob du noch herkommst, jetzt, wo du nicht mehr trinkst. Und dass du ein Bourbon-Trinker warst.«

»Daran hat er sich erinnert.«

»Aber an was er sich nicht erinnern konnte«, sagte er, »war, was dein Lieblings-Bourbon war.«

»Aha. Und was hast du ihm gesagt?«

»Ich denke nicht, dass du eine Lieblingsmarke hattest. Aber er wollte eine Antwort. Nehmen wir an, es gäbe einen besonderen Anlass. Welche Marke würdest du dann bestellen? So, als hätte er es einmal gewusst und wollte sein Gedächtnis auffrischen.«

»Was hast du ihm gesagt?«

»Ich weiß nicht, ob ich ihn dir jemals eingeschenkt habe«, sagte er, »und welchen Unterschied macht es, was du getrunken hast, wo du jetzt doch nicht mehr trinkst? Aber er wollte eine Antwort haben, dieser Mister Schenken-Sie-sich-selbst-einen-ein. Ich hab mich daran erinnert, dass irgendwann mal jemand behauptet hat, eine bestimmte Marke Gift seit die beste der Welt, und ich denke, es war Turkey, aber es könnte auch Evan Williams gewesen sein, und du hast einen anderen Bourbon genannt und gesagt, dass der mindestens so gut ist wie diese beiden. Erinnerst du dich an das Gespräch?«

Ich schüttelte den Kopf.

»Gibt auch keinen Grund dafür. Das war vor Jahren. Aber es blieb mir im Gedächtnis haften, und ein oder zwei Tage später hab ich selbst einen Schluck probiert und entschieden, dass du Recht hattest. Kannst du die Marke erraten?«

»Sag es mir.«

Als Antwort streckte er den Arm aus und nahm die Flasche aus der obersten Reihe. Maker's Mark.

Und er zögerte ein oder zwei Sekunden lang, es kann nicht länger gewesen sein, dann stellte er die Flasche wieder zu den anderen zurück.

»Also, das hab ich ihm gesagt«, sagte er. »Kennst du den Typ, Matt?«

»Ich hatte eine Idee, wer es gewesen sein könnte«, sagte ich, »und deine Beschreibung hat es bestätigt.«

»Ja, ich bin ein hoffnungsloser Fall, was das Beschreiben von Leuten angeht. Er hat eine Brille getragen, falls das hilft. War es in Ordnung, was ich ihm gesagt habe?«

»Klar.«

Er zögerte, dann sagte er: »Weißt du, es ist komisch. Gerade jetzt, als ich die Flasche in der Hand hatte, hatte ich das Gefühl, dass du mir sagen würdest, ich solle dir einen einschenken.«

»Wirklich.«

»Nur eine Sekunde lang. Wie lange ist es her?«

»Ungefähr ein Jahr.«

»Ohne Witz? So lange?«

»Um genau zu sein, heute ist es exakt ein Jahr.«

»Ohne Scheiß? Herrgott, weißt du, was ich fast gesagt hätte? ›Darauf müssen wir anstoßen.‹ Aber ich denke, das müssen wir nicht, oder?«

Ich ging zum Mittagstreffen von Fireside. Ich erhielt die übliche Runde Applaus, als ich am Anfang meinen Jahrestag verkündete.

Ich saß da, trank Kaffee und hörte der Trinkergeschichte von jemand anderem zu, und ich erinnerte mich an den Moment, als Lucian die langhalsige Flasche Bourbon geschwenkt hatte. *Oh, zum Teufel*, hatte eine Stimme in meinem Kopf gesagt. *Lass uns sehen, ob er so gut schmeckt, wie ich es in Erinnerung habe.*

Kapitel 42

Als ich ihn zum ersten Mal im Minstrel Boy getroffen hatte, war ich vor ihm eingetroffen und hatte John McCormacks Version des Titelsongs der Kneipe spielen lassen, während ich wartete. Dieses Mal war ich ein paar Minuten zu früh dran und ließ die Rückseite der Single laufen:

> *She was lovely and fair as the rose of the summer*
> *Yet 'twas not her beauty alone that won me.*
> *Oh no, 'twas the truth in her eyes ever dawning*
> *That made me love Mary, the Rose of Tralee …*

Redmond kam während des letzten Refrains herein, hielt kurz am Tresen, um sich einen Drink einschenken zu lassen. Dann kam zu mir an den Tisch und setzte sich. Er wartete respektvoll, bis das Lied zu Ende war. »Wahnsinns-Stimme«, sagte er. »Was denken Sie, wie lange er schon tot ist?«

»Keine Ahnung.«

»Ich weiß, dass er lange, bevor ich zum ersten Mal von ihm gehört hatte, starb. Meine Mutter hatte alle seine Platten. Nun, einen Haufen davon auf jeden Fall. Ich sehe sie vor mir im Regal in unserem Wohnzimmer. Fragen Sie mich nicht, was aus ihnen geworden ist, aber er ist noch hier in der Jukebox und die Stimme ist noch immer glockenklar, nach all den Jahren.«

Er nahm einen Schluck, stellte das Glas auf den Tisch. Ich hatte ein Coke vor mir stehen, verspürte aber keinen besonderen Drang, davon zu trinken. Er sagte: »Nun, was haben Sie?«

»Wahnsinns-Dokument«, sagte er. Er rollte Jacks Geständnis zusammen, tippte damit gegen den oberen Rand seines jetzt leeren Glases. Er hatte es zweimal durchgelesen, wir hatten eine Weile darüber gesprochen, jetzt hatte er es noch einmal durchgelesen. »Ich denke, wir könnten beweisen, dass er derjenige ist, der es geschrieben hat. Es sind bestimmt Muster seiner Schrift aufzutreiben, mit denen wir es vergleichen können. Natürlich wird es immer einen Experten als Zeugen für die Verteidigung geben, der Hals und Bein schwören wird, dass es nicht seine Handschrift sein kann, denn sehen Sie sich die kleinen Schleifen an den *D*s an. Und das setzt voraus, dass das Dokument als Beweisstück zugelassen wird, was gar nicht mal so sicher ist. Sie haben es in seinem Zimmer gefunden?«

»An die Unterseite einer Schublade geklebt.«

»Wo wir es gefunden hätten, wenn wir einen Grund gehabt hätten, danach zu suchen. Aber wir hatten keinen. Woher wussten Sie, dass es etwas zu finden gab?«

»Stillman war beim Hausmeister, um Jacks Sachen abzuholen. Aber jemand war ihm zuvorgekommen.«

»Sie dachten, dass ich es war.«

»Ich dachte, Sie könnten es gewesen sein.«

»Und ich hätte es sein können«, sagte er, »wenn wir dem Fall eine höhere Priorität eingeräumt hätten. Aber ich hatte mir alles, was im Zimmer war, bereits angesehen, und da war nicht viel.«

»Nein.«

»Also war ich es nicht«, sagte er, »und auch nicht mein Partner oder sonst jemand mit einer Polizeimarke. Es war derjenige, der ihn getötet hat, um herauszufinden, ob irgendetwas in dem Zimmer gewesen war, dass er übersehen hatte.«

»Richtig.«

»Und gab es etwas?«

»Ich denke, da war eine Kopie von Jacks viertem Schritt.«

»Von dem Sie gesagt haben, dass er ihn mit Stillman durchgesprochen hat.«

»Was die Gelegenheit war, bei der er Stillman gesagt hatte, dass er jemand getötet hatte«, sagte ich. »Aber ohne zu verraten, wen und wann. Ich hielt es für möglich, dass er zu seinem eigenen Nutzen eine detailliertere Version davon abgefasst hatte. Danach hab ich in seinem Zimmer gesucht.«

»Es wäre besser gewesen«, sagte er, »wenn *ich* sie gefunden hätte.«

»Nun, Sie wussten nicht, dass Sie danach suchen sollten, und–«

»Wenn Sie zu mir gekommen wären«, sagte er, »und wir gemeinsam hingegangen wären und das Dokument gefunden hätten, wäre es besser gewesen.

Aber stattdessen haben Sie den Hausmeister bestochen, damit er wegschaut, Sie waren in Räumlichkeiten, in denen Sie kein Recht hatten zu sein, und Sie haben etwas mitgebracht, von dem Sie behaupten, es zu einem bestimmten Zeitpunkt an einem bestimmten Ort gefunden zu haben. Was ich keine Sekunde lang anzweifle, nur dass ich nicht derjenige bin, der entscheidet, was vor Gericht zulässig ist und was nicht.«

»Ich weiß.«

»Also, vom beweisrechtlichen Standpunkt–«

»Ich weiß.«

»Nicht, dass es überhaupt etwas beweisen würde, außer dem Fakt, dass der tote Mann, der das Dokument verfasst hat, behauptet, er und sein Partner hätten ein paar Leute umgebracht. Er nennt nicht einmal den Namen des Partners.«

»Nein.«

»Even Steven. Also ist es ein Kerl, der Steve heißt.«

»Ich hab einen Freund ein paar Akten mit Decknamen und Spitznamen durchgehen lassen. Er hat nichts gefunden.«

»Er könnte irgendwo auf einer Liste stehen«, sagte er, »aber da kann man genauso gut sagen, dass sich das Geld, die Drogen oder der gestohlene Schmuck irgendwo in einem Asservatenschrank befinden. Es bedeutet nicht, dass sie jemals wieder jemand zu Gesicht bekommen wird. Even Steven.« Er schüttelte den Kopf. »Aber Sie wissen, wer er ist.«

Er studierte die Visitenkarte. »Sagt, dass er Ihr Freund in Jersey City ist.«

»Die Hälfte davon stimmt.«

»Der Teil mit Jersey City?«

»Ich hab mit einem Reporter gesprochen, der ihn kennt. Er hängt am Gericht herum, erledigt Gefallen, arrangiert Dinge.«

»Gibt viele solche Typen«, sagte Redmond. »Ist auf jener Seite des Flusses nicht gerade eine vom Aussterben bedrohte Spezies. Da steht Vann. Wie wurde das zu Steve?«

»Seine Mutter taufte ihn Evander«, sagte ich, »und er hat das auf eine Silbe gekürzt und ein zweites N hinzugefügt, damit klar ist, dass es sich um seinen Vornamen handelt.«

»Könnte ansonsten niederländisch sein. Van Steffens.«

»Ich bin mir nicht sicher«, sagte ich, »aber ich denke, dass es schon auf zwei Silben geschrumpft war, bevor eine davon verschwand. Von Evander zu Evan.«

»Evan Steffens.« Er nickte langsam. »Von wo kein weiter Weg zu Even Steven ist.«

»Als Jack darüber geschrieben hat«, sagte ich, »hat er am Anfang gesagt, dass er seinen Partner S. nennen wird. Und das hat er getan, er hat die ganze Zeit über nur diese einzige Initiale benutzt. Gegen Ende hat er ihn jedoch E. S. genannt.«

»Was für Even Steven stehen könnte.«

»Aber wer verwendet Initialen für einen Spitznamen? Und als ich diesen Gedanken gehabt hatte–«

»Ja, ich kann verstehen, wie Sie darauf gekommen sind. Okay, ich werde mir noch einen Drink holen, denn an den ersten kann ich mich kaum noch erinnern. Und dann können Sie mir die ganze Angelegenheit darlegen.«

Als ich damit durch war, hatte er seinen zweiten Drink fast ausgetrunken. Ich war von Coke zu Kaffee gewechselt und meine Tasse war ebenfalls leer.

»Ellery schwört dem Alkohol ab«, sagte Redmond, »und er will mit Gott reinen Tisch machen. Was wird er tun, sich wegen der Liebesnestmorde selbst anzeigen?«

»Nicht unbedingt. Er ist nicht einmal mit seinem Sponsor ins Detail gegangen. Aber er hat nach einem Weg gesucht, für das, was er in jener Nacht getan hat, Wiedergutmachung zu leisten.«

»Wie findet Steffens es heraus?«

»Sie leben beide in einer Welt, in der sich Sachen herumsprechen«, sagte ich. »›He, hast du das mit High-Low Jack gehört? Der geht zu allen Arschlöchern, denen er vor Jahren übel mitgespielt hat, und will sich bei ihnen entschuldigen.‹ Oder vielleicht ist er selbst zu Steffens gegangen. ›Ich wollte dir nur sagen, dass vielleicht was rauskommt über das, was wir in der Jane Street getan haben. Aber du musst dir keine Sorgen machen, denn ich werde darauf achten, deinen Namen rauszuhalten.‹«

»Wenn ich Steffens wäre, würde ich das vielleicht nicht wirklich beruhigend finden.«

»Nein, natürlich nicht. Wenn Jack irgendwann einmal jemandem mit einer Polizeimarke erzählt, was er getan hat, wie lange wird es dauern, bis man den Rest aus ihm herausbekommt?«

»Und selbst wenn er es nicht tut, Matt. Wenn es auf meinem Schreibtisch landet, ist das Erste, was ich tun werde, mir seine bekannten Partner anzusehen. Vielleicht taucht der Name Steffens auf, vielleicht auch nicht, aber wenn man Steffens ist, woher soll man wissen, dass er nicht auftauchen wird?«

»Es gibt einen Weg, das sicherzustellen.«

»Und es hätte funktioniert, wenn Stillman nicht gewesen wäre. Vor die Hunde gekommener Ex-Knacki, der in einem Wohnheim lebt – Sie wissen, wie diese Fälle gelöst werden. Jemand betrinkt sich und quasselt zu viel. Steffens hat nie über die Jane Street gequasselt, warum sollte er über High-Low Jack quasseln?«

»Er würde es nicht tun.«

»Nein, er wäre damit davongekommen. Auch wenn es mir keine Freude bereitet, Tatsache ist, dass viele Leute mit vielen Morden davonkommen. Einschließlich derer, die nicht einmal als Morde erkannt werden, was vermutlich mit Gregory Stillman der Fall ist. Aber der andere war zuvor, oder? Sattenstein?«

»Und das war ein Mord«, sagte ich, »aber der ist auf der Liste von jemand anderem gelandet.«

»Auf der von dem Kerl, den sie für die anderen Überfälle geschnappt haben. Aber Sie haben gesagt, er behauptet, dass er mit Sattenstein nichts zu tun hat. Nun, sie haben ihn wegen der anderen am Haken, und wenn er aus dem Knast kommt, wird er zu alt sein, um noch jemanden zu überfallen, also spielt es keine Rolle. Soweit es die Cops unten im Zentrum betrifft, hat er Sattenstein ebenso wie die anderen auf dem Kerbholz, und dieser Fall ist abgeschlossen.«

»Sattenstein hat mich angerufen«, sagte ich. »Das Letzte, was ich ihn gefragt hatte, war, wo der Name High-Low Jack hergekommen war, und er hatte es nicht gewusst.«

»Und dann hat er sich erinnert?«

»Ich werde es nie erfahren, weil ich ihn nicht mehr rechtzeitig erreichen konnte. Meine Vermutung ist, dass er sich nicht erinnert hat, ihm aber jemand eingefallen ist, der es wissen würde.«

»Steffens.«

»Sattenstein war ein Hehler«, sagte ich. »Wenn er Jack gekannt hat, hat er vermutlich auch einige der Leute gekannt, mit denen Jack gearbeitet hat. ›Hey, wo hatte Jack diesen Spitznamen her? Ich dachte mir, du könntest es wissen, weil man dich ja Even Steven genannt hat.‹«

»Kein Problem für Steffens, ein Treffen in Sattensteins Viertel zu arrangieren. Auch kein Problem, in Stillmans Wohnung zu gelangen. ›Hallo, Gregory? Ich bin der Polizeibeamte, der den Mord an einem Freund von Ihnen untersucht. Ich hab ein paar Sachen von ihm von seinem Hausmeister bekommen und es gibt darunter ein paar Dinge, die ich Ihnen geben wollte.‹ Oder: ›Er hatte dieses Notizbuch, und er hat da etwas aufgeschrieben, das ich mit Ihnen besprechen wollte.‹ Stillman hätte ihn hereingelassen.«

»Zweifellos.«

»Und dann ein Würgegriff? Das würde funktionieren, und es würde auch nicht auffallen, nicht nachdem das arme Schwein ein paar Stunden lang mit einem Gürtel um den Hals herumgegangen hat. Und um allem die Krone aufzusetzen, hat der Hurensohn dann auch noch versucht, Sie zu einem Drink zu überreden.«

»Da sieht man mal, wie tief ein Mensch sinken kann«, sagte ich, »wenn er einmal mit dem einfachen Akt eines Mordes angefangen hat.«

»Maker's Mark, haben Sie gesagt?«

»Er hat ihn wahrscheinlich im Schnapsladen auf der anderen Straßenseite von meinem Hotel gekauft. Falls ja, befand sich wahrscheinlich ein kleines Etikett auf der Rückseite der Flasche, die Adresse des Ladens und die Telefonnummer. Sie haben eins auf jeder Flasche, die sie verkaufen, um einen daran zu erinnern, wo man sie gekauft hat. In der Hoffnung, dass man zurückkommt, um noch mehr zu holen.«

»Sie haben nicht nach einem Etikett gesucht.«

»Nein. Ich hab sie ausgeschüttet, ohne sie anzusehen, und sie dann zusammen mit dem Glas in den Papierkorb geworfen. Alles zusammen ist dann im großen Mülleimer neben dem Personalaufzug gelandet. Der Gepäckträger leert den ein paarmal am Tag aus. Ich bin mir sicher, dass sie schon verschwunden ist.«

»Es spielt keine Rolle.«

»Nein. Denn was würde es beweisen? Dass jemand auf der anderen Straßenseite eine Flasche Bourbon gekauft hat? Er hat wahrscheinlich zwei Flaschen gekauft, eine, die er für mich zurückgelassen hat, und die andere, die er über meinem Bett ausgeschüttet hat. Ich frage mich, wie oft der Laden auf der anderen Straßenseite jemandem zwei Flaschen Maker's Mark auf einmal verkauft. Sie werden sich an ihn erinnern, aber wozu? Er ist über einundzwanzig. Er kann sich so viel Alk kaufen, wie er möchte.«

»Ellerys Hausmeister hat ihn getroffen«, sagte Redmond. »Als er sich als Cop ausgegeben hat. Das ist ein Verbrechen, aber es wird schwer sein, das zu beweisen, wenn alles was er getan hat, war, seine Brieftasche aufzuklappen und den Mann seine eigenen Schlüsse ziehen zu lassen.« Er warf mir einen Blick zu. »Eine Menge Leute tun das.«

»Er hat seine Brieftasche im Armstrong's nicht aufgeklappt«, sagte ich, »aber der Barkeeper der Tagesschicht hatte den Eindruck, dass er ein Cop sei oder mal gewesen war. Er ist dort hingegangen, um zu fragen, was ich gerne getrunken hab. Aber auch das ist kein Verbrechen.«

»Nein. Hier haben wir einen Kerl, der sich als Ein-Mann-Verbrechenswelle entpuppt. Er hat vor Jahren zwei Menschen im Village ermordet, und der eine Mann, der ihm das anhängen könnte, ist tot. Tot, weil unser Junge ihn erschossen hat, aber wir haben keine Beweise und keine Zeugen dafür, und auch nicht für die anderen beiden Morde, die er begangen hat, um den Mord an Ellery zu verschleiern. Soweit ich es sehen kann, können wir nicht beweisen, dass er irgendetwas getan hat.«

»Er hat einen Akt des Vandalismus begangen«, sagte ich, »indem er eine absolut einwandfreie Matratze mit einer absolut einwandfreien Flasche Whiskey begossen hat.«

»Ein Vergehen«, sagte er, »und er musste sich des unerlaubten Betretens schuldig machen, um es zu vollbringen, wodurch sich der Einsatz womöglich auf eine mindere Straftat erhöht. Ich müsste mal im Strafgesetzbuch nachschlagen, aber ich denke, ich werde es nicht tun, weil wir auch dafür keine Beweise haben.«

»Ich weiß.«

»Es ist ärgerlich«, sagte er, »weil mir nichts lieber wäre, als diesen Hurensohn zu schnappen. Ich würde ihn gerne für Ellery drankriegen, rein aus

Prinzip, und ich würde ihn noch lieber für Stillman drankriegen, weil der mir ein ziemlich anständiger Kerl zu sein schien.«

»Das war er.«

»Und einer, der immer noch einen Pulsschlag haben würde, wenn er genug Verstand gehabt hätte, die Sache auf sich beruhen zu lassen. Also ja, ich würde Steffens gerne für Stillman schnappen. Und ich kann Ihnen nicht sagen, was für ein Genuss es wäre, ihn für den Mann und die Frau im Village dranzukriegen. Ein Fall, der heiß war und dann für so lange Zeit so eiskalt wurde – Herrgott, wie befriedigend wäre es, den aufzuklären?«

»Soweit ich es sagen kann«, sagte ich, »wurde er nie wegen irgendetwas verhaftet.«

»Er hat keine Vorstrafen? Kaum zu glauben. Er hat sich mit Ellery herumgetrieben, also muss er ähnliche Sachen angestellt haben, aber ihm wurde nie etwas angehängt.« Er tippte mit Ellerys zusammengerolltem Geständnis auf den Tisch. »Wenn es wirklich so abgelaufen ist, und es gibt keinen Grund für Ellery, zu flunkern–«

»Nein, es scheint die Wahrheit zu sein.«

»Dann war Steffens eiskalte Reaktion, die Frau zu töten. Und Ellery dazu zu zwingen, einen der Schüsse abzugeben. Hört sich das für Sie nach jemandem an, der so etwas noch nie zuvor getan hat?«

»Wahrscheinlich nicht sein erster Mord.«

»Und wir wissen, dass es nicht sein letzter war. Aber was denken Sie, wie viele er in der Zwischenzeit begangen hat? Er löst auf diese Art seine Probleme. Was denken Sie, wie viele Probleme er im Lauf der Jahre hatte?«

Das hing in der Luft. Man konnte es nicht beantworten, und es wollte nicht verschwinden. Ich sagte: »Sehen Sie keine Möglichkeit? Ihn für irgendetwas dranzukriegen?«

Er dachte darüber nach. »Nein«, sagte er. »Nein, ich sehe keine. Und Sie auch nicht. Sie können auch nicht mehr erwartet haben. Also, warum sind wir hier, Matt? Warum haben Sie mich angerufen?«

»Ich vermute, dass er noch nicht fertig ist.«

»Nicht fertig mit dem Morden? Nun, das wird er nie sein, wenn er so seine Probleme löst. Aber man sollte annehmen, dass er für den Moment keine Probleme mehr hat. Wer ist übriggeblieben?«

»Nun«, sagte ich, »da bin immer noch ich.«

Kapitel 43

Ich ging an diesem Abend zum Treffen meiner Stammgruppe. Es war gut, dass ich das tat, denn ich hatte mich vor einiger Zeit bereit erklärt, anlässlich meines Jahrestags zu reden. Ich setzte mich und dachte, dass ich meine Geschichte erzählen würde, so wie ich sie normalerweise erzählte, aber dann fing ich mit diesem letzten Drink an, dem, den ich damals nicht getrunken hatte, den ich bestellt und auf dem Tresen stehengelassen hatte. Und ich machte von dort weiter und brachte fast eine halbe Stunde lang damit zu, über das letzte Jahr zu sprechen, mein erstes Jahr ohne Alkohol.

Es spielt eigentlich keine Rolle, was man sagt. Eines Morgens war ich bei einem Treffen namens Bookshop at Noon in der westlichen 30th Street gewesen. Sie hatten den Redner vorgestellt, er hatte seinen Namen gesagt und dass er Alkoholiker sei, und dann hatte er einfach nur die zwanzig oder dreißig von uns angeblickt, die darauf gewartet hatten, dass er etwas sagen würde. Er hatte gelächelt und gesagt: »Es ist euer Treffen«, und die Diskussion eröffnet.

Niemand hatte ihn dafür kritisiert, dass er sich vor seiner Pflicht gedrückt hatte. Tatsächlich hatten ihn ein paar Leute dafür gelobt, dass er die Sache so einfach gehalten hatte. Später hatte ich Jim von dem Vorfall berichtet und wir waren die Möglichkeiten durchgegangen – dass er seine Geschichte so oft erzählt hatte, dass er es nicht mehr ertragen konnte, sie zu wiederholen, dass er eine Zicke war, die etwas Erinnerungswürdiges tun wollte, oder dass er während der letzten drei Monate einen Rückfall gehabt hatte und sich deshalb nicht qualifiziert führte, ein Treffen zu leiten, aber andererseits noch nicht bereit war, seinen Fehltritt öffentlich einzugestehen. Wir hatten noch ein paar andere Szenarien heraufbeschworen, die alle mehr oder weniger plausibel gewesen waren, und waren zu dem Schluss gekommen, dass es keine Rolle spielte. Das Treffen war weitergegangen und ich hatte keinen Schaden genommen. Ich war immer noch trocken gewesen, oder etwa nicht?

Und ich war auch jetzt noch trocken, als dieses Treffen begann und als es endete.

•   •   •

»Es ist schwer zu wissen, was man tun soll«, hatte Dennis Redmond zuvor gesagt. »Es wird keine Beweise geben, weder harte noch weiche. Ich werde die Akten durchgehen, nachsehen, ob man ihn oder Ellery in Verbindung mit der Jane Street jemals in Betracht gezogen hat. Auch wenn ich nicht sehen kann, welchen Unterschied es machen würde. Wissen Sie, was Sie tun könnten?«

»Was?«

»Was trinkt er? Nicht Maker's Mark.«

»Scotch. Johnnie Walker war es, denke ich. Warum?«

»Vergewissern Sie sich wegen der Marke«, sagte er, »und schicken Sie ihm täglich eine Flasche für die nächsten ein oder zwei Jahre. So lange, wie es dauert.«

»So lange, wie was dauert?«

»So lange, wie es dauert, bis er zum Alkoholiker wird. Dann kann er diesem Club von Ihnen beitreten und er kann diese berühmten Schritte machen, und wenn er sein Geständnis niederschreibt, können wir ihn plattmachen wie mit einer Tonne Ziegelsteine.«

»Woher werden wir davon wissen?«

»Sie können sein Rabbi werden. Nur, dass Sie es nicht so nennen.«

»Sein Sponsor.«

»Es lag mir auf der Zunge. Sein Sponsor. Sie können sein Sponsor sein und ihn verpfeifen. Nur dass ein Sponsor das nicht tun würde, oder?«

»Es gehört nicht zur Stellenbeschreibung.«

»Das hatte ich befürchtet. Nun, in diesem Fall sind mir die Ideen ausgegangen. Natürlich könnten wir Sie mit einer Wanze versehen, aber das würde nicht funktionieren, oder?«

»Er würde nichts sagen, was wir verwenden könnten.«

»Nein, und falls doch, wäre es vielleicht vor Gericht nicht zulässig. Sie wissen genau wie ich, dass er sich in dem Augenblick, in dem er wegen irgendetwas verhört wird, einen Anwalt zulegen wird, und wenn er mit der Maschinerie in Jersey City in Verbindung steht, wird er genau wissen, welchen Anwalt er anrufen muss. Nun, wie lange ist er mit zwei Morden davongekommen, zwölf Jahre? Jetzt ist er dabei, mit zwei oder drei weiteren davonzukommen. Können Sie damit leben?«

»Ich vermute, ich muss es.«

»Ebenso wie ich. Wenn man ein paar Jahre bei der Polizei auf dem Buckel hat, stellt man fest, dass man mit fast allem leben kann.« Er kniff die Augen zusammen. »Aber Sie haben es hingeschmissen, oder? Hatten 'ne goldene Polizeimarke und haben sie zurückgegeben. Also vermute ich, dass Sie etwas gefunden haben, mit dem Sie nicht leben konnten.«

»Aber es war nicht der Job«, sagte ich. »Damals hätte ich Ihnen das gesagt. Weil ich das dachte. Es gibt ein gemeinsames Element in vielen Geschichten, die man bei AA hört. Man nennt es eine geografische Lösung. Ein Kerl zieht nach Kalifornien, weil New York das Problem ist. Dann zieht er nach Alaska, weil Kalifornien das Problem ist. Aber er ist selbst das Problem, wo immer er auch hingeht, ist er es.«

»Also waren Sie das Problem.« Er dachte darüber nach. »Nun, jetzt sind Sie Even Stevens Problem, oder? Und wir wissen, wie er seine Probleme löst. Dabei spielt Geografie keine sonderlich große Rolle. Wie werden Sie dafür sorgen, dass Sie am Leben bleiben?«

»Das habe ich mich auch schon gefragt.«

»Ich kann Ihnen zu diesem Zeitpunkt nicht einmal Polizeischutz anbieten. Was auch ein Witz wäre, nicht wahr? Wir würden ein paar Cops abstellen, um Sie zu beschützen, und es passiert nichts. Dann weisen wir die Jungs anderen Aufgaben zu und Sie sind wieder genau dort, wo Sie jetzt sind, denn er ist klug und er hat Geduld. Er kann so lange warten, wie er muss. Haben Sie eine Waffe?«

»Nein.«

»Wenn Sie, sagen wir, eine nicht registrierte Pistole hätten–«

»Ich hab keine.«

»Nun, wenn Sie zufällig eine in die Hände bekommen sollten, wäre es vielleicht keine schlechte Idee, wenn Sie sie bei sich tragen. Tatsächlich …«

Er verstummte. Ich blickte ihn an, hob erwartungsvoll die Augenbrauen.

»Ich möchte, dass das rein hypothetisch bleibt, auch wenn es niemand außer uns beiden hören kann. Wenn es jemand darauf abgesehen hat, mich umzubringen, und ich davon weiß, und ich auch weiß, dass ich verdammt noch mal nichts dagegen tun kann, dann gibt es *eine* Sache, die ich doch tun kann. Wenn Sie verstehen, worauf ich hinaus möchte.«

»Daran habe ich selbst schon gedacht.«

»Was Sie wissen sollten«, sagte er und blickte zur Seite, »ist, dass falls unserem Freund irgendetwas zustoßen sollte, und man Sie in Verbindung damit unter die Lupe nehmen würde, dann würde ich mich nicht an dieses Gespräch erinnern können. Tatsächlich würde ich mich an keines der Gespräche erinnern können, die wir geführt haben.« Unsere Blicke trafen sich. »Nur etwas, über das Sie nachdenken können«, sagte er.

Ich hatte keine Pistole, weder registriert noch unregistriert. Mir eine zu besorgen, schien keine sonderlich große Herausforderung darzustellen, und ich dachte darüber nach, aber es war nichts, das ich tun wollte.

Nach dem Treffen, nach einer Stunde im Flame, nach einem Gespräch unter vier Augen mit Jim, befand ich mich wieder in meinem Zimmer, nur mit meinen Gedanken als Gesellschaft. Er war irgendwo da draußen, und wenn seine Gedanken jetzt nicht auf mich gerichtet waren, nun, in einem Tag, in einer Woche oder in einem Monat würden sie es sein.

Ich stellte ein Problem für ihn dar. Und ich wusste, welche Lösung er suchen würde. Man sagt, wenn das einzige Werkzeug, das man besitzt, ein Hammer ist, sieht jedes Problem wie ein Nagel aus.

Ich lag in der Dunkelheit und fragte mich, ob ich Angst hatte. Ich entschied, dass ich sie hatte, aber nicht davor zu sterben, nicht wirklich. Wenn ich vor einem Jahr gestorben wäre, wenn ich betrunken gestorben wäre, dann wäre das ein furchtbares Ende für mein Leben gewesen. Aber ich war ein Jahr lang trocken geblieben. Selbst wenn mir nicht der Sinn danach stand, das zu feiern, bedeutete das nicht, dass ich die Leistung nicht zu schätzen wusste. Und wenn ich jetzt starb, nun, dann würde mir das niemand nehmen können. Ein schwacher Trost, vermutlich, aber besser als gar kein Trost.

Wovor ich Angst hatte, wurde mir klar, war, dass es etwas geben könnte, das ich tun konnte, ich aber nicht darauf kam, um was es sich handelte.

Als ich aufwachte, schien die Sonne und jemand ließ im Zimmer nebenan das Radio laufen. Ich konnte nicht verstehen, was gesagt wurde, aber der Enthusiasmus des Ansagers war trotzdem zu spüren. Ich duschte, rasierte mich und zog mich an, und irgendwann währenddessen stellte mein Nachbar das Radio ab. Die Sonne schien immer noch.

Ich wollte frühstücken, aber zuerst suchte ich nach Vann Steffens Visitenkarte und wählte seine Nummer. Ich war überrascht, als er abhob; ich war darauf vorbereitet gewesen, dass sich sein Anrufbeantworter melden würde und ich eine Nachricht hinterlassen müsste. Er sagte »Hallo« und ich sagte: »Sie wissen wahrscheinlich, wer dran ist.«

»Womöglich.«

»Sie haben mir vor ein paar Tagen einen Drink gekauft«, sagte ich, »und ich hatte noch keine Gelegenheit, mich zu bedanken.«

»Ihre Stimme kommt mir bekannt vor«, sagte er, »aber ich kann nicht behaupten, dass ich eine Ahnung habe, wovon Sie reden.«

»Das weiß ich manchmal selbst nicht. Ich denke, wir sollten von Angesicht zu Angesicht miteinander sprechen.«

»Ja?«

»Um reinen Tisch zu machen.«

»Nie eine schlechte Idee. Es atmet sich leichter, wenn der Tisch rein ist. Sie denken wahrscheinlich, dass ich das aus einem Glückskeks habe, aber ich kann stolz verkünden, dass ich es mir selbst ausgedacht habe.«

»Ich bin beeindruckt.«

»Was nicht heißt, dass Konfuzius es nicht gesagt haben würde, wenn er zuerst daran gedacht hätte. Sie wollen, dass wir uns treffen? Wann und wo?«

Wir trafen uns um drei am Nachmittag im Museum of Natural History. Ich traf früh ein und wartete neben dem versteinerten Skelett eines Dinosauriers. Er kam pünktlich, trug Anzug und Krawatte und hatte einen Überzieher über dem Arm. Seine Brille war angelaufen und er ließ mich den Mantel halten, während er die Linsen mit seinem Stofftaschentuch abwischte.

Der Mantel würde sich schwerer anfühlen, wenn sich in der Tasche eine Pistole befinden würde, entschied ich. Aber ich hatte nicht erwartet, dass er bewaffnet kommen würde. Er durfte vermutet haben, dass es sich um eine Falle handelte. Falls er eine Pistole bei sich getragen hätte, hätte er womöglich jemandem erklären müssen, warum.

Er setzte die Brille auf, blinzelte mich an und nahm seinen Mantel wieder an sich. »Danke«, sagte er. Er ging zum nächsten Dinosaurier und sagte: »Hallo, Kumpel. Du hast dich in all den Jahren überhaupt nicht verändert.«

»Ein alter Freund?«

»Meine Tochter hat sie geliebt«, sagte er. »Fragen Sie mich nicht, warum. Ich brachte sie immer jeden zweiten Sonntag hierher, damit wir uns die Dinosaurier und die anderen geschiedenen Väter ansehen konnten. Aber das ist schon lange her.«

»Ich vermute, dass sie ihnen entwachsen ist.«

»Das hätte sie getan«, sagte er. »Aber ihre Mutter hat sie für einen Winterurlaub mit in die Karibik genommen. Da gibt es diese Insel namens Saba. Sagt Ihnen die was?«

Sie sagte mir nichts.

»Man kommt dorthin, indem man ein kleines Flugzeug von einer anderen Insel aus nimmt. Ich hab vergessen, von welcher. Saba ist eine Vulkaninsel, also handelt es sich im Grunde genommen um einen Berg mit einem Strand am Fuß, und in schöner Regelmäßigkeit kollidiert eines der kleinen Flugzeuge mit der Seite des Bergs.«

Gab es etwas, das ich dazu sagen konnte? Mir fiel nicht ein, worum es sich handeln könnte.

»Die Scheidung war noch nicht endgültig ausgesprochen«, sagte er, »also bin ich offiziell Witwer. Mit einem toten Kind noch dazu, aber ich denke nicht, dass es dafür ein spezielles Wort gibt. In gewisser Weise ist es herzzerreißend, aber Sie sollten deshalb nicht in totale Rührung verfallen. Denn es war gerade der Zeitpunkt gekommen, an dem sie zu alt für Dinosaurier wurde, und was vor uns lag, war ein verdammtes ganzes langes Leben, in dem wir uns nicht mehr viel zu sagen haben würden. Also ist ihr das erspart geblieben, und mir auch.«

»Das ist eine interessante Sichtweise.«

»Ist es? Falls Sie eine Wanze tragen, können Sie diese rührende kleine Geschichte aufschreiben und den Seelenklempnern zeigen. Gott weiß, was die davon halten werden.«

»Ich trage keine Wanze.«

»Nein? Vielleicht tun Sie es, vielleicht auch nicht. Wenn Sie jünger wären und besser aussähen, würde ich Sie abtasten. Natürlich nur, wenn Sie ein Mädchen wären. Der alte Vann ist ja keine Schwuchtel.«

»Das ist beruhigend.«

»Aber was würde es mir nutzen? Was würde es beweisen? Diese Geheimdienstjungs lassen sich immer neuere und bessere Geräte einfallen. Kugelschreiber mit eingebauten Mikrofonen, und erst kürzlich habe ich von einem Aufnahmegerät gehört, das die Größe einer Aspirintablette besitzt. Man schluckt es und neben dem Gurgeln der Därme zeichnet es alle Gespräche in einem Umkreis von zwanzig Metern auf. Natürlich muss man am Ende in seiner eigenen Scheiße wühlen, aber diese Lackaffen machen das ja metaphorisch ausgedrückt sowieso. Kommen Sie, lassen Sie uns von hier verschwinden. Wir können uns hier nicht wirklich unterhalten, und rauchen darf man auch nicht. Als ob es den verdammten Brontosaurus stören würde.«

Kapitel 44

Er zündete sich eine Zigarette an, sobald wir aus dem Gebäude waren. Wir überquerten die Central Park West und spazierten ein paar Hundert Meter in den Park hinein. Steffens zog drei Parkbänke in Erwägung und lehnte sie alle aus nicht weiter erläuterten Gründen ab. Dann fand er eine, die ihm zusagte, und wischte die Sitzfläche mit dem Taschentuch ab, das er zuvor für seine Brille benutzt hatte. Er setzte sich und ich setzte mich neben ihn, ohne mir die Mühe zu machen, die Bank abzuwischen.

»Es ist Ihr Treffen«, sagte er. »Lassen Sie hören, was Sie zu sagen haben. Ich werde einfach hier sitzen und es in mich aufnehmen.«

Ich nahm drei Blätter aus meiner Jackentasche, entfaltete sie und gab sie ihm.

Ich hatte das Alter erreicht, in dem das Lesen mit Brille bequemer war, vor allem, wenn die Buchstaben klein waren oder das Licht schlecht. Steffens war das Gegenteil, er trug den ganzen Tag über eine Brille und nahm sie ab, um zu lesen. Er hatte sie abgenommen, als ich ihm Jacks Geständnis gegeben hatte, und als er damit durch war, setzte er sie nicht sofort wieder auf. Stattdessen saß er da und blickte in die Ferne.

Auf der anderen Seite des Wegs standen drei Bäume, deren Blätter fast ganz abgefallen waren. *Verfallnen Chören gleich*, hatte ein Dichter geschrieben, aber ich konnte mich weder an seinen Namen noch an sonst etwas aus dem Gedicht erinnern.

Er sagte: »Das ist eine Fotokopie.«

»Richtig.«

»Gibt es ein Original?«

»An einem sicheren Ort. Und es gibt noch eine Kopie.«

»An einem anderen sicheren Ort, wette ich.«

Verfallnen Chören gleich, wo einst die Vögel sangen. Das war die ganze Zeile, aber was kam davor und was danach, und wer hatte es geschrieben?

Ich stellte fest, dass er die Brille wieder aufgesetzt hatte. Einen Moment lang dachte ich, dass er mir Jacks Bericht zurückgeben würde, aber stattdessen faltete er die Blätter zusammen und steckte sie in seine Tasche. Dann zündete er sich eine neue Zigarette an.

Verfallnen Chören gleich. War es *Vogel* oder *Vögel*? Beides ergab Sinn.

»Es stellt sich die Frage«, sagte er, »wie viel davon wahr ist.«

»Schwer zu sagen.«

»Schwer? Versuchen Sie es mit unmöglich. Aber es ist gut geschrieben, das muss ich sagen. Die Wahl der Wörter, meine ich. Die Ausdrucksweise. Der Erzählfluss. Ich rede nicht von der Handschrift.«

»Das hab ich auch nicht gedacht.«

»Denn außer den Nonnen, wer schert sich einen Dreck um die Handschrift? Es hat Fluss. Man kann leicht folgen. Aber man muss sich auch fragen, wo hört die Erinnerung auf und übernimmt die Fantasie?«

»Das ist immer schwer zu sagen.«

Vögel, entschied ich. Musste so sein. Wenn eine einzelne Schwalbe noch keinen Sommer machte, dann war bestimmt mehr als ein Vogel für einen Chor notwendig.

»Dieser Typ, den er S. nennt. Existiert der überhaupt? Er könnte eine Ausgeburt der Fantasie des Verfassers sein.«

»Könnte er.«

»Angenommen, *S* steht für *selbst*? Er selbst ist es, der entscheidet, dass die Frau sterben muss, weil sie eine Zeugin ist. Die ganze Geschichte, dass S. seine Hände um die des Verfassers legt, das ist ein perfektes Beispiel für eine psychotische Störung. Der Kerl wird zu zwei Menschen auf einmal, und der schlechte Teil zwingt den guten dazu, etwas zu tun, für das er sich schämt.«

Verfallnen Chören gleich. War es Keats? Ich müsste in *Bartlett's Familiar Quotations* nachsehen. Zwei Minuten mit *Bartlett's* und ich wüsste Dichter und Gedicht. Dann würde ich noch zwei Stunden lang hin und her blättern und jede Menge anderer Fragmente lesen, an die ich mich bei anderen Gelegenheiten halb erinnern würde.

Jan hatte eine Ausgabe von *Bartlett's*, und manchmal, wenn sie in der Küche beschäftigt war oder kurz an der aktuell im Werden begriffenen Skulptur arbeitete, beschäftigte ich mich mit ihr.

Vielleicht sollte ich zu Strand gehen und mir selbst eine Ausgabe kaufen.

Das wäre wahrscheinlich einfacher, als nach einer neuen Freundin zu suchen, die das Buch bereits im Regal stehen hatte.

»Aber wenn es einen S. gibt«, sagte er, »erscheint er mir nicht wie ein Typ, der sich sehr viele Sorgen machen muss. Es wäre vielleicht anders, wenn der Verfasser noch hier wäre, um das, was er geschrieben hat, zu bekräftigen, aber das Dokument allein, nun, es reicht meiner Meinung nach nicht dafür aus, jemanden ins Gefängnis zu schicken. Was denken Sie?«

»Nein«, sagte ich. »Aber nur, wenn es das Dokument allein ist, und das ist es nicht.«

»Ja?«

»Es gibt das, was man als eine Interpretation bezeichnen könnte. Ein paar Seiten, die Mr. S. identifizieren und uns erzählen, was er seit jenen Tagen angestellt hat.«

»Geschrieben von jemand anderem.«

Ich nickte.

»Handgeschrieben? Fotokopiert?«

»Die Handschrift ist nicht so schön wie bei dem hier«, sagte ich. »Aber wie Sie gesagt haben, wen kümmert die Handschrift?«

»Nur die Nonnen.«

»Richtig.«

»Und verdammt wenige von denen. Trotzdem, Sie sagen, dass die Handschrift nicht so toll ist, und der Inhalt muss auch größtenteils nur aus Vermutungen bestehen. Wenn der Autor es beweisen könnte, müsste er sich nicht all diese Umstände machen.«

»Und S. würde sich in einer Zelle im Tombs befinden.«

»Vorausgesetzt, es gibt einen S.«

»Richtig.«

Er zündete sich eine weitere Zigarette an, rauchte ein paar Minuten lang, blies den Rauch zu den Bäumen auf der anderen Seite des Wegs. Vielleicht ging ihm dieselbe Zeile im Kopf herum. *Verfallnen Chören gleich.* Vielleicht kannte er den Rest des Gedichts und den Namen des Dichters. Wer weiß schon, was in den Köpfen anderer vorgeht?

»Was wollen Sie, Matt?«

»Leben.«

»Und? Wer wird Sie hindern?«

»S. könnte es versuchen.«

»Und wenn er es tun würde, würden diese beiden Dokumente, von ähnlichem Inhalt, aber mit unterschiedlicher Handschrift, bei Parteien landen, die ein offizielles Interesse daran haben könnten. Hört sich das in etwa richtig an?«

»Tut es.«

»Aber wenn Ihnen nichts passiert–«

»Dann passiert nichts mit den Dokumenten und S. kann sein Leben weiterleben.«

»Es ist kein schlechtes Leben.«

»Meines auch nicht.«

»Alles schön und gut«, sagte er, »aber niemand lebt für immer.«

»Davon habe ich gehört.«

»Bei Gott, ich wünsche es Ihnen nicht, aber Sie könnten an natürlichen Ursachen sterben.«

»Das hoffe ich, irgendwann mal.«

»Und wenn das passieren sollte–«

»Es wäre genauso, als hätte mir jemand in den Mund und in die Stirn geschossen«, sagte ich. »Die beiden Dokumente würden ausgeliefert werden. Aber die Chancen stehen gut, dass Sie dann nichts mehr zu befürchten haben würden.«

»Wie kommen Sie darauf?«

»Nun, Sie sind drei Jahre älter als ich. Sie sind schwerer, und wie viel rauchen Sie? Drei Packungen am Tag?«

Er hatte gerade eine Zigarette aus seiner Packung geholt und schob sie zurück. »Ich hatte darüber nachgedacht, weniger zu rauchen.«

»Haben Sie das früher schon mal versucht?«

»Ein paar Mal.«

»Hatten Sie je Glück damit?«

Er steckte die Packung wieder in seine Tasche. »Man kann nie wissen«, sagte er. »Worauf genau wollen Sie hinaus?«

»Sie haben Übergewicht und Sie rauchen. Und Sie trinken.«

»Nicht sehr viel.«

»Sehr viel mehr als ich. Worauf ich hinaus will? Ich will darauf hinaus, dass Sie wahrscheinlich sterben werden, bevor ich es tue. In diesem Fall müssen Sie sich keine Sorgen machen. Und wenn Sie mich doch überleben werden, nun, dann werden Sie genug Zeit haben, sich über Vorwürfe Gedanken zu machen, die vor Gericht ohnehin nicht haltbar wären.«

»Jesus«, sagte er und runzelte die Stirn. »Was passiert, wenn Sie wieder anfangen zu trinken?«

»Es wäre besser für uns beide«, sagte ich, »wenn ich es nicht tue. Wenn Sie also das nächste Mal den Drang verspüren, eine oder zwei Flaschen Maker's Mark zu kaufen, achten Sie darauf, sie selbst zu trinken.«

»Ich wusste, dass der verdammte Bourbon eine schlechte Idee war. Ich hab mich von der Schönheit des Gedankens blenden lassen. Wissen Sie, dass Sie nach Hause kommen und da ist das Glas, da ist die Flasche. Ich hatte vermutet, dass es eine Wirkung haben würde.«

»Nun, damit lagen Sie richtig.«

»Welchen Effekt hatte es? Waren Sie in Versuchung?«

»Haben Sie Höhenangst?«

»Höhenangst? Was zum Teufel hat das damit zu tun?«

»Ich hab mich nur gefragt.«

»Ich hab kein Problem mit Flugzeugen. Da bin ich in einem geschlossenen Raum, habe nichts zu befürchten. Aber im Freien an einem Felsvorsprung oder einer Klippe zu stehen–«

»Das ist anders?«

»Sehr.«

»Es geht mir genauso. Wissen Sie, was die Angst ist? Das ich den Wunsch haben werde zu springen. Ich will nicht springen, aber ich habe Angst, dass ich plötzlich den Drang verspüren könnte.«

Er nahm es in sich auf, nickte.

»Ich wollte nicht trinken. Aber der Whiskey war dort und ich hatte Angst, dass ich wollen würde. Das ich einen Impuls haben würde, dem ich nicht widerstehen konnte.«

»Aber Sie hatten keinen.«

»Nein.«

»Wie gesagt, in dem Moment, als ich wieder draußen war und darüber nachdachte, wusste ich, dass es eine schlechte Idee war. Aber wir sind beide hier, oder nicht? Wir haben beide überlebt. Wissen Sie, die Mexikaner haben ein Wort dafür.«

»Ja?«

»Für unsere Situation. Aber ich weiß nicht, wie man es auf Englisch ausdrücken würde. Die verdammten Mexikaner würden es *un standoff* nennen.«

Er holte seine Zigaretten hervor, schüttelte eine aus der Packung, steckte sie sich zwischen die Lippen. »Scheiß auf weniger rauchen«, sagte er. »Warum würde ich das tun wollen?«

Als ich Jim davon erzählte, nahm er alles in sich auf, dachte darüber nach und sagte: »Dann ist es vorüber.«

»Sieht so aus.«

»Du musst dir wegen dieses Kerls keine Sorgen mehr machen? Du hast ihm keinen Grund gelassen, dich zu töten?«

»Dafür jeden Grund, es nicht zu tun.«

»Also ist es gut ausgegangen.«

»Vermutlich«, sagte ich. »Wenn man die Tatsache ignoriert, dass der Hurensohn fünf seiner Mitbürger getötet hat und damit davonkommt.«

»Wenn jemals jemand mit irgendetwas davonkommt.«

»Ich denke nicht, dass ihm sein Gewissen zu schaffen machen wird. Ich denke nicht, dass er eines hat. Aber ich vermute, es gibt immer noch Karma.«

»So sagt man.« Er griff nach der Teekanne, schenkte uns beiden nach. »Jasmin«, sagte er. »Der erste Schluck ist eine nette Überraschung, und bei der dritten Tasse wünscht man sich, sie würden einem einfach nur den normalen grünen Tee geben. Matt, was auch immer diesen Typen auf Distanz hält, klingt gut für mich. Ich hoffe nur, dass du zufrieden damit bist, wie es gelaufen ist.«

»Zufrieden«, sagte ich. »Es hätte mir besser gefallen, wenn er dafür in den Knast gewandert wäre. Oder wenn er etwas versucht hätte und beim Versuch gestorben wäre. Aber ich vermute, ich bin zufrieden. Das erinnert mich an etwas.«

»Ja?«

»Ich hab darüber nachgedacht«, sagte ich. »Und ich denke, dass der Buddha absoluten Müll redet. Unsere Unzufriedenheit mit dem, was ist, ist das, was uns von den Tieren in der Natur unterscheidet.«

»Und wann kam dir diese Erleuchtung?«

»Als ich mich rasiert hab.«

»Du hast dich geschnitten und–«

»Nein, es war nur der Gedanke. Ich hab mich nicht geschnitten. Weil mein Rasierer dieses neue Teil mit Doppelklinge ist, das einen gründlicher und glatter rasiert. Es ist wie eine Art Wechselmannschaft, eine Klinge hält das Barthaar fest, während die andere es abschneidet.«

»Du hörst dich an wie eine Fernsehwerbung.«

»Und ich muss sagen, dass er besser ist als der letzte Rasierer, den ich hatte. Und der war besser als derjenige davor. Ich hab daran gedacht, wie ich meinem Vater beim Rasieren zugeschaut habe. Er hatte einen Sicherheitsrasierer, auch wenn es ein ziemlich primitiver gewesen sein muss. Aber *sein* Vater musste ein Rasiermesser benutzt haben. Und warum denkst du, dass Rasierer alle paar Jahre besser werden? Und die Autos und all die anderen Annehmlichkeiten des modernen Lebens?«

»Ich bin mir sicher, dass du es mir verraten wirst.«

»Unzufriedenheit«, sagte ich. »Von Zeit zu Zeit wirft jemand während des Rasierens den Rasierer hin und sagt, dass es einen besseren Weg geben muss. Und er sucht und findet ihn.«

»Also macht Unzufriedenheit erfinderisch. Und ich hatte immer gedacht, dass es Not wäre.«

Ich schüttelte den Kopf. »Niemand *braucht* einen Rasierer mit Doppelklinge. Niemand *muss* mit hundert Stundenkilometern im Auto fahren oder in einem Flugzeug durch die Luft fliegen.«

»An deinem Gedankengang stimmt wahrscheinlich irgendetwas nicht«, sagte er, »aber ich bin nicht unzufrieden genug, um herauszufinden, worum es sich handelt. Aber wenn ich den Buddha das nächste Mal treffe, werde ich ihm den Kopf zurechtrücken.«

»Nun, wenn du ihn suchst«, sagte ich, »findest du ihn in der Regel beim Mitternachtstreffen in der Moravian Church.«

An meine deutschen Leser: Ich hoffe, dass Sie Gefallen an diesem Matthew-Scudder-Roman gefunden haben. Wenn Sie über zukünftige Veröffentlichungen meiner Bücher auf Deutsch informiert werden möchten, schicken Sie einfach eine E-Mail mit dem Betreff «German mailing list" an lawbloc@gmail.com. (Ich versende auch einen Newsletter auf Englisch und würde Sie mit Freude auch auf diese Liste setzen; falls gewünscht, fügen Sie einfach »English also« hinzu.)

Über den Autor

Lawrence Block schreibt seit einem halben Jahrhundert preisgekrönte Kriminalromane und Spannungsliteratur. In seinem neuesten Buch, einer Fortsetzung seiner erfolgreichen Hopper-Anthologie *In Sunlight or in Shadow*, finden sich unter dem Titel *Alive in Shape and Color* 17 von einem bekannten Gemälde inspirierte Kurzgeschichten von Autoren wie Lee Child, Joyce Carol Oates, Michael Connelly, Joe Lansdale, Jeffery Deaver und David Morrell.

Blocks zuletzt erschienener Roman ist *The Girl with the Deep Blue Eyes*, von seinem Hollywood-Agenten als »James M. Cain auf Viagra« gerühmt. Zu seinen neueren Romanen zählen außerdem *The Burglar Who Counted the Spoons*, in dem Bernie Rhodenbarr im Mittelpunkt steht, *Hit Me* mit dem Briefmarkensammler und Auftragsmörder Keller sowie *A Drop of the Hard Stuff* mit Matthew Scudder. 2014 wurde Scudder von Liam Neeson in der Verfilmung von *Ruhet in Frieden – A Walk Among the Tombstones* brillant auf der Leinwand verkörpert. Auch andere Romane Blocks wurden verfilmt, allerdings mit geringerem Erfolg.

Block erhielt auch für seine Bücher für Autoren große Anerkennung, darunter Klassiker wie *Telling Lies for Fun & Profit* und *Write for Your Life*. Zuletzt hat er mit *The Crime of Our Lives* eine Sammlung von Aufsätzen über das Genre des Kriminalromans und dessen Vertreter veröffentlicht.

Neben seinen Prosawerken hat Block auch Drehbücher für die Fernsehserie *Tilt* und den Film *My Blueberry Nights* von Wong Kar-wai geschrieben. Block soll ein zurückhaltender und bescheidener Mann sein, auch wenn man das aufgrund dieser autobiographischen Skizze keinesfalls erwarten würde.

Email: lawbloc@gmail.com
Twitter: @LawrenceBlock
Facebook: lawrence.block
Homepage: lawrenceblock.com

Über den Übersetzer:

Stefan Mommertz arbeitete nach dem Studium für einen Fachzeitschriftenverlag in München. Seit 2004 lebt er in Ungarn.

Homepage: stefanmommertz.wordpress.com

Die Matthew-Scudder-Romane:

#1 *Die Sünden der Väter* (*The Sins of the Fathers*)

#2 *Drei am Haken* (*Time to Murder and Create*)

#3 *Mitten im Tod* (*In the Midst of Death*)

#4 *Tief bei den ersten Toten* (*A Stab in the Dark*)

#5 *Acht Millionen Wege zu sterben* (*Eight Million Ways to Die*)

#6 *Nach der Sperrstunde* (*When the Sacred Ginmill Closes*)

#7 *Am Rand des Abgrunds* (*Out on the Cutting Edge*)

#8 *Ein Ticket für den Friedhof* (*A Ticket to the Boneyard*)

#9 *Tanz im Schlachthof* (*A Dance at the Slaughterhouse*)

#10 *Ruhet in Frieden* (*A Walk Among the Tombstones*)

#11 *In Teufels Küche* (*The Devil Knows You're Dead*)

#12 *Der Club der Toten* (*A Long Line of Dead Men*)

#13 *Im Namen des Volkes* (*Even the Wicked*)

#14 *Alle sterben* (*Everybody Dies*)

#15 *Der zweite Tod* (*Hope to Die*)

#16 *Die Blumen, sie sterben alle* (*All the Flowers are Dying*)

#17 *Ein Schluck vom harten Stoff* (*A Drop of the Hard Stuff*)

#18 *Die Nacht und die Musik* (*The Night and the Music* – die kompletten Kurzgeschichten)

Auf Deutsch erschienene Matthew-Scudder-Kurzgeschichten:

#1 Aus dem Fenster (Out the Window)

#2 Eine Kerze für die Stadtstreicherin (A Candle for the Bag Lady)

#3 Im frühen Licht des Tages (By the Dawn's Early Light)

#4 Batmans Gehilfen (Batman's Helpers)

#5 Der barmherzige Engel des Todes (The Merciful Angel of Death)

#6 Auf der Suche nach David (Looking for David)

#7 Verloren und gefunden (Let's Get Lost)

#8 Ein Moment falschen Denkens (A Moment of Wrong Thinking)

#9 Ein letzter Abend im Grogans (One Last Night at Grogan's)

Die Keller-Romane:

Kellers Metier (*Hit Man*)
Kellers Konkurrent (*Hit List*)
Kellers Hitparade (*Hit Parade*)

Weitere Bücher von Lawrence Block:

Mit leichtem Gepäck (*Resume Speed*)

www.ingramcontent.com/pod-product-compliance
Lightning Source LLC
Chambersburg PA
CBHW051525260626
47170CB00003B/783